明人別集叢編

鄭利華 陳廣宏 錢振民 主編

李東陽全集

【五】

錢振民 編訂

復旦大學出版社

李東陽全集卷七十八
懷麓堂文後稿卷之十六

墓表

封中憲大夫湖廣武昌府知府秦公墓表

無錫秦君廷韶既喪厥考中憲公，自述事行，遣人上京師，請予文表墓道之石。曰：「夔恃此以瞑我先公。」予辱識廷韶，知其賢而有文舊矣。上溯其世，得公之爲賢，乃表之曰「封中憲大夫湖廣武昌府知府秦公之墓」，而爲之文曰：

公姓秦氏，系出宋國史院編修觀子常州通判湛，家於官。徙無錫者五世，至厥祖彦和、考季昇，未有顯者。

公夙有至性，生五歲，喪厥妣惠氏，哀慕如成人。稍長，嗜學彊記，日數百言，老長皆使就舉子業。厥考曰：「吾惟兒一人，忍令一日去左右哉？」顧錫俗尚爲詩，俾學焉。稍經指授，輒得肯綮，能作驚人語。御史成始終者以詩自名，獨愛公所爲，遂與締交。

公家素裕，正統間有司令長鄉税。非其好也，乃去之，益肆志於學。謂詞藻不足以爲至，因讀論語「修己以敬」之言，自號曰修敬，志警也。父疾，禱於天，祈以身代，憂瘁累月，髮有變白者。比居喪，哀毁逾制。事繼母華，務求其歡。弟貧弗能自立，贍之終身。雖一味之甘，必分之。歲時家祀，器物必精潔，雖老不以屬諸人。家教清肅，訓子孫，必先行檢，加以禮法。其爲辭甚寡，發必中節。對客終日，風範不少頹。鄉子弟皆敬畏，不敢侮視。有不善，必相戒曰：「吾鄉有王彦方，勿令知之。」尤重義舉，有貸白金百兩者，覆舟而亡之，歸則號泣，將自經。公亟慰之曰：「癡男子，得不葬魚腹中足矣，尚惜囊中物邪？」遂還其券。其人感泣曰：「活我者，秦公也。」

自其子夔舉進士，累官郎中、知府、布政使，累荷錫命，有名秩冠服，益以齒德重於鄉。而公愈自謙抑，與韋布不異。有司禮致爲鄉飲賓，亦不赴。大夫士過者，必訪於其家。夔既謝事，歸自江西，專事志養，故公日得與諸耆舊結社賦詩，徜徉林壑，終其身無隱憂，亦無放言。易簀之夕，猶不廢巾幘。子孫問所欲，徐應曰：「吾於世無不足者，尚奚言？」翛然而逝，年八十有五，弘治甲寅十一月十六日也。乙卯某月某日，葬於龍山之原。

所著有詩集若干卷。配殷氏，有内行，卒贈恭人。子三：夔其長；次旦，次奭，皆輸粟拜官，嘗以雙孝旌門。孫四：長鏜，次銓，次鋭，皆縣學生；次鉉。孫女十，曾孫三。

嗚呼！東吴多文獻，無錫殊盛。非惟科目踵接，山林名行之士亦多，其人若秦公者是已。予往年歸自湖湘，值廷詔宦遊於外，弗獲登其堂，挹公之風。公今已矣，不可以復作矣，可勝歎哉！公既没，鄉人議其有貞靖之行，相與私謚之，如吴淵穎故事，因附著之。

鄂陽阡表

平潮鄂陽山之原，屠氏墓在焉。蓋自成化丙午，屠府君葬於是。時府君以子勳貴，再封爲刑部郎中以卒，勳方爲南京大理右寺丞，例未及葬祭。後十有餘年，當弘治己未，屠母乃卒。勳已爲刑部左侍郎，贈府君如其官，而母以獨存，故自宜人加封爲太淑人。太淑人秩三品，例得賜祭與葬，葬所治封築器數之等，皆加於舊，而府君以合葬故與有榮焉。於是，勳之官寵日盛，家教益有徵。府君之恩數，固待於是而後備。然刑家之義，統於所尊，必重爲表襮，不可獨爲母道。勳乃録誥命之詞、諭祭之文，刻石於墓，以昭示來裔，而鄂陽之阡始顯。其在嘉興郡地，若是者或有之，而縣境所在，則未始有也。

按：府君之遺行有三，曰事病母，撫孤侄，拯急難。母楊淑人病瘍久，躬自舐濯，廬於墓側三年。兄樞之卒也，以其子焕代役京師。及焕壯未有嗣，又給田置媵，得子二人，兄祀賴以不絶。句容商徐氏者爲盗所踣，瀕死水際，爲解縛易服，以火熨之而蘇。酬以百金，竟弗納。其賢如此。

太淑人之行有二，曰徇姑難，曰睦夫黨。姑之病，有盗入其室。左右扶抱，以衣物慰遣之。盗亦感歎，不敢逼而去。恒居與妯娌齒，動先退讓，謂府君言，必舉世俗異姓敗家事以爲鑒，人亦以此賢之。

嗚呼！夫與婦殊道而異施，若府君及太淑人之行，固各有所處，而教子之方、貽後之計無不同者。勳之以文學致身，以行檢守官，以才望受簡任，皆其徵也。然則榮封顯恤，生有寵，没有耀，長存而不朽者，固亦有繇矣哉！

屠氏自海鹽分平湖，高祖曾一舉解元，曾祖亨一，祖澤民，稱處士。考湘，與府君贈同官。府君諱機，字汝敬，生永樂辛卯，卒之年六十有五。太淑人出同里，生同年，卒八十有九。子七人：勳其長，太淑人出也；次府學生炯，次縣學生爚，又次煉、炫、灼、燁，皆側出。女六人：長適龔良，次適李滂、黄盛，皆鄉貢士。孫幾人：長國子生應塤，次應坤、某、某、某。女孫一人。

予嘗銘府君墓，而恩典未悉載。勳比復以墓表請予，予念場屋之雅，不容孫。并揭其典式事行之大者，若幹家蠱、長鄉賦、馭衆逮下，凡有家者之常，則略而不書，觀德者於此考之足矣。

翰林吴封君墓表

吴縣天平山龍岡之原，爲封翰林編修吴君葬地，實君所自卜者。弘治戊申，葬厥配司孺人，而虚其壙之半。越十有三年庚申，君以壽終。其子一鵬卜明年辛酉九月某日啓壙而窆，從治命也。

君諱行，字仲恒，世爲長洲著姓。祖諱敬，考諱宗，皆隱於農。君少時，父客死，母周氏亦卒，家遂落。君内負幹力，奮自樹植，徙居蘇城，朝夕拮据，積二十餘年，始復故業，且寖加裕焉。顧樂義舉，遇鄰黨貧乏，爲解橐；逋不能償者，或折其券，至有急，復周之。他如建橋浚井，凡可爲物濟者，爲之無所讓。教子專用儒業。及一鵬舉進士，入翰林，獲沾錫命。每戒以積學修行，諄諄書札間不厭也。性度豁達，尤喜遊眺。與徐侍郎公肅友善，嘗從至京師，遊玉泉諸山，信宿而返。家居山水間，登覽不輟。未病一月，忽買舟遍抵鄉邑，與親友敍舊故。至徐公，談笑竟日，若與訣别者。比歸，疾作，且呼酒遍飲家人，復自引滿，合歌以侑觴。遂沐浴更新衣，以夙所治斂具授其孫曰：「吾且逝矣。」明日，乃屬纊。其終始不亂如此，可謂賢矣。

司孺人亦常熟令族，生有内德，能勤與儉。其始歸，值君貧，時協力治業，以底於成。一鵬嘗溺水幾殆，孺人投水中抱出之。愛不弛教，每佐君督課。一鵬或購書，歸取直，值君他出，孺人易他物酬之。客至，躬治饋具，留與論議，惟恐其去。若父葬母饋及二弟之婚，皆與有力。然請必君出，弗敢專也。故君恒宜之，一鵬亦賴以有立。鄉之稱内德者，蓋不能釋云。

一鵬念秋試時不獲視母含斂，及聞父病，將請告而訃已至，痛不自置，乃圖爲不朽計，奉其同官周朝振狀，乞予表墓。予校藝禮闈，得一鵬，奇其文。又奉詔授業，見其雅潔可愛重。亦嘗一再接君，知家學之有徵也。故爲之表。

君年七十二，生宣德己酉八月二十六日，卒以庚申十二月七日。孺人四十七，生正統庚申十月十一日，卒於成化丙午，即君生之日也。繼趙氏，封孺人。惟一鵬一子。有孫三人：子忠、子孝、子文。女孫一，許嫁劉默。

明故廣東布政司右參政戴師文墓表

成化戊戌，予同考禮部，得師文卷，心異之，曰：「是必博學多才之士。」比揭榜，戴姓豪名，浙江人。退訪之，方石謝先生曰：「吾鄉名後進也。」廷試之日，方石實受卷，見其策，亦大奇之。登二甲進士優等，後累官至參政以卒。方石方家居，爲著墓誌，且以書要予表其墓道之石。其父亦予京闈所取士，知安州，將告歸，遣使申請。而方石適被召入國學，重爲速予。予值有哭子之慟，痛稍定，於師文重有感，不能置也。

按：戴氏出台之黄巖宋石屏先生九靈之後，歷宋、元，爲文獻著姓。再徙温嶺，今分隸太平，太平亦台屬縣也。師文之大父諱圭，隱處不仕。父名通，宿學不售，實以經業教師文。師文貴，請以其官封之。不受，竟自取鄉貢。母陳氏，累封爲宜人。師文年二十舉於鄉，將試禮部。其父少之，不遣行。久乃得遣，遂連捷。授兵部武庫主事，主隸役出納，力遠污，然數年稍遷員外郎，亦未有以自見。擢職方郎中，主營鎮戰守官士調遣之務，會邊報，旁午夙夜，綜畫應答如響。尚書以下皆倚重之，不欲使居外。資望既積，擢廣東右參政以去，時年三十有六而已，而輿議猶若以爲詘。師文益殫志慮，思有以救弊拯困。未及一施，而遽以疾卒。大夫士聞者無不歎且惜之，不獨於知者爲然。

師文嗜問學，自爲舉業，已窺見古詩文機格，時有所出入。既優仕，壹意研究，深得肯綮。間以所著質予，予益以信知之非誣。師文卒，乃見其所謂贅言録者，中間有檢飭自勵語，期無負方石先生及予，蓋師文視予猶其視方石也。嗟乎！考校之職，得一士焉藉以自慰，且期其有所建立，以相引重。有士如師文者，其文章行業皆足以大顯於世，而竟弗究以死，豈不重可惜哉！亦豈不重可痛哉！

師文卒以弘治甲寅六月某日，以某年某月歸葬於某山之原。娶鍾氏，封宜人。子二，曰曾、曰魯。女五，皆未嫁。師文之名，託諸方石，固足以不朽。然圖顯録而互見者，宜表之不可無，乃敍而表之，曰「廣東右參政戴師文之墓」。

遺善處士顧公墓表

遺善處士顧公諱顯，字文顯，松江華亭人。遺善其所自號，人遂以是稱之。公既没且久，其子封翰林編修瓊欲白其潛德未果，其孫侍讀清嘗撰述爲狀，比以母喪歸，因請於予，將刻石表諸墓道，成父志也。

公端重有則，童時學鄉校，不煩其師。性孝愛。父晚歲喜賓客，每先意治具，夜歸，必潔枕席，候之門，至則扶掖以入，既寢然後退，雖盛寒暑不廢也。姑之夫贅於家，視其二子，不異同氣，共案而食者五十年。後欲分所有，且自名便利，如其欲予之。鄰人侵所居地，見而不問。家人以爲言，曰：「爾曹第努力，彼能侵之，其子孫未必能守也。」已而果然。配沈氏，早卒。公年僅逾三十，旁無媵侍。或諷令繼娶，曰：「吾既有二子矣，若娶而不愛，徒傷吾心。」躬自撫鞠，終身不再議。清甫能言，即教以方。數居近市，有争鬭屠殺者，攜而避之。及諸孫列侍，默授書史，誦康節誡子辭，曰：「吾願汝輩爲上品人。」尤樂與人善，聞人過則掩覆之。惟謾詐殄暴者，誚讓不少貸，鄉後進皆有所畏法焉。平生惟一再入城，目不識官府，耳不聽淫樂，手不執銖兩纖嗇之物，口不道市井機械之言，身不蹈危險僇辱凡不義之事。雖閲世甚久，際物甚衆，而秉彜之懿，固未喪也。蓋清之自述云爾。

夫人之有庸言恒行，閭閻畎畝之子弟不能知，知之不能傳，雖士大夫家亦或然。然禮所謂弗明弗仁者，蓋專責之士大夫，其他則不暇責也。若詞臣史氏之施於人者，發潛闡秘，往往有之，而於其祖或不及焉，何心哉？清以文學名，家庭軌範，皆得於濡染薰炙之間，其辭核而理可據信也。且語以大孝爲揚名，次不辱，又次能養，則懿行雅操、榮名寵錫如清也者，豈徒以藻翰爲哉！予稔知清，因獲識封君性行端厚，已徵家教，沿流溯源，有不得不歸之公者。及考其實，固治世之逸民、畿邦之遺老也。是雖生不賓於鄉，没不祭於社，而勒名紀行，爲後來表式，亦獨非史氏之所有事哉？

公曾祖貴一，祖秀一，考文理，世有隱德。公生永樂己丑四月十一日，卒於成化辛丑八月二十四日，年七十三。子二：封君其長，次琦。孫八：清其長，次積、慎、勤、勉、山、嵩、巖。曾孫五：天尋、天敍、天秩、天申、延齡。玄孫一，應陽。積、勉、天敍皆早卒。女二：長適唐誥，次適□夔。孫女三，玄孫女一。

初，公之喪，遭家多故。越八年，當弘治戊申正月七日，始葬於縣之修竹鄉吉麗橋祖墓之次。沈氏先葬，至是乃克合云。

大明周府封丘王教授贈承德郎户部主事李君墓表

慶陽李君惟中以教授卒於家，吾友都御史楊公應寧爲銘以葬，而墓道未表。後君以子夢陽貴，贈承德郎户部主事，夢陽乃請於予，且出其所自爲狀。夢陽學於楊公，又予禮部所舉士，其視予猶視楊公也，故予雖未識君，而亦不得而辭焉。

按：李氏出開封扶溝。君祖諱恩，從外舅戍慶陽，死事邊徼。考諱忠，有隱德。妣某氏，以節稱於鄉。君諱正，惟中字也。生而莊重自負，或誘以非道，内愧累日。家本饒，父好施而貧。君勤苦，力學爲文章，敏贍過人。試有司，久弗售。循次應貢，以親老授學職，爲阜平縣訓導。俗野不學，君嚴爲誨迪。越五年，士習勃然若丕變者，而君以家艱去。擢周府封丘王教授，王雅重之。數日不接，必問曰：「李先生無恙否？」有疾則躬往臨視，以爲常。王素嚴重，久寖和易，議者以爲輔導之助。前後四十年，官雖不顯，而隨所受任，以職務自飭固如此。世之人苟不獲顯位，自厭棄，不復有所振厲，觀於君，亦可以少省矣。

國朝之制，凡藩府官不得爲内朝卿士，惟身没而子貴者則得封。君之學未究於用，而用之教子。夢陽以文學發首解，登甲科，砥礪名行，表然見郎署。君預被封錫，獲報於身後，其視諸所自得之也，一間耳。然則有子而不知教者，亦獨不以君爲法哉？以是表於君墓，亦鄉邦之勸也。

君配孺人高氏，赤城農家女，嚴明有内則。既歸君，薪水舂爨、績紝澣濯之事，無一不親。事姑極孝敬，或不懌，則率諸幼羅跪，曲爲愉悦，必意釋乃已。此其賢克稱爲婦者，故并書之。孺人以就養卒於京師，夢陽扶柩過河南，殯於城北。越二年，君啓王得假，以喪歸。道得疾，至陝增劇，抵慶陽六日而卒。王嗟悼不置，遣使即其家致吊賻焉。

君生正統己未十二月二十二日，卒於弘治乙卯五月十六日，年五十七。孺人生正統庚申五月二十五日，其卒以弘治癸丑八月二十九日，年五十四。乙卯七月一日，葬府城南十里君所自卜地且預期爲孺人葬者，至是乃合窆云。君三子：長夢和，次夢陽，次夢章。孫四：根、本、枝、葉。女二人。

明故贈翰林院編修蔣君墓表

全州之望曰蔣氏，蔣氏之彦曰封君，諱良，字希玉。高祖榮卿，曾祖志敏。祖貫，舉湖廣鄉貢，官至刑部員外郎。考安，隱於鄉。

君生而多疾，祖母蒙、母滕更相保抱，賴以有成。年十六，爲州學生，端雅好學，提學官至以友呼之，爲易其舊字，後所稱者是也。正統丁卯，舉廣西鄉貢，屢試禮部，弗利，卒國子業。天順丁丑，謁選吏部，授雲南河西知縣。縣多夷獠，好惡無常性，君壹事撫化，不任鞭撲。平賦役，循田野，教民力作。越數年，增户四之一。修建學舍，增弟子員。親據案講説，誘使爲文藝，自是始有登科第者。尤善制彊梗，有寸白里，多不逞，武斷鄉曲，持官税，不時納。君械治其尤者數人，餘斂不敢肆。官長有迂視之者，至是始歎服焉。九載將上計，耆老數十輩投牒借留之，布政按察亟爲草奏。奏且上，君念母老欲歸，覬以情告，乃止。於是備録狀奏驛致之，以示褒奬。既上吏部，改廣東都指揮使司副斷事，品均而職散，類左遷者，人爲之不平，君自若也。凡獄涉民事者，時承檄治之，亦爲盡力，未嘗自弛。間讞獄於韶，聞母喪歸。歸數月而卒，卒之日爲成化甲午三月二十五日，年五十八。其年十二月二十七日，葬柳山甲峰亭之右。後十八年爲弘治辛亥，以子冕初命，贈文林郎翰林院編修。君仕雖不顯，卒以子貴。有孫自府學生履端以下若干人，孫女若干人。於位不稱德之義，固亦有徵哉！

君事父愉婉。在官得異味，必思其母。以世業讓二弟，其自奉計口置田。所得俸稍羸，散諸姻族舊故及凡貧乏者。人有過，務爲掩覆，雖犯不與校。讀書求大義，喜爲詩，裁取適意，不事劇鉥。而教子務通博，以古文章家爲法。病革時，召家子昇於外，手書數十字遺之，命酒三釂，朗吟古詩二句，即就枕，翛然而逝。蓋其心宇清泰，故至死不亂如此，然則其所養者可知已。

娶郭氏，贈孺人，柔謹有婦道。實生昇，舉進士，歷南京監察御史，今爲汝寧知府。二女，適俞洪、滕暉。次陳氏，封太孺人。實生冕及昪。昪早卒，冕舉解元、進士，累官右春坊右中允。昇、冕皆性行醇懿，各以法比文學善於其職，而冕尤顯。比在講筵，予告省母，乃述君事行，請予文以傳。且曰：「先君子志行期不愧古人，古之人固有若是而傳者矣。」嗚呼！予文曷足以爲君地哉，顧君之行誠有不可泯者，因次第其狀，表於君墓。是爲表。

明故封徵仕郎刑科給事中鍾君墓表

嶺海間多幽人逸士，顧僻在南服，去京師遠甚，非有所憑藉，或老死巖穴，名不達於朝者。若鍾封君松雪翁者，非其子兵科給事中渤之賢，人莫之知也。君卒，渤介其同官王工科文哲造予，請爲文表墓。自述父德，哀咽不能詳。文哲爲畢其說曰：

封君諱鐸，字文振，廣東東莞人也。生而穎異好學，學舉子，方弱冠，州縣薦以應試。其父不欲使去左右，君素孝謹，因曰：「仕以爲親，親弗樂，將焉用仕？」遂棄不復業。家居色養，外内無間言。比壯，以貧故出遊江湖。過豫章，下金陵，遍於吴越之墟，挾所有爲賈服計，銖累寸積，家日以益裕。已而歸，曰：「吾非好遊者也。」每讀書爲歌詩，多所自得，尤究心小學一書。人欲淑其子弟者，延至家塾，則欣然就之，誘導不倦。其教子尤肅，嘗手抄經義數百篇，授渤曰：「吾志在此，今以畀汝矣。」渤既舉進士，獲以初命封君徵仕郎刑科給事中。君益謙慎自視，與韋布無異。且戒其族姓曰：「魚鹽之利，小民所恃爲命者，慎勿奪之。」鄰邑有荒地數百畝，可渠而爲田。君集衆力圖之，垂成而争者至，君遽以讓之。其人償半直，君悉分於衆，一無所取。至于恤孤拯難，恒汲汲若弗及然，故鄉人皆以長者稱之。其崇尚禮義，不自矜溢如此，然猶有世德焉。

君考諱玘，號横溪，素履恬靖，年七十，未嘗至公府。祖諱定安，號守孄先生，始遷横塘。嘗分田贍族，煮茗以飲行者。大父諱立成，僑居良平，時已以善聞。其慶澤所繇來遠矣。

退次第其言，爲狀以致予。予憮然歎曰：鄉之評自古有之，蓋耳目所逮，毫髮不容遁。然孔子論好惡，於鄉人之善不善，固有所擇。苟其所不合，雖不爲所好，無損也。文哲爲諫官，方以論議榮辱天下，非阿所好者。矧其指事核實，鑿鑿可據信哉？

渤以家學成父志，器識閎偉，恪勤職業，將大爲揚顯地。比之蠱幹，其道有光焉。然則君固藉是以傳，矧其鄉文顯且賢如文哲者哉？

君年七十三，生宣德癸丑三月二十四日，其卒以弘治乙丑四月二十日。渤以左給事中奉使南服，將取道歸省，及途而訃至。既復命于朝，以終制告，卜正德丙寅某月某日葬君於某山之原。

君配陳氏，有淑德，封孺人。子四：長濂，其次渤也；次渭，次沂，縣學生。女二：長適鄭允讓，次適胡江，先卒。孫十，曾孫三。

渤之舉禮部也，予實校其文，故爲之表君，俾世世有聞焉。

毛閒翁墓表

蘇之太倉州有百歲翁，毛姓，諱弼，字惟忠，晚自號爲閒翁，人亦翁之。

翁生而質美，不假問學。慎身寡欲，無僞言飾行。宅心夷曠，待物以和，遇横逆，未始與較讎。居貧，能以所受田讓其兄。嘗獨處，有少婦來奔，正色叱之。後三十年，其配王孺人始以告其家，鄉人莫之知也。成化丁未，詔民年八十以上賜冠服及肉帛，翁實應格。或諷令稍增年至九十，冀多得帛。翁曰：「朝廷施不報之德，又欺而取之，何心哉？」此二事皆君子之所用其心者。使出爲世用，則其所操執、所施措必非負國與民者也。教其子昇曰：「汝爲商以供吾養。」遂致洗腆，安其高年。昇亦簡易儉約，讀書好禮，後以子貴累贈奉政大夫左春坊左庶子兼翰林侍讀。人皆稱之曰：「此毛閒翁之子也。」教其孫澄曰：「汝爲士以亢吾宗。」澄狀元及第，累官左庶子兼侍讀，賜四品服，直經帷，修國史，以學行稱於時。人皆曰：「此毛閒翁之孫也。」

州之始建，翁實應聘爲鄉飲大賓。及澄歸省，值翁壽期，大夫士爲賦頌以相豔慕，故翁之名老而益彰，蓋不獨於鄉爲然。弘治辛酉十一月日南至，無疾而終，葬於州城北陳涇之南翁所作壽藏。王孺人先卒且葬，至是祔焉。

翁惟一子，三女皆嫁名族。五孫：曰洪、浩、澄、津、淵。曾孫八：曰希原、希良、希吉、希茂、希秉、希亮、希徽、希贊。玄孫二，曰與幾、與立。

於戲！古之論壽者必歸之世運，蓋雖其人之善，有不能以獨致者。我太祖除殘定亂，瘡痍之民死而復蘇，太宗始奠大業，曁於宣廟。翁嘗繇京師瞻輦轂，預聞刑賞之大。累朝以來，休養生息，以至今日，庶富之效極矣。而翁適際其盛，身不出鄉閈，足不至公室，秤尺之具不經於目，甲兵敲扑之聲不入於耳，安居色養，全而歸之。箕子所謂攸好德考終命，邵子所謂生太平世老太平世者，殆兼之矣。是非間氣之所萃故歟？

太倉本崑山地，有周壽誼者生於宋季，入國朝洪武初，爲鄉飲賓，至百有餘歲而卒，郡志書之，以爲奇事。後之壽者固多，其至百者，惟翁一人而已。然周雖終始盛世，而壯長於夷狄僭竊之時，宜無以自樂者，其子孫亦未甚顯，況賢且貴如毛氏者哉？揭名著行，附諸貴德尚齒之義，誠不可泯没於後。澄以禮部之舉，予實校其文。比奔母喪，有事於墓，念祖德未表，請予文刻於墓道，乃按其所自爲志而復論其大者如此云。

李東陽全集卷七十九

懷麓堂文後稿卷之十七

墓表

明故南京户部郎中致仕進階中憲大夫羅公墓表

吾郡有耆德之士曰中憲羅公，予蓋及見焉。修眉廣顙，朴中茂外，偉然長者也。自致政歸十餘年，卜築府城中。端居簡出，優遊自適，饗子孫之奉，卒不失其正以終。嗚呼！今安復有斯人哉。

羅氏之先出吉安巇下，後徙家長沙，今之茶陵州，自宋以來多顯者。公高祖十九府君爲元國子生，其季子曰丙翁。丙翁之季子曰汶，在國初爲燕山護衛斷事，承敕理冤獄，活四十餘人。斷事之季子曰懋，公父也。

公諱琥，字彦武，生而孑立，無兄弟，以孝聞。茶陵時爲縣，以縣學生膺貢，升國監。以楷書選入中書，録文武官誥敕。正統己未，授南陽府通判，督賦有法。承檄捕盜，盜皆就獲，辯其誣者五人，縱遣之。孫公原貞爲河南參政，檄勸穀麥二十餘萬，以備賑貸。宋參政琰檄撫流民二萬餘户附籍諸縣，民甚安之。余肅愍公爲兵部侍郎巡撫河南，檄築封丘堤，疏黄河八十餘里，下張秋入於運河。三載考績，乞歸省母，又檄運京儲邊餉若干石。丁内艱歸，州縣請留之，制弗許。景泰庚午，服闋，改衢州府。會有劇賊，時孫公爲兵部尚書，軒公輗爲都御史，皆在兩浙，檄公領兵三千，駐遂昌諸縣，獲其黨三十餘人，以功賜金帛諸物。秩滿九載，超擢爲南京户部郎中。部檄勘官屋鈔直、監收京儲、造茶鹽印契諸事，事皆集。值尚書闕，署掌部事，諸司皆受令焉。復滿九載，自通判至是，其考最之辭，皆備極獎許。其大者則有「公廉端慎」之稱。將大擢，以子鐔膺貢、鑒舉鄉薦，乃謝事歸。後以詔例進階中憲大夫。鑒舉進士，爲給事中，爲參議，皆及見之。

卒之年九十有四，弘治癸丑十一月七日也。明年某月，葬於某山之原。配陳氏，封宜人。貳室鄭氏，以子貴，從夫階贈宜人。子九：鍳、鎧、鐔、鈿、崟、鋈、鑒、鑾、鎣。崟早卒，鐔奉新縣丞，鑒今爲陝西右布政使，餘皆以輸粟爲義官。孫三十一：庭、椿、松、柏、桂、槐、楠、梅、梓、梧、榴、相、樟、杞、楊、模、樹、檜、棐、榆、梁、椅、奈、材、傑、柷、彬、樞、栟、植、杏、柯。椿、桂、梓亦義官。曾孫十有五：熿、煒、熇、炳、燦、耀、燔、焲、煥、烜、焯、燈、炯、焊、某。玄孫幾。女一，孫女二十有二，曾孫女十有幾，玄孫女若干。

昔李遷哲男女第宅聯接十餘里，子孫參見，或忘其年名，據簿以審。公之嗣續，殆或近之。東陽生晚，耳目所逮，匪直一郡，求之四方，指不能以再屈也。況經術相紹，簪組交映，而布政君之清謹恒固，顯庸未艾，足以振起而揚厲之哉！然則公雖没，而其榮名盛業所以爲不朽者固在是，足爲鄉後進者勸，而非徒以壽考嗣續爲也。布政君與予交厚且久，奉四川參政唐君震狀請表公墓，數歲弗能復。今唐君亦已壽終，狀所書子孫復增於舊，則據今所增者書之，以俟其後云。

明故江西按察司僉事馮公墓表

昔在國初洪武、永樂間，豪傑並用，中外大小，各稱厥職。承平百餘年，壯者耄，耄者盡，子長孫代，更而世易，非有尊爵重位、奇功異迹，雖善不能傳。其傳者非其遺民故吏之有知識，則子孫之賢且貴。民若吏之無知，子孫賤且弗類，不能稱述而揚顯之，則終於無聞，豈不重可惜哉！

若浙之餘姚有僉事馮公者，人始未之知也。公諱本清，宋樞密使京之後。曾祖通義，祖彦誠，考伯泰，皆隱於鄉。

公生於洪武元年，少學春秋，遊縣學，膺貢爲國子生。授湖廣道監察御史，在壬午之歲，蓋所謂三十五年者也。永樂甲申，奉文皇帝敕，同錦衣衛刑科官撫蘇、松、常三府。長洲有宿盜，聚至數百人，督兵擒之。同事者欲概論大辟，公不可，奏誅其首惡十餘，餘差爲五等，皆得不死。上海行臺有淫祠爲孽，前御史輒避不居，公入而毁之，妖遂息。他如按臟吏，振士風，善政尤著。再巡四川、甘肅，亦如之。都御史顧公佐重許可，凡臺議疏奏，俾閱而後行。庚寅，扈從北狩歸。辛卯，考績，擢福建按察司僉事，分巡漳、泉諸府，兼理海道。庭無留案，惟死獄必審，平反甚衆。府歲輸番貸百萬，而非其産，公請半折鈔以蘇民力。建寧大水，溺者争附槎木，蔽川而下，公聯百艘爲浮梁，截流救之，活數千百人。會天變，陳時政，甚見嘉納。時逋賦繁重，廷簡方面官分道徵之。公得太平諸府，以民貧不忍督迫，善爲撫諭，民感激，爲之稱貸以輸，僅逾月而畢事。

宣德丁未，改江西，巡饒、信諸府。與御史俞謙録囚安仁，方莅事，忽得風疾，端坐而逝。俞督官屬治棺斂，歸其喪葬焉，年六十矣。

其爲人孝謹，不苟爲趨避，久且不變。嘗自號曰介庵，人亦以是稱之。

娶徐氏，子三：長綸，好學秉禮，人稱爲正庵先生；次經、綱。孫亦三：長福，爲縣學生，未試而卒；次憲，以長厚聞，用子蘭貴封奉直大夫刑部員外郎；次胤。曾孫幾：蘭舉進士，爲翰林庶吉士，累官江西提學副使，文學治行，綽有時譽，爲當道所阨而罷，論者至今惜之；次某、某、某。

公墓在縣之華原，正庵植松成林，蔚爲鄉望。成化間海溢盡壞，提學歸，手復封樹爲廬室，後以其伯及父祔焉。間爲書抵予，致太常吕少卿升彰狀請表公墓。公之没越四世八十年，而其事乃大顯於世，蓋自提學始，若予文惡足以爲公重哉！

贈户科給事中薛君墓表

易稱「幹父之蠱」，蓋取諸器；書稱「堂構播穫」，蓋取諸田與室：皆以小喻大。家之有業，莫切乎是三者。君子之論興替，必先焉，則其大者可從而識矣。且子之於父，蠱有幹以爲之用，室有構以爲之居，田有穫以爲之食。則凡其親之饗於身者，皆其所自遺也，而況有大於是者乎？予於薛氏之興，得其父子之賢，因爲其子表其父，以爲世勸。

君諱雲，字成霖。本河東望族，譜傳自唐少保稷始居常州江陰之寶池鄉。今鄉有稷山，實以是名。五世祖諱兼，入國朝，以楷書召預書誥敕，引疾歸其鄉。兼生文遠，出贅黄橋楊氏，生佺，世有隱德。佺實生君。

君髫時，以才俊簡爲縣學生。比長，爲尚書舉子業。業成，連試不利。丁外艱，力治喪葬。服既闋，猶悲慟，久未起復。學官以曠廢舉白當道，例黜爲府從事。君隱忍就役，然不爲習變。知府孫仁御下頗嚴，獨器重君，委以雜務，幹治井井。部使以猛厲稱者，亦假辭色遇之。值歲饑，輸穀若干斛以佐賑貸，獲給冠服。待次家居者數年，期且至，不屑就選，竟弗出。

平居友愛。諸昆弟有過，則懇曲開諭。撫羣從子，不異己出。有寡姊，事之終身。棺斂葬祭必親治，雖冒雨感疾，弗恤也。其治家嚴而有則。子侄無少長，侍立終日。下逮厮僕，咸凛凛屏氣。庭宇闃寂，肅如公室。而教子尤切，以所業授仲子金曰：「汝爲我成之。」金之舉鄉貢也，猶及見焉。既卒之三年，金舉進士，入翰林，爲庶吉士。又二年，授户科給事中。又一年，今天子御極，恭上兩宫尊號，以恩贈君徵仕郎户部給事中。蓋金以文學論議顯於時，以及其親，而君之志始畢，論者謂金於是乎能子。金念父德久不白，間奉張進士簡所著狀，請表君墓，故書之。

君生正統壬戌六月二十四日，卒於弘治己未八月二十日，年五十八。辛酉十二月十六日，葬於卜兆村之新阡。配陳氏，贈孺人。繼徐氏，封太孺人。子四：長鑌；金其次也；又次鏵，出繼君之季弟雷；次鈺。女一，適縣學生張穀。孫七：如珊、如瑭、如珪、如璋、如璠、如瓛、如瑄。女孫五。

明故贈文林郎廣東道監察御史石公墓表

予每檢故篋，見同年按察副使石君大器所著其父文林公行狀，蓋徵予爲表墓者。倐十餘年，君之墓木已拱矣，而舊諾尚闕，未嘗不憮然感之。比其伯子玠以御史繼爲副使，提學山西，仲子珤自講筵擢南京翰林侍讀學士，將道歸省墓，則須此以行。嗚呼！是安可負哉。

按狀：石氏爲真定藁城世族。其先有長卿、漢卿、才卿者，並以直義聞於鄉里，人至今稱爲三石家。元季喪亂，子孫皆轉徙他郡。入國朝，乃復故業。公祖諱永，考諱友智，世有隱德。

公生而爽朗曠達，不事容飾，學春秋。永樂癸卯，舉順天鄉貢，甲辰，中禮部乙科，授山西臨晉縣學教諭。時年甫弱冠，抗顔立教，寬而有則，人不敢易視。當道亦器重之，使攝縣事。坐逸死罪囚就逮，罪且不測。按察廉其無他，以常律論，左遷廣東河泊所大使。人以風土弗習，諷令勿赴。公曰：「事君者罪不逃刑。」亟上道。數年，以疾卒於官，年三十有二而已，識者惜之。

配時氏，早卒。繼孺人徐氏，廣信上饒人，宋國子祭酒元傑之後。父聆，知藁城，因家焉。孺人婉嫕幽潔，通書史大義。公在臨晉時，禮迎於官，年二十有六矣。在韶遭公喪，力謀返葬。有張參政者，藁城執友也，欲留俟入覲，挈之以歸。辭曰：「夫死之，謂何而宴安是圖？」至上饒，宗人亦留之，曰：「聞而夫門户已落，太夫人亦謝世，歸且無所於依。是父母之邦也，盍少駐焉？」復辭曰：「吾尚不敢緩，而敢留乎？」竟間關達藁城，族黨尊幼皆壯而悲之。既葬公，命其子曰：「璽，汝力父田！」曰：「玉，汝讀父書！」玉，大器名也。其後産數破，孺人脱簪珥給膏燭，且盡，則勸耕課績以共之，如是者幾二十年。及玉舉進士，爲監察御史，每諭以平反。故玉持憲久，雖號嚴肅，而常依於恕。成化丙戌，府縣上其節，詔旌爲貞節之門。明年丁亥，卒於京師，年五十有七。又三年，玉以考最贈公文林郎廣東道監察御史，孺人亦被封命。人蓋曰：「石氏有子。」及玠、琣繼舉進士，以文行論議各舉其官，則又曰：「石氏其有孫乎！」

予嘗歎按察君才不盡用，以爲公所積累抑而不發。及再世迭見，方隆而未艾，然後知蓄之久者發必大，在物固然，而非旦夕所可必也。然則士君子修德行義，固將盡所當爲，而曷嘗以預必哉？苟其願皆可以預必，則世之乘時射利、竭志力以毆之者無所往而弗獲矣。因表石公，以爲世戒。

翰林倫封君墓表

士有所負，挾而不用，不過施於家，及乎其鄉而止，其名與姓天下蓋鮮知之。及生而有子，有子而能教，教之賢且貴，則因以錫於朝廷而聞四方。然非身有其實，亦不過憑藉光寵而止，惡能久而不朽哉？予嘗求之嶺海之間，則倫封君其人也。

君諱明，字宗立，號月林。少嘗問學，性敏而劬。年十五，遘黄賊之亂，疲於竄越，弗克究厥業。兵荒後僅修墻屋，室如懸磬，備歷艱苦，躬農販爲養。有伯兄某號穀林先生者，爲鄉校師，卒，君適代其事。志兼斆學，博綜羣籍，寄情吟詠，已而大有所得。或謂其才局非乾没者，諷令幕畫州郡，以階仕進。君謝曰：「吾年四十而無以自見，其所就可知，而更進乎？」識者知其巽辭以謝，實非其好也。自是抹摋世務，混迹鄉落，益務爲韜戢，不以所有先人，而中屹屹不爲流俗所動。五昆弟皆蚤世，撫其孤八九人。當門祚衰落，孑立無援，而强獷有力者不敢以弱肉視之。誤有吞噬，旋亦脱牙，吐喙以去，君夷然一聽其所爲。顧值不平事，則善爲開諭，不假激辭怒色，而悔心革面者亦時有之。遠邇人士，造訪寄寓，傾接之際，皆自以爲不及，且曰：「有人如此，而世不見録焉，何也？」

文敍以省元連擢廷魁，授翰林修撰，君就養京邸。公卿以下謂文敍志行識度足當遠大，及見君，則相與歎且羨曰：「固宜有子如此！」君歸一年，敕封如子官，階儒林郎。貴有名秩，監牧守令，庭分禮抗，非復曩昔比，而君亦遜處欿視若韋布然，於是益以見君之賢云。今天子嗣位，文敍頒詔安南，將過家展覲，未至，道得訃，乃奔還襄事，而告守制於朝，禮也。

倫之先以爵氏散處關輔，唐末多避地嶺南，宋有自南雄起爲廣州教授者，始居南海縣之魁岡。祖觀德以上，皆隱於農。父敔，號聚慶先生，殖善爲業，期至君當顯，再世乃大顯。

君生宣德癸丑十月二十七日，卒於弘治乙丑十月十六日，年七十。正德丙寅，葬於望天堂岡之南麓。配何氏，同邑宦族，閫範純備，封安人。子四：文敘其長，次文敬、文敷、文澈，文敷，府學生。孫三：以諒、以評、以誂。女孫九，長許嫁廣西右布政使陳君穖之子某。

君之葬也，文敘依朱子家禮誌於壙，直述其族里生卒，曰：「我不敢文也。」其上京師，請予表墓，奉監察御史張君津狀，曰：「是皆實行取質於吾鄉者，我不敢誣也。」予以文藝知文敘於人人中，久而信其賢，且嘗一再接君，得其所爲教者，因爲文表君，而亦舉其實，庶幾信於其鄉以及於天下，俾其後有徵焉。

明故河南布政司右參政進階嘉議大夫顧君墓表

吾友雲崖顧君居母喪時，廬於姑蘇周山之墓。予歸自湖南，夜抵廬下，呼而起，因歎世所旌廬墓事多文而寡實。雲崖既不自衒，當時有司亦無能旌之者。後三十餘年，知府林世遠始旌於朝，未及報而雲崖卒矣。予故表於其墓，特舉其大者先焉。

雲崖姓顧氏，諱福，字天錫，雲崖其所自號。世爲江東著姓，曾祖某，祖某，皆隱於鄉。考諱賢，以工籍隸順天之大興，後贈儒林郎、光禄寺丞。雲崖以成化乙酉舉鄉貢，丙戌，登進士第。歷刑部主事、員外郎、郎中〔一〕，調永州府同知，遷知吉安府，擢河南布政司右參政，分司南陽，致仕卒。

初，在刑部，聲甚著。録囚山西，多至七千餘衆，平反者六十餘人，前後四十餘疏，多見采納。每攝他司事，事皆立辦。勘獄浙江，發鉅贓七千餘兩。時錦衣千户吴綬勢甚熏灼，勘獄者皆往受成議，雲崖獨不往會。下詔獄，遂摘其疵誤，出永州。受檄決獄，至兼旁郡。有部檄徵芽茶、香草，雲崖計合藩所徵全數，上疏請停之。至吉安，承大猛後，稍濟以寬，剸理繁錯，不動聲氣，而條緒具舉。張都憲公實、周都憲時可、劉侍講景元，皆慎許可，特稱顧君。獨不善事上官，或以簿書相窘，然即所治校之諸郡，不啻兼之矣。陳時政六事，時議韙之。參政報至，民兵數千人遮道泣送，府及千户所各留一靴，以表去思。

南陽宗藩軍校多不戢，每用理斷，亦無怨辭。撫徠流徙，復業者至四千餘户。修諸葛武侯廟及閲武場，開拓有加。其去也，以老疾名。蓋郡人在言路者以私請，弗獲，故陰爲媒蘖，而其藩人猶惋惜不少置。雲崖乃自歎曰：「藩不負吾，而郡負吾，賴幸有二三知己者存，尚何言哉！」知己者，張、劉、周也。

雲崖既歸，日與鄉大夫士觴詠爲樂，足不至公府，手不操書札，惟歲時以詩寄予，未病前一月猶然。嗚呼！詎意其遽至此耶？

雲崖尚意氣，故人潘郎中琚客死，斂葬之。其子鼎方十歲，攜以自隨。比長，以女贅之。又置田廬於蘇，居其寡孤。後鼎舉鄉貢，卒於京，又遣人葬之。趙知府禎沒，又以次女妻其子鎬。尤篤倫誼。弟禄早世，葬北土者二十年，亦歸祔祖墓。恤其嫠，俾不貳志，今旌爲節婦。事其兄光禄丞禎甚謹，嫂欲析居，即俯孫於外，泣告於兄，乃得歸。然引咎自責，未嘗一以語人，人益難之。而廬墓事尤大且著云。

雲崖娶李氏，封安人。五子：長問，次闓、閎，又次閏、聞。側出女一。雲崖生正統戊午某月某日，卒于正統戊辰六月二十一日，壽七十一。是年某月某日葬。

【校勘記】

〔一〕「刑」，底本空缺，抄本作「刑」，據補。

明故刑部員外郎劉君墓表

刑部員外郎劉君天瑞既寢疾，自度不能起，屬其子翰林編修龍請予表墓。君母太恭人之葬，予實爲銘。銘表皆以龍請者，龍蓋予禮部所舉士也。乃按豐編修原學狀而表之曰：

君姓劉氏，諱鳳儀，天瑞字也。譜傳出宋元城忠定公後，有曰務者，避金亂，徙潞之襄垣，凡八世。曾祖徵，明歷數，國初以遺逸徵，不就。祖端，永樂間貢士，終新安縣學教諭，贈監察御史。考諱潔，景泰間貢士，歷御史，至浙江按察司副使。

君弘治庚戌進士，授高密知縣。值歲饑後，逋租萬計，民流徙且半。極力綏輯，復二千餘户，逋亦寖舉。久之，積穀至三萬石以上，自是飢者賴焉。忽大旱，禱而雨。蝗傷稼，亦禱除之。縣地多荒，令民自墾田，得四十餘頃。戢奸宄，均賦役。獄雖小，必親鞫。非捕鉅猾，隸卒不至于鄉，民甚安之。比召入，邑人爲刻石紀績。爲户部主事，分司臨清，出納明允。以内艱服闋，改刑部，益精覈弗懈，庭無滯囚。凡所受判，往往皆帖服以去。然君亦以勤悴致疾，比遷員外郎，階奉訓大夫，未入謝而卒。

君少孤，能輦櫬歸葬，結茅墓左，課耕養母，以孝敬稱。撫庶弟鳳鳴，口授經義，每遊宦，必攜以自隨。姑所生子，委以家務餘二十年，求去，恣所欲取，仍割田廬畀之。叔母陳寡而無子，母事之，且爲置後。姻黨婚葬，亦視力爲周恤。有族屬來省疾，操白金佐醫藥費。君泣曰：「吾宗多貧，安取是？是益吾疾也。」竟弗納。

内弟有遺女失所，會李氏女没，俾繼之，曰：「猶吾女也。」其篤恩義類如此。

初，按察公之徙治荆襄也，叛者伏法，流民未有處，君時尚稚，以私書白公曰：「宜因而籍之。」按察欲上其計，弗果，後别命官往治，果郡縣而定，按察竟以是奇之。及有官守，更歷曹署，不克究厥藴以没。然劉氏祖子孫三世皆以文學行業取高第，爲美官，至翰林，乃益顯君之志，固不終負哉！

君生天順丁丑六月二十三日，卒以正德丁卯四月八日，葬以是年十二月一日，其地曰儒山之原。配封孺人張氏，湖廣按察僉事輗之女，知書史，以内治稱。三子者，長龍，次縣學生夔，次元。女二，皆適士族。孫二：承爵、承禄。凡銘誌所載，不復備舉云。

味泉錢處士墓表

無錫錢氏，故文獻家。予所銘識者殆數人，大抵以工部郎中世恩請。比其叔父味泉處士卒且葬，又請表焉。其辭曰：「榮固知先生之弗遑及也，顧以榮故，意者其不終拒乎？」嗚呼！世恩固能文者，而必我之託，蓋將以公視，而不敢以私預也。

處士諱浚，字孟浚，以居邇惠山，因號曰味泉。鄉之人謂其不屑仕也，皆稱曰味泉處士。生而岐嶷，多智識，而沉默不外見。弱歲代父長鄉賦，不令而集。居常勤穡事，月累歲積，其所拓業百倍於初。然益儉節，不妄費一錢。獨喜交賢大夫士，館穀饋贈，未嘗色吝，亦不以盛衰存亡易心，用是名籍籍動三吴間。每市田物，必稱其直。佃夫之貧者歲所入租，常十免其一，又以其二貸之，而弗收其息，於是佃者德之，相戒莫敢負業，顧以益裕。歲大侵，凡三出粟以佐賑濟。郡守擬授七品階，不受，以移其子杞。杞亦屢出粟，薦陞蘇州衛指揮僉事。縣令復欲官處士，不能彊，卒旌其門，禮之爲鄉飲賓。

處士雅服孝義，少刲股療父疾，居喪哀毁如禮。譜先世所遺文字，自武肅以後若干世，凡若干卷，傳於家。自族屬暨於鄉黨道路，周窮恤嫠，各當其分。嘗造石橋四，佐有司者半之。餘所施藥茗棺槨諸物，多至不可數。宋人所輯名賢確論者，近始出鈔本，騰貴或至一金。處士刻置家塾，其傳寖廣。蓋其晚歲所爲義舉類如此，而未竟也。處士年及歲制，乃自治壽藏於艮山之原，壽七十有一而卒。君子謂達生知命，正受而全歸者，處士近之矣。斯可謂一鄉之善士，非耶？

處士之父惟常翁之葬，内閣廬陵陳公爲誌，少保胡忠安公爲表，今譜所載者是已。然則君之賢不表而傳之，其可哉？君娶楊氏，先卒。子四人：杞最長，後處士三年卒；次樟，亦卒；集，其季也。孫六人，女孫二人。處士生宣德甲寅八月十日，卒於弘治甲子十月十有七日。越三年爲正德丁卯十月三日，乃窆楊氏，實合葬云。

贈文林郎廣西道監察御史陸君墓表

君姓陸氏，諱溥，字宗博，蘇之長洲人。系出吴大司馬抗，宋有千九朝議者，始居陳湖。四傳曰仲祥，以力田爲鉅家。又三傳曰起敬，娶於周，壯而無子，間夢其先人抱一兒遺之，乃生君。

性温厚謹飭，有鉅人度。稍長，其父若母若所生母夏繼卒，能禮治喪祭，去佛齋弗用，人稱爲難。既乃與其弟宗涵協力家政，以儉樸率下，家益起。平居無私藏，一飲食未常不共。遇族人，恩意尤厚，恒曰：「人能以祖宗之心爲心，則何疏戚之間？」居室服食待君而具者數人。所識窮乏若急難，赴之惟恐後。郡縣廉其賢，推長鄉賦，事不告廢，而以身爲民庇者尤多。未中歲，營别第，將謝紛冗，從賢士大夫遊，以詩酒圖史自老，而遽嬰疾以卒，其年甫四十二。後十年，以子完貴贈文林郎廣西道監察御史。

方君之疾也，鄉人相率走神祠祝曰：「幸活陸君，以終惠吾人。」比卒，皆往弔且哭曰：「公需甚急，孰爲我紓之？歲輸漕粟，多以破家産，孰貸我往役而蠲其息？地苦潦荒，孰不幸災爲利，且代我出粟以償逋賦如吾陸君者？」是言也，流聞郡城，郡之人皆歎且惜之。今吏部侍郎吴公原博爲君銘，載其事爲詳，予得而觀焉。

夫天道好生，故人之能利物者，天必佑之。若賞其心而酬其勞，至其多寡輕重，亦若有典籍存焉。雖旦夕不相應，要其終未有不合也。世之人知善之獲福而不爲，甚者肆爲兇惡，以召禍取僇，甘其心而不悔，亦獨何哉？陸君一布衣，無榮辱予奪之柄，而惠澤所被，至使人樂其生而哀其弗壽以死，其可謂之善，非邪？身没未幾，而子登高科，爲顯官，行績表著，貤天子之寵，以耀於厥世。君之所得，顧不既多矣哉！夫使富者散其財，强者輸其力，顯者施其澤，一人倡之，百人從而效之，自一鄉一國，以及於天下，天下之福寧有窮乎？

君之澤在一鄉，君之子又將爲天下用，天之報君，蓋自是未可量也。然則録名紀行，以垂後世，非獨以勵爲善，亦豈不足爲有子者勸哉？因用完請，表於君墓，而書其階秩與銘異者，表贈後作也。君以成化丁酉十二月己丑卒，己亥正月壬午葬，其地曰福壽山之原。娶華處士惟德之女，封孺人，有内行。子三：完其長，次宜，次宇。女亦三，皆嫁名族。

李東陽全集卷八十

懷麓堂文後稿卷之十八

碑銘

明故正議大夫資治尹户部左侍郎吴公神道碑銘

弘治九年某月某日，賜葬户部左侍郎吴公於漳浦雲霄里之原。蓋公之卒，朝廷特賜賻鈔三千貫，又給驛歸其喪，遣官諭祭，而其葬則有司所治者也。

公舉景泰初元鄉貢，登天順八年進士，授兵科給事中。時憲廟新即阼，百司皆悚厲修職，公陳正心用賢、簡名將、斥異端諸事。成化四年，與諸科合疏請溥恩澤，以廣繼嗣。七年，遷右給事中。九年，轉左給事中，以外艱去。十三年，改禮科。

十五年，進兵科都給事中。西廠久熾，公乘衆忿，倡諸科劾罷之。有鎮雲南者肆貪虐、鎮遼東者匿賊不以聞，又劾之。爲諫官二十年，前後論奏數上，雖少忤不變。又奉敕督馬政，考牧有法，見稱爲才。十九年，擢太僕寺少卿，再閱京營馬數。又召商市馬若干匹，以給邊兵。二十二年，進爲卿。二十三年，用廷薦擢户部右侍郎。總京儲事，寬不弛制。藩邸官卒多怙勢擅出納，輒繩以法。今天子嗣位，公莅事益謹。弘治四年，遷左侍郎，使□部事。五年，浙東西大水，敕公兼都察院左僉都御史往視其地。公宣德意，諏民隱，勸分平，糴給米穀三十萬石、銀七萬兩，蠲累歲逋賦數十萬。他如修海堤，塞銀冶，嚴禁溺女，申婚禮舊制，援古人政迹著爲編，刊布諸郡，民甚德之。六年，召還部。在部近九年，歷二考，累階正議大夫資治尹。壽六十五，疾卒，乙卯十一月十三日也。

公諱原，道本其字。鬚而長身，器宇豐碩。性篤厚，不樂爲深刻。居官能以儉養廉，而不廢賙給。同里客死凡數人，皆爲經理後事。甚者殯於家，雖盛暑大疫，不避也。痛父棄養，力共母事。爲給事，嘗乞歸省，爲侍郎，再乞，得賜鈔接驛以歸，鄉人榮之。尤景慕先哲，嘗請立宋儒陳北溪祠，歲祀於鄉。爲詩文，渾雅可愛，有奏議、雜文、紀行録及族譜若干卷，藏於家。

吴氏之先自固始徙晉江，五世祖福友仕元爲百户，屯田漳州，始爲漳浦人。祖諱榮禄，考諱晚紹。世有善行，俱以公貴累贈嘉議大夫户部右侍郎。祖妣蔡氏累贈淑人。母凌氏，累封太淑人。配林氏，封淑人。子一，曰夢麒，側室林氏出也，以廕爲國子生。孫一，曰崇。其弟提舉震、進士泰，皆以公教起科目。從兄森、從弟環皆至參政。故吴於漳最顯。

公與予同舉進士，久且厚，比遣子學於予。予既往吊哭，從其子之請，按翰林黄編修瀾狀，敍事著銘，俾刻於神道之石。銘曰：

吴出泰伯，族散南紀。縣江逮湖，東際於海。漳稱名邦，有地高塏。實生偉人，出佐天子。爲名進士，爲中給事。薦升大僚，以長卿寺。載遷户曹，式贊邦計。勳庸被褒，封及祖禰。惟祖及禰，世積仁累。溢爲鉅流，有決其匯。曷徵厥源，如彼漳水。公澤不匱，式續式似。有來後人，公德是視。

明故贈通議大夫都察院右副都御史徐公神道碑銘

有談常熟徐氏之盛者，溯處士公之賢，云公生元至正壬午，卒於國朝永樂丁酉，壽七十六。有子一，孫八，曾孫二十一，玄孫二十三。越八十餘年，三傳至若干人，而來者未艾，其盛如此。其間爲義官者六，爲縣學生者二，爲知縣者二。而恪以進士累官都察院右副都御史，至南京工部右侍郎。以都御史貴，獲贈公如其官。蓋公生亂世，入聖朝，闢家業，長孫子，衍支爲蕃，化隱爲顯。雖不及其身而與其名，非其積累之勤且厚，固不至是哉？

公諱賢，字孟明，世居常熟之邵舍里。曾祖諱埕，元海道萬户。祖諱恢祖，性豪邁，善草書，始遷漁梁，嘗傾家貲募鄉兵爲保障。考舉，實生公。

公幼通書史大義，旁及藝數。弱冠學春秋，未卒業。會天兵下蘇州，乃奉其祖父母徙縣城。備涉艱險，連遭四喪，造次不廢禮，已而復徙郡城。吴元年，天下大定，始挈家歸漁梁。業已廢，極力營治，久乃寖復，而闇不自耀。益慎遊處，每求自益。時吴文恪公訥未有名，公一見定交。吴既顯，亦重公不置也。公居鄉，恒服義食力，利所不當取，寧棄弗顧。晚倦家政，一以付其子訥。獨寄興林石間，或歌詠竟日，意不厭。每自詫曰：「使吾嬰一命於時，寧復有此樂哉！」一日謂訥曰：「吾平生無大過人者，惟以勤慎自免。今亦遺爾矣。」因沐浴就寢。明日，復與兄子言保族宜家之道甚悉，乃翛然而逝。訥後以行義稱，贈工科給事中，累贈如公官。君子曰：「不愧其父。」恪清慎不苟，嘗巡撫兩藩，風裁卓卓，爲時名人。君子曰：「不愧其祖。」然則，公之所自立以待其後之人者，亦豈獨官爵間哉？

恪既贈其祖，思有以闡潛德，昭靈寵，稽據典制，得建碑神道，託文字以傳，乃奉户部邵郎中寶狀請予銘。公墓在南沙鄉。配鄒氏，淑人，合葬。其孫曰慎、愷、悌、懷、忕、懌、悛、恪。曾孫曰綿、純、紘、綬、紀、縉、維、緗、徽、績、緯、縝、組、綎、練、綰、緇、縜、統、絅、綹。玄孫曰璠、瑞、琨、瑼、瑕、瓚、瓔、璣、璨、珙、琥、瑶、瓘、瑚、瑂、玭、環、璪、瑑、瑢、琳、璥、瓌。女以下若干人，適錢悦者詔以貞節旌其門，亦有得於父教，故附書之。銘曰：

明覆九宇，蘇實畿輔。粵有遺民，虞山之下。遁形巖穴，寄迹城府。抱貞履幽，永謝圭組。首霑王化，若飫膏雨。睟盎終身，行罔疵窳。曰予靡憾，中足仰俯。有生必歸，此固其所。斂華約贏，以遺來者。粵一再世，蟄若螽羽。有聞厥孫，若翼斯舉。爲國卿佐，光施於祖。沿流溯源，勢孰予御？生有堂構，没有封樹。維百餘祀，望彼南土。穹碑峨峨，下有行路。路人載言，都憲之墓。

明故嘉議大夫南京太常寺卿陳公神道碑銘

吾友太常陳公之卒也，予暨諸同年會哭於京邸，退各爲文，以彰潛懿。予知公最深，獨惰且劣，久莫有所就，惟負公地下是懼。越五年，其子華赴試北上，泣且告曰：「神道石尚未銘，吾父於先生蓋有託焉。」予泫然感之，乃按通政鄭公廷綱狀爲敍及銘。

公姓陳氏，諱音，字師召，自號愧齋，莆田涵江人也。宋明州觀察使淬暨子仲剛同死靖康之難，旌其里曰忠孝坊，子孫居之至今。曾祖宗義，祖光遠，世有隱德。考崇澄，尤號長厚，累贈南京太常寺少卿。妣黄氏，贈恭人。

公少爲興化府學生，業詩經，有名。天順壬午，舉鄉貢。甲申，登進士第，被選爲翰林庶吉士。劉文安、柯竹巖兩先生奉詔授業，殊器重之。成化乙酉，授編修。丁亥，與修英廟實録成，賜白金文綺，加從六品禄。嘗上疏陳時政數事，如乞起李秉、張元禎，復羅倫、章懋，用陳獻章，革法王、佛子名號，皆剴直不阿。當道者或銜之，不爲動。中官最貴者有母喪，或議旅吊。公奮曰：「堂堂翰林，相率而拜内侍之庭，奈天下笑何？」議遂止。丙申九載，遷侍講，加從五品禄，侍經筵。西廠方熾，其黨韋瑛者夜帥邏校入兵部主事楊仕偉家，并掠其妻。公居比舍，亟乘墉呼曰：「爾何人，乃擅辱朝臣？」其人曰：「爾何人，乃不畏西廠？」公曰：「我翰林侍講陳音也。」聲氣愈厲，其人爲之少戢。辛丑，同考禮部會試，時稱得人。癸卯，擢南京太常少卿。共祀修潔，凡廟薦，必躬視緘識。簡置官屬，不受私請。嘗兼南京翰林院事，人皆曰：「公真學士也，而乃攝邪？」弘治壬子，九載奏績，始升卿。於是公資日深，望益加重。每兩京列卿缺，輒擬屬之，而竟弗及以卒。卒以甲寅六月二十五日，年五十有九。朝廷遣官賜祭，命有司治葬於某山之原。

公問學深博，學者至席不能容，若太常卿齊章、通政吴裕、少詹事王鏊其顯者。爲古文歌詩，簡而有則，四方購者無虚日。所著累數十卷，藏於家。其爲人天性孝友。痛弗逮養，每忌辰悲泣終日。念仲弟祖之勞，爲輸貲得冠服。教季弟員，舉鄉貢，今爲嘉興府通判。叔母林與婦偕寡，屢給之，婚其遺孤，舉其喪。姻里旅寓者，視貧富疏戚爲賙施，有急則力赴之。與人交，樂易信厚，略邊幅，遺形迹，有過則箴切不少貸。平居細事，多不經意，或遭嘲謔，無所校。至分别義利，則界限截立。中有執守，有毅然不可奪者焉。古稱仁者必有勇，信哉！

公娶黄氏，翰林檢討約仲之曾孫，贈恭人。繼林氏，封恭人。子五：舉、皋、翬、罕、華，皋、翬、罕皆夭。女二：長適户部尚書翁公世資子洪，次適貴州按察使卓公天錫子文俊。孫五：須孝、須友、須政、須教、須禮。女孫二。舉及華同舉鄉貢，君子方謂公有後。華之來，舉實與偕，至臨清卒，故銘之作竟以華請云。

銘曰：

惟天生才，國用攸繄。氣厚則純，漓者反是。繄我純皇，初科策士。有才孔碩，公稟惟粹。公生海涯，迹遠都市。内剛外和，惟德之備。有文弗誇，如絅斯衣。翰署詞場，留臺禮寺。官非顯曹，力有餘地。流俗可鎮，懦夫可厲。彼葩弗實，曰辭與藝。豈吾弗能，匪此伊恃。公弗大用，世豈公置。榮途顯階，公亦自避。彼挾數者，皆謂予知。不旋踵間，車覆馬躓。惟公考終，得正而斃。嗚呼愧齋，可以無愧！

大明故陝西三原縣儒學教諭致仕贈光禄大夫柱國太子太保禮部尚書兼武英殿大學士劉公神道碑銘

少傅劉公嘗出所述先公家傳，且數道父德之詳，謂東陽曰：「吾先公之葬久矣，神道之石尚未銘。所以告子者，非徒言也，子爲我銘，將俾吾子東刻之，以畢吾私焉。」東陽在館閣，從少傅公久，誼不敢以不文辭，乃敘而銘之。

公姓劉氏，諱亮，字彦明。其先出開封太康，祖諱紹祖，元順德路總管，卒葬孟州。祖妣夫人翟氏，河南洛陽人也。有子榮，方九歲，留居順德。值元亂，翟二弟居瑞、居理迎歸洛陽。入國朝，遂定居。娶曹夫人，生二子，其次爲公。

公早有識量，七八歲如老成人，弱冠爲縣學生。永樂庚子，舉河南鄉貢。宣德庚戌，登禮部乙科，授陝西華州訓導。條格嚴整，尤勤訓迪，不任私喜怒爲賞罰。嘗再攝渭南縣學，兩學生皆父視之，賴以成材者甚衆。正統己未，以母艱去。壬戌，改山東濱州學。雖不久任，誨亦弗倦。癸亥，考最，遷陝西澄城縣學教諭。俗戇直難訓，公用剛克，畢就矩矱。乙丑，以父艱去。丁卯，改三原縣學。公愛其士多秀敏，年雖高，猶日夕講授，不輟寒暑。景泰丙子，秩再滿，乃致仕歸。天順癸未十一月十二日，無疾而終，壽七十有七。少傅公既貴，累贈公及祖考皆光禄大夫柱國太子太保禮部尚書兼武英殿大學士。考及公皆葬洛陽東侯里，爲世墓云。

公素孝謹，事父如嚴師。既仕，每值訶責，猶跪俟杖，怒解乃已。暨兄寬勤苦樹門户，居相慕愛，老不色忤。兄子敷少失母，躬撫教之。與人恭孫，未嘗騎入里門。見老長，雖賤必拜。然介直寡合，好面斥人過，不爲私議。里有不檢者，訖其歸，匿不敢見。人用是稱曰「板劉」。平生務實學，其教以明理飭行爲本，不專文藝，學者皆畏且服之。在濱，嘗病暑雨坐，諸生更執蓋立侍。比秩滿，争遣子弟挽車上京師，訖改任始返。其去澄城，值道梗，諸生共推，勇有力者護之。行次朝邑，盜忽夜至，競升屋操梃石敵之。盜不敢近，比曉乃引去。没後數十年，諸家子姓傳道舊時事，猶戀戀不置。其感人深如此，亦可謂難矣。

嗚呼！古以栽培傾覆喻善惡之福禍，此理之常，然必要其終，乃可以無爽。惟公樸學直道，位不滿德，天固將優之。今少傅公名德重天下，屹然爲一代元臣，勳業所被，皆公教也。國有錫命，家有廟祀，巍階顯號，上逮三世，科第廕澤，蟬聯而不絶，則公之所獲，孰與朝榮暮悴、競得失於顧盼之間者哉！然則揭名著行，俾後來有所據法，非直典式所得爲者，其於倫誼風俗宜不爲無補也。

公配張氏，次白氏，皆累贈一品夫人。子四：長胤；次少傅公名健，累官光禄大夫柱國少傅兼太子太傅户部尚書謹身殿大學士；次佶；次偉。女三：長適王賢，次適商河縣主簿路通，次適義官李芳。孫九：長森；次奈；次來；次杲；次概；次東，兵部主事，清謹有家法；次槃；次集，醫學正科；次欒。女十三，嫁者七，其婿曰：高佐；孫明，鄉貢士；高惟賢；龍璡；張君，順天府通判；豐儉，監察御史；程文。曾孫五：成緒、成美、成義、成恩、成學。女若干。銘曰：

國有大老，元氣是鍾。曷徵厥成？於彼先公。公名賢科，公職黌宫。廉貪植懦，君子之風。牖昏擊蒙，儒者之功。嗇不世用，於家則豐。吉不在躬，於孫其逢。

帝曰予弼，其佐朕治。惟我先卿，教澤攸致。曷其報之，有煇明制。顯號穹階，躋於極地。瞻彼洛矣，其源千里。於河於海，其流無涘。公生其邦，毓靈受祉。其澤不匱，有如此水。後百千祀，視公孫子。

明故贈通議大夫都察院右副都御史何公神道碑銘

刑部右侍郎何君世光爲都察院右副都御史巡撫山東時，以書狀抵予，請銘其祖素庵公之墓。比入朝，又以辭趣予。其書曰：「鑑少承吾祖之教，占一第，歷官數命，有姓名於時。而祖德弗著，曷以稱孫子？是以請也。」其趣予之辭曰：「鑑已荷錫命贈吾祖，以官階躋三品，寵貤再世，足以昭身後。鄉所以未敢亟者，蓋有所待也。」其狀略曰：

吾何氏本青州人。五代時有諱茂者，仕吴越錢氏爲節度使，卒於紹興之新昌，因居之。十有四傳，至訓導府君，又傳至處士府君，以至吾祖。

吾祖少失怙，與吾伯父彦温營葬事，置墓田若干畝。奉母必躬具甘旨，疾則籲天請代，或親滌牀簀，及瘳乃已。正統己巳，方居喪，忽訛言閩處寇至，舉邑奔避。或請行，吾祖泣曰：「母柩在，吾將焉往？」竟亦無他。居墓廬久，得寒疾。親族彊之，始歸。鄉人皆稱曰：「真孝子也。」事兄謹，家政必請而後行，田宅服器皆以義讓。子其遺孤，無間言。有族弟貧且徙，留爲娶婦，給以本業，俾不失所。時祀畢，則合族而燕，以禮法訓之。敦樸自守，足未嘗至公室。邑大夫禮爲鄉飲賓，亦不赴。博涉經籍，以目疾不求仕。鑾蒙時教以四書小學，皆口自默授。比長，遣遊邑庠，俾治舉子業，曰：「吾以畀汝矣。」鑾舉進士，爲知縣，爲監察御史，吾祖皆及見之。及爲知府，爲參政，爲布政使，以至今官，而吾祖已不作久矣。吾祖嘗以書教鑾曰：「爲官必律己愛民，毋撓法，毋爲利誘，毋逸以自敗。」鑾謹識之。其他得於吾父者，大抵皆祖之教也。

吾祖壽八十有五，生洪武癸酉二月二十六日，卒於成化丁酉三月十八日。是歲十月十五日，葬某山先墓之外壟。祖妣淑人俞氏，同邑鉅族。性莊重，不尚華飾，凡爲婦暨母之道皆備。後吾祖三年四月十三日生，後五年十月十四日卒，十二月二十八日合葬。子四：吾父其長，贈同官；次璋。女一，適俞鎬。皆淑人出。次珪，次琰，出王氏。孫十二：鑑亦長，次錄，綜、釪、鋌、鍔、銘、鈂、鉛、鈒、鍾、鏐。女孫一，適劉兖。曾孫十五：宇、宙、察、宋、寰、完、宿、㝗、寋、寯、宜、夰、某、某、某。曾孫女五：長適吕經賢，次王誼、俞極。

予昔校文禮部，得世光名，及觀其才識行業卓然，知其賢，溯祖德之有原，乃敍其所自述者如此。

公諱浩，字彦廣。其祖訓導曰友諒，父處士曰遵道，長子曰璉，皆世光所自諱，故特書之。銘曰：

維越新昌，山還水重，公居其間。韜真葆光，服義在躬，孝爲之先。如彼襄陽，有龐德公，遺子以安。關西有楊，清白之風，後裔是傳。種德之方，與種樹同，以歲以年。如穀在場，晚食其豐，其耕孔艱。爲時名卿，爲家大宗，惟子斯賢。身雖云亡，終饗其封，天道好還。刻此銘章，昭潛發蒙，世永勿諼〔一〕。

【校勘記】

〔一〕「勿」，原脱，據文義與康熙本補。

大明故資政大夫南京禮部尚書致仕贈太子少保童公神道碑銘

天順癸未，公分考禮部，東陽與今太子少保吏部尚書倪公皆在選。公之卒，倪公實爲銘墓，且經理其家。東陽遠且劣，無所於助，乃按通政參議夏君崇文狀，撮公事行之大，刻諸神道，并系以銘。

公姓童氏，諱軒，字士昂，本鄱陽鉅族也。祖諱金友，考諱碧瑄，號玉壺，以號顯，皆用公貴累贈南京禮部尚書。玉壺在永樂初徵爲欽天監天文生，始居秦淮之西，爲南京人，而公生焉。

公少爲應天府學生，舉正統丁卯鄉貢，登景泰辛未進士，拜南京吏科給事中。上疏言省冗官、杜幸進、公考察、倡武勇、擇師傅諸事，又請賑南京饑民，多被采納。乙亥，詔留司貢翠羽魚鱿諸物以萬計，公極論止之。英廟復辟，檢公奏，嘉其敢言，公因言弭盜安民數事。天順戊寅，劾户部尚書張鳳罪，名益起。己卯，丁嫡母憂。辛巳，服闋，改户科。

憲廟踐阼，公首言帝王之治在修德納諫、愛恤小民，因請召儒臣，稽祖宗謨範及古帝王修身立政之道，著爲大明一經，以次施用；命在廷三品官，舉堪爲大臣及布政按察者。上優詔答曰：「軒言良是，朕當自勉，有司其各議行之。」四川盜起，公承敕往治。遍歷賊巢，宣布威德，諭以福禍，賊數十輩迎拜請命。公召同食飲，示以不疑，降者漸衆。進都給事中，偕巡撫及守臣分兵掩捕，亦多斬獲，奏功還朝。

未幾，盜復作，廷議乃歸咎於公，致以重辟。公請用守臣奏疏爲驗，猶坐免官。上察其情，不忍重譴，調壽昌知縣。成化己丑，述職京師，禮部尚書姚文敏公薦之，擢雲南按察僉事，兼督貴州學政，多所造就，爲御史所旌。甲午，召拜太常寺少卿，掌欽天監事。覈生徒，簡官屬，省諸浮費，儌幸者皆不便。居悒悒不自樂，累以疾辭，不許。己亥，進秩爲卿，言陰陽官輸粟免考爲非制。癸卯，又辭，許焉。

弘治戊申，監正官闕，衆復以公薦，今上命仍舊任。公言日食紀元之初，當盛夏火王之候，宜正心修政，進君子，退小人，以應天變。尋自言本不習天文，乞改他職。久之，改都察院右副都御史，督松潘軍務，兼領巡撫。開倉賑荒，設粥食餓者，給糧以徠流民。製兵車爲御敵，具請出官帑以充邊餉。復陳三利八害，薦按察使林俊可任都御史。皆不果行。召還，道擢南京禮部右侍郎。甲寅，進尚書。前後上數千言，間謂朝廷大政，廷議倉猝不能盡，宜如古昔公卿大夫各得議，識者韙之。

丁巳，再乞歸，語益加切，上乃許之。以公既滿三載，特給誥命。戊午二月十九日，卒於正寢。公配陳夫人先卒，上特遣禮部諭祭、工部治塋域。至是贈公爲太子少保，啓竁合葬，且爲增飾，而祭之數亦加其一云。

公生洪熙乙巳某月某日，壽七十有四。卒之明年某月某日乃葬，其地在城南鳳臺岡之原。陳夫人無子。側室李氏生女一，適黄璋。蔡氏生遺腹子一〔一〕，公預名曰紫芝，旋亦夭死。從子霦之子應禎以公舊勞，請録爲國子生。

公事嫡母甚孝，分禄以養兄嫂，遇諸姻舊皆有恩。顧性寡合，孤居介守，不苟受餽遺，爲時所重。强學好問，爲文通博，詩尤麗則，得唐人體裁。所著清風亭稿行於世，枕肱集、海嶽涓埃、諭蜀稿、籌邊録藏於家。銘曰：

維皇舊都，實萃英傑。公生其間，行藝踔絶。爲中給事，論議孔揭。出撫夷徼，誓掃氛孽。有勞弗甄，遽爾蹉跌。外領州縣，起佐藩臬。司天嚴秘，禮寺清切。爲都御史，佩符仗節。入登留曹，在六卿列。若操太阿，歷試不折。若馳康莊，逸駕中輟。始終完名，竟免磨涅。我銘公行，以俟來哲。

【校勘記】

〔一〕「腹」，原作「服」，據文義與抄本正之。

明故贈通政大夫南京刑部尚書戴公神道碑銘

西澗戴公之葬也，侍郎楊文懿公爲誌，厥配吴氏，學士柯竹巖先生誌焉，尚書王文肅公合而爲之表。後數年，公以子珊貴，累贈南京刑部尚書，吴累贈夫人，秩二品，制得爲碑神道。後珊入爲都察院左都御史，以東陽同年進士，與聞世德，乃奉表誌及狀，請爲銘。狀蓋公子璨所述，夫人狀則公所自述，皆諸作所不能悉載者也。

按：戴氏自晉侍郎濟始遷江南，唐兵馬使護居婺源。後有士先者舉進士，知錢塘縣，徙浮梁，至于今居焉。曾祖德誠，元麻姑寨巡檢。祖疇，國朝洪武初有司徵不就。考嗣安，鄉稱長者，以子昇貴累贈陝西布政司右參議，復以珊贈如公官。母徐氏，封太恭人，累贈夫人。

公諱昪，士儀其字。少承家學，博覽彊記，詞翰穎出。永樂庚子，以春秋舉湖廣鄉貢，有司録其文。甲辰，舉禮部乙科，授順德府學訓導。當兵後，人不知書，公教未幾，士頗向學。調嘉興府，公病文勝，先行檢，重經術，故士多實才，而公亦以績最進德清縣教諭。一新學政，士不舉凡十科，自是舉者不絶。父喪服闋，改慈溪縣。士恨得公晚，然化其教者亦多有之。秩滿，歸省母，母適病卒。服再闋，擢教授，再莅嘉興，學者益衆。有富民數輩遣養子入學，公不可。民給按察官彊公，公報愈確。坐是忤意，竟以他事去。歸營西澗休休谷，嘯傲其間，人莫之測也。初號訥庵，至是號退叟，著西澗集及浮梁縣志若干卷。

公夙負才行，慷慨有大志。事親孝謹，昆弟交睦。從子瑺早孤，撫教之，後舉進士，爲吏部郎中，有名。應舉時，道見一士病卧風雨中，瀕死，扶入寓邸，療治之。久而蘇，謝曰：「我郴州高信也。」既揭榜，信名第一。其重義輕施多類此。

官以身教，意識所到，輒抗言高論，不嫌越職。杭、湖諸府漕倉去河遠，奏徙之嘉興。吏胥時被繡乘馬，觀海諸衛進表箋多不如制，皆奏禁之。建陽知縣張光啓僞稱其先世從文天祥起兵，竄入舊史，亦奏削其板。嘉興民坐豪當籍，都御史咨公，公素嫉其人，顧以爲罪不至此，力解之。有提學官以喪去，朝議將起復，執政者語及，公曰：「是風化所繫，恐無以示諸生。」事遂寢，人亦以是難之。

夫人柔嘉有容，事姑舅如公事父母。自公起布衣爲儒師，三十年獨舉内政。每見公嫉惡甚，則諫曰：「求益者固如是邪？」其平居未嘗問學，而言輒近理道，殆天性然也。及聞其論議不下人，則曰：「此怨道也。」夫人卒於天順甲申二月八日，壽六十七。公卒於成化丙戌十一月二十二日，壽六十八。合葬於下長源都嶺背塢之原。子男四：長瑋，以例授七品階；次璨，順慶府同知；次璐，苦學能文，工篆隸，未娶而夭；又次爲珊。女二：長適黄璵；次適知沂州馮䕫，封孺人。孫三：長昚，授七品階；次普，次晴，以恩爲國子生。

公教子嚴肅，俾各治一經，言行動履，必有矩則，夫人實相成之，故科第累出。而都憲公才行卓卓，稱時名卿。其爲御史，爲按察副使，兩督學政，教法尤著，人謂得諸家教爲多。且公之未盡於用者，亦於是焉驗矣。然則揆之葬以士，祭以大夫之義，既祀於廟，又碑於墓，傳之世世，以爲後式，固亦不可闕哉，從而爲之銘。銘曰：

職必務稱，位豈在達？公居黌宫，有萃斯拔。生徒如墻，載室載堂。公來蹌蹌，公去倀倀。公才實兼，若有餘地。溢爲高談，孰匪予事。志之難行，止或尼之。歸斂諸身，弗我失之。厥刑在家，曰有良嗣。公澤之施，孰謂非試？煒煒褒章，峨峨德門。持以質公，其亡若存。公碑有銘，愧我生晚。庶其勿諼，以示悠遠。

明故資政大夫南京户部尚書致仕梁公神道碑銘

初，南京户部尚書梁公引年請老，時大病新差，所具疏詞懇甚。上惻然感之，乃賜温詔，許致仕，給驛歸其鄉，仍命有司月給米二石，歲給輿隸四人，恩禮特厚。歸二年，訃聞，復遣官諭祭，營葬事，蓋備數也。

公諱璟，字廷美，世爲太原崞縣人。祖諱某，從戎朔州，後仍居崞。考諱資，有行義，鄉人稱爲直軒先生，贈資政大夫南京户部尚書。妣史氏，贈夫人。性至孝。少時直軒血出於面，公以舌舐之而止。正統己巳，北邊肆亂，直軒從征，官兵潰。公聞變，被髮號，且走求父所在，值歸乃已。

嘗爲馬邑縣學生，後學革，乃入崞學。學成，景泰庚午，舉山西鄉貢。天順甲申，登進士第，授兵科給事中。成化初，累遷都給事中，論事持大體。壬辰，與諸同官劾大臣不職者，因薦致仕尚書王竑、都御史高明可用。言太激切，獲譴幾殆，不爲變。癸巳，擢陝西布政司左參政。遍歷所部，詢民疾苦，察郡縣吏稱不稱，得牧民體。分守洮、岷，適西番縱掠，居民驚徙。公提兵斬其魁，男婦復業者千數。以内艱去。辛丑，服闋，復任，巡撫都御史而下交薦於朝。乙巳，進右布政使。丁未，遷左布政使。敷惠勤事，視昔尤普。在陝前後十五年，民熟其名，益宜之。擢都察院右副都御史，巡撫湖廣，兼贊軍務。公整肅風紀，賑饑民，理冤獄，簡民壯以增武備。永州寇作，督官兵平之。鎮守中官毆殺王親，下公勘覆。力拒請屬，不爲撓。以外艱去。壬子，改四川。有武官驁不聽令，公痛繩以法，始皆帖服。有劇盜，亦督兵剿之。甲寅，擢南京吏部右侍郎。會獨理部事，事畢舉。戊午，進户部尚書，出納明審。時已嬰疾，庚申，遂得請去。

及歸，足不至公府，徜徉山水間，日圍棋賦詩爲樂。篤倫收族，事兄琮尤謹。每宴會，拜跪如少時。所賜稟餼，月必分給，間以散諸族黨。歲歉，則出粟以周貧乏，死者具棺斂葬之。又建石橋書院，以教子姓及鄉之俊秀，給薪米筆札，而時課試之。纊且屬，屬其子曰：「無廢義學。」蓋其生平所樂爲者，故至是猶勤勤云爾。

以弘治壬戌七月十五日卒，距其生宣德庚戌正月十六日，壽七十三。配雷氏，賢而克相，累封夫人。先公四年卒，葬於唐昌之原。癸亥某月某日啓壙葬公，禮也。子一，曰枋，以廕爲國子生。女一，適驛丞張廷舉。孫六：鳳儀、鳳化，皆縣學生；鳳倫、鳳佐、鳳俊、鳳倈，皆幼。女孫亦六：長適縣學生高尚志，次適李森，次適縣學生李本立，餘未行。曾孫一，某。

公敦雅厚重，耐清苦，遵矩度，不事矯飾，隨所受任，必稱事舉職。閱歷既久，資望兼積，人無訾議，而又先幾勇退，以壽考終。延及子姓，方隆而未艾。揆諸理數，可謂不失其正矣。古之語大臣者，必先出處，其間幸不幸弗論，惟所自處合時與義，乃可完其名而不辱其身。苟終之不合，雖有奇節危行，卒歸於無所用之地。故非仕之難，而保終爲難，公亦可以無憾哉！

予公同年進士，雅相知厚。聞公訃，遠不能哭。去年，枋來請銘神道之石，比鳳化來速銘，乃按四川布政司參議李君瓚狀爲銘以畀之，俾刻焉。銘曰：

公起諫垣，出領方牧。入爲都憲，兩鎮南服。均勞内外，遍涉川陸。政勤教條，法慎刑獄。亦有兵威，匪我窮黷。有言有功，並受褒録。既登留曹，遂典錢穀。雍容廟堂，以率羣屬。官無躐資，器不覆餗。功成志倦，勇脱羈束。若駕康莊，永謝顛蹶。若帆鉅津，既往而復。彼疾行者，匪溺斯踣。相彼川流，往過來續。亦惟天道，盈禍虧福。其所未竟，後人是淑。家有遺書，鄉有義塾。有封在原，公所自卜。其幽有銘，永世斯告。

李東陽全集卷八十一

懷麓堂文後稿卷之十九

碑銘

明故贈光禄大夫柱國少傅兼太子太傅禮部尚書武英殿大學士謝公神道碑銘

弘治己未，先皇帝覃恩臣下，今少傅謝公于喬之祖直庵公始贈資政大夫太子少保兵部尚書兼東閣大學士，祖妣余氏贈夫人。越六年乙丑，今天子嗣位，于喬以輔導功進今官，及恭上兩宫尊號，又獲以其官加贈祖爲光禄大夫柱國少傅兼太子太傅禮部尚書武英殿大學士，祖妣爲一品夫人。制得樹碑神道，于喬乃自述事狀，以屬東陽。憶與于喬同在翰林，入内閣，稔聞公之志行才略，卑官小試，厄於横逆，卒以終老。暨其子資政公之賢，然又弗顯。而魁名重位，正言直道，偉然以學行勳業顯於天下者，乃於其孫見之。向非抑遏屈鬱之久且深，亦惡能一發至此哉！是則天道慶善之公，徵諸聖天子崇德報忠之典，皆足以爲世勸，文而銘之，宜也。

按：謝氏之先本台州臨海人，宋季有行長二者徙紹興餘姚之東山鄉。高祖諱壽松，曾祖諱回益，祖諱見賢，考諱原廣，贈如公官。

公生而闓偉洞達，孝友直義，尤多聞識。宣德庚戌，浙江布政司辟爲從事長。遇事敢言，布政諸公多折節從之。金華一婦人當從夫戍雲南，法曹擬程遞，公議責其服屬官送之。山陰人自殘以避戍，法曹擬攝其闔門二十口赴邊，公議遣鄉人徑解。仙居人僞造布政印誣上虞人，所爲莫能白。公參其路引，亦僞印也，其人始伏。宫造大紅文騎三千匹，費銀三萬兩，時歲饑，民困甚，公請借夏税絲充之，民用不擾。此其可指數者也。

進隸兵部，尚書鄺公野素嚴重，寮屬無當其意者。凡章奏出公手，則不覆視。比旅試内廷，混在常等。鄺道公才行，力争之，乃置優格，授光禄寺珍羞署丞。奈侍郎亨掌寺事，挾中貴勢陵蔑官屬。公每正色拒之，爲所構陷。吏部尚書王文端公知之，奏調福建布政司都事。會沙賊鄧茂七作亂，刑部尚書薛公希璉出鎮，委公軍餉。先是，輸費三倍且弗繼，公收積水次，召業舟者使運之，量予之直，約有損則均其償，皆樂爲用，民不倍斂，軍食亦足。承檄守松溪，政和賊保官臺山爲窟，合處州賊掠平陽諸縣。公以計招其黠者，用其謀誅首惡，宥其脅從，還所掠婦女童稚若干人，賊遂平。又奏政和地廣難制，請割其二里及福安一隅置壽寧縣。薛公上其功，進禄二級。御史應顥薦公可大任，吏部以資淺格不行。適薛公劾巡按御史許仕達，併及其素不謹事。許京居嘗與公鄰，疑事出於公，中以危法。大理卿蕭公維禎察其冤，將爲申辨。公念日者言年四十六當失官，歎曰：「命也！」不復自列。

既免歸，奉母嚴氏以居。悉舉家政付其子，徜徉山水間。效仲長統樂志論作寫情説以自況。葺譜合族，而周其貧乏。延師置塾，教子孫皆立身應事之方。鄉人有過，雖衆所憚者，必加面斥，然聞一善，則獎譽不釋口。尤篤舊故。布政使黄澤在浙，公嘗以諫忤，後被罪，力爲排解，既而官其鄉，尤厚待之。參政俞士悦待公國士，後謫戍遼陽，屢遣使慰訪。友人俞漢遠客死，爲棺斂歸其喪。嘗買一幼女，既而知爲宦家子，子育之，比長，爲嫁良族。

平生好學，卷帙不去手。爲詩文，下筆立就，多不存稿。雅不喜浮屠，凡世俗邪嘗自安之説，一無所惑。自謂以剛直得禍，因號直庵，人亦以是稱之。壽六十七，制壽藏於雞籠山先墓，成化癸巳九月二十九日卒，再逾月而葬。

夫人余氏，同鄉處士安之女。温懿端慤，事舅姑孝敬備至，處娣姒常倍任其勞。公貧時，恒以儉取足。姑老不就禄，留養於家。躬事紡績，至老不倦。其治家寬而有制，爲教亦然。羣從子姓數百指，撫之甚周。鄰黨之嫠婦病媪待哺者，不下十數家。有火警，舍其家而來赴者甚衆。嘗遘危疾，女婦多涕泣請禱，願以身代。至于逮下之德，尤爲姻族所慕效云。壽七十六，成化辛丑九月八日卒，越三月而合葬。

子一，即柱國公諱恩。純行高識，皆克肖公。以禮經名場屋，久弗售。後累封至右春坊諭德，累贈如公官。女二，出側室孫氏，長適廣東按察副使潘府，次適胡某。孫五：于喬其長，名遷，鄉貢、廷試皆第一，八命至今官；次選，學成，早卒，贈翰林院編修；次迪，舉進士，累官兵部員外郎，清慎有祖風；次遲，次追，皆早卒。女一，適韓煉。曾孫五：長正，次丕，皆有文行，不失世守，丕廕國子生，舉順天鄉貢第一，進士及第，授翰林編修，以祖命爲選後，其所爲贈以此；次匡、亘、某。女三。銘曰：

謝以國氏，自周申伯。歷漢中微，至晉乃發。繇安暨玄，將相勳閥。有鄉東山，公蓋其裔。公曰無徵，寧遠毋僞。公自作祖，綽有餘地。公才實多，可貢可科。卑官畏途，既蹶復蹉。直不徇物，竟嬰禍羅。人不足尤，天其謂何！公家有教，公子惟肖。載湮弗宣，天稔其報。巍巍公門，公有聞孫。出應世瑞，爲鳳爲麟。上補帝衮，爲龍爲山。志行道施，有澤在人。風采凝峻，蔚爲名臣。玆固間氣，亦惟慶源。其源維何？公自作祖。世苟有濟，豈必在我？贈官賜秩，視祖如父。計功報直，亦固其所。發潛闡幽，於義斯可。刻銘神道，以耀終古。

明故兵部尚書致仕進階光禄大夫贈太子太保謚襄毅項公神道碑銘

公姓項氏，諱忠，字藎臣。其先世本汴人，宋南渡有曰秀者徙浙之嘉興。曾祖永原，隱不仕。祖邦，歷孝感、吴江、同安三縣丞。及父衡，皆贈資政大夫都察院左都御史。

公生於吴江，正統七年舉進士，授兵部主事，遷員外郎。十四年，扈從北狩，陷虜中，以智自拔而歸，進郎中。景泰某年，擢廣東按察司副使。嘗按部高州，諜報賊擄男婦數百流劫村落，部將請發兵。公曰：「流賊無擄家理，慎無妄殺。」及訊其俘，果皆良家被掠者，盡釋之。四年，征瀧水賊，以功加從三品禄。丁外艱，服闋，改山東按察使。天順某年，擢陜西按察使。值歲饑，亟發廩給民，不待報，所活萬計。丁内艱，軍民詣闕借留者幾千人，詔起復公。某年，以大理寺卿召，借者再至，乃改都察院右副都御史，巡撫其地。洮、岷諸番作亂，公帥兵撫捕，遂降其衆。

成化元年，虜犯延綏，公與寧遠伯任壽奉命御之，戰屢捷，虜遽遁去。西安水多鹵，宋渠久廢，公開一渠三十里，又鑿涇陽鄭白故渠，溉田七萬頃，民立生祠祀之。二年，虜酋毛里孩入寇。公提督軍務，與彰武伯楊信禦之，虜復遁。三年，召還，佐院事。

四年，固原土胡滿四據石城，殺我邊將，將窺陜。公總督軍務，與都督劉玉討之。伏羌伯毛忠戰死，我軍遽退。公即陣斬一千户以徇，衆乃定。適彗出台斗，人情恟懼。公屹不爲動，據要害以困賊。廷議請益兵，詔以問公。公謂兵不須益，惟坐困可斃。相持百餘日，公單騎抵賊寨，諭以福禍。脅從者稍稍出降，其逸出者皆縱使去，以孤其黨。賊窮甚，每突圍薄我，大小三百餘戰，皆却之。禽其愛將楊虎狸，公曰：「是可用也。」解所服金鈎，賜而遣之，約爲内應。卒禽滿四，斬首七千六百，俘獲二千六百有奇。因奏便宜四事，爲經久計。五年，遷右都御史。

六年，京畿大水。公巡視順天、河間、永平三府，多發官廩，又勸分得米十六萬、銀布牛具各萬餘，所活尤衆。荆襄賊李胡子者，本劉千斤餘黨，倡流民爲亂。公復總督軍務，乃遣人持榜入出招諭，其負險不服者縱兵搜捕。凡發遣還鄉者百四十萬，編戍者萬餘，斬首二千餘級，獻俘於朝者百餘人，仍獻便宜十事。詔暫留撫治，進左都御史。蓋自南北用兵以來，論功遷秩者至是而再，降敕獎諭者五，賜白金綵幣者六。會有星孛於天田，言者謂荆襄殺戮所致。公再疏自列，言爲國任怨，未嘗妄殺，因乞骸骨。上溫詔慰公，且召之還。後荆襄三十餘年牙孽不作，迹其摧創之力，未必非綏撫地也。

十年，拜刑部尚書，尋改兵部。公曉暢戎務，簡賢屬以自輔，圖大展所藴。十三年，錦衣衛百户常瑛者，挾中貴爲詷察，屢興大獄，至擅執京朝官。中外重足，莫敢正言其非。公奮筆具疏草，倡諸公卿奏之。瑛坐謫戍邊，朝野稱快，而其黨競仇公不置。又有千户吴綬，先在軍中撓法，爲公所黜，時亦用事，極力構公，欲置之死。公廷辯慷慨，不少屈，僅坐落職以去。久之，陷公者次第皆敗，上洞察公枉，復兵部尚書致仕。

今上登極，及建儲恩，再進階光禄大夫。吏部侍郎彭公韶巡視浙江，特薦公可用，而公年已至，亦不果起。壽八十二，卒於正寢，弘治十五年八月十一日也。上遣官諭祭，命有司治葬事，贈太子太保，賜謚曰襄毅，録其孫鏞爲嘉興守禦千户，皆異數云。

娶劉氏，早卒。繼鮑氏，亦先公卒。生二子：長經，舉進士，歷南京監察御史，爲太平知府，有父風；次綬，累官蘇州衛指揮僉事，守禦嘉興。側室朱氏，生四子：縉、纘、繕、繼。女一，劉出也，適千户沈禎。孫八：鏞其長，其次鎧、鎧、錫、鎮、某、某、某。女孫三：一適國子生吕言，一適濬堂，一許嫁胡道。公以十六年某月日葬象賢鄉之原，鮑夫人祔。

公剛果沈毅，遇事敢爲，不惑羣議，故能臨敵制勝，累著勳伐。及排擊兇暴，身犯大難，中雖顛阻，終暴白於天下。而先帝知人燭物之明，今天子報功崇德不遺舊臣之義，亦可仰見於此矣。南京太常寺卿吕君嘗據公所敍事歷爲狀，經奉以詣予，請銘神道之石，乃敍其行業之大者而系以銘。銘曰：

昔在英廟，賢俊輩出。甲科繼登，盛者壬戌。有十尚書，公蓋其一。掄才校功，公在甲乙。入典刑獄，出長師律。廟堂中嚴，疆圉外謐。識機應變，捷在倉卒。持堅握彊，勇定羣怵。公身兀兀，其氣屹屹。摧姦聖讒，公有直筆。公心鐵石，寧折毋屈。彼繁有徒，如鬼如獝。野燐宵熠〔一〕，潛形晝匿。陰霾蕩滅，仰見白日。乃困而亨，匪滿斯溢。壯當其勞，老饗其逸。何以雪之？生有階秩。何以錫之？没有褒恤。天王聖明，君子貞吉。視彼儌幸，疇得疇失？惟天生才，大者丞弼。胡成之艱，而奪之疾？惟士用世，必先委質。行孰我使，止孰我尼？其間利鈍，豈我能必？公志既畢，公澤未訖。公功在焉，來者是述。

【校勘記】

〔一〕「燐」，原作「憐」，顯以形近而訛，據文義與康熙本正之。

大明故贈光禄大夫柱國太子太保刑部尚書閔公神道碑銘

太子太保刑部尚書閔公朝瑛爲監察御史時，嘗獲封厥考竹深公如其官，階文林郎，贈厥妣嚴氏爲孺人。爲都察院右都御史時，公已棄養，則如其官贈之，階資政大夫，而妣爲夫人。暨其祖考妣皆然。弘治癸亥，始贈公今官，階光禄大夫，勳柱國，妣爲一品夫人。暨其曾祖考妣皆然。公念父德久弗白，兹假寵於朝制，得建碑神道，則以同年友請予銘。公行具兵部尚書孫公原貞所撰墓表。孫爲進士，嘗使浙采圖史，爲尚書，又統兵鎮其地，與公晤接，得其賢爲深。東陽生晚，獲與太保公同舉進士，與聞世德，義亦有不得避也。

按：閔之先本汴人，從宋南渡至臨安，徙居烏程之晟溪，今湖州屬縣也。元季兵燹，譜逸不可考。公曾祖諱某，敦雅去俗，爲後進師表，稱牧齋先生。祖諱性，考諱綬，皆富善好禮，爲萬石長，惠加於鄉。

公諱節，字以度，竹深其所自號。少失恃，克自樹力，學通經籍，工古今詩體。每家居，尊祖合族，訓督子弟，義敦舊故。傭佃者厚議其直，貸不能償者折其券。值歲饑，解橐以周餓者，給婚喪不舉者甚衆。性易直，人有過必加面斥，而非理相犯者不爲校。鄉之人無遠邇疏戚，必以長者歸之，曰：「閔公厚德，其後弗昌者，吾弗信也。」

嚴夫人諱貞，字淑澄，生同邑，工部尚書震直之孫，處士宗信之女，柔順恭儉，動循内則。公既不仕，無官府，凡行於家及鄉者，皆有助焉。故雖不壽以卒，鄉之人皆曰：「觀於公，可知其配已。」公既以景泰辛未葬嚴於晟舍里，距家僅百步。及成化庚寅十一月十一日，卒於正寢，越明年辛卯某月某日合葬。蓋夫人年止四十有四，而公之壽七十有三矣。

子六：太保公最長，名珪；次璋，爲湖南府學生，次琳，皆早卒；次琪、瑹、璜。女二：長適國子生沈奎，次適陳鏞。孫六：闇、聞、闔、闤、閒、閎。女孫二，適某、某。曾孫九：宜勤，國子生；宜勳，府學生；次宜勉、宜勖、宜助、宜勵、宜勣、宜勇、宜勑。自闤以下及諸曾孫，皆公所不及見，而來者尚未艾云。

予聞江南多鉅家望族，而貴富不兩得，若子孫綿衍久而彌盛者，指不能一再屈。意福祉爲造物所靳，非積行累善，宜無所能致。竹深公躬服德義，不見用於時，厚積大發，固其宜也。太保公以才行爲三朝耆宿、百僚冠冕，揚顯之道，於斯爲極。論者徒見其恩所由溯，而培植啓迪之善鮮克聞之。然則勒銘紀德雖緩，至今日而具美備載，若有所待而然者，後之人尚亦有徵哉？銘曰：

浙有封君，家始繇盛。世歷三紀，王三錫命。其命維何？御史尚書。宫保載陟，階穹禮殊。山林廟廊，韋布簪組。既晦而彰，名遍天下。誥增舊秩，廟飾新主。有宗暨姻，改聽易睹。朝書暮詩，我實教之。生榮没昌，我實召之。若田在耕，既稼而穫。若桑於蠶，既績而織。以小喻大，乃物之則。此地之宜，矧種斯德？維德之效，有倍斯百。有瓞斯綿，繇曾逮玄。弗娱目前，以慰九泉。刻銘匪稽，以徯厥全。百世之下，鬱哉斯阡。

明故贈通議大夫南京禮部右侍郎馬公神道碑銘

西充馬公諱覺照，其字曰悟明，其號曰圓山居士，其贈官曰通議大夫南京禮部右侍郎。其先出果州，其祖元保寧路鎮撫月滿始遷西充。其父愈音，號龍門居士。其子鐸，號虹橋居士，爲國子生。三世不顯，皆以號行。及其孫廷用始舉進士，累官南京翰林院侍讀學士，獲贈其父。及爲禮部右侍郎，乃贈及其祖。論者謂馬氏之顯，自公始云。

公性樸厚，與物無競，且樂施予。少喜浮屠法，鄉人有小訟，輒爲開導，不煩官府，而退者往往有之。嘗患舊塋卑濕，躬相吉壤，遷其祖若父於青草溝之陽。廬於墓左，負土植樹，三年而後去。有白鳩巢於墓木，人以爲孝感所致。從兄庸爲税課司使，卒於荆州。公負其遺骸歸葬之，撫其孤不異己出。蓋其家居所自盡者如此。間遊江湖，下瞿唐，過金陵，北走燕、薊，觀兩京宫闕臺署、衣冠文軌之富，慨然歎曰：「名教中固自有樂地也。」既抵家，盡屏舊好，遣子鐸爲科舉業。及孫廷用甫髫丱，爲擇傅就學，步送於三百里外。家雖貧，膏火筆札之費不絶於道。廷用攻苦力學，舉鄉貢，報未至而公卒。

公娶淑人朱氏，勤儉有則，善綜家政。遇中表族姻，並致親睦。廷用之爲編修也，猶及見焉。公生於永樂乙酉五月十九日，卒以成化戊子八月八日，壽六十四。淑人與公同甲，以四月十日生，後二十五年爲弘治壬子十月十一日卒，壽八十八。公墓在岳店廟之東，淑人祔焉，鐸所卜地也。公子二：鐸其長，次曰鑒。孫五：長廷惠，授將仕郎；廷用其次。曾孫十：金、龠皆舉進士，金累官廬州府知府，龠吏部考功司主事〔一〕；仝國子生；企義官。玄孫三。蓋其子姓之盛如此，而以女稱者不與焉。

馬氏居西南僻地，世以農隱。圓山公用儒學爲教，再世乃發。至以父子登甲第，内列曹省，外領州郡，文學政事，先後相輝映，而敦樸易直之風固未改也。是其深培厚積，理實有自致者，豈直虧盈屈伸之數固當然哉？然則公之名已達之朝廷，籍之有司，見諸辭命典册之間。由是而託文字，刻金石，以昭來世，固孝子之志，亦史氏之所有事也。侍郎君追慕先德久，有待於今日者，謂予爲翰林舊寮，特述事狀，請銘於神道之石，乃爲銘。銘曰：

西充之陰，有山紫崖。或若五馬，從空西來。有壤可居，有原可薶。生斯葬斯，曰維馬氏。龍門圓山，是父是子。載營我遷，相望伊邇。圓山有子，惟孫是似。子堂未構，孫幹其蠱。既錫其父，貤及於祖。龍章鳳函，下照林莽。山若增高，地若增膴。彼陬豈遐？若在畿輔。九原有知，公掌可撫。穹碑巖巖，金書石劌。樹於新阡，有來必瞻。晦極而彰，理則可占。太史作銘，以發爾潛。

【校勘記】

〔一〕「事」，原作「寧」，據文義與抄本正之。

明故贈通議大夫都察院右副都御史畢公神道碑銘

贈都察院右副都御史畢公爲教諭時，以其子亨爲吏部主事，棄官就封，後累封至兩淮都轉運使。及亨爲副都御史，聞公喪，歸自甘肅。值今天子恭上兩宫尊號，恩贈公今官，給正三品誥命，制得遣官諭祭有司治葬事，恩數備矣。

畢氏族望濟南之新城。曾祖諱慶甫，祖行二，以行稱，世有隱德。考諱鐸，贈如公官。

公諱理，字文義。生而魁偉重厚，穎敏内發。居鄉無師傅，學禮經，自得奥旨。爲縣學生，累試弗售。天順己卯，次當貢，有伊某者親老且貧，甚憐而讓之，遂領山東鄉薦。庚辰，中禮部乙科，授鳳陽懷遠學訓導。懷遠久乏科第，公擇少俊十餘輩，躬督教之，自是舉者先後得一二人。以母喪闋服，改保定東鹿。舉三人，秩滿考最，遷開封西華教諭。西華乏士如懷遠，而舉如東鹿之數。父喪，服再闋，改彰德安陽。安陽多貴宦，子不帥教。公益嚴條格，其舉者有加焉。蓋公以篤志實學操矩矱，爲身教，故隨厥所至，類能有所成就。四縣之士，銜感恩德，雖越地累歲，視之若父母然。其鄉黨後進經講授者，多舉進士，爲顯官。如御史孫敬、于璧，布政使李延壽，此尤可指數者也。晚號敬齋，學者因稱爲敬齋先生。自致政歸，以泉石詩酒自老，縣官禮請爲鄉飲大賓者幾二十年。

年八十有一而卒，生洪熙乙巳四月四日，卒以乙丑十月七日。配高氏，生同鄉，有懿德，孝敬勤儉，少老如一日。視側室若同氣，撫育諸庶出無異己出。累封至淑人，會公卒，加封太淑人。不及命，卒於其月之晦，距生宣德丙午二月七日，少公一歲，其年亦八十矣。以今弘治丙寅某月某日合葬於吳公山之原，太淑人亦賜祭焉。

子五：亨其長，舉成化乙未進士，累今官，以廉能稱於時；次成、夔、龍、孝，成、龍皆縣學生。女六：長適縣學生曹時中，次李通，次訓術田畿、通判于利，次李延禄、楊焕。孫五：長昭，弘治己未進士，累官工部員外郎，識者曰不愧其父，自公以禮學教於家，用是取科第者三世矣；次曉、昕、時、暭。孫女七：長適李琇，次齊東、馬思儼，次于天成，次長清王宗周，皆縣學生。餘在室。曾孫一：定。

都憲君以予同朝久，嘗接公風範，昭又予禮部所舉，乃奉吾友左副都御史楊君應寧狀請銘公神道，而以母德附焉，禮也。銘曰：

教士得第，國課其最。其所得者，爲遷陟地。計功報直，維有司事。矧有遺教，及鄉子弟？匪我職者，功實兼倍。天則課之，錫以繁祉。其祉伊何？曰有賢嗣。維子父述，維孫祖似。教實自我，成之在天。天道國法，若符契然。貽我身後，擊我目前。官我能棄，敢幾報焉。校彼自得，不盈一間。匪流斯長，曷溯厥源？父教既者，亦維母賢。我銘畢公，以耀九原。

大明故資政大夫都察院右都御史贈太子太保左都御史史公神道碑銘

公姓史氏，諱琳，字天瑞，在憲宗廟舉成化丙戌進士，爲工科給事中。擢江西布政司右參議，遷左參政。孝宗朝，歷遷左、右布政使。擢都察院右副都御史，巡撫保定諸府，兼督雁門諸關。歷工部左右侍郎，兼左僉都御史，經略邊備。以秩滿，進右都御史，提督軍務，署院事。今上皇帝以提督功贈太子少保左都御史。未幾，又以恤典加贈太子太保。凡閱三朝四十年，官十命。其卒也，給驛傳遣官護喪治葬事，賜祭者再，及加祭亦如之。蓋其始終遭際之盛如此，可謂難矣。

初，公爲給事時，言事有體。爲參議時，平鞏昌番賊，修安定、會寧諸路邊備，督甘涼軍餉，事皆集。以家艱闋服，改福建。有求開銀礦者，公力沮之。爲參政時，豪家多怙勢庇盜，每爲禁治。袁、吉二府饑，發廩賑貸，全活甚衆。贛盜攻城邑，殺官吏。督兵剿之，獲七百餘人，梟其首惡，脅從者皆釋不問。爲布政時，藩府歲禄多倍取，民困輸納，請自所司類輸之，始大稱便。爲巡撫時，定均徭，優戍卒，開小河以殺滹沱水勢，復真定、保定二府柴夫舊額。大明諸川果園，皆居民世業，嬖臣怙寵者奏取以備供應。公力言不可以數千人之命供一己之奉，辭甚激。詔遣官覈實，果如公言，乃止。爲侍郎時，嘗以災異言止織造、惜供應諸事。爲經略時，言募軍丁、禁盜賊，省中官差遣諸事，多行之。爲提督，凡三命，始赴宣府、大同。值虜退，會兵食爲後計。後寇榆林，率偏師先往。暨大帥至，共謀覘虜酋所在，夜潛師搗其巢。賊聞礮驚遁，毀其廬帳而還。以捷聞，賜敕褒諭，副以銀幣寶鏹，入朝言便宜事加詳。

弘治乙丑，新遭大喪，國事方劇，適宣府失利，遽命出師。公與大帥分駐宣府、大同。大同諸路斬獲以百計，捷再上，褒諭如初，特命中官迎勞於關，賜賚甚厚，下暨部曲，並加犒賞，殆近歲以來所未有也。今年丙寅，爲正德紀元，正月十二日，以疾卒。自居九列，前後請老十餘疏，輒得温旨勉留。其在新政，尤多眷注，而勳業未究，卒齎其志以没，悲哉！

公性本孝友，其先世居浙之餘姚。元市舶大使應炎，爲宋防御使張疇子，去使爲張姓七世矣，公始請於朝，復舊姓。事其祖處士府君諱仲昇、考教諭府君諱才甚謹，皆累贈如其官，顯其家。賙恤親黨，不遺餘力。其爲人坦夷宏豁，不設崖岸，意常近厚，人以故多親愛之。平居不事作業，家無餘貲，然終其身未嘗以屑意也。號一拙，而實多藝。能戲作墨竹，自謂天解。尤好談兵，於諸推步、占候、醫藥之術，靡不通涉。比見熒惑犯執法，謂人曰：「是必有當之者。」已而左都御史戴公廷珍卒，曰：「未也。」不逾月而公亦卒。

公生於正統戊午四月十二日，壽六十九。配顧氏，累封夫人。子四：鳳、鸞、騫、鶴，鸞鄉貢士。孫二：伯敏、伯裕，以廕爲國子生。女及孫女皆三，曾孫女二。

諸子將歸，卜某年某月某日葬公於某山之原。禮部左侍郎王公德輝有狀，少傅木齋謝公有銘，鸞介木齋之子翰林編修丕請予銘神道之石，乃撮其大者爲銘。銘曰：

有偉一人生南東，長軀廣顙聲洪鐘。蚤占骨相非凡庸，溺水不死驚羣童。殿前射策回重瞳，諫垣啓沃開宸聰。闗閩楚地三藩雄，力折彊暴蘇疲癃。手操憲節廵畿封，入貳邦土官冬工。豸冠象簡乘青驄，出門按劍氣如虹。部曲百萬皆貔熊，三邊四顧多狼烽。銜枚夜搗穹廬空，五年再出威權同。北走上谷西雲中，胡來如雲去若風？公歸獻捷明光宫，臺評廟議坐雍容。武戢不用文治隆，扶摇萬里方上翀。六月一息何匆匆。稽山鏡水精靈鍾，公往歸之可長終。神無不之感必通，或者尚在燕然峰。

明故中憲大夫太常寺少卿兼翰林院侍講學士楊君墓碑銘

國朝廕録之典，惟大臣有之，然不甚顯。其顯者必其才足以應選舉，膺任使，資累序積乃得之，而亦鮮矣。若學士楊君知休，固其人哉！

君諱時暢，知休其字，世望西安之咸寧。曾祖諱惟敬，祖諱森，皆累贈資政大夫户部尚書。考諱鼎，舉鄉貢、會試，皆第一，廷試第二。歷翰林侍講，官至資德大夫正治上卿太子少保户部尚書，贈太子太保，謚莊敏，君其伯子也。

少美丰姿，能問學。莊敏公爲侍郎，例得廕子，君以讓其弟時達。既舉進士，授翰林院檢討。修憲廟實録，以勞遷修撰，充經筵講官。今上在儲宫，君以廷薦侍講讀，改春坊右贊善。九載秩滿，進左論德。以修大明會典勞，遷侍講學士。續修玉牒，以登極恩進太常寺少卿，兼職如故。復以兩宫尊號恩，進階中憲大夫，預修孝廟實録。初開經筵，復充講官。其在成化時，尚未顯。越弘治、正德間，多所歷試。自史職之外，會試爲同考，廷試爲受卷、彌封、讀卷，凡儒臣所有事，無弗與者。自餘若分獻郊壇，陪饗太廟，清理武官誥黄，預觀耕田，從幸太學，賜坐彜倫堂，恩禮尤渥。玉牒之進，君按宋制於正殿登受，亦前所未有也。其所被賜若冠服、金幣、寶鏹、珍饌諸物，不一而足。

卒之日，上追念舊勞，特命官致祭營葬，給驛歸其喪。其長子依澤先以祖廕爲太學生，至是改命肄中書舍人業出身，仍許其仲子依江補廕爲生。蓋莊敏雖以勳績聞望顯於時代，而在翰林未久輒擢，故編摩講讀之務，所以遺君者猶多。而廕録相續，又遞爲序進，固公以文學遭際明聖，有足自致，實莊敏之澤未艾也。

君爲人内敏外重，意常近厚，倫誼尤篤。莊敏之歸，即欲終養，不果，乃請侍以行。張氏姊寡而無子，養之終身，後被旌爲節婦。譚氏妹有遺女，爲嫁名族。諸弟既失怙，並加誨導，時敷爲兵部員外郎，時達爲順天府經歷，時敷卒，育其孤於官。及君之喪，羣從環列伏哭皆如禮，亦以見故家風範如此云。依澤將樹碑墓道，奉左庶子毛憲清狀請予銘。君同在院署久，予弗能郄也，因掇其行實之概爲序。

君生正統丙寅十一月十六日，卒於正德丙寅四月二十六日，年六十一。是年某月某日葬某山之原。配李氏，户部侍郎暹之孫，累封恭人。子五：依澤、依江、依淮、依濱、依渚。女四：長適太學生歐望暝，次適江曙，皆先卒。女孫二。銘曰：

惟莊敏公，昔事英祖。肇登甲科，終致台輔。老歸其鄉，弗究厥施。教成於家，有子似之。孰其似之？曰維伯子。爲名進士，爲世太史。越在憲宗，曁於孝廟。今皇嗣基，臣職是紹。經業有門，周彖羲爻。史法有傳，鉞貶華褒。講幄敷陳，藝苑甄擇。有一於斯，皆公遺則。有笏堆牀，有里鳴珂。仲叔之間，孰與伯多？譬室與田，將穫將構。而成弗終，抑又誰咎？惟恤有典，兆域是營。奕世遺恩，二子是膺。咸寧之墟，先公所藏。君往從之，百世勿忘。

李東陽全集卷八十二

懷麓堂文後稿卷之二十

碑銘

明故贈中憲大夫太常寺少卿兼翰林院侍讀費君墓碑銘

贈中憲大夫太常少卿兼翰林侍讀費君諱璠，字叔玉，以子宏貴，累贈如其官，時其卒且葬已六七年矣。宏既得誥命，將樹碑墓道，乃奉湖廣按察僉事姚君文灝狀，復自述行實，請予銘，且謂盧於陵、連舜賓皆以處士得文章而顯。嗚呼！若是則予惡敢當。顧君之賢當不在盧、連下，故敘而銘之。

初，公父奉訓府君蚤孤失學，有五子，各授之業。珣字伯玉，舉鄉貢士。瑄字仲玉，舉進士，累官貴州布政右參議。璵字季玉，爲義官。瑞字幼玉，亦舉鄉貢。公其叔子也。當伯玉早世，府君亦棄養，仲玉已遊縣學，以母嫂寡，弟妹皆稚，委君家務，卒國學業，以成其名。府君止一弟，有贏貲悉付之，其没也，無私藏焉。君入給家費，出應公役，勤苦百狀，久而貲益饒。外侮沓至，隨事扞遏，彊暴者更爲屈服，曰：「費氏有人矣。」

君痛弗逮父養，以母王太恭人多疾，躬習湯液，儲善藥以備之。逮事繼祖母張孺人，晨夕候問，手其肌膚，寒燠飢渴，類不後所欲。曾祖妣王孺人墓爲盜所發，遺骼散落灌莽中，一一掇拾，内諸故櫝。禮事兄嫂。幼弟病，親爲扶掖，至察其穢器。弟嘗沾醉濡首，奪其杯擲之，其感勵有成，亦以此。後歸自京師，病益甚，冒暑迎之。失於揚州，聞已至鎮江，反渡而南，則知尚在瓜洲。日暮風甚，舟人請少俟。君曰：「吾弟忍死待我，遑恤其他。」亟復渡而北。及見，握手語數刻而絶。撫其孤甯尤篤，聞有盜警，亟叩寢閤抱之出，甯猶未寤也。理家四十年，下上輯睦如一日。晚與仲玉定家規，至今行之。

其爲人英儁而善檢飭，自謂有三不惑。每歲荒，輒減價出糶。有筭舟覆於潭，爲漁者所得。家僮利其賤，市之，蓋自是不筭食者數月。故鄉人德之最深，嘗病殆，爲之社禱者數百人。非公事，不至城府。母黨有請託者，業已得賄，以母命彊君，君代償所得，竟弗爲動。君通堪輿家學，葬二親於金相之原。配余恭人，先卒，别葬於楊梅尖，而君葬於天柱峰，皆所自卜地也。

君世家廣信之鉛山。曾祖諱廣誠，祖諱榮。父諱應麒，以仲玉貴封奉訓大夫兵部員外郎。子三人：其長宏也，狀元及第，在講筵史局，蔚爲時望。於是天下稱之曰：「費氏有子矣。」次完，縣學生。次審，早卒。女二人：長適上饒縣學生余瑞，次許嫁寧羌知州張簡子鏜。孫幾人：長某，早殤；次懋仁、懋縣、某、某。孫女幾人：長許宜興吳驥，今翰林侍讀學士克温子也。銘曰：

費氏五玉玉總良，其一韞櫝山中藏。平生執德不毁方，人有譽重無疵傷。沽哉沽哉價莫償，寧爲横棄官道傍。恥以泣獻封陵陽，種爲玉子森成行。前如藍田後昆岡，如揚瑶琨雍琳琅。中最貴者登玉堂，爲璧爲瓚爲珪璋。爲世物瑞爲國光，佳城有埋厥壤黄。寶氣融液天無霜，後千百年闕精芒。生芻欲奠遠可將，貞珉著德永不忘。

明故嘉議大夫南京都察院左副都御史陳君玉汝神道碑銘

玉汝姓陳氏，諱璚，玉汝字也，世爲蘇之長洲人。舉進士，爲翰林庶吉士，擢兵科給事中，歷遷刑科都給事中、大理寺左右丞、左右少卿、兩京都察院左僉都御史，以左副都御史致仕南京，卒於家。

玉汝居官謹飭，不事矯亢，言必據理法。在諫垣，封駁惟允。孝宗莅政初，妖僧繼曉既就逮法司，擬以常典，玉汝與同官暴其罪，乃伏法。有妖人惑衆通虜，奏令巡撫憲臣禁絶弊源，因請置天下社學，以端蒙養，則邪慝不生。有中使手擊尚寶官於朝，具狀劾之。彭城伯爲幸臣誣奏，爲辨其非罪。當道欲令以齒頰報怨，則謝弗能，雖以召怒，弗恤也。在理寺最久，詳讞爲多。在南臺，兼督操江兵。上自九江，下至沿海，歲再巡歷，過其家必奏而後入。周府莊地與屯田相錯，奉敕往勘。歲久籍去，軍衛不能直，因兩具以請中旨歸之府，而議者弗察，乃著屯田十二難以著志。復勘吉府獄，下上無間言。再入南臺，會海賊爲孽，與巡撫官議先撫諭，首惡出降，業已許不死，發戍嶺南。後賊黨大肆更化，初方議勦捕，而玉汝已沾疾謝事去矣。禮部以訃聞，上遣官諭祭，命有司治葬事。蓋其卒以正德元年丙寅九月十日，距其生年正統庚申六月十六日，得壽六十七。其葬以明年丁卯十一月某日，地曰隆池山之原。

祖子富，父孟善，皆贈通議大夫南京都察院左副都御史。祖母吴氏，母錢氏，皆贈淑人。配嚴氏，累封淑人。子四：鎡、鑰、鍵、鏃。女二：長適吴江縣學生；次許嫁王延相，今内閣尚書公介子也。孫八：濤早世；次淳、津、汸、漢、泓、洵、汭、汸，蘇州府學生。女孫三。曾孫四：桂、楠、某、某。女二。玉汝位不稱行，若爲造物所詘。及歸，子姓蕃碩，至不能猝辨，乃作頷孫之堂，亦衣冠盛事云。

初，玉汝爲生，從吴文定公爲古文歌詩，弗屑程試。試京闈，有司録其論以傳。予同考禮部，初試已落乙榜，時策問涉僻事，闈場莫能記，惟此卷備舉不失一字，遂置上第。入翰林，爲諸老先生所器許，而選授不及，雖得要地，居恒弗樂。每公暇，未始廢學，所著有成齋稿，使歸有二上録、三上録。其詩清簡有思致，文亦如之。玉汝謂予爲知己，以文字友甚習，故鎡以治命走京師乞銘神道，予悲而銘之。銘曰：

吴文獻地，文定其首。陳君視之，義則師友。鄉評以行，省試以文。有言孔揚，吾得其人。其人維何？玉以比德。琢汝器汝，爲圭爲璧。木天石渠，有圖有書。

何以用之？校閲之餘。諫垣有議，樂司有比。隨所歷試，亦足致理。經典律判，中世已然。一之謂難，而況其全。人亦有言，清則弗要。二不可兼，一不爲少。志所弗屑，若或彊之。所未竟者，莫或廣之。知人實艱，惟我與子。既録其生，復銘其死。

太原王氏柳林世墓碑銘

柳林阡者，太原王氏世墓也。王之族系出周靈王太子，晉代有顯者，而譜毁於兵，無所考見。元有子實處士，居邑西之鼉石。生二子：長處士均玘；次良，仕元知潞州，兼管本州諸軍奥魯，勸農事，有惠在民。老而無子，以兄子伯聚爲後。

至正之亂，故家大族焚掠殆盡，伯聚自山拳别墅亦襁負子女避亂於外。及國初肇定版籍，始卜居柳林，家復振。永樂間歲歉，嘗出粟貸貧餓，活數百人。後有歸直取券者，則既已焚之矣。鄉人德之，壽百餘歲。二子：

長寅，舉鄉貢士，仕鳳陽、真定二府通判，有廉能聲，擢知隴州，以老致仕而卒，三子，永吉、永泰、永昌，皆以耕讀爲業。

次安，質直好義舉，人德之若其父然，壽至八十有九。二子：長永壽，舉鄉貢士，累官資德大夫正治上卿南京工部尚書。巡撫湖廣，提督軍務，有平寇功，行業聞望，爲一時所重，贈其祖若父皆爲資政大夫工部尚書；次永亨，有大志，折節讀書，亦以鄉貢士知昌黎縣，遷知隆慶州，性嚴毅，未嘗苟取，比致仕歸，無贏貲，人以古先生稱之，以子瓊恩授封誥，進階奉直大夫協正庶尹，壽至七十有二。

今瓊累遷户部右侍郎，文學志操，於前有光，而贈錫之典蓋未艾也。若其先塋，舊傳邑西柳谷南之蠶石者，久失其處，而其子孫皆散亡弗祀。潞州以下，始葬柳林之南二里許，則伯聚之所遷，序以昭穆，至今不紊。尚書公之卒，朝廷賜葬於邑西店頭之原，其子孫皆祔之，别自爲序。蠶石之阡，瓊近已求得之，將圖修葺，以廣祀事。獨柳林之墓，幾二百年，最久且盛，而未有表識之者，蓋於此深致意焉。

惟王氏居土厚水深之地，宗族蕃衍，閲代累世，皆能以忠厚樸質爲業，故壽富榮顯，年有過百齡、官有登六卿者，蓋其所禀厚而習與養之善也。至其墳墓所在，兵荒轉徙之餘，猶秩然不失其序，而修治秩祀，禮亦有加焉。仁孝之澤，自是其有窮乎？養生送死，王政之大端，而公卿之家佐政以化民者，其責尤重，是不可以不識也。户部君念潛德弗著，自述事狀，介喬禮部希大請予文刻於麗牲之石，且以備家乘之傳，乃銘以系之。銘曰：

鬱彼柳林，山崔巍巍兮。葬其下者，冢纍纍兮。惟州有侯，相厥宜兮。爰復爰處，歸流離兮。數窮則通，福履綏兮。侯子侯孫，曾玄隨兮。其生維斯，葬亦斯兮。昭穆序列，儼庭闈兮。翼翼卿佐，皆穹躋兮。繇枝逮根，雨露滋兮。維柳之陰，若彼槐兮。繄彼在谷，復弗迷兮。禮有小宗，繼別爲兮。體魄在焉，魂何之兮？自西自東，往復來兮。刻石紀德，峨豐碑兮。

明故中奉大夫廣西布政使司右布政使伍公神道碑銘

廣西右布政使伍公卒於家，其子湖廣右布政使符具書，寓公從子進士箕上京師，介翰林庶吉士張鰲山請予銘神道之石。越數月，其孫工部主事全來速銘。予與公同榜，相知好，音問久弗達，聞訃哀悼，不忍辭。

伍氏世居吉安之安福。元季有性中者，以鄉兵扞州里。生子洪，國初以春秋舉進士，爲臨清縣丞，是爲公高祖。處士諱述經者，爲公曾祖。知樂清縣贈監察御史諱冕者，爲公祖。封刑部員外郎諱體祥者，公考也。

公諱希淵，字孟賢，少敏悟。季父御史驥奇之，言於刑部公，俾與從弟希閔同受世業。一日，塾師請辭曰：「吾不能爲二子師也。」天順己卯，公舉鄉貢。癸未，試禮部。彭文憲公以春秋宗一時，適主試事，擢公爲第四人。經義梓行者，不竄一字。甲申，登第二甲進士，授刑部四川司主事。未逾年，尚書以爲能，令勘獄北畿，歸輒稱旨。有大臣薦爲按察僉事，例以資格弗許。遷員外郎，進陝西司郎中。決南畿重辟，及録浙江繫囚，多所開釋。復薦爲大理寺丞，不果。有中貴臣銜命讞獄，尚書以下皆噤莫敢抗，公執論侃侃，靡之不肯退。坐是賈怒，尋以詿誤出爲廣州府同知。會後山有劇寇，承檄與按察使陶魯分路進捕，多所擒獲。勾稽軍籍，陳便宜二十事，御史爲下列郡行之。民相與語曰：「非伍貳守，幾不可爲郡矣。」傳聞京師，遂擢知府事。公益自展布，事無劇易，務力爲之。嘗相水作陂堰，多積穀爲儲蓄，置保伍，使民自相扞衛。徵科差役，必審定丁户。凡所規畫，有至今存者。獄訟尤所素習，辭察面折，庭無留案。興學表善，取鄉先達遺文刻於郡齋。時集諸生，稱説經史，以風厲之，登上第、爲顯官者踵相屬。每部使舉郡縣能吏，必爲稱首，一月間吏部連擬雲南按察副使及湖浙參政，皆不果。弘治己酉，九載考績，王端毅公爲吏部，方欲進用，而巡撫都御史請還公舊治，乃擢廣東右參政。諸路習聞公名，皆安其教令，不敢犯。乙卯，遷廣西右布政使。取道歸省，遂丁刑部公憂，繼母劉宜人亦喪，家居數年，公亦謝事，不復仕。而子符已進雲南右布政使，爲用事者所中，就理浙藩。既而用事者敗，始得白歸。比有後命，公已屬疾，逾旬而卒。

公寬厚豁達，不設崖谷，而中有介辨。解紛治錯，皆談笑爲之。雖專城牧長，若不盡其用者。事繼母甚孝謹，撫一弟遺子女，皆底成立。官所入俸廪爲奉養，賓祭費餘，輒以分子侄暨諸姻族，賻喪給婚，不可勝紀。學士大夫謫嶺南爲所周恤者，或祠而祝之。廣人過其鄉，不遠百里，必通問候。其交際之得人深如此。公生正統丁巳九月十七日，卒於正德辛未四月十七日，壽七十五。某月某日葬於某山之原。原配劉氏，累封宜人，先公卒。子六：符其長，舉成化丁未進士，爲翰林庶吉士，歷曹司郡藩之長，皆踐世職，有聞於時；次籌，早世；次簡，輸粟賜冠服；次策、簻、簾。女三：適劉時守、彭勉懷、劉瑞。孫五：長全，舉正德戊辰進士，授今官；次仝、會、倉、令。蓋自臨清及御史君而下，舉進士者一人、鄉貢者一人，族望名第之盛，亦世所鮮見云。銘曰：

維廣東西，維國鉅藩。比壤殊俗，政通實難。公官其東，長郡參省。十年再遷，維西牧是領。繭絲之能，保障之功。政體則然，匪才弗同。維古有云，以經飾吏。甲科之儲，刑曹之試。政久乃成，世亦曰爾。有明弗陟，則命之使。鄉有文獻，家有範模。公德不孤，來者其圖之。

明故湖廣布政使司左布政使劉公神道碑銘

吾湖南有藩臬之長曰劉公，諱喬，字述憲，吉之萬安人也。其先出河南祥符，宋季曰功甫者丞萬安，家於官。曾祖昭，祖俊英，皆贈刑部尚書。考尚書公諱廣衡，爲累朝名德，公其次子也。

景泰癸酉，用廕爲國子生，遂舉京闈鄉貢第二人。成化丙戌，登進士第，知湖之歸安。歸安壯縣，公應手剸析，獄無滯囚。苗死澇而鄰邑旱，不可植，公教民市其苗植之，穫再倍。每東作，躬歷田野，徒步入里舍，問民疾苦，默詢其家豐嗇、人賢不肖，賦稅獄訟，率視此爲據，吏不得售其奸。禮禁喪俗，士家以佛齋致饋，却弗内。富民送葬，妓樂數十舸，則罰以示戒。癸巳，召爲河南道監察御史，按廣西荔浦。傜叛，檄藩司守臣平之。柳、慶、田三府多警，凡所指畫，動中機會。還按京畿，稽諸司卷籍，無所縱。壬寅，擢福建按察副使，發慝摘伏，屬吏畏服。有大俠私番射利，盤結下上，莫能制，亟斷遣之。

弘治戊申，以外艱闋服，擢湖廣按察使，持法甚謹。庚戌，用刑部尚書彭惠安公薦，遷右布政使。辛亥，轉左布政使。則壹尚寬簡，盡除苛厲。人或訝之，曰：「牧道固是也。」會修三王府，極力綜治，民不告怨。勘諸府獄事，皆得理。蓋自筮仕至是，勤勤舉職，未嘗少逸。間代祀南嶽，力疾以往。還至簰洲卒，是爲癸丑五月七日。十二月某日，葬崧陽之原。

配泰和歐陽氏，卒，贈孺人。繼闕里孔氏，宣聖五十八代孫，封孺人。子四：玉、奎、璧、璜。女亦四。孫一：元卿。女孫二。玉本季弟之子也，初公未有嗣，故子之。後舉進士，累官御史，紹公行業。以考績給誥命，公當進階，而所司失據，僅授中奉大夫。歐陽孺人則贈夫人，孔孺人進封太夫人，皆如制。

公之葬也，僉都御史林待用爲銘，玉間請予銘諸墓道。予省墓過浙，聞人道歸安政績甚悉，知公久矣，兹於義有不容辭者，乃爲銘。銘曰：

有湖在南，楚邦是瞻。藩臬之間，有牧有監。有賢實多，來者踵接。前過後續，功施惠浹。仡仡劉公，有言有功。植我善柔，蘇我病癃。星霜六周，亦距非久。民無呰謷，譽則多有。我居北方，顧懷舊邦。曷其徵之？於我父兄。父爲尚書，子爲柱史。何斯人斯？是父是子。汗竹有傳，甘棠有詣。麗生有碑，邦人之思。

明故贈光禄大夫柱國太子太保吏部尚書兼武英殿大學士焦公神道碑銘

吾友少傅焦公孟陽始入内閣，加太子太保吏部尚書武英殿大學士，特賜誥命封三代，獲贈曾祖全德公如其官，又爲光禄大夫柱國，如其階勳。欲樹碑神道，以昭潛德，乃屬諸東陽。

而歲代綿隔，事行無所據，惟述其祖光禄公之言曰：「吾父事親，能竭力共養。與人和厚，有令聞於鄉。」又常謂芳輩曰：「予幼時，吾父以爲可教，每攜以自隨。方值草昧，士未有定業，家不蓄書。教小學四書，皆以手畫地，口授耳命，旋爲講解，不一存筆迹，故人無知者。嘗中夜語予曰：『元季之亂，南北擾攘，彊暴四出，蕩無統紀者幾二十年。中原人民自爲吞噬，死鋒鏑者踵相接。即不死，則死於道路溝壑之間，幸而存者不十一。而予生其時，未嘗去廬室墳墓，居與鄉人樹柵相保。宗戚百餘家，皆藉以無事。遂能存亂後之身，以承先世之廕，以遺爾曹，殆若非偶然者。今又值聖天子用夏變夷，光復古帝王禮樂之化。爾生斯時，宜學以待用。用則以忠信仁義修其身，以淑諸人人。而進退之際，尤所當慎。爾其識之，亦以教爾子孫。』予謹識之，不敢忘。用是官不過九品，年僅逾四十而即退耕於野，以成先訓。然察吾父之意，不獨在予，實有望於爾後之人。爾後人者不可以不知，知之不可以不勉也。」芳聞曾祖語意於吾祖者，僅僅如此，他莫能悉也。

東陽乃起而歎曰：嗟乎！歐陽氏徒以一婦人數語而表德於先世，取徵於後代，矧父祖孫曾問學德業相授受若是其明且遠哉！蓋天地之道，虧盈否泰，循環而無窮。自開闢以來，一治一亂，至于元季，否亦極矣。我國朝掃除戡定，休養煦育，百四十餘年，日趨於盛，於是乎有重熙之世。以一家言之，積德累善，閱世歷代而不試，試亦不顯，既久而得。今少傅公又出於翰林之儲養、州郡之敭歷，愈久而後大發焉。乃以耆德碩學、尊官重望簡於朝廷，耀於天下，於是乎有三孤之貴、三世之封。雖其渟蓄培植有足自致，而遭逢會合於千載一時之盛，固亦非偶然者哉！然則公之高識遠見，至今而始信，而其爲人亦從可知已。

公諱成，全德其字，世居南陽之泌陽。有曰義者仕元爲萬户，抗志不合，棄官而歸，其後遂相率不仕。公生於元泰定甲子九月九日，卒於洪武庚辰十月十日，壽七十七。配董氏，贈一品夫人。合葬於縣城西南三里許泌水之濱。子三：長春；次仁美；季爲光禄公顯，以韓府教授致仕。孫十，光禄公宣，孟陽父也。曾孫二十五，孟陽名芳，今加少傅兼太子太傅謹身殿大學士，尚書如故。玄孫三十六，瑞爲國子生，黄中舉正德戊辰進士二甲第一人，官翰林檢討。家學世澤又於是乎在。五世孫鄉貢進士希韓而下，來者尚未艾。女一，孫女八，曾孫女倍之，玄孫女又倍其半，其嫁者多士族，今不備載云。銘曰：

維國之初，如日方曉。維桐柏之陰，宿彼靈鳥。其章弗耀，維九苞是葆。有雛翩然，覽德而下。倏還故棲，亦戢其羽。維子孔似，維孫實旅。其儀楚楚，其行舉舉。復有名孫，出於治世。維時之靈，亦維邦之瑞。紛彼羽族，實拔其萃。衆雛從之，趾美方繼。以今校昔，何顯何晦？維古有聞，莫克見之。考迹審象，於書於詩。維國之初，代亦遠而。見其子孫，究爾其儀。取物以德，闡義以辭。匪鳳斯銘，維斯人之碑。

明故光禄大夫柱國太子太傅吏部尚書致仕贈特進左柱國太師謚端毅王公神道碑銘

自古凡治朝盛世，必有恢弘博大之臣布列廊廟，陳昌言，著偉績，顯於天下，播在史册，以傳不朽。然不可遽得，求什一於千百，得焉亦足矣。自我英宗皇帝旁求賢哲，其所敷遺，閲憲宗、孝宗，累數十年，時則有若王端毅公，固其人哉！

公諱恕，字宗貫，陝西三原人也。正統戊辰，舉進士，爲翰林庶吉士，授大理寺左評事。景泰間，遷左寺副。條刑罰不中六事上之朝，擢知揚州府。屢辨疑獄。歲饑，發廩不俟報，且給醫藥，多所全活。作資政書院，教羣子弟，科不乏人。天順間，遷江西右布政使，揚人爲立石頌德。廣賊寇贛州，公帥兵剿平之，遷河南左布政使。

成化間，擢都察院右副都御史，撫治南陽諸府。南陽豪争礦殺人，公獲其魁，餘悉解散。以内艱去。會襄陽盜起，詔公起。復會兵搗其巢，走之。及劉千斤輩作亂，公亦會王師剿平之。大帥欲縱兵搜山，公不可，因下令曰：「擅殺者斬！」復榜示流民，諭使復業。民爲建生祠，繪像事之。乞終制，不許。尋奉敕巡撫河南，遷左副都御史。歲旱蝗，上疏請崇儉去奢，以回天意。入朝言時政六事，遷刑部左侍郎。丁外艱，服闋改刑部。巡治漕河成，言弭災數事，未幾，而蠲租之詔下矣。改南京户部，再改左副都御史，巡撫雲南，進右都御史。以地切交趾，言御夷方略。劾鎮守中官諸不法事，没其部下所得金寶，輸之京師。勳臣世帥，亦爲斂戢。所役官軍土民，皆還部業。使人至夷方，無敢索賂。勢家假驛傳般私貨者，皆自雇役。

於是，聲震遠邇。改南京都察院，參贊留務，兼督巡江，尋改南京兵部尚書。考選官屬，不受請託，爲同事所忌。命兼左副都御史，巡撫蘇、松諸府。會江南地震，乞歸，不許。言内外官收納過重，請爲禁革。光禄寺歲供白粲，概及庖人、賤工，請爲分别派買；物料、織造、綵幣及貢獻禽鳥花木，請爲節省。又請免常州夏税六萬餘石，以羡米還之。又以補諸府户口鹽鈔六百萬貫。又以水旱災，請免秋糧數十萬，草半之。以官田賦重，減耗米十餘萬。發廩賑饑民，令減價糶穀。又周行賑貸，以户計者幾二百萬，以口計者有加焉。有中官以買書收藥爲名，搜括遍江南，千户王臣者爲之助惡。公累疏言之，上乃命械繫中官，梟臣於市。而中官亦誣奏公及知府孫仁，仁就逮，公又力救之，得免。又請罷内降官數人。又以京師地震乞辭位，不許。尋復改南京兵部尚書，仍參留務。聞秦、晉饑，言便宜十事。聞林俊、張黻之謫，乞還其官，因請罷永昌寺役。加太子少保。言政令必信，不宜數改，語尤激。旋落太子少保，以尚書致仕。

孝宗在東宫，已聞公名。既登極，首降敕召之，改吏部尚書，加太子太保，階榮禄大夫。臺諫劾巡撫及藩郡官，奉旨黜革。公以爲不得其職，連疏乞休，皆不許。南臺薦公可入内閣，上曰：「朕用蹇義、王直故事，委恕吏部。若有謀議，亦無不聽。」乃已。弘治初，從耕耤田，預九推禮。視學命下，公請釋奠用幣爵，用三獻，分獻官致拜，詔止許分獻行拜禮〔一〕。公又争之，乃於孔子前加幣，用太牢，改獻爲奠，至日分奠鄭國、亞聖。公侍經筵，偶議不合，辭印乞休。上曰：「君臣之間，恩同父子，各陳所見，何嫌何疑？可視事如故。」乃起就職。屬有疾，上命醫診視，遣中官賜酒米諸物。南京給事中周紘、御史張昺奉命點軍，爲留司所奏，出補外。公論救之，未得命，臺諫交奏，以爲老臣言當聽，紘、昺乃得改南京别任。徽王奏乞陞鈞州爲府，晉王乞爲世子别設典膳，皆論止之。知州劉槩與御史湯鼐言涉狂誕，當道欲坐以死。御史李興多杖罪人至死，亦坐重辟。公皆論救，乃從末減。山西叛賊王良等既伏誅，或議除其黨千餘輩。公以爲脅從宜免，議始定。又請老，詔大風雨雪免朝，又免午朝。復以彗見，自劾求退，不許。進階光禄大夫，勳柱國，封三代。有旨令中官會選御醫，公執不可。壽王冠，充副使。都御史秦紘以總督兩廣軍務奏安遠侯柳景不法，坐致仕去。公極言紘當用，乃起爲南京户部尚書。太醫院判劉文泰者奏公不當令人作傳，議者以爲有所受。公具自列，乃下文泰獄，降御醫。公又乞休，蓋自蘇、松以來，前後疏十餘上，乃賜允命，給驛還鄉，有司月給米二石，歲給夫役二人，賜寶鏹三千貫。

居十有三年，聖天子登極，詔賜牢醴，遣行人存問於家，復加米及夫隸數倍於昔，且賜璽書，有「嘉猷入告」語。公復上疏言數事。正德戊辰某月某日，卒於正寢，壽九十有三矣。訃聞，上震悼，贈特進左柱國太師，賜謚曰端毅，遣官諭祭者九，令有司給棺椁，治凡葬事。公墓在西園尚書府君墓次，其所自卜地也。

原配董氏，繼張氏，皆累贈一品夫人，文氏封一品夫人，貳室張氏。公少所育子曰承祚，爲義官。有丈夫子五人：承祐，南京前軍都督府經歷，早卒；承禄，義官；承祥，順天府通判；承禋，亦爲義官；承裕，舉進士，累官吏科都給事中。孫十三人：紞、綬、基、野、節、儉、濳、璿、璟、輅、輶、輦、輿，紞、綬皆縣學生。曾孫四人：安邦、安民、安世、安國。女二人：其婿曰縣學生仇濬、鄉貢士宋廷佐。孫女九人，婿曰李璇、秦憲、段懷忠、李邦、董廷珪、李應霑、張元卿、郝奎，聘而未娶者曰秦淵，懷忠、廷珪、應霑皆縣學生。曾孫女二人。

公平生好學，博涉經籍，至老不倦。所著有漕河通志、介庵奏議、石渠意見、經籍格言，行於世。承裕，予禮部所舉士，因奉户部尚書劉公用齋狀來請銘，是惡可不銘？銘曰：

巖巖華嶽，雄鎮秦封。靈秀攸萃，爲人中雄。端居廟堂，進退不辟。高舉長步，直言正色。奮翼而起，排雲厲空。紛彼羽族，瞠其下風。羣疑糾紛，中有定括。南山可移，三軍可奪。用我則出，舍我則還。外若可撓，其中浩然。秉彝在躬，弗梏弗失。其所餘者，以還造物。拄車守閭，世豈無才？持以大用，匪違則乖。滔滔江流，中有砥柱。頹波狂瀾，不見其處。功名始終，自古謂難。我所自立，其成則天。國史有書，鄉賢有祀。公銘不隳，公墓在此。

【校勘記】

〔一〕「止」，原作「上」，顯以形近而訛，據文義與地方志人物傳記資料叢刊西北卷所收王端毅公神道碑正之。

明故正議大夫資治尹南京工部右侍郎徐公神道碑銘

弘治乙卯，公以都察院右副都御史巡撫湖廣。一日，忽有中旨，遷南京工部右侍郎。公聞命駭愕，亟上疏言：「臣平生不敢自他途以進，乃今名不薦於廷臣，銓不由於吏部，臣之心迹，何以自明？乞收新恩，以全晚節。」因以疾告。先皇帝優詔答之，乃就職。又再疏請老，弗許。戊午，獻績於朝，疾遽作，又請，乃許給稟驛而歸。言事者往往起公，不果。癸亥三月七日卒，壽七十三。遺戒子孫，勿乞葬祭。甲子歲未盡一日，窆於鳳凰山姚塘之原。後馮御史允中按南畿，表公名行，爲請恤典，朝廷乃遣官諭祭，命有司治兆域。嗚呼！觀公之終，可以知其始矣。

公在成化丙戌舉進士，爲工科給事中。諸中使欲領郊關抽税，公與同官言不可，遂遣諸給事往莅，意因以窘之。會公在遣中，摭拾無所得，乃止。乙未，擢湖廣布政司左參議。值兵荒後，加意撫恤，民賴不徙。有中使采竹笋諸物，責非所産地，公移文止之。甲辰，秩滿，遷河南右參政。陝西饑，當運粟數萬石，民苦遠，公請出粟易銀畀之，彼此稱便。

弘治戊申，進右布政使，遷左布政使。有藩府承奉司違制置吏，公勒停之。會計財賦，謂費用寖廣，歲入且弗給，乞少節京運，以寬民力。庚戌，河徙開封，有奏遷藩會者，公條陳不可，事亦竟不行。辛亥，遷都察院右副都御史，巡撫河南。旱溢交作，公請減秋税，省織造，折鹽課。有藩府據魯山民業，公承命會勘，議歸之民。户部督積逋急，公以災變請緩其事。有言官請割漢中鄖陽、夔州諸府，别置布政司，公亦言不可。鄰境民來就食，發粟賑之，所活甚衆。尤重名教，令歸德修微子祠，彰德建西門豹祠，洛南祠范文正。又令諸州縣學秩賢哲無文者。公名益彰，而忌者日益甚。再乞歸，不許，於是有湖廣之命。兩河士民夾道攀送，哭聲聞數十里。布政有羨銀三千兩，舉以爲贐，公一無所納。至則有中使載私鹺百艘，抑市於民，爲公所持，比去，乃得市云。

公器宇凝重，不事矯飾，而中所操執，介介不苟。雖優仕，不倦問學，自輯所爲詩文、奏牘若干卷，藏於家。修家規以合族，子弟雖頒白，無敢肆者。其高年令德，蓋非特一郡之望也。

公姓徐氏，諱恪，字公肅，蘇之常熟人。祖德賢，考納，皆贈都察院右副都御史。配許氏，封淑人，先公卒。子四：綎先卒；次綰，承事郎；次縝、紹，皆縣學生。女二：適蔣勸、趙垚。孫四：琢，國子生；次璥、環、珝。孫女五，嫁者三，壻曰李而達、錢塘、夏文獻。曾孫亦四：僑、億、修、倬。曾孫女三。

綰上京師，奉翰林吴編修南夫狀，介以請銘，刻於神道之石，曰治命也。予與公久同朝，每見公奏牘，輒歎羨不置，重其爲人，乃爲敍及銘。銘曰：

國有四維廉乃一，士而弗廉曷自律？觀德之隅如彼室，徐公手持法三尺。威來如山氣不屈，深言遠計心在國。羣猜衆忌不我恤，避嫌遠恥如有激。毋我身貴隮我節，臺高省嚴出復入。身雖廟堂志巖穴，旋亦棄之如屣脱。乘堅驅良虞覆躓，蠅營蝸争竟何物？公懷謙沖斂不伐，康寧考終多類錫。天實成之豈人力，吴山之原閟玄宅。家有胤系廟有食，後千斯年保貞吉。

李東陽全集卷八十三

懷麓堂文後稿卷之二十一

碑碣銘

明故陝西寧州知州贈光禄大夫柱國少傅兼太子太傅吏部尚書劉公神道碑銘

漢之守令多久任，至長子孫，或十餘年，或二十餘年，然不數見。在我先朝，法令近古，其最久者，時則有若陝西寧州知州劉公，蓋三十二年然後去，前此未之有也。公生於洪武乙酉，年三十而舉於鄉，三十一而登進士，三十三而爲縣，三十六而爲州，七十而致仕，至八十四而卒。又五十一年，贈都察院右副都御史，階通議大夫。又三年，加贈少傅兼太子太傅吏部尚書，階光禄大夫，勳柱國。於是寧州之名益顯。

公諱綱，字文紀。其先自漢更始時居潁川，有曰元者避亂居嵩南。至建武初，占籍於鈞州，今河南開封府地也。唐以下，譜逸不可考。公高祖聞政仕元，提舉白沙鎮鐵冶。曾祖坤，祖德忠，考大淵，贈如其官。

公生而孝友敦確，有幹局。初爲縣，得延安府之府谷〔一〕，號難治。教法並舉，頌聲大作。及爲州，州人聞公威名，皆色懼。公至則曰：「久敝之地，刑非所先。」乃因俗爲治，不專繩墨，民翕然樂之。民未識樹藝，教以播種；未知學，則教以書詩。植善鋤惡，習爲之變。既又均賦役，置屯田，簡兵練武，百廢俱振。以内艱去，代者已至，民不忍釋公，詣闕請留。太宗曰：「民既念綱，可令起復。」乘傳之任，而別用代者。公心喪莅事，未嘗輕用罰，而民不忍犯，經鞫問者，退無異辭。嘗署按察司事，旬日間屢釋冤獄。州有龍尾湫，時出光怪，遠近聚觀。公伺其光動，手射之，應矢而滅，既而泄其水，乃鉅黿也，妖遂息。間行野中，值横石爲虹，馬驚不度。公諦視之，蓋狄梁公碑，范文正公所撰者也。即起竪之，爲建祠焉。其他善政，多不可殫紀，此其異者耳。間又嘗丁外艱，考績者殆十數，皆以州人奏留而官亦不調。仁宗朝，特賜璽書褒異及四品章服。嘗至京師，上親召問，勞以酒饌，時人榮之。英宗朝，以老乞休，章數上，乃得致仕。去之日，哭聲振野。州舊有六君子祠，祀狄公以下嘗爲刺史者，民生祀公其中，改名七君子祠。及家居，遺問踵至。其卒也，有裹糧致吊者焉。其得民心如此。

公配李氏，先卒。繼李氏，贈一品夫人。一子，鼐，舉懷才抱德，不起，亦贈同公官。孫三：長爲光禄大夫柱國少傅兼太子太傅吏部尚書宇，舉成化壬辰進士，累今官，材行勳績，偉然時望，爲今天子所簡任，其贈三代以此；次寧，義官；次定，早卒。曾孫十：長佑；次佐；次儒，儒舉鄉貢，知長垣縣；次信；次俸，以武功累官錦衣衛指揮使；次俊；次仁，舉正德戊辰進士，爲翰林庶吉士；次佳，國子生；次保，早殤；次傅。孫女三：長適任宣，次李曾，次旌德縣丞張深。曾孫女九：長適義官李厚，次武學訓導李璠，次李豸，次李金，次義官李運，次程順，次國子生古源，次錦衣衛千户屠璋。

公葬於某山之原。少傅公既貴，欲遵典式，立石墓道，以昭不朽。自述公狀，請予銘。予惟世之論有後者必曰位不稱德，君子固未嘗責報於天，而理有不能違者。夫積久而發，發必大。公以平生所學，專施於一方，官不過郡守。再世而少傅公出焉，又以言事被謫，越數十年然後顯。不可謂不難矣。今舉甲第者三世，在仕籍者四人，文武並用，中外相映，方承而未艾，有家之盛，鮮克過之。是不足爲爲善者勸哉！銘曰：

陝之西疆，有州曰寧。曰有賢守，來侯其氓。氓有幸願，侯實營之。民有外侮，侯則攖之。三十二年，政舉人存。不食而飽，不衣而溫。氓之戴侯，我父我昆。氓之頌侯，侯子侯孫。侯子既善，侯孫乃發。内秉政柄，外著功伐。文揚武揭，其聲烈烈。莫爲之後，有播誰穫？一郡雖小，其名則長。没爲三孤，身後之光。嵩洛之間，有河湯湯。公澤斯流，百世勿忘。

【校勘記】

〔一〕「谷」，原作「答」，顯以形近而訛，據文義正之。

明故資善大夫太子少保吏部尚書致仕贈太子太保許公神道碑銘

有居大官當重任，仕而人望之，退而人慕且薦之，没而人惜之，若不盡其用者。

是惡可强合幸得？蓋必有所繇致。即是而觀，不待接其言，考其世，其人可知也。若河南許公，固可誣哉！

公諱進，字季升，舉成化丙戌進士，擢監察御史。出按甘肅、山東，風裁卓卓。都御史陳鉞附太監汪直啓釁遼東，爲御史强珍所劾，公亦率諸御史論之。珍被逮謫戍，公與凡劾鉞者皆奪俸三月。遷山東按察司副使。監鄉試事，有欲私貴家子者，執不從。東昌有武官子，懷金挾一儒生，飲於酒家，是夜被殺，有司疑生所爲，備極拷訊，生誣服。公遍閲商歷，見酒家以殺之翼日買布數匹，訊之，遂伏辜。

弘治戊申，遷廣西按察使，未上，擢都察院右僉都御史，巡撫大同，贊理軍務。上邊事數條。北虜入貢，驕詐百出。公嚴爲節制，遂不得逞。武邑王聰沬不律，公奏置於法，降爲庶人。又奏太監石巖，巖誣公擅用旗幟，降知兖州府。甲寅，遷陝西按察使。虜犯西陲，復命公爲左僉都御史，巡撫甘肅。吐魯蕃世仇哈密，遣部酋逐其王，入據其城，久不復。公與都督劉寧輩出調赤斤罕東，諸夷爲聲援，冒雪夜進。城中人從亂者餘八百登臺自保，公諭使下。或欲盡屠之，公不可，乃止。丙辰，以功遷右副都御史。巡撫陝西，不屈權貴，召入爲户部右侍郎。刑部主事鄭岳下獄不以罪，公疏白之。彗見，公會奏修省數事。庚申，虜入大同，命兼左僉都御史，提督軍務，與平江伯陳公銳出師進勦。陳以無功獲譴，或因以累公，遂令致仕。歸數年，廷臣論薦者數十疏。

乙丑，今天子即阼，召爲兵部左侍郎，督團營兵馬。進尚書，賜莽衣三襲。正德丙寅，公上疏請勤聖學，戒遊逸，改吏部尚書，賜玉帶，加太子少保。方逆瑾擅政，事多齟齬，時傳公議。瑾寖不能容，乃以署員外郎再署郎中者誣爲非制，謫令致仕。又以公嘗薦雍泰爲失當，除其名，而怒猶未解。又摭其在大同時嘗藉軍丁出銀僱役，後爲典守者所克，故苛爲稽察，因以中公，幾至不測。事未結，而瑾敗，朝廷用言者復公官，仍致仕。而公已卒矣，乃贈公太子太保，遣官諭祭，命有司治葬事焉。

公器宇魁岸，負抱甚偉。論議洶出，若無不可爲者。法尚嚴峻，凡有請託，多拒不行，見者敬而畏之。顧性孝謹，嘗被庭訓，撻指出血，後每舉指示人，輒感泣不已。事一兄，禮敬不替。家素饒，而自奉儉約，至于老猶然。所著有憲臺奏議、平番始末、東崖稿。東崖者，其所自號也。

公生正統丁巳某月某日，卒於正德庚午八月十八日，壽七十有四。以辛未某月某日葬，其地在城南石觜山之北麓。娶夫人張氏，生子詔，鄉貢士，早卒。繼夫人高氏，生誥，舉進士，擢户科給事中，改翰林院檢討，調全州判官；讚，亦舉進士，擢監察御史，改編修，調臨淄知縣；記、詩，皆縣學生；詞、論，亦業舉子。曰誌者，側室翟氏出也。女三：其婿曰浙江按察司僉事楊惟康、縣學生普曰利、國子生趙忭。孫七：儒，舉鄉貢士；次佺，俯、佩、偁、偕、位。女孫一。

高祖行五，曾祖仕信，皆不仕。祖實，安定縣學教諭，考聚，皆以公貴贈資善大夫户部左侍郎。祖妣某氏、妣某氏，皆贈淑人。其上世譜逸，莫可考。一日，於塋域隙地得許五公墓誌，稱隋楚州刺史法光，唐譙國公紹，左相圉師，又五世爲同州刺史，八世爲宋端明殿學士簡，其子東遷長安，又四世爲金兵馬都元帥威，西征過靈寶，愛其風土，始居焉，又再世爲元百户玉，則五之考也。於是，許氏之世系燦然復完，人皆異之。

公且葬，誥至京師，奉禮部右侍郎李公希賢狀請予銘。銘曰：

陜重周甸，地分東西。西有名關，山川崛奇。代生偉人，出爲世用。屹屹許公，有威有重。肅肅内憲，嚴嚴外臺。有劇必析，靡强弗摧。赫赫天曹，百官是統。震撼擊撞，有鎮無恐。仕我已我，其機在人。不怨不尤，在我者存。明揚在廷，嘉遁於野。既老而傳，非徒壽者。膏之沃矣，有曄其光。維源之深，其流則長。物則有然，於人爲大。我最公名，昭於一代。

明故通議大夫禮部右侍郎管國子監祭酒事致仕贈禮部尚書謚文肅謝公神道碑銘

吾友方石先生謝公卒且葬既閲歲，予始得銘神道之石，非忍爲慢，重之也。

公諱鐸，字鳴治，别號方石，台之太平人。少爲縣學生，天順己卯，舉鄉薦第二。甲申，登進士第，入翰林，爲庶吉士。乙酉，授編修。成化丁亥，預修英廟實録成，陞從六品俸。乙未，秩滿，遷侍講，仍加從五品俸。戊戌，以家艱去。既免喪，謝病居數年。弘治初，臺諫部屬言事者交薦之，會以修憲廟實録徵，乃起供職。庚戌，擢南京國子監祭酒。辛亥，致仕歸。薦者以十數，特擢禮部右侍郎，管國子祭酒事，命吏部遣使即其家起之。公再辭不得，道得疾，徑歸。復請而敦迫日益急，乃行至京，辭所加職，以本官治事，亦不許。居二年，辭至再。癸亥，修歷代通鑑纂要，命爲潤色官。疏又五六上，復乞歸養疾，乃許，命給驛以行，令有司俟病愈聞奏。正德戊辰，吏部例上其名，會權姦用事，恐其復起，遂仍致仕。庚午正月二十四日，終於正寢。蓋公出處履歷之概如此，可謂得其正矣。

公爲編修時，嘗奉旨校勘通鑑綱目，上疏言神宗喜通鑑，理宗好綱目，而不能推之政治，因勸求賢講學，以史册質經傳，窮義理，則大本立而萬目自隨矣。爲侍講，撰經筵講章，必盡所欲言者。在南監，動以身教。每嚴約束，禁諸生班見禮。捐皂役錢，以沛僚屬。籍膳夫錢於官，購東西二書樓，以庋鏤板。上疏請增楊龜山從祀，而黜草廬吴氏。餘若擇師儒，慎科貢，廣載籍，復會饌，均差遣，論列尤多。在北監，請增號舍，修堂室。又謂廟門衢面多狹斜，以爲褻慢，買其地而廓之。又買官廨三十餘區，居學官，以省僦直，皆出夫皂雇役，餘悉籍爲公用。諸生貧困者亦有給，死者請京府致賻，給驛歸其喪。又别祀叔梁紇，曾皙、顔路、孔鯉配之，以全倫義，而議黜吴氏者尤切，皆不果行。凡所建白，皆師古義，持獨見，未始有徇俗希人之意。雖尊官要地，忌者不能無，而輿論所歸，若出一口。其辭則相率請留，其去則争爲論薦，如輸粟納馬諸途素爲所抑者，亦連名薦之。前後所上辭疏，朝廷每優詔慰答，至停禄以俟命，僅予告歸。既其没也，特贈爲禮部尚書，謚文肅，遣官諭祭，令有司治葬事。終始極備，皆平生意望所不及。公道之在天下，固亦不可泯哉？

公孤介寡合，性氣屹屹，嗜義如渴，見不善若將浼。然家居孝友，自違養後，輒無意仕進。少從從父寶慶知府世修學，師事終身。及王城山人世懋早卒，並集其詩刻之。其父贈禮部侍郎世衍嘗出祭田三十畝，公買田代之，而以其田分諸弟及供家塾，間以葬族之貧者。又買田以益弟侄，數亦如之。又修宗譜，構墓廬，爲合族計。其高祖孝子温良遺行久弗白，至公始表著之。祖母趙氏以節死，後公以侍郎考績，請輟所得封誥移爲旌典，詔特表爲貞節之門，仍予誥命。以至鄉郡諸先正遺文善行，皆輯録以傳。與南京工部侍郎黄公世顯爲知己，始終不負。姻黨知識困乏者，皆有周恤。然實無長物，惟節俸入爲之，其居常第疏食醴飲而已。

爲詩精煉不苟，力追古作。當所得意，殆忘寢食。文尚理致，謹體裁。考訂評騭，多前人所未及。所著有桃溪集、續真西山讀書記、伊洛淵源續録、伊洛遺音、四子擇言、元史本末、宰輔沿革、國朝名臣事略、尊鄉録、赤城新志及詩集、論諫録、螘忱稿、汲綆餘誠、歸夷雜録、緦山集、祭禮儀注若干卷。

謝氏出晉康樂公後，經略使韡，至今若干世。公配陳氏，繼孔氏，宣聖五十七代孫，皆贈淑人。公三子：長興仁，次興義，皆縣學生，早卒；次興寅，出側室焦氏。女二：長適黄侍郎子侹，次適金忻。孫一：必阼，興義遺腹子也。

公生宣德乙卯二月某日，卒以正德庚午正月二十一日，壽七十六。必阼以書告哀，曰：「非先生文，吾祖且弗瞑。」後軍黄都事綰實侍郎之孫，受學於公，狀公行甚悉。嗚呼！公天下士也，予故先敍其出處之大者，後及其詳，而系以銘。銘曰：峨峨東山，台文獻地，山水盤結。鍾靈聚英，代産人傑。謝出申封，從晉東轍。支遍諸越。巉巉方巖，逮宋乃發。石生其間，百碎無屈。維文肅公，矯矯風節。言論鏗聳，行操孤潔。文必己任，教必身率。羣疑衆咻，莫我能詠。事有難繼，弗我遑恤。力有餘步，寧我無蹶。其所未竟，付諸造物。好德考終，生也無缺。鄉賢有録，公自編帙。信史有筆，公所删述。公名孔彰，允繼前哲。

明故光禄大夫太子太保禮部尚書致仕贈特進右柱國太保謚文端周公神道碑銘

昔在英宗復辟之日，登明選公，儲養俊哲，以敷遺於後。時太原周公實領國史，越三朝四十餘年，薦歷諸曹，官至一品，再謝政事，以功名終。君子謂其遭際之盛、出處之善，胥得之矣。

公諱經，字伯常，世居陽曲，爲鉅族。高祖諱某，元萬户。曾祖諱温甫，祖諱傑，皆贈資政大夫都察院右都御史。考諱瑄，南京刑部尚書，贈太子太保，謚莊懿。

皆以公貴贈光禄大夫太子太保禮部尚書。曾祖妣任氏，祖妣張氏，妣俞氏，繼氏，皆贈一品夫人。

公舉天順己卯鄉貢，庚辰進士，入翰林爲庶吉士。壬午，授檢討。成化丁亥，修英宗實録成，進編修。己丑，同考禮部會試。丙申，直講經筵，秩滿進侍讀。丁酉，考南京鄉試。戊戌，改春坊左中允，侍皇太子講讀。辛丑，莊懿公致仕，居南京，公乞往省，命給驛賜道里費，且速其來。講御製文華大訓，皇太子每起立拱聽。內閣大臣或以爲勞，謂公宜跪請坐聽。公不從，竟得如禮。甲辰，丁莊懿公憂。服闋，久弗調，或諷使圖進取計，公峻却之。

孝宗登極，超擢太常寺少卿，兼侍讀。弘治戊申，命直日講，修憲宗實録，未成。己酉，擢禮部左侍郎。每議政莅事，必傳經義。若却西域貢獅，毁黄村尼寺，爲先朝盛德事，皆公與左侍郎倪文毅公贊成之。辛亥，改吏部，遷左侍郎。一日，有中官諭旨，欲以通政司經歷高禄爲參議。公獨承諭，執不可，退與尚書王端毅公上疏論之。靈壽人獻大明川民田於太監李廣，户部駁議弗得。公謂諸司宜會奏，尚書耿文恪公屬公具草上之，事遂寢。乙卯，諸司以災異言事，吏部請早視朝，勤聽政，節侈費，省遊幸，止貢獻，而斥樂戲一事尤激，亦出公手。後有蹤迹爲此草者以問耿公，公曰：「宜以實對。」耿曰：「吾爲尚書，不宜他諉。」時論蓋兩賢之。丙辰，拜户部尚書。諸王府多奏欲自領河泊所賜税，罷其官。公言國體非便，且民力不能堪，乃止。有中官織幣南京，奏給長蘆鹽八千引，鬻於兩淮，仍給淮鹽價銀二萬兩。公言鹽筴本以濟邊，且各有分地，若公許越境，則私販必多，官鹽反滯。命止長蘆之鹽，勿給浙江。守臣亦請給竹木銀鈔税爲織費。公又言關征非舊，且浙地大水，民困徵役，先暫停織造，從之。每委官鹽税，必諭以愛節民力，課入多者則與下考。大同缺，馬尚書馬端肅公請給折糧銀就市之，且戒督糧官毋得沮格。既得旨，公言糧馬各有職，不宜侵奪，且引祖訓六部不許相壓之文爲據，詞甚激。上爲改命兵部，以馬價銀充用。給事中魯昂以財用匱乏，請令諸藩公帑積貯及均徭羨銀盡輸太倉。公言用不足者，蓋以織造、賞賚、齋醮、土木之故，若一切節省，自宜少裕，必欲盡括天下之財，恐非藏富於民之意。又有旨取太倉銀三萬兩爲張燈具。公言不可以小民膏脂供耳目之玩，乃命以明年内庫歲額補還之。内靈臺奏增灑掃卒，宜當給月廪。公言禁地非外人所得入，不過爲守者私役耳。疏再上，竟寢之。清寧宫災，方議修建，兵部欲調山東民夫七千餘人。公曰：「今歲歉民貧，不可使遠去鄉井。」并請以本都羡銀就京師雇役爲之。

外戚張氏有河間賜地數百頃，欲并其旁近民田千餘頃得之，且乞畝加税銀二分。公言河間多沮洳，比因久旱，貧民即退灘地耕之，遇潦輒没，即欲加税，將貽無窮之害，且王府賜田例畝税二分，而此獨加税，人將謂朝廷待外戚與宗親異矣；又聞憲宗妃家亦有私田，與民田比，一切奪之，彼亦無以爲業，人又將謂朝廷待張氏與他外戚異矣。疏三四上，後有以雄縣退灘地獻爲東宫莊者，上因公奏皆抵之罪。一時近戚貴幸有所陳請，公一裁以法，皆斂不得肆。有中官及部屬以言事獲罪，與同官上疏救之，聲稱藉甚，而怨謗亦日深。

庚申，以災異事乞休致，詔許之，加太子太保，賜敕給驛，令有司月給米三石，歲給輿隸四人。命下，廷臣皆相顧失色，爭上疏留之，不得。自是數年，中外請留及復起者多至八十餘疏，前此未之有也。公歸，摘敕詞二字爲保完堂，嘯傲其間。

乙丑，今天子嗣位，特起爲南京户部尚書。公辭以疾，會丁繼母憂，未上。戊辰，服闋，改禮部。又辭，上降敕遣使即其家起之。至京疾作，寓都城外。上遣人慰問，賜玉帶及通鑑纂要，以示寵異。比莅事數月，疾復作，累疏乞休，乃許之。復賜敕褒諭，推封三代，月廩輿隸，視昔有加焉。公婿曹公以貞時爲太子少保兵部尚書，留公暫駐京邸，以便醫藥，明年乃行。又明年，以貞入内閣參預機務。報至，公已疾革，聞而頷之，遂瞑，庚午二月二十二日也。上震悼，輟視朝一日。贈特進光禄大夫右柱國太保，謚文端，命工部治葬事，禮部諭祭者九。公年七十有一，以是年十二月三日窆於彭村之原。

配韓氏，陝西按察司副使仕琦之女，慧而知學，先公五年卒，已賜葬，至是而合。子四人：長孟，以廕爲右軍都督府都事；次曾，舉進士，累官尚寶司少卿，皆有世守；次齊，早卒。女五人：長適山西都指揮僉事張雲，次適四川右參將高鸞，次適以貞名元，次適山東布政司左參議鄭允宣，次適陝西布政司右參議陳璘，皆被封命。孫七人，長元祐。女孫四人，長適高承惠，餘皆幼。

公鄉試時，有甘露降於學縣之松，學者因稱爲松露先生，公亦以自號。少穎敏，而莊重寡言笑。繼母性嚴急，奉事惟謹。及遇諸弟，友愛曲至。母弟綸早卒，撫其四孤，皆登仕藉。少時受學於吴布政繹思，吴既謝事，歲致衣一襲、銀十兩，終其身。其友蔡知府霖卒，申御史論罷官，皆貧甚，並致優恤，久不厭。其敦尚義氣類如此。爲詩文及書，麗而有則。自爲小官，已志世用，日侍莊懿公，習聞天下事。久置清散，兩薦爲内閣，不果入。其爲尚書，簡任屬吏，親爲裁決，剸煩應變，略無稽滯，而秉正執法，不爲權勢所撓，尤人所甚難者。

予與公同官久，比以孟、曾請銘神道，因撮其行業之大，而於户部獨詳焉。墓銘出少傅新都楊公者尤備，可互見也。銘曰：

國有世臣，實稱濟美。其最貴者，尚書父子。施何耿王，維白及倪。公蓋其一，他莫與齊。麥有兩岐，芝有三秀。矧人有生，得物之厚？維家之昌，維國之光。氣運攸繫，亦靡厥常。兩都四曹，公際其盛。令終全歸，公受其正。父曰莊懿，子曰文端。代有美謚，夫人則難。亦有難者，祖孫科第。公居其間，有創有繼。一品雖榮，公不爲華。七十誠希，公不爲遐。胡進之難，而退斯易？所不朽者，匪世禄謂。太行之西，有生若人。百世而下，其永有聞。

明故贈奉直大夫尚寶司少卿崔君墓碑銘

吾甥崔尚寶傑泣告予曰：「傑早失怙恃，銘弗備禮。惟先考平生苦志篤行，矻矻勤子教而弗觀厥成。兹竊與錫命，按制得樹碑墓道。非我外舅，誰可爲不朽託者？」乃自述事狀，縷縷數千言，予覽而哀之。

按：崔氏本蘇州吴縣人。君父諱仲祥，永樂間自永平盧龍衛改籍錦衣，隸内監工作。生二子，君其次也，諱忠，字景忠。十餘歲，能楷書。内監掌書記者奇之，以告其長，遂勒令供事。值正統己巳，事尤劇，小大悉辦，監官出使者必挈以從。成化癸巳，以勞授工部文思院副使。乙巳，遷大使。君素抱智識，久益精練。凡工徒錢穀，動以數萬，心計手籍，不遺銖寸。尤習文移體式。嘗使山西，前威寧伯王公見其奏，曰：「此老吏筆也。」又嘗至河南建王府，佐監官出納，所省半常數。比歸官，吏德君，多致贐，悉孫辭之。一時中外共事者，多藉以起家。君獨畏法，痛自檢制。人以急來赴，則曲爲調護，亦不受報。太監黄公順老吏事，殊愛君，如左右手。比卒，哭爲失聲，裒銀米爲賻〔一〕。復念之不置，書其名於公署，曰：「俾後來知有此人。」蓋君雖窮約不顯施，其所自試，亦略略可見已。

君性雅潔，食不兼味，服止布帛，一靴至十年。祭必致腆，遇姻戚必從厚。乞其門者，不使空返。事外祖父母，至分俸爲養。内弟有負券，輒棄之。其人至賫愧以没，而君弗計也。顧不苟合：族子有自殘者，絶不使見；族女將爲尼，即勒歸嫁之。嘗手録舉業數百篇遺傑，謂之曰：「吾本慕學，爲人所抑，弗克竟吾志，是惟汝責。」傑謹識之，不敢忘。

配宜人許氏，常之武進人。家隷尺籍，生於京師，厥考重擇配，二十七而始嫁，事姑謹。姑亡，君在外，或閲四三年，宜人獨撫子女。雖歲時未始歸省，謂傑曰：

「我初歸汝父，家甚乏，後漸饒裕，今益落，中間不過十數年好光景，如白駒過隙耳。汝勉圖之，吾不及見矣。」因指其女曰：「汝知汝父之所以囑汝者乎？」傑亦謹識之，不敢忘。君卒以弘治己酉三月十六日，年五十七。宜人卒以壬子七月二日，後君三年，年僅加二歲。合葬於城南西郊亭之原。

傑舉乙丑進士，初授禮部主客主事。以才行聞，調兵部職方。三載考最，時已署儀制員外郎，例得贈君爲兵部主事，階承德郎。比歷郎中，遷尚寶少卿，復以考最贈君階奉直大夫，宜人自安人實再命焉。君二子，長俊，蚤卒。女適周寬，其嫁也，傑實成之。傑以父命娶於彭而卒，吾子兆先請以吾女繼之，初封安人，今加封爲宜人。君四孫：長子成，俊出；次子才，次子賢，彭出；次子良，吾女出也。銘曰：

往役之義，不爲詘身。身所得爲，與仕者均。生未從學，暗合道軌。豈弗終仕，亦既教子。易簀有言，授簡有辭。九原可生，還以報之。報之維何，既載科籍。録有家狀，命有封錫。矧有大者，有行有名？行則不辱，名則孔揚。我弗知君，亦惟子故。後二十年，刻石君墓。

【校勘記】

〔一〕「哀」，原作「哀」，據文義與抄本正之。

封翰林院編修文林郎王君墓碣銘

弘治戊午，天子覃恩臣下，永嘉王君祚以其子翰林院編修瓚貴，獲給敕封如其官，階文林郎。又明年庚申五月十一日，君壽終，館閣諸學士而下以，瓚故遥致祭賻，用大夫之禮。周編修朝振以鄰郡産狀君行，瓚奉以請銘碣於墓道，亦禮所得備云。

君諱祚，字怡遠，生而醇謹樸直，簡言慎行。事親能左右承順，出入扶掖，比老尤力。奉諸兄，情理兼致。旁逮族黨，務相爲輯睦。以孝悌聞於鄉。善交際，言若恐傷。人有犯者，直受之，略弗與校。或忿争不相下，求直於君，君有言，輒帖服以去。郡邑廉其賢，曰：「是可屬公家事。」籍爲耆老。事有難理，必委之，無弗辨者。年既高，則禮致鄉飲，置諸賓位。蓋自壯至老，未始有仕進意，惟教子讀書服田畝，曰：「士四民之首，其次莫如農，外此者吾弗知也。」及瓚進士及第，擢官侍從，又遺書戒以績學勵行。故瓚美文翰，以恪慎稱於官焉。

君既屏家務，放懷自適。歲藝秫釀酒，雜種柑橘菱蔗，以給燕飲。植梅名軒，以供吟詠。時選勝地，挈榼攜客，鼓琴奕棋爲樂。或登並海樓閣，觀潮望月，累日夜弗厭，若不與世故相涉。其寵錫壽祉雖理有自致，實未嘗預卜也。

君生宣德癸丑九月八日，年六十有八。辛酉十月六日，葬黄山之原。娶朱氏，封孺人。子四：珵、琲、瓚、琉。女一，適張倫。孫九，女孫七。

王氏本温著姓。曾祖壽夫在元爲福建提舉，每雪後視里有不舉火者，輒周之。祖原宏爲千夫長，入國朝，初定田賦，嘗請減鄉稅，鄉人德之。考文燠，號環庵居士，前知府何公文淵著牧民備用，嘗稱其名。君之賢固亦有自哉！銘曰：

維温有田，一歲三穫。彼地之沃，伊人之力。藉令再易，當倍其息。維人亦然，在理無忒。王實著姓，代有陰德。君培益深，若稼將穡。斂數世之積，於子是責。終食其報，禄養封錫。君弗自耀，曰先人之澤。我銘在碣，來者必式。

李東陽全集卷八十四

懷麓堂文後稿卷之二十二

誌銘

明故嘉議大夫詹事府詹事兼翰林院侍讀學士贈禮部右侍郎陸公墓誌銘

弘治乙卯正月八日，詹事陸公卒。時予在郊齋，弗及吊。越三日，與學士程公輩會哭。見諸幼累然衰絰間，哀之。仲子巽章以訃聞，朝廷賜葬祭如制。長子含章來自家，復援前比以請，特贈禮部右侍郎，錫之誥詞。含章乃奉程公所著狀，乞予銘墓。蓋予與公同史局，同講事，又並命考禮部會試，契分殊厚，三十餘年於兹矣。嗚呼！孰謂遽銘公之墓哉。

公少有盛名，成化乙酉，以府學生舉南畿鄉試第一，連擢禮部高第，廷試第三，授翰林編修。與修英廟實録，未成，引疾歸，肆力問學。其父郎中公得謝南曹，公乃北上。分勘通鑑綱目，暇則應制賦詩，數賜楮鏹。會修宋、元史、續綱目，分領元史。丁酉，書成，賜金幣。九載滿，例遷侍講。再閱月，仍以修史功陞右春坊右諭德。今上在春宫，侍講讀。庚子，主考京闈鄉試。癸卯，丁郎中公憂。讀禮既益，大肆於學，未輒出。弘治戊申，今上詔修憲廟實録。公被徵至，則以侍從舊勞陞右庶子兼侍讀，充經筵講官，尋命日直便殿講讀。辛亥，實録成，陞詹事府少詹事，兼侍講學士，復兼領玉牒事。癸丑，主考會試。甲寅，以日講勞特陞詹事，兼侍讀學士。僅閱月而病，閱歲而卒，年五十有四而已。

公姿貌秀偉，識趣超詣，見者謂當遠到。公亦重自待，必欲大有施於時，埋光鏟彩，不自露淺，而鋒穎隱出，若莫能制。其所受職，纂述精確，講説明暢，校閲詳慎，舉無遺力。退而爲文，縝密峻潔，力追古作。而不輕應接，有求之積歲卒不可得者。然所著已累百數十卷，蓋其發情感物之作爲多。志尚修潔，晚益劚礪，喜談節義。嘗念宋刺史姚訔等十八人死難，言於有司，立忠義祠祀之，君子謂公於是有遠識焉。

公諱簡，字廉伯，一字敬行，號冶齋，又號龍皋子。考諱愷，舉進士，累官南京户部郎中。妣徐氏，贈宜人。繼母蕭氏，封宜人。祖諱淵，南樂縣學教諭，贈南京户部郎中。妣李氏，封太宜人。曾祖朝宗，以父命後表叔金彦名氏，遂仍其姓。公既仕，乃復陸姓。世居常之武進，徙自浙，蓋宣公裔也。公父從教諭公居奉化，實生公。自公父及叔父怡、愉先後舉進士，爲郎署，至公益顯。

公娶同邑池氏，承事郎以誠之女，贈宜人，先十九年卒。繼鳳陽姚氏，南京府軍衛千户福之女，封宜人，先兩月卒。子八人：含章，縣學生，有家學，池出；次奎章，側出；次巽章，姚出；次敬章、來章、焕章、九章、有章，皆出側室。女四人：長適國子生楊增，次適宜興縣學生邵天和，次許嫁宜興蔣某，次後公一月卒，皆池出也。含章奉公及姚宜人柩，卜是年某月某日合葬於某山之原。公弟府學生節亦有文録公行爲詳，程公所據爲狀者也。銘曰：

文以奇勝，恥弗己出。持堅敵彊，孰我能屈？中所自負，觸事硎發。有銛弗施，飲志而没。若在冶金，久乃成質。器之實艱，恒百斯一。成斯棄斯，嗟彼造物。謂天墨墨，孰爾揚揚？公名在人，公没不滅。

明故資德大夫正治上卿太子少保南京兵部尚書謚莊懿張公墓誌銘

公諱鎣，字廷器，姓張氏。累官至太子少保南京兵部尚書，階至資德大夫正治上卿，封至祖考妣，廕至其子，卒謚莊懿，遣官諭祭，賜葬於華亭車墩之原。

公在正統末舉進士，景泰間初命爲監察御史。方北虜内寇，承敕往北畿，河南，山東、西清理馬政。密雲譌言有不軌者，公受密命往察，且撫定之。按宣府大同，有都御史子犯法，公按其罪，并劾其父，罷之。以宣府將佐多冗，請分置獨石諸邊，歸總諸道奏牘事。繼承敕巡臨清，按治豪猾，餘黨悉散。天順間，再命爲江西按察司副使。風裁清肅，吏不敢欺。三命爲按察使。有贛州賊作亂，公預捕獲功，賜白金綵幣。四命爲陜西左布政使，督運邊餉，用不告乏。五命爲都察院右副都御史，巡撫寧夏。城皆土築，始甃以磚，導河流以溉屯田若干頃。嘗帥兵行邊，與賊戰，歸所擄男婦及牛羊器械，賜敕褒諭。滿四叛，王師出固原，公劾守將致變者，置之法。時寧夏屬地多永樂所置降虜，朝廷慮其爲變，公受密敕撫之如密雲。間遭父喪，起復，巡撫河間諸府。久旱，給民牛種，俾不廢業。復承敕勾稽戎籍。王師出宣府，督軍餉如陝西。巡撫大同，斬首虜，奪兵械，築城浚壕，清理屯種，復被褒諭如寧夏。六命爲刑部右侍郎，七命爲左侍郎。江西有大獄，連引千餘人。公奉命會官往勘，皆得實。八命爲尚書，法意平恕。侍經筵，讀進士卷，賜酒饌楮鏹。會朝廷遣内臣録囚，公與之，察情可矜疑者，奏釋若干人，復賜楮鏹，加以羊酒。九命加太子少保。以母喪去，服闋，今天子御極，即其家起之，改南京兵部，參贊軍務，秩如故。公以國家根本重地，政尚簡靖，兵民悦服。

蓋自筮仕以來，歷三朝四十有六年，更十有一命，年七十有二而卒。其始所樹立，所施措，舉克自遂，而終以厚重持之，不弛不折，老而不變，可謂難已。公長髯偉幹，襟量夷坦，與人謙讓，不事矯飾，不以富貴加人，人以是稱之。公卒於弘治癸丑七月二十日，乙卯某日乃窆。

公先世本揚州人，從宋南渡居華亭。祖原璧，父璹，鄉貢士，累官淮府紀善，俱贈資政大夫太子少保刑部尚書。祖母岳氏，母吴氏，俱贈夫人。配衛氏，累封夫人。子二：長昶，國子生；次昱，早卒。女一，適義官董麟。孫二：長岦，次岌。女孫二：長許衛氏，次許范氏，皆宦族。昶奉南京兵部郎中孫君行狀，介刑部郎中談君詔來請銘。予嘗辱公同朝，接公風儀久矣，乃敍而銘之。銘曰：

舊都在南，帝屬羣輔。公爲尚書，實贊留務。世際重熙，武偃弗服。本兵壯彊，城府肅肅。公在北陲，摧堅折衝。公在西曹，詰姦制兇。斂厥鋒銛，歸於大體。內寧外靖，循治之軌。垂紳正笏，越五六年。華不外襮，實則茂焉。國有大臣，先朝是遺。胡天弗恤，遽爾長逝！九峰之原，實維帝畿。山還水迎，以徯公卿。穹碑峨峨，過必下馬。我銘其幽，以俟來者。

明故都察院右副都御史唐公墓誌銘

公姓唐氏，諱瑜，字廷美。其先晉陽人，在宋有曰子方者爲御史中丞。高祖諱英，國朝洪武初爲上海稅課局大使，始居松江。大父諱以忠，弗仕。父諱昭，累封中議大夫贊治尹衢州府知府。母張氏，繼母沈氏，皆封恭人。

公器宇凝重，失恃時纔九歲，事繼母如所自出。十五遊邑庠，以尚書舉正統丁卯鄉試。登景泰辛未進士第，拜南京禮科給事中。趙都督者有罪，公劾置於法。甲戌，京師饑，分地給食，活者甚衆。

天順丁丑，以繼母喪歸。辛巳，擢知衢州府。詢察利病，惟民所便。其俗健訟，示以廉明，民無敢欺者。縣有孔氏別族，爲民所奪，以私財贖其租，使供祀事。其子孫德公，圖像於家廟，生饗之。石塘洪浮橋壞，爲舟以利病涉。癸未，旱疫，爲文禱於神，雨大作，沴氣遂消。甲申洎成化丁亥，數值旱，禱雨輒應，民勒石紀其事。有李延者，爲媒匿人聘金，粥二子以償不足，又市其妻。公聞而歎曰：「民窮而犯法，畏法而棄妻子，典守之過也。」贖歸之。龍遊張福戕吴氏四人，事覺，以誣金氏，已誣服。公疑其枉，别置於獄，以甘言誘之，久始得實，乃釋金而罪張。民相驚，稱之曰神，其爲士者，賦十詩頌之。將去，有千人詣闕乞留，不得，老稚攀送，至不能行，後民立生祠及去思碑於府學。

辛卯，進湖廣左參政，分按荆、襄。置廩積穀，值歉，發若干斛。鈞、房流民當散歸者，公給餼解縶，俱獲生還。甲午，荆湖水溢，民四出逃溺，公發舟載鹽米給之。襄河爲患，作堤障之，民名其堤曰唐公堤。京山舊無城，公始議修築，士亦賦十詩如衢州。乙未，擢山西右布政使，取道歸省，遂居父喪。

丁酉，改雲南右布政使，尋復遷左布政使。奏立祠祀王忠文公禕，正土官宗派以定傳襲。憫邊兵貧，米價貴則給米，賤則易以銀，時悉告便。蒲蠻弗靖，親爲榜諭，皆聽命。辛丑，以大臣薦巡撫湖廣；壬寅，薦河南；癸卯，薦貴州；甲辰，薦本藩；乙巳，薦兵部左侍郎：皆弗果。爲御史，所旌封及再世。

丙午，遷都察院右副都御史，巡撫甘肅。訓練調度，若素習兵事者。以其俗輕生，特嚴法制，出戰者恤其家，死事者請賜以祭。奉命與御史録囚，多所平反。詔使至，諷織細毳充貢獻，費至數倍，公執不從。復有武臣被黜者競爲陰中，遂坐劾以去，時論惜之。弘治壬子，以建儲詔復故官，致仕。甲寅八月三日，疾革，至十八日，奄然而逝，壽七十二。

娶尹氏，封恭人，先一年卒。子六：長鉞，國子生；次鏞、鎧、銓，皆輸粟授松江守禦千户；鎡，縣學生；夔，亦千户，出繼長兄瑾。女五：四適名族。孫十二：長隆，亦輸粟如鏞等官；次輅、啓、政、格、牧、敕、汶、潵、元、福、泉。孫女十五。玄孫二：紹宗、兆祥。玄孫女亦二。乙卯某月某日，葬公於周涇之陽。

公生而秀偉，喜怒不色見。事親終慕，待羣從子弟有恩。尤善吟詠，所著有學吟稿、拙庵集、滇南雜稿若干卷，藏於家。卒之三月，孔氏子孫暨諸耆老來吊，哭竟日乃去。公在雲南，陳備邊五事，在甘肅，陳時政兵備各五事，及凡所請事宜，前後五十餘卷，多見施行，論治體者皆稱之。銘曰：

仕有失得，聖不謂命。有失若得，亦詎非正？世豈無得？匪求則競。厥終孰多？公有遺慶。慶不在大，公族斯盛。盍觀厥成，以俟天定。

封孺人柴母蘇氏墓誌銘

都給事中柴君昇衰絰而拜吾庭，其色墨以悲。察其意，若有所欲言。叩之，曰：「昇不幸有母孺人之喪，將歸葬，惟禮制弗合是懼。又懼潛德之弗白，爲人子羞，故奉狀請銘。」諸給事君感其孝，皆爲助請，其狀則左給事李充昭所著也。予每見柴君論事忼慨激發，氣勃勃不可屈，及憂居執禮，恂恂若不自容，亦爲之感之，曰：「有美在人，而吾弗克成之，人情乎？」乃爲敍及銘。

孺人姓蘇氏，世居濟南商河。處士某之女，歸於柴氏，爲封給事中廷美公之配。柴蓋南陽内鄉望族，去商河千數百里。公叔父斯馥嘗爲驛丞於德州，公考景州判，斯馨實遣公從。時公方弱冠，驛丞爲擇娶。商河與德比境，聞孺人之賢，始禮聘焉。

叔母譚氏，遇下甚厲，獨於孺人婦視而女育之。公歸内鄉，景州公尚家食，暨太孺人賀氏喜曰：「吾弟能於吾子得吾婦，使吾自擇，無以越此矣。」賀暴疾，孺人衣不解帶，夜則禱於神，祈以身代。景州之仕也，公挈孺人以從。未幾，景州卒，孺人奉賀歸養愈篤，然亦念叔氏恩不敢忘。會驛丞謝事，譚病瘍危甚，孺人事禱如賀病時。連遭兩舅姑喪，葬祭皆如禮。

公有異母弟文玘，方六齡，女弟加幼，皆孺人撫育。公母兄文夫婦蚤卒，遺孤一，文玘夫婦遺一子二女，又撫之，俾有室家。自餘家務，非公命不敢行，而綜理詳密，恒助所弗暇。

内教尤肅，子昇雖甚愛，督令就學，小有失必訶責不少貸。鄰姥或諫之，曰：「吾不欲使驕縱，他日類鄉里兒也。」昇舉進士，拜工科給事中，進都給事中，考最，被敕命，封公及孺人。孺人素多疾，昇迎養京師，弗許。析常俸之半以歸，而奉使歸省者再，鄉人榮之。後孺人得七男，皆殤，識者曰：「一不爲少。」女亦一，嫁縣學生周瓚，先五年卒。孺人生正統戊午四月九日，卒以弘治丁巳五月五日，年六十。是歲某月某日，葬於某山之原。銘曰：

有子如此，必有母也。雖父教則，然必有輔也。才斯成斯，固其所也。曷其報之？名以遺爾後也。

大明故資善大夫南京户部尚書致仕贈太子少保潘公墓誌銘

嘗觀蒙翁岳先生遺文，稱潘公之賢，且謂公在吏科一官二十年，爲巧宦者所譏笑，其守不變，予用是慕公。比入朝籍未幾，而公爲南京大常以去，厥後數歷出入又二十餘年，以尚書致仕歸。又九年，以壽終。迹其履歷，無愧乎所謂大臣者，予於是益服翁之知人。公子儉奉翰林江侍讀文瀾狀來請銘，是固宜銘。

按狀：公姓潘氏，諱榮，尊用其字也。先世出河南固始，唐季從王氏入閩，有爲龍溪簿者，始居璋。歷宋、元入國朝，族益蕃碩。祖諱從周，考諱乾祐，累贈資善大夫南京户部尚書。祖妣陳，妣陳，累贈夫人，皆用公貴。

公起縣學生，正統甲子，舉鄉貢。戊辰，登進士第，被簡爲吏科給事中。景泰壬申，遷右給事中。甲戌，歸省，遂丁外艱。天順甲申，進都給事中，復以内艱去。成化庚寅，擢南京太常寺少卿。丙申，進南京户部右侍郎。戊戌，奉敕督南京儲糧，尋改都察院右副都御史，仍領其事。辛丑，以左侍郎召入，會尚書缺，權署部事。甲辰，陞南京户部尚書。丁未，今上登極，公上疏乞休致。其爲少卿，再乞休，不許，至是，上以其詞意懇甚，許給驛歸，仍月給米二石、歲給輿隸四人，終其身。其卒以弘治丙辰十月十一日，壽七十有八矣。訃聞，贈太子少保，遣官諭祭，命有司營葬事。丁巳某月某日，窆於某山之原。

公丰儀偉特，性寬厚，不屑屑爲苛細。居家孝友，與人交，底裏洞見，而在公勤慎。其爲進士，犒師廣東，出納明允。爲給事中，論停起復、抑奔競數事，時論韙之。充荆、蜀二府册封副使，又充琉球國册封使，慎不辱命。爲少卿，薦享儀物，必致精潔。爲都御史，禁倉庾諸弊，省軍士般剥諸費，積羨米數萬斛以備賑濟。爲侍郎，疏抑權幸之撓法者，減兩浙償補鹽課，人皆稱便。時運河淤滯，承命往督，漕舟無後期者。爲尚書，政尚寬簡，惟恤下養民是念。其於榮利，澹然無所戀著，卒克辭官謗，免時毁，以保其身云。

公配林氏，累封淑人，贈夫人，有淑行，先公十五年卒。側室温氏。生子四：長謙，賜冠服；次儉，以廕爲國子生；次麟、承恩，皆爲縣學生。女二：適府學生陳雷、鄉貢士蘇霄。孫九：統、紳、綱、綸、絰、瑞、慶、繼、紀。公卒之八日，温哀頓成疾死焉，故附書之。銘曰：

士仕而出，譬行路然。有之必歸，實鮮厥全。居易由正，庶幾罔愆。不我失義，命也則天。明哲保終，於公有焉。公躋宦途，弗驟以顛。身計以十，歲計則千。階陟二品，三朝載遷。崇名顯資，不愧爲賢。思危懼盈，未倦輒還。某水某山，我廬我田。有子及姓，以娛目前。壽考終命，式歸九泉。是曰大歸，匪歲與年。載啓手足，永辭冰淵。有穴孔深，有築孔堅。公靈在兹，世守弗諼。

明故昭勇將軍錦衣衛指揮使劉公墓誌銘

憲廟初設武舉，命兵部及諸總戎校天下應試者若干人。彦方劉公騎步射及所答策，皆中格，遂得首選。迄今二十餘年，中格者散布中外，多不甚顯，而公官至錦衣衛指揮使，壽終於家。若科舉之法，所謂拔十得五，以彼校此，其難尤甚。如公者，今亦已矣。惜哉！

公諱良，彦方其字，永平盧龍人。祖諱某，從文皇靖難，白溝之戰，以功授永平衛百户。考諱斌嗣，以討虜功遷武成後衛副千户。正統己巳，虜犯京師，公以胄子守德勝門，以功授總旗。景泰乙亥，從都督白公玉征湖廣五開諸蠻，功最多，擢百户。天順辛巳，曹賊亂，名亦在功籍，進副千户。成化丙戌，爲太監王公定所薦，從鎮廣西，征雞冠諸山苗寇，遷正千户。庚寅，始與武舉，擢署指揮同知，月加俸三石，令分領奮武營數隊。總戎薦其端謹更事，可任將帥，久之未用也，然論武事者必稱焉。丁酉，錦衣衛官缺，兵部簡於衆，以公名上。命署衛事，日見親任。每郊祀，必扈蹕，或留直禁衛，累賜飛魚蟒衣佩刀及通鑑綱目諸書。己亥，敕督都城渠道，修金水河，賜金帛文綺諸物。壬寅，與法司勘獄江西，歸亦有羊酒之賜。蓋自筮仕至是，守不變，名益日起，遂直授指揮僉事，仍署同知。乙巳，敕督捕京城内外盜賊。弘治戊申，今上録捕盜功，直授同知。辛亥，賜誥命，贈祖及父如其官，祖妣及妣皆淑人。丙辰，復累捕盜功特陞指揮使。未幾卒，上遣禮部臣諭祭於家。

公器宇魁碩，言論鴻暢，涉書史，攻韜略，事親孝謹。父没，弟儉嗣世官，悉以産業讓之。所交皆一時英俊，意欲立功萬里外，中不獲所附，殊不樂。晚能自拔，起名譽，致位通顯，才望兼積，然亦老而且病矣，識者猶以爲未盡其用云。

公生宣德丙午五月十七日，卒弘治丁巳五月十八日，年七十二。娶王氏，贈淑人。繼娶魏氏，封淑人。子四：長恂，次忱，次懷，皆京學生；次恒。女三：適指揮李鼎、鮑湰、王繼善。孫三：璣、璇、瓛。

恂卜以是年某月某日葬公城東西洋壩之原，奉吾友工部左侍郎曾公克明狀來請銘。公於予父子間有宿昔，地限班署，久弗獲會晤。遷官後，比往訪之，則公已没三日矣。悵然感之，乃據狀以銘。銘曰：

今之錦衣古金吾，身先導駕夾陛隅。公長六尺美且都，在帝左右承宣呼。顧盼光出重瞳餘，出領璽敕司邦涂。外掃四野空鼪鼯，公歸退食華堂居。高談大嘯緩步趨，問公能武還能儒。聖朝武偃無外虞，公惜不得當匈奴。年逾七十壯者如，公懷有物鬱不舒。飲而歸之返厥初，都城東原平且腴。刻名著績吾豈誣，後欲知公此其符。

明故中憲大夫雲南按察司副使致仕石公墓誌銘

嗚呼！公吾同年進士也，以按察副使卒於家，吾聞而悲之。其子監察御史玠、翰林檢討珤皆歸襄事，奉白侍讀秉德狀請予銘。

按狀：公姓石氏，諱玉，字大器，世居真定之藁城。曾祖諱永，祖諱友智。考諱麟，山西臨晉教諭，贈監察御史。嘗署縣事，坐累謫廣東英德爲河泊使，卒於官，遺腹生公。母徐孺人，攜以歸，勤苦鞠育，誓不貳志，後被旌爲節婦。

公痛不逮父，取遺書讀之，始習禮，補縣學生，改學易。御史賞其文，名遂蓋一郡。天順己卯，舉京闈鄉貢。甲申，登進士第。成化丙戌，被簡爲御史。監通州倉，摘抉姦蠹，聲驟起。辛卯，出按江西。九江李指揮者，誣執十七人爲盜，送巡江御史。獄既上，公廉其非盜，自往趣對，即日解其梏縱之。監鄉試事，綜制嚴密，簾內外無敢言私者。癸巳，擢山西按察僉事。戊戌，遷副使。丙午，進按察使。前後十五年，所決疑獄無慮百數，事涉利害，不巧爲避忌。

其在大同，值西北用兵，躬督饋餉，未嘗告乏。威寧海之捷，以勞賜綵幣若干。平陽飢，民死徙過半，刑部侍郎何公喬新奉敕往賑，公承檄分治，遍歷州縣，衝冒疫癘，病且憊，或請暫歸太原，不可，小愈輒力疾從事，所活甚衆。杜侍郎銘、邊都憲鏞、陳御史英亟薦於朝，久始進秩。當道有弗悦者，仍以副使徙雲南。平陽人遮拜道旁，曰：「是活我者。」皆攀泣不忍釋，公慰諭而去。至則以公務上京師，道歸藁城，未幾遂謝事。時玠、瑶已舉進士，後玠歷知縣，瑶爲庶吉士，至今官。人謂公抱藝負氣，卒閟其所施以没，而二子以才儁顯於時，公亦可以無憾哉！

公性質直，意氣硉兀，不能下物。雖居官久，家無贏貲，亦以儉自律，不少變。睦處宗族，若從弟石州同知斌、從子吏部主事確，皆經指授。教子尤嚴，恒曰：「吾以孤遺自底成立，持憲二十年，未始壞法。汝輩生長温飽，纔有官禄，若所就如吾，非志士也。」此其行與教可知已。

公生正統丙辰某月某日，卒於弘治戊午正月二十八日，年六十有三。某月日，葬宜安社徐村之原。配趙氏，賢而克相，封孺人，以琺恩進封恭人。子五：長玠，次琺，次瓘，次珮，次某。女三：適周尚賢，餘在室。銘曰：

有鶚摩空，翼倦而止。何斯人斯，國之豸史。中憲執法，外臺振紀。中更險夷，誰尼誰使？自我制命，能進能止。其進與止，於我弗愧。匪天則誣，報以賢子。報寧我責，固物之理。我所未竟，庶其在此。刻銘示後，請究終始。

封恭人黄氏墓誌銘

恭人黄氏，河南右參政王君德潤之繼配也。德潤初娶於李氏，爲吏部尚書秉之女，卒贈孺人。繼娶於孔氏，爲宣聖六十一代孫某之女，未及封，又卒。恭人實再繼焉。其始封以御史貴，曰孺人；再封以知府貴，乃曰恭人。知府秩在外，非預旌異者不獲推恩，恭人之封，蓋特命也。

恭人實歸德衛指揮同知某之女，年二十三歸王氏。德潤方爲御史，於南京時已再悼亡，内政久無主。恭人恭順自將，動止無違禮。歲時家祀，必躬事烹滌，客至亦如之。薪米出納，及姻黨慶吊往返之節，皆其手制。德潤每在公，恭人令僮僕謹顧者主關鑰，朝晡饋食外，門庭闃然，無敢私出入者。及知湖州，恭人以其地素饒富，疑謗所集，顧宅後有桑百株，盡伐之，曰：「毋興後日養蠶之念也。」蓋德潤以清儉守官業，而恭人實佐成之。

李恭人有子四人，曰崇儒、崇仁、崇文、崇獻，皆習儒業。恭人每督之勤，及疾病，則曲爲調節，或掣去書卷，不俾過勞，曰：「身在，乃可言學也。」又側室子三人，曰崇讓、崇有、崇素。恭人自有子一人，曰崇儉。女一人，適勞選。皆教之無間然焉。

德潤既陞參政，恭人間歸自河南。子崇久已舉進士，爲翰林庶吉士，授户部主事；崇獻繼舉，又繼爲吉士；崇儒亦舉鄉貢：恭人皆及見之。比崇儒罷試禮部，德潤適以公務道其鄉，而恭人以疾卒，年僅四十。鄉之人方寵榮之，又悼其不壽以死，相與爲德潤吊。

崇文輩在京師，將奔喪，泣請於予曰：「吾兄弟生，不幸蚤失恃，母實煦濡羽翼之。今幸獲升斗之禄，圖有以報德，而養已弗逮。非得先生銘，以永其傳，其何以慰吾父之悲？」德潤及崇文在禮部，皆予所舉士，而崇文在翰林，又奉詔受學於予，於其父子間久且悉，嘉其世受文行，又美其内則之懿，銘安可辭？恭人卒於弘治丙辰五月二十四日，某月某日葬於某山之原，與李、孔皆同壙。銘曰：

葵可拔，桑不可植。彼夫之則，此婦之德。藥以助勤，書以節神。彼母之仁，此繼母之恩。爲婦爲母，是謂無負，終以貽爾後。

明故奉天翊衛宣力武臣特進榮禄大夫柱國宣城伯贈宣城侯謚壯勇衛公墓誌銘

昔在英宗，收攬天下材武之士，自公侯伯逮於行陳，兼收博采，罔有遺者。正統之末，遠邇雲集，宣城衛公實在山東勤王，茂樹勳績。歷事累朝，進封伯爵，南北效用，以老謝事，壽考令終。回視曩時，諸傑挺然若後凋之松柏，而今亦已矣，兹不重可惜哉！

公諱穎，字源正，世爲松江華亭人。祖諱炳，當元季，以鄉兵歸高皇帝，從征伐，長行隊。考諱青，代役授薊州衛百户，從文皇帝靖難，累官山東都指揮僉事，平妖賊數百輩，上謂其有古名將風。英宗即阼，進左軍都督府都督僉事。有子十一人，公行居次。母周夫人，獨異公曰：「是當興吾家。」公兄頤已承嗣爲濟南衛指揮使，卒無子，公竟代之，蓋正統戊午也。

己未，上京師，太保成國朱公奇其貌，選領山東漕兵，又改領京營番上兵。甲子，朱公又試其騎射謀略，薦之朝，擢山東都司署都指揮僉事。己巳之變，應詔入衛。尚書于公謙以公名薦，實授僉事，進都指揮同知。武清侯石亨又薦之，擢後軍都督府署都指揮事，領右哨兵。時廷臣有異議者，公從守議，請募死士，調諸藩兵，以壯根本。是冬，虜酋也先入寇，公帥兵邀擊於黄花鎮白羊口，又分守西直門，連戰累日，又承敕副石亨總京營諸兵，以功實授僉事。虜既退，進都督同知，賜蟒衣玉帶。又與都御史俞士悦稽兵籍，收散卒遺械。景泰壬申，帥兵出駐宣府。癸酉，召還，復督諸營兵。

天順丁丑，英宗復辟，進左都督，掌前軍都督府事，兼領禁衛，日給酒饌，賜寶刀白粲諸物。與兵部會閲禁兵，冬録迎鑾功，封奉天翊衛宣力武臣，特進榮禄大夫柱國宣城伯，食禄千一百石，賜誥券，追封三代。戊寅，佩平羌將軍印，鎮甘肅。戊寅，抵河西。虜大至，議者謂不宜輕動。公奮曰：「不奪賊氣，城何能守？」鼓行而前，連十二戰，破走之。會廷臣議封爵，有所釐正，上以公方膺邊寄，特仍其舊。辛巳，公破諸番於涼州，都督毛忠在虜圍，公冒矢石往救，全師而還。甲申，西寧番把沙作亂，公帥衆深入，擒斬俘獲共千七百餘人，馬牛羊二萬有奇，器械甚衆。又請立儒學，建廟置田，教人醫藥，皆舊所未有者，西人至今德之不衰。

憲宗即阼，召公還。成化乙酉，命掌左府事，調前府。丙戌，録河西功，加歲禄百石，賜世襲伯爵，佩征虜前將軍印，鎮遼東。女直毛憐犯塞，公據險設伏，追還其所掠若干，上降敕奬諭。己丑，公以疾請召還京第。壬辰，命視後府事，尋命守備鳳陽。丁酉，調掌南京後府事，協練京營兵，兼督習水戰，連上疏請老。辛丑，復召還，奉朝請。後十有七年，爲弘治戊午正月二十八日，卒於正寢，年八十八矣。上震悼，輟視朝一日，賜棺槨一具、米百石、布百匹、寶鏹萬緡，命有司治葬，遣官諭祭者十有三，皇太子及親王皆祭如制，仍贈宣城侯，謚壯勇，蓋優典云。

公廣顙豐頰，謦欬如洪鐘。且言論英發，意氣直遂，而沉實有謀，折節下物，曲遵矩度。老益更事，斂不世用，雖達官貴人，不復延接，坐饗貴富，以終天年。然深居燕坐，聞四方警報，則抵掌扼腕，若有馬伏波之志者，蓋其性然也。公先配嚴氏，早世，封伯夫人。又娶金氏，生三子：長璋，當嗣官；次瑀，先卒；次瓚。一女，適豐城侯李勇，卒。五孫：錞、錕、鋹、鑒、欽。七女孫：長適靖遠伯王憲，次適金吾左衛指揮使楊瑄。

璋等卜四月七日葬公翠屏山之原，奉翰林顧編修士廉狀請予銘。河西之捷，我外舅蒙泉岳公嘗製薄伐凱旋圖贊，予因得而觀之，壯公之功。後又以外舅成國莊簡公故，與聯姻婭，接公言貌，益信其賢不誣，并據以銘。銘曰：

武功之爵，五等斯極。惟公父子，再世而涉。公起萬户，爲萬人敵。内衛京邑，外捍羌狄。摧堅破勍，靡績弗成。乃錫伯爵，封於宣城。菇矢彤弓，皇有大賜。金書鐵券，國有明誓。長自正統，以及弘治。八十八年，壽考令終。軫恤耆舊，上廑帝衷。帑物有賻，幽堂有封。贈侯定謚，以表公功。維時熙平，公戢弗出。少當其勞，老饗其逸。名我自取，亦我能匿。持所遺者，以歸造物。公子公孫，守而弗失。

明故通議大夫兵部左侍郎兼都察院左僉都御史贈兵部尚書李公墓誌銘

弘治丁巳，宣府、大同有警，兵部侍郎李公承敕往經略邊務。歲垂盡，公在宣府疾作，戊午正月二日遂不起，守臣給驛歸其喪。上聞訃悼惜，特贈尚書，遣官諭祭，戒有司治葬事。其子昆奉春坊中允張天祥狀請予銘墓。予公鄰比，雅相善，既吊於郊，乃敍而銘之。

公諱介，字守貞，後改字守正，萊之高密人。祖諱遜，陝西都指揮使經歷，有著績；考諱傑，舉鄉貢，累官至太倉衛學教授，以學行聞：皆贈兵部左侍郎。

公年十一能屬文，從父之睢，又居太倉，聞見日博。成化乙酉，舉山東鄉貢，教授君即解官歸，曰：「吾有子矣。」己丑，公舉進士，改翰林庶吉士。爲文章，雅健有法。辛卯，擢四川道監察御史。癸巳，丁外艱。服闋，改河南道。按兩浙鹽課，舉利祛弊。有弗便者欲中之，擴拾無所得。還掌道事，考覈詳慎，都御史以諸道奏牘委之。每率諸寮論事，或至觸忤，不爲變。九載，超擢大理右寺丞。丁未，遷右少卿。今上登極，代祀東嶽諸神，遷左少卿。再遷都察院左僉都御史，巡撫宣府。練兵蓄粟，爲攻守計。未幾，召入佐院事。清簡自律，不事苛刻，時稱得體。

辛亥，扶母栗太淑人喪歸，道所過州縣，賻祭悉弗納。服將闋，會院佐員闕，朝廷留以待公。癸丑，復視事。甲寅，擢兵部右侍郎，尋遷左侍郎，日佐卿長籌畫兵政。雖書簿填委，從容判決，未嘗廢事。三載，有北巡之命，仍兼左僉都御史以行。時已遣中官武臣練京營兵，待報剿虜。言者謂非文臣不可，上即以督軍事付公。公疾新愈，亟上道，至則虜已遁去。公遍歷城堡，宣上威德，倡勇策懦，風裁卓卓。稽鎮兵隱役者，得萬二千人，復募丁壯萬五千，籍伍訓戰，以俟征調。聞大同屯租，歲給牛具銀數千兩，實不爲官用，而邊兵逋馬價方苦笞掠，因奏請給之。易置將領，必詢衆議。獨念大同有廢墻在境外，請大修復，以御虜衝。前後所上二十餘條，寒夜呵筆，手爲皴裂，猶草奏不輟。事且竣，未報而卒。

公修髯偉觀，言動不苟。養母孝，事兄甚謹。教諸弟尤力，範、簡皆舉於鄉。禮際周至，見貧乏者，不吝賙給。雖在官久，没之日家無贏財，論者亦以驗公之賢云。

公生正統乙丑某月某日，年五十四。配杜氏，淯川主簿鑒之女，封孺人，先公五年卒，贈淑人，葬縣西陸家莊之原。是歲某月某日葬公，杜淑人祔焉。繼姜氏，鴻臚少卿勝之孫，封淑人。公惟昆一子，繼舉進士，歷刑、禮二部主事，有父風。孫二：某，早夭；次某。李自宋居高密十二世矣，有爲西臺御史者，譜失其名，里人指其世墓猶稱西臺李氏。今公亦以御史顯，殆古所謂復始者歟？銘曰：

惟時生才，惟國攸重。文武兼任，南北並用。或以辭藝，或以材勇。公生青齊，世本儒業。蚤遊吴會，氣攬靈傑。公在翰苑，翹舒秀發。公在臺寺，秉國之法。爲古中丞，彈壓姦黠。爲少司馬，贊揚征伐。帝命北巡，公在邊徼。握機制動，其令不擾。内修外備，克壯天討。奚必折衝，乃見奇效？弗試之藝，有辭曷摛？弗授之政，有才曷施？匪公則賢，孰有孰宜？天實用之，而止於斯。帝念舊臣，優恤有制。贈官正卿，實表勤事。公藏在地，公神不死。刻石紀功，國有太史。

亡弟東溟壙誌銘

嗚呼！吾弟乃遽至此極也。吾同父兄弟四人，東山、東川出先母劉淑人，今弟東溟乃今母麻太淑人出也。劉母早棄養，山、川次第俱夭。及吾父見背時，吾弟尚幼，今其年纔四十而已，而遽死也，哀哉！

吾弟生，秀而敏。吾父教以書法，輒能領解。予教以舉子業，有端緒矣。屬病羸乏，因念二仲皆劬書致疾，遂不力就。又不欲使與齊民齒，乃隨例輸粟，獲賜冠服爲義官。旋復謝去，應選入四夷館，習書譯，庶幾得一命以爲太淑人歡。忽大病幾殆，遂喪明。越六七年，以酒得疾。百方療之，竟不起。嗚呼痛哉！自吾弟之業屢易而弗卒，吾不能彊而教之，知其孱故也。既苦病，廢飲食，居起惟意是適，而吾弗能戒，知其託焉以自放也。卧不言病，病不言死，知其懼吾傷也。不以子女屬吾，知其不待吾屬也。

嗚呼！尚忍言之，尚忍言之。吾既失怙，又失二仲，今行且老矣，而吾弟又舍我以去，吾何爲其情耶！

吾弟娶吾劉母之黨爲孔氏，生二子：兆延、兆蕃，皆幼。女三人，其一殤死。吾弟喪之一月，吾率吾子兆先祖於小西門，祔於吾父之墓之右。墓之役，吾弟實執畚鍤以從。比吾父加贈爲禮部侍郎，告墓之禮，吾弟亦扶疾往赴，悲感伏地，仆而復興者屢矣。嗚呼，寧知其遽相從於此也，痛哉！然是墓也，去舊塋三里而遠，二仲不得從，吾弟死而葬於此，亦可以少慰矣。吾弟字容之，生天順己卯三月十六日，其死以弘治戊午四月十四日，五月六日乃葬，哭而識之銘。銘曰：

墓有父，汝不孤矣。家有母，養在吾矣。有兄在堂，無懷爾雛矣。

李東陽全集卷八十五

懷麓堂文後稿卷之二十三

誌銘

大明故資善大夫太子少保禮部尚書兼翰林院學士贈資政大夫太子少傅謚文思彭公墓誌銘

國家置文淵閣，預閣事者迄今近三十餘人，其二人出安福彭氏。少保贈太師文憲先生以狀元自正統末歷天順、成化，凡再入，前後二十年。其族弟文思公以省元在成化末始入，財閱歲得告歸，又十年而卒。顧其歸也，朝廷賜敕給驛，命有司月給米四石、歲給輿隸六人。其卒也，贈資政大夫太子少傅，賜謚賜祭及葬，凡恤典皆備，其亦可謂盛哉。

公諱華，字彦實，生負異質。年十六，有操故券爲争田證者，衆疑未決，公從旁遽曰：「券果出庚辰歲，則當書未革年號，今書洪武三十三年，必贋本也。」坐客奇之。景泰庚午，舉江西鄉貢。甲戌，舉進士，爲翰林院庶吉士，文憲實奉詔莅教事。丙午，與修寰宇通志成，授編修。天順丁丑，奉使靖江王府，修大明一統志。辛巳，丁内外艱。甲申，憲廟即阼，入侍經筵。成化乙酉，考南畿鄉試。丁亥，英廟實録成，以纂修校正功遷侍讀。戊子，充講官，考京闈鄉試。己丑，進日講。壬辰，充殿試受卷官。禮部之宴，文憲方讀卷，仲兄彦充爲儀制郎中，季弟禮舉進士，皆與焉。未幾，擢侍讀學士，攝詹事府事，賜金帶。乙未，充讀卷官。丁酉，修續資治通鑑綱目成，遷學士。戊戌，考禮部會試。今上進學儲宫，公首講大學。尋掌院事，用閣薦超擢詹事。辛丑，復讀卷，仍兼學士。癸卯，御製文華大訓成，進講儲宫，加從二品禄。甲辰，復考會試。有貴家子在選，朱墨卷不合，公黜之，失志者欲甘心焉，卒亦無所害。乙巳，敕擢吏部左侍郎，仍兼學士，始入閣預機務，制誥册命多其手出。丙午，驟得風疾，上命醫往視，遣中官賜羊酒蔬米。越三月，公上疏辭禄，不許。又三月，進太子少保禮部尚書，辭亦不許，賜麒麟服。丁未，再辭，辭益懇，乃得俞旨，俾歸就醫藥，疾已即來。瀕行，又賜金綺襲衣。輿疾出都城，過闕門，匍匐稽顙，因涙下沾臆而去。道遇太皇太后徽號，恩賜誥命，加贈祖同升及考按察司僉事貫如其官，祖妣郭、妣伍、妻劉、繼室李皆爲夫人。公卒於丙辰十月六日，壽六十有五，某月某日葬於某山之原。

公才識超邁，而深沉嚴重，人莫窺其際。平居不妄語笑，及辯論古書疑義、事成敗、人情信不信，多奇中。事無分煩簡，從容應之，一一刃解，窮計極慮者顧弗能及。少承春秋家學，後病習尚牽鑿，校士命題，多本胡氏傳而黜諸小説。久之，天下翕然成風，從者甚衆。如南京禮部尚書謝公綬、禮部左侍郎掌國子監事林公瀚，其尤顯著也。每撰講章，意義懇到，曰：「吾曹報國者，庶其在此。」爲文章，嚴整峭厲，力追古作，數易藁而後成，於詩亦然，有素庵集行於世。

劉夫人出同邑望族，子勉政。李夫人出分宜，子勉敷、勉敳、勉敬。側室宋，子勉肇。政、敬皆縣學生，敷國子生，敳吉安所千户。孫幾，女孫幾。

公夙敦孝睦，事伯兄彦某及儀制甚謹，禮藉公指授，累官都察院左副都御史，巡撫南畿，以才譽世其家，比馳書，俾子勉政奉林公狀請予銘，追而内諸壙。予舊出文憲門，在翰林從公後，義弗克辭。銘曰：

公生安成，文獻之邦。公出彭氏，詞章之宗。儲英振輝，公在館閣。講筵敷對，史家述作。謀猷納誨，絲綸代言。有學有業，實紹實傳。珠産合浦，靡藏弗淵。鳳出丹穴，有翀必天。公身晚達，亦久云鬱。公才弗施，飲志而没。持所未竟，以歸造物。彼蒼孔遐，有惑誰詰？少行老還，式始克終。易名有稱，賜葬有封。刻石紀行，有銘幽宫。百世之下，庶其知公。

明故中奉大夫浙江布政使司左布政使李君墓誌銘

弋陽李君文明，爲浙江左布政使十日卒，其子鄉貢士衮在京師，自述事行，請狀於左贊善費子充，以請予銘。予預考禮部，得君文，知君舊矣，既吊衮，退而爲銘。

君諱鏡，文明字也。起縣學弟子員，舉鄉貢，登進士第，授刑部主事，遷員外郎，擢岳州知府，陟陝西左參政，進河南按察使，始轉浙江爲布政使。其在刑部，訊鞫明審，内存平恕。林莊敏公爲尚書，雅重之。每有疑獄，必相可否。諸司章奏，令詳定乃上。有貴家婦誣告民殺人，君與御史往按，直其事，告者抵法。我黎文僖先生爲吏部侍郎，薦知岳。在岳，鋤梗植弱，闔境大治，乃修廟學，葺倉庾，築湖堤，通城陵磯以便行者。民附堤爲邸肆，又墾其隰地爲田，其利尤博。武官試署者多冒功援詔，例給實授禄。君悉釐正奏之，朝議行天下。湖江間素藪盜，君飭吏卒禽其魁，餘黨潰散。聲益起，部使交薦。比去，民戀戀不忍釋。在陝，恤民隱，禁貪暴，吏部尚書三原王公恕稱其能。在河南，未期月，獄無留囚，姦民贓吏多褫爵讁戍者。巡撫都御史陳公道亟旌之，吏部擬薦爲南京都御史及福建布政使，皆不果命。最後乃得浙，浙之人方幸之，而不意其遽止也，惜哉！

君生正統丁巳二月十一日，卒於弘治戊午九月十五日，年六十二。某月某日，葬於某山之原。李氏譜傳爲唐長平肅王之後，徙德興，再徙弋陽。曾祖諱庭椿，祖諱崇素，考諱守珩，累贈知府。妣趙氏，贈恭人。配詹氏，封如其姑。側室王氏。子五：長褒，次衮，次袖，縣學生；次褧，次褧，早卒。女四，長適呂棐。孫五，女孫三。君器度偉重，厚倫誼，達事體，才而不伐，貴而能約，守身奉法，三十年猶一日云。銘曰：

民有二長，布政按察。布者主恩，察者主法。同功異用，鮮克備之。吁嗟李君，實堅試之。法所久任，觸事硎發。恩未大施，飲志而没。人謂君才，可省可臺。天實奪之，豈君弗能？吁嗟李君，竟何爲哉！

明故贈通義大夫都察院右副都御史熊公合葬墓誌銘

都察院右副都御史道州熊君繡，以考績恩貤贈其考默庵公，封母龍氏爲太淑人。太淑人方就養延綏，未幾卒。繡扶喪東下，留真定，而躬請命於朝，將歸合葬。謂予系出湖南，有宿契，獲聞家教，來請銘。乃敍公行實，附以太淑人事，并銘之。

按：熊氏本豐城望族。國朝初，公祖景賢，籍戍衡州，洪武末，乃徙道。公考諱世名，往代父，歸而置産居之。實生公，瑄其諱也。公敏而慎，嗜書史，能吟詠。出遊楚、粵間，爲奉養計，家用日饒。既失怙，有庶弟三人，皆爲娶婦。二子，俾經治生業，繡習舉子。後以經遊嶺南，至南寧道卒。時維景泰甲戌某月某日，公之年僅四十而已。

太淑人，同郡處士諱壽之女，樸質不華。歸於公，賓禮交至。事其舅及姑余淑人，曲致孝敬。有從祖姑劉氏年九十，依其舅以居。與公事之，食飲服飾皆與姑等。下逮娣姒羣從，皆有恩。公出遊，念母老，不敢以薪米爲累，則悉付太淑人。太淑人壹意綜制。爲公助劉氏之喪，公尚未返，請於姑，務厚葬之。聞公喪，哀毁幾絶，遣人迎葬。葬其姑，如公之葬其父然。訓二子，慈而有則。繡舉進士，授行人，擢監察御史，出知清豐縣，進知鳳翔府，歷遷山東布政使，以今官鎮延綏。所至無遠近夷險，皆迎就養，太淑人訓益嚴。歲禄外無厚饗，每心安之，曰：「兒守官三十年如一日，吾所親見，他日有以白爾父于地下。」在延綏，思其伯子經不置，繡以書趣使至，距屬纊僅再閱月。時則弘治戊午正月某日，太淑人之壽八十有五矣。

公之喪，經實扶歸，太淑人治命，又與繡同受，與家庭無異，君子謂公夫婦曰「死得其正」。公舊葬宜陽鄉，今卜用是歲某月某日，合葬於蔣居鄉，君子謂兄弟曰「終得其禮」。公孫三人：渭、濂、沂，渭州學生，及沂皆早卒。女孫九，嫁者四，已聘者二。曾孫一。銘曰：

夫終嶺南婦塞北，身居道塗子在側。湖南歸葬四紀隔，方殊歲異同此宅。天實爲之豈人力？刻銘考行視此石，墓不可毁石可泐。

前直隸無爲州知州楊君墓誌銘

楊君諱士倧，字原甫，世爲建安人，少師贈特進光禄大夫左柱國太師文敏公之孫。高祖諱達卿，曾祖諱伯成，皆用公貴，贈少傅工部尚書兼謹身殿大學士。考諱錫，鄉人私謚貞素先生，母詹氏。

君以春秋舉鄉貢，爲國子生，登天順丁丑進士，知廬之無爲。州有鉅猾范姓者，持官府短長，又有丘姓者兄弟八人，剽掠江上，前守莫敢問，君悉置諸法。州民牧官馬折免徵糧，後馬增數倍，而糧額如故，且豪家多冒名牧者，顧不免荻薪折抄，輸者亦止下户。君並加釐正，民稱爲平。正統己巳，州民運糧至臨清，聞虜駭散，米盡失，既得赦，户部猶下所司督償，捕繫滿獄，君奏蠲之。州有轉般糧，溯流至巢縣倉，往返數百里，溺者相望。君奏爲倉水次，又奏置巡檢司，歲省羨米，且免盜厄。江西民多居淮，興貸取息，爲淫刑以脅利，民畏之如虎。有永新董姓者，歐殺民方某，又逼其妻子焚户以滅口。君正其罪，遂籍幼男女婦爲所折當以去者二百餘人，達巡按御史及江西按察使，而遣人分歷諸府縣，索其半而還。尤善折獄，情僞立辨。有汪、周二姓争絶户田八十餘年，閲三巡撫、二十一巡按不能決。君諭以利害，皆感悟曰：「惟命。」二家皆畫君像，飲食必祝焉。

天順甲申，君以事忤巡撫，坐累罷去冠服。家居自號閒翁，改號靖庵。築室黄華山，作太平丘別業。大夫士造訪無虚月，後進子弟考德問業，禮如嚴師。蓋三十餘年而後卒，年六十有四矣。

君重孝義，樂賙貧乏。外傅死，恤其幼子，爲娶婦置産，人以是多之。聚書萬卷，博覽强記，談古今治亂，亹亹不厭。爲詩文，典實有體。會朝廷修兩朝實録，下有司纂輯事迹，郡守輒屬君。及修郡志，亦延君總其事云。

君娶蘇氏，子四：長亘，舉鄉貢，擢順天府通判，有詞翰名；次暠，出爲弟士傅後；次暉；次某。女二：長適朱文公裔孫舉，次適雷焌。孫二：邁，建寧府學生；次某。曾孫女一。從子旦早失怙，藉君誨迪，舉進士，累官吏部考功員外郎，亦有文，狀君行甚悉。亘請銘於予，予舊與君從兄弟中書舍人敬夫、前兵部主事景奇同朝，獨未識君，聞君名稔矣，近又識亘兄弟，愛其才，故爲君銘。君卒於弘治戊午四月八日，葬於某月某日，其地曰某山之原。銘曰：

楊出建安，實望文敏。君才孔優，能仕能隱。家有書我則讀之，世有科我則續之。功施一方，孰謂非試？還守舊廬，以畢吾志。生斯葬斯，式全厥歸。種德若封，來者其培之。

封孺人楊母葉氏墓誌銘

湖廣按察司僉事楊公元之致政歸，至鄷都，孺人葉氏道卒。其子春坊左中允廷和自述事狀，及進士廷儀請予銘。蓋廷和與予同在翰林久，廷儀適禮部所試，而公在吾藩提學事，稱邦大夫可也。

按：楊氏居成都之新都，業儒者累世矣。葉亦同邑處士諱深生。孺人蚤失怙恃，育于繼母暨兄，莊重有則。公父封君卒於貴州府邸，伯仲子繼没，太孺人某氏以三喪歸，慎爲少子擇婦，曰：「所以承楊氏祀者在此。」故孺人歸於公。

家始貧，孺人力奉姑養，閉户織辟，笑言不聞於鄰。公之爲國子生，爲進士，爲行人司正及僉事，孺人皆從。其在逆旅，手執炊爨，虀鹽或不繼，未嘗色愠。公及廷和後先舉禮部，公得告以孺人歸養。太孺人目久眊，忽復明，謂所親曰：「吾子勤學類其父，吾婦勤家類其母。先亡者皆不及見之，天開我老眼，令看此好景耳。」廷和滿檢討初考，孺人獨被封。寄至命冠，受而藏諸笥，曰：「不敢先吾姑也。」在官廨，每食異物，輒停箸歎曰：「吾姑未嘗味此也。」

教諸子必厲辭色，每食後令背誦所授書，曰：「吾以隙時課汝，庶不妨本業。」且使動蕩揚厲，不爲食困。夜則飲之酒，以節其勞，仍戒勿多酌，曰：「學者廢業，仕者弛職，皆是物也。」聞誦小學，耳熟之。家庭事有近似者，必舉以爲戒，曰：「無徒以誦爲也。」又曰：「汝父少時欲學書，無佳紙筆；欲夜誦，無膏火；欲博觀，無多藏書。今汝輩皆有之，而一一不能如汝父，何也？」蓋其家政皆極詳密，而子教尤諄切如此。廷和歷四命至今官，直經幄兼侍皇太子講讀，以文行稱於時。廷平繼舉鄉貢，至廷儀復顯，廷宣亦治舉子業。人謂公善以身教，孺人實佐之。及公乞歸，復力贊其決，其識見志嚮殆非恒常女婦可及。是雖弗克中壽，而所遺者亦裕矣，嗚呼賢哉！孺人生正統丁巳九月六日，卒弘治己未二月一日，得年六十三。卜用某月某日，葬其鄉之某原。女三人：長適張一夔，先卒；次聘王恩。孫七人：慎、惇、愷、恒、恂、忱、悌。女孫八人，皆幼。銘曰：

從夫於儒，朝圖暮編。持以教子，我居弗遷。從夫於官，命服在身。有禄有封，終嚮其勤。我食我力，匪求自天。若耦在耕，而穫於田。若織之成，以歲以年。小以喻大，於物則然。維坤德柔，乃順承乾。元成有終，品物用蕃。大以喻小，於人有焉。從夫於還，藏於故原。雖老弗偕，其歸則全。於生有榮，没也有聞。不死者存，葬以爲文。

封安人費母余氏墓誌銘

費母余安人訃至京師，其子春坊左贊善宏方校士禮闈，既復命，即爲位制服如禮。及得請終制，奉其妻之兄濮編修韶狀請予銘。予奉命典試事，聚處移月，誠不意其遽有此，乃據狀以銘。

余氏出廣信鉛山，譜傳爲宋參知政事良弼之後，處士允徽生安人。費，邑望也，贈兵部員外郎諱某，與處士名輩相埒，爲其季子封修撰叔玉君擇配，安人以父命歸焉。

時兵部公既棄養，冢子貢士伯玉亦即世，太宜人周以中子貴州參議仲玉方就學，悉舉家政畀修撰君，閫内事則付冢婦張以及安人。安人奉太宜人謹，動求意適。張有節行，治内嚴甚。安人亦禮事之，視其笑嚬以爲喜憂。於是先後長少皆奉張教，益相睦順。張亦樂之，忘嫠居之哀。安人有嫁田數十畝，鄉俗必自主出納。安人謂修撰君曰：「吾家方務孝義，吾安可私所有哉？」捐其租以給公費。修撰君有弟妹各二，太宜人病弗暇恤，安人與張代撫之，爲之室家。安人素勤儉，每夕家人多就寢，中堂燭不滅，刀尺鏗然有聲。時祀修潔，賓戚燕會，豐腆中度。下逮臧獲，皆暖飽無弗給者。其所自奉則敝衣糲食，一無所擇。參議公嘗語宏曰：「吾家之興，蓋兵部公之志，吾兄弟成之，然實吾嫂與汝母克相於内也。」

安人生宏及完，雖甚愛，不以慈廢教。髫時輒縱使遊學，戒勿亟歸。宏領江西鄉薦，試禮闈，未第，留國子學者三年。成化丁未，舉進士第一，授翰林院修撰。旋以徽號恩獲受封，安人不色喜，居起服飾，蕭然如平時。修撰君性亢直，遇事或過激，安人每從容諫之。宏既貴，有挾勢爲私謁者，安人謂修撰君曰：「吾家寧貧，誠不願得此。然亦宜巽却之，勿以賈怨也。」安人本羸，後病瘧久，宏憂之，屢迎養弗得，比復請，乃許。宏喜甚，計日以俟，而竟弗果，君子蓋悲宏之志云。

安人年五十六，以正統癸亥六月十三日生，弘治戊午十二月三日卒。明年己未某月某日，葬於某山之原。子三人：宏年二十及第，今侍皇太子講讀，文學性行，卓然聞於時；完學舉子業；窩生十歲而夭。女二人，長適廣信府學生余端。孫二人：長乾孫，六歲夭；次蘭童。女孫三人，長許嫁宜興吴驥，編修克温子也。

銘曰：

婦弗職廢，實勤厥家。母弗志溢，貴莫我加。榮名峻科，有子則那。人有常情，非惰則夸。賢哉安人，於世幾何。山巔水涯，京路孔遐。就養有期，而止弗來。生行死離，孝子有思。曷以慰之？封君之悲。後千百年，我銘在兹。〔一〕

【校勘記】

〔一〕此銘文原脱，據抄本補。

明故光禄大夫柱國少保兼太子太傅都察院左都御史總制陝西三邊軍務贈太傅謚襄敏王公墓誌銘

少保兼太子太傅都察院左都御史王公之訃至自甘州，上爲震悼，輟視朝一日，贈太傅，謚襄敏，給驛歸其喪，遣官諭祭，命有司治葬事。其子春奉狀介其姻友光禄卿李公鐩請予銘，辭至再，弗獲，乃敍而銘之。

公諱越，字世昌，姓王氏，世爲大名府浚縣人。少補縣學生，景泰庚午，舉京闈。辛未，登進士第，擢監察御史。英廟復位，見公奏對明暢，目屬之。都御史寇公深性嚴急，獨喜公，凡諸道奏牘，必令詳定。天順庚辰，超擢山東按察使。癸未，大同有警，當道舉可爲巡撫官者。上以其人貌寢，意在公，徵爲右副都御史以行。公力修廢政，爲攻守計，邊人賴之。成化改元，以疾告，遂至京師〔一〕。上命醫視疾，遣中官慰問至再，家居久之。丁亥，召署院事。庚寅，奉命出延綏。至崖窯川，擒賊四十餘人，斬首加百，遷左副都御史。又於黄草梁擒賊五人，斬首百二十，進右都御史。壬辰以後，往來東西路及寧夏界，前後斬獲者倍之。癸巳，進左都御史，賜蟒龍衣一襲。又出延綏韓家塢，斬首二百八十餘。甲午，加太子少保，增從一品禄，掌院事。公言將士功有未録者，乞移所加官禄賞之。丁酉，仍加太子太保，進兵部尚書，兼左都御史，增正一品禄。庚子，出大同，至威寧海，瞭虜營所在，亟帥兵擣之，擒男婦百七十，斬首四百餘。以大捷聞，敕封威寧伯，歲禄若干石，仍兼都御史。辛丑，出寧夏，擒賊十人，斬首百餘。廷議文臣伯以上不得進封，加太子太傅，增歲禄四百石，總五軍營兵，署前軍都督府事，提督團營。未幾，出佩將軍印，充總兵官，鎮大同，移鎮延綏。尋罷，居安陸。

弘治改元，公上疏自列，詔許還鄉。甲寅，復左都御史致仕。丁巳，兵部言陝西三邊宜得重臣專任其事，僉舉二人，皆弗稱旨，以公對，乃許之。亟召至京，引見勞賚，恩禮殊特，加太子太保，總制甘肅、寧夏、延綏軍務，鎮守巡撫而下，悉聽節制。公累辭不許，事有未盡便者，請易置之，乃行。至則以虜别部居賀蘭山後者數出抄掠，帥兵擣之，斬首百餘，還所掠人畜器械甚衆。上降敕獎諭，加少保兼太子太傅。公又言哈密爲土魯番所破，久弗繼，近番酋引罪還所侵地，宜封其故主以守之。疏上數月，未報。公慮泄事機，焦勞過度，遂成疾而卒，戊午十二月一日也。

公姿表奇邁，慷慨自許，論議英發，見事風生。雖以文顯，久膺帥寄，歷西北諸鎮，身經數十戰。其於邊徼險易、虜情真僞、將士之强弱勞逸，皆歷歷在胸臆。每出奇取捷，謀定而後發，同事者亦莫測所嚮。至于顛倒才智，中自爲操縱，而人人欣動，樂爲之用，效之者皆自以爲不及。其所見所執，壯老一致，雖罹挫衄而志不少衰。喜獎拔士類，嘗特舉御史四人，爲今吏部尚書屠公滽、都御史侣公鍾、南京大理寺卿楊公守隨、故僉都御史王公浚，皆大顯。武臣邊將出其門者不可勝計。博學多聞，精極吏事，判案章奏，倉卒立就。兵法射藝、象緯堪輿之説，罔不該究。爲歌詩，雄邁跌宕，若弗屑意，多不存稿，惟詩數十首，板行於時。至其睦族敦舊，賙窮恤匱，禮接卑幼，如恐不及，皆其餘事也，亦可謂奇偉不羣者矣。

公曾祖諱顯道，被旌爲義民，祖諱恕，醫學訓科，考諱頤，皆嘗贈太傅威寧伯，後復贈光禄大夫柱國太子太保左都御史，三世妣皆夫人。娶孫氏，贈夫人。繼孫氏，贈淑人。再繼陳氏，亦贈夫人。子四人：長即春，次時，皆錦衣衛指揮僉事；次昊，次旼，以廕爲百户，早卒。女三，仲適河南都指揮梁瑶。孫八：煜、烜、炤、炳、焞、煉、焕、某，烜廕國子生。女孫五：一適國子生李繼先，一適府軍衛指揮李隆。公生宣德丙午十一月五日，壽七十有三，己未九月初四，窆於大伾之西麓，從先墓也。銘曰：

大伾降神，鍾爲偉人。白簡廷執，行臺外巡。握機馭兵，出禦戎虜。設奇制勝，孰敢予侮？崇階累遷，一品而極。分符錫號，封以大國。孫居南陲，言歸舊鄉。王事有程，載趣其裝。帝曰汝能，紓我西顧。老弗辭難，驅彼長路。靈夏近郊，誓擣胡穴。玉關故鎮，謀繼國絶。勳未大成，志則有餘。飲恨而没，天其監予。文以致身，武以樹績。時其卷舒，胡我失得？輝曦曜星，躍冶之精。欻風震霆，擲地之聲。或棄弗試，其氣勃鬱。上干於霄，中殷於室。茫茫天津，旁接雲霧。劃然一飛，終返其故。偉哉斯人，兹物是方。永閟其藏，地下之光。

【校勘記】

〔一〕此文自題目至正文「遂至京師」原脱，據抄本補。

大明追封寧國夫人墓誌銘

周夫人高氏，順天寶坻人，處士諱泰之女，追封奉天翊運推誠佐理武臣特進光禄大夫右柱國太傅寧國榮靖公之繼配，特進光禄大夫柱國太保慶雲侯壽、特進榮禄大夫柱國長寧伯彧之母也。

周氏本昌平望族，榮靖公初娶甄氏，追封寧國夫人。生二女，長適同里劉氏，次聖慈仁壽太皇太后。甄夫人卒時，公隱弗仕，博求名家，得夫人，禮娶爲繼。夫人明淑簡静，言動不苟。及歸公，恪秉婦道，力綜家政，漸底優裕，旁逮族黨，咸稱曰宜。正統甲子，太皇太后爲英廟貴嬪，誕生憲廟，暨正儲極，册爲貴妃，周氏遂顯。

天順丁丑，英廟復位，召見公於便殿，擢錦衣衛正千户，夫人始被封命。勤儉如平時。歲祀賓燕，晨夕饋食，必致精潔，公甚賴之。天順癸未，公棄養，壽方弱冠，彧甫十齡，朝廷遣官治喪。夫人躬視含斂，凡葬祀事，亦悉爲規畫。壽既嗣官，夫人遣彧就學，皆自訓督，俾敦禮讓。成化乙酉，憲廟即阼，尊母后位號，推恩外氏，擢壽爲都督僉事，進同知，又封慶雲伯，追封三代。彧自正千户累遷指揮使，進都督同知，封長寧伯，加公贈謚，夫人亦累封焉。比壽進慶雲侯，加夫人爲太夫人。

公棄養四十年，夫人壽日高，恩禮日益重，賚予存問，殆無虚日。其子爵禄隆重，門閥鼎盛，諸孫亦膺有禄秩，夫人每以盈滿戒之。凡時節入謁，太皇太后禮遇甚厚，夫人内懷感激，而慎密愈加。出值姻族，言不及禁中事。如是者亦三十年。弘治己未十一月十一日卒，距生永樂乙未八月二十八日，壽八十有五。訃聞，上震悼，遣禮部諭祭者十有三，命工部給棺治葬，户部給米布，而内出金幣楮鏹爲賻，仍用夫貴，追封爲寧國夫人。太皇太后痛念弗釋，遣中官護葬，暨皇太后、皇太子、諸王諸妃嬪賻祭有差。公侯卿大夫以下，吊祭無弗遍者。嗚呼！其亦可謂極盛也已。

夫人母鄭氏。子二：壽娶李氏，爲錦衣衛指揮僉事智之女，封慶雲侯夫人；或娶韓氏，羽林前衛指揮僉事銘之女，封夫人。孫十：壽出者璋、瑾、瓚、瑛，皆錦衣衛指揮使；或出者瑭、瑠，官亦如之，琪、璘、瑁，皆正千户，瑄尚幼。璋娶徐氏騰驤右衛指揮使通之女，繼娶蔣氏，彭城衛指揮使聰之女弟。瑾娶吴氏，武功中衛指揮同知釗之女。瓚娶張氏，騰驤左衛指揮同知翰之女。瑛娶寧氏，廣東都指揮僉事環之女。瑭娶劉氏，錦衣衛指揮同知綱之女。瑠娶田氏，右軍都督僉事廣之女。徐、吴、張、寧、劉、田，皆封淑人。女孫八：壽出者四，長適安遠侯子柳文，次適伏羌伯子毛浩，皆早卒，次適錦衣衛指揮使劉某子宗武；或出者亦四，長適定國公孫徐光祚，次適成山伯子王洪光，祚、洪皆錦衣衛勳衛。壽等卜是年十二月二十一日葬都城西鸞臺山之原，從公兆也。間遣璋介張指揮翰奉狀請銘，謹書恩典之隆、世行之大、封錫卒葬歲月之詳，又備書其婚姻門族之盛有如此者，爲敍及銘。銘曰：

周出戚望，實姻帝家。猗歟夫人，女德之華。儷美寧公，元配是繼。於聖祖母，惟親之懿。二子繼命，爲侯爲伯。貤封所生，開此大國。賜第巍峨，命服有煌。椒房之恩，戚畹之光。禮謁三宫，養隆五鼎。斂厥有生，歸於樂境。貴富及壽，在人實艱。有一而足，矧惟備焉？國有恤典，有葬有祭，有賻有贈，亦罔弗備。有原西郊，寧公所歸。兹往從之，世永弗隳。

封太恭人劉母李氏墓誌銘

劉母太恭人李氏，浙江按察副使諱潔之配也。以其子户部主事鳳儀分司就養臨清，又以其孫翰林編修龍及第就養京師，未幾卒。鳳儀適受代北上，及視含斂，將西歸襄事，以龍請予銘。予今年春殿試讀卷臚傳之際，見龍才器俊偉，與所陳策稱。詢其世系，又得其家教於倫修撰文敍，得太恭人之行於户部邵郎中賓，乃按邵狀爲敍及銘。

劉、李皆襄垣縣望族。太恭人，知河間府諱某之女。劉之祖新安教諭諱某聘爲冢婦，及按察爲御史，始封孺人。後鳳儀知高密縣，以治行被旌，乃用夫貴加封太恭人。

太恭人性慧而婉，通書詩大義。以教諭公在外，久從姑於官，饋奉惟謹。及公致政歸，病且革，偕按察侍湯藥，累月不去簪珥。公有庶女，甫七歲，躬爲撫鞠，厚嫁之。娣某氏，寡而無子，視若同出，俾弗失所。按察嗜棗餅，嘗預戒，俟讀誦勤苦，輒出獻之，夜具膏火，至漏下二十刻乃已。按察魁鄉貢，服官政，有誣告盜牛者，鞫不成獄。太恭人聞之，請曰：「此法宜緩。」久之，乃得真盜。及按察承命從都御史治荆襄流民，復請曰：「師貴安靖，幸毋妄殺，爲子孫地。」按察然其言，多所撫定。

按察卒於官，鳳儀方幼，或難其歸，請留居浙。太恭人曰：「家有田廬可居，有墳墓，不可無主，奈何相率爲異域鬼乎？」乃歸。至臨清，臨清族人聰益留之，亦不從，竟得歸。既襄事，乃一意教子。其弟欲俾鳳儀爲儀賓，太恭人曰：「此非吾願，願吾子得一第以成父志，足矣。」鳳儀繼魁鄉貢，屢詘禮部，意不爲少沮，竟舉進士。龍生五六歲，能屬對，復遣就學，曰：「是子當不後其父。」其言無弗驗者。人謂劉氏世繼科第，太恭人有力焉。其遠識定力，於此亦可徵已。

太恭人壽七十一，生宣德戊申三月十八日，卒弘治己未十一月一日。二子：鳳儀其長；次鳳鳴，縣學生。三孫：龍亦長也，次夔，次元。女孫二：長適李史，次適王寅。曾孫女亦二。其葬以庚寅某月某日。銘曰：

從夫於官，其歸孔艱。不寧厥居，江濟之間。有子及姓，教必以正。奕世科名，其來愈盛。居我奠之，盛我見之。我饗其成，我實願之。孫實我養，子實我葬。我所從者，寧不我望。韓山之陽，夫君所藏。終往從之，來者其無忘之。

李東陽全集卷八十六

懷麓堂文後稿卷之二十四

誌銘

大明故光禄大夫柱國少師兼太子太師吏部尚書華蓋殿大學士贈特進左柱國太師謚文靖徐公墓誌銘

少師徐公之卒，其子元楷、元相具書請予銘。予從公後，晚辱知厚，慟其亡，久未忍作也。逾年，以葬期告，乃爲銘。

公姓徐氏，諱溥，字時用，學者稱爲謙齋先生，世居常之宜興。曾祖諱福，當元季，有陰德於鄉；祖諱鑑，國朝永樂間，累官瓊州知府，民廟祀之；考諱琳：皆贈光禄大夫柱國少傅兼太子太傅户部尚書謹身殿大學士。

公爲縣學生，景泰庚午舉南畿鄉貢。甲戌，廷試第二，授翰林編修，予告歸。天順丁丑，英廟復辟，命兼司經局校書，侍東宫講讀，憲廟每目屬焉。甲申，以登極恩超擢左春坊左庶子，兼侍講，充經筵講官，預修英廟實禄。

成化丁亥，稽武職誥黄，己丑，歸省。辛卯，丁父憂，特遣官賜祭。甲午，擢詹事府少詹事，兼侍講學士。乙未，典禮部會試，校閲精當，所得省殿二魁，皆至于大用。丁酉，丁母何夫人憂，賜白金楮幣及葬祭。庚子，擢太常寺卿，兼學士。數年間歷掌翰林詹事、春坊司經局事，蓋前此所未有者。辛丑，再典會試。尋遷禮部左侍郎，仍兼學士。進退奏對，皆稱意旨，援據論議，有聞於時。甲辰，知會試貢舉事。以陝西旱代祀中鎮、西海、河瀆諸神，雨輒應。丙午，改吏部，佐理銓選，清慎有加。久之，資望並積，而爲當道所尼，憲廟有意柄用之，未果也。

丁未，今上即阼，易置内閣臣，公首膺簡任，入參機務，尋擢禮部尚書兼文淵閣大學士。更化之際，如止貢獻，停工作，黜左道，屏斥邪佞，登用老成，固出宸斷，而公之佐翊有力焉。弘治戊申，修憲廟實録，充總裁官，同知經筵事。庚戌，復出典會試。三試禮闈者，前亦未之有也。辛亥，加太子太傅，兼户部尚書武英殿大學士，賜白金文綺襲衣廏馬，又賜罪人家屬。上察公篤厚，可大任，旋置元僚，禮遇隆重，特賜無虚月。公益勤輔導。制敕誥命，務崇簡雅。啓沃謨議，必據正議，守成法。見人有才行可用，極力引援，寸長片善，亦加甄録，至忘瑕垢。大臣有罪廢媒進者，公持其議，竟不得行。藩府有大獄，羣議洶洶，公力贊其決，事始定。留都獄連引貴近，或爲觀望，亦贊成之。其他事多秘密，公又謹重不泄，外人無知者。甲寅，加少傅兼太子太傅吏部尚書謹身殿大學士，進階光禄大夫柱國，賜三代誥命。蓋自筮仕歷四十餘年，凡五錫命，至是而極。乙卯，公家置義田，以贍羣族，請命於朝。上優詔獎答，仍復徭役，爲世勸。

丁巳，修大明會典，充總裁。會年七十，以疾在告，上疏辭。不許，命醫診視，遣中使賜羊酒楮幣，仍令風雨大寒暑免朝。戊午，皇太子出閤進學，加少卿兼太子太師華蓋殿大學士，尚書如故，領東宫講讀事。未幾，公得目眚，命醫遣使如前。三上疏乞歸，上以公累朝耆德，方切倚毗，屢詔慰留。最後辭益懇，乃許之，賜敕給驛遣官護送還鄉，令有司月給米五石，歲給輿隸八人，仍賜襲衣金楮，特官其孫文焕爲中書舍人。公卿而下，賦贈祖餞，皆歎羨不能置。越明年己未九月十一日，卒於正寢。上聞訃震悼，輟視朝一日，賜棺槨米布諸物，遣行人諭祭者九，贈特進左柱國太師，謚文靖。恩數之厚，殆世之所僅見云。

公風采凝重，言動有則，而温然可親。事親孝謹，居喪再廬墓側，有白鳩白雁之異。與羣從叔弟情義周洽，親舊有急則賙之。處官恭慎，事值棼錯，每從容應之，皆中理會。及當端揆，決衆疑，未始有疾言怒氣，而卒以大定。德量宏裕，或遭横逆，人不堪其難，而含忍茹納，不見形迹。故大夫士無疏戚邇遠，皆飲德沾惠，終其身無怨懟者。若其引身避位，斷斷不移，卒之名節不虧，恩眷無斁，嶷然爲一代名臣，考其終始，亦可以無愧憾矣。

公博古多識，爲詩清潤有思致，文必根理道，四方購乞碑板相繼，有謙齋集若干卷。尤好表章先賢，同邑吴尚書雲，洪武間死事雲南，事久湮没，公言於守臣，奏之朝，賜謚贈官，歲致祭焉。

公生宣德戊申七月二十一日，壽七十有二，辛酉二月某日，葬瑞雲山。配杜夫人，早卒。繼李夫人，先賜葬，於是今祔焉。公四子：長元楷，義授都指揮同知；次元栻，早卒；元相，義授承事郎；元槩，恩授中書舍人，亦卒。女一：適通政司知事張邦祥。孫八：焕其長，次文燦、文熺、文煇、文燁、文炯、文炳、文煒。女孫五，曾孫一。狀乃公甥吴編修儼所著，其事尤詳，今掇其大者如此。銘曰：

瑞雲山高荆水清，元氣下結扶輿精。公居太史官列卿，文章作緯禮作經。入掌帝制持邦衡，補衮五色山龍形。廟堂高居坐不傾，一朝令出民弗驚。調齊甘苦成和羹，四方士類歸陶型。悉遺衿佩爲冠纓，尺量寸度桷與宋。大者梁棟當明廷，公心不倦亦不矜。盡弭怨謗銷讒争，功成身退古有恒。公歸自保哲且明，君寵極重臣身輕。翩然乘風溯高冥，山迎水徯如平生。骨肉歸復魂上征，天爲萬古還英靈。此山此水仍兹銘，後千百年乃其徵。

明故嘉議大夫禮部右侍郎兼翰林院學士贈禮部尚書汪公墓誌銘

予與公先後入翰林，繼掌院事，周旋幾四十年。聞公卒，既往吊哭，其諸孤介其門生沈編修燾、吴編修一鵬請予銘。

按狀：公姓汪氏，諱諧，字伯諧，其先本浙之餘姚。祖仲仁，徙仁和，有醫名。考士淵，舉鄉貢，嘗爲監察御史，後贈翰林編修。妣褚氏，封太孺人。

御史公爲望江訓導，實生公。徙居京師，弱冠而孤。能鋭意問學，聲動場屋。以春秋舉天順庚辰進士，簡入翰林爲庶吉士。壬午，授編修。成化丙戌，同考禮部會試。丁亥，英廟實録成，以纂修功遷修撰，賜宴及白金文綺襲衣。丙申，滿考，擢右春坊右諭德。丁酉，續資治通鑑綱目成，進右庶子。戊戌，侍今上講讀於東宫。己亥，以母艱去。壬寅，復任。丙午，南畿鄉試。丁未，奉詔授翰林諸吉士業。是年，上即阼，以侍從恩擢詹事府少詹事，兼翰林侍講學士。弘治戊申，開經筵，承敕充講官。庚戌，典禮部會試。時方修憲廟實録，爲副總裁。

辛亥，疾作，在告三月，上疏請停俸給。不許，每時節珍味，即賜於家。書成，敕陞禮部右侍郎，兼學士，階嘉議大夫，賜賚尤厚。壬子，復上疏辭。乃許之，仍詔疾愈當復用。自是獨處一室，右臂猶持杯作書，間爲文以應購者，皆不失恒度。越九年，年六十八，疾革，遂不起。特贈禮部尚書，遣官諭祭，仍給驛歸其喪，命有司營葬事云。

公娶章氏，贈錦衣衛百户政之女，先卒，贈孺人。繼唐氏，處士思政之女，封孺人。三子：長登，以恩肄字中書，將授官；次舉，舉順天府鄉貢；次賜，府學生。女二：長適天津衛指揮僉事佟勳，次適鴻臚寺主簿林應祥，皆卒。孫三：某，某，某。女孫二。公生宣德壬子十一月四日，卒以己未初度前一日，葬以庚申某月某日，墓在仁和某山之原。

公簡重寡言笑，儀度整潔。博奕音樂，皆絶不好。事母孝，當家中衰，力共甘旨，竟貽禄養。喪居枕塊，得痹疾。終其身，與人恭孫。姻友有急，輒加賙貸。漢陽知府蔡洪濟客死，時恤其孤。教弟篪舉進士，爲金壇知縣。博涉彊記，尤邃經學。門下士經指授，多取科第，山東布政使王沂、陜西行太僕寺卿徐佑，其顯者。鑒閲精審，每典試事，輒稱得人。所著古文歌詩，醖藉有法，有寅軒集若干卷，藏於家。慮事周悉，晚益慎密。雖居官久，不涉世務，優遊鉛槧間。爲疾疢所困，卒以自老，論者蓋多惜之。然在告而遷秩，生而廕子，身没而贈官給驛，聖天子優禮文學侍從之恩，出乎常格，非公之賢，亦曷克致之？公無憾哉！銘曰：

維浙西東，山清水奇，文獻之邦兮。公生南畿，宦遊北都，没而歸其鄉兮。公在累朝，史局經緯，校文場兮。爲名侍臣，爲能史官，亦惟主司之良兮。穹階顯曹，涣號下頒，表幽堂兮。有銘在兹，公名孔彰，雖千百世，其勿忘兮。

明故通政使司右參議致仕進階朝列大夫趙先生墓誌銘

東陽入仕三紀餘，都邑耆舊，凋落殆盡，休居遐壽，惟竹溪先生一人。歲時造訪，輒留坐款語，談本朝故事及諸先正之遺風餘迹。後漸弗能出，比者始以壽終，春秋蓋八十矣。既聞訃數日，其子竑奉南京兵科給事中倪君天民狀來請銘。嗚呼，是安可辭哉！

先生姓趙氏，諱昂，字伯顒，竹溪其所自號也。舉正統甲子鄉貢，登乙丑進士第，觀吏部政，授中書舍人，有名，直内閣，領文臣誥敕事。戊辰，禮部會試，充掌卷官。己巳，丁母憂。景泰庚午，起復修歷代君鑒。壬申，兼司經局正字，書成，賜金織文綺。甲戌，以歲旱代祀淮瀆。乙亥，修寰宇通志，丙子成，復賜金幣，擢翰林院編修。天順丁丑，英廟復辟，超擢通政使司右參議，督武官誥黄，尋充蜀府册封正使。其所領多文翰禮儀事，餘無所見也。甲申，憲皇即阼，出爲瑞州府同知。至則勞撫字，勤綜理。所屬學校，尤加意課勸。藩臬部使未嘗吏視，然必稱之曰「能」。

丙戌，丁繼母憂歸。己丑，服闋，顧其志已倦，乃上疏乞休，命復舊官致仕。自是屣脱榮利，放意詩酒間。雖處城市，不異林壑，燕遊登眺，惟意所適。京府鄉飲禮置賓席，亦歲赴焉。丁未，今天子登極，詔進階朝列大夫。其卒以庚申九月十日，十月十日，葬都城東安德鄉之原。

先生本鳳陽壽州世族。曾祖諱達，洪武初授燕山護衛百户。祖諱清，永樂初遷常山護衛正千户。父諱傑，嗣其官，後贈通政司右參議。母張氏，累贈宜人。繼母王氏。娶李，繼潘，贈封皆宜人。子五：翊，舉鄉貢，知宿松縣，卒；竑，舉進士，歷刑科都給事中，爲光禄寺少卿；靖，鴻臚寺序班；次立；次竚。女三：適序班閻璘、河間府學生程敏行、國子生楊鏞。孫四：忠、惠、恕、聰。女孫十二：長適葉政，次適貢生李璋。

先生風神朗徹，性度寬裕，百物無忤。居家事上恤下，務敦恩意。親黨雖疏遠，必致情愛。閭里道路，雖幼且賤，亦加禮接。慶吊問遺，舉無違闕。解紛拯難，常若不及。然公卿大夫及勳戚貴胄，罔不愛慕，父喪，致客千人。仕雖未達，而姓字甚著，童兒隷卒皆稱爲趙伯顒先生，無異辭。尤博涉羣籍，苦吟詠，工書翰，所著有貽安、叢桂二集，竹溪小稿若干卷。諸子弟多用家學踵科第，取官秩，而光禄最顯，其名位蓋未艾云。銘曰：

鄉有耆宿，國有舊臣。博學多聞，吾見其人。閲歷累朝，跋涉萬里。出領民社，入掌文史。若馳康莊，中道顛躓。終息其駕，老有餘力。竹居溪遊，比晉逸民。所不同者，遭明盛辰。斂厥榮名，歸於壽境。有身歸全，得正而瞑。生長王都，没藏近郊。有樹在封，百世弗凋。

明故亞中大夫貴州布政司左參政汪君墓誌銘

參政汪君既舉成化乙未進士，其子工部郎中僎舉辛丑翰林編修，俊舉弘治癸丑檢討，偉舉丙辰國子生，佃舉戊午鄉貢，皆出君教。衣冠甲第之盛，士大夫蓋侈言之。比僎以病歸，卒於途，越六日而君卒，聞者又相與哀之曰：「汪君固止是哉！」

公諱鳳，字天瑞。初命爲南京刑部主事，歷員外郎、郎中。精煉法比，然慎不輕決。每大寒暑，獄囚多瘐死。君謹掃滌，時食飲，又慮重囚苦嚙鼠，特爲畜猫，自是死者絕少。尚書雅重君，諸司章奏，必令參定乃上；間草便宜疏，亦以屬之。值詔例薦，可任布政按察，不果擢，擢漳州知府。君聞有羣盜，勢甚劇，過郡不至家而去。時上官欲以叛聞，因大發兵爲功賞計。君曰：「是不足動衆，可撫定也。」乃揭榜要路，諭賊福禍，賊感悟，多散去，徐引兵蹙之，果就禽滅。初，民欲入城避賊，君曰：「是自爲亂耳。」亟止之。不易市集，竟亦無他。繼又新學宫及諸公署，徙獄近府治，作捍海石堤，治諸屬邑水利，民大稱便。立保甲法，盜無所於匿。郡境有畲人，野處山谷，君概加撫賑，皆聽約束。或詣庭求直，民有訟不直者，誣奏及君，復下君理，分獲重譴，君不施笞掠，以理折之，其人愧服。此二事尤人所難者。君既抱才器，高自負許，不帖帖爲人下。坐是忤物，爲有司所裁，弗克自盡。居六七年，意忽忽不樂，將棄官歸。始擢貴州左參政，道延平，得热疾，舁至家半月，遂不起。是爲庚申八月十六日，年五十九而已。

君魁岸闓闊，善論議。少治經學，多所自得，有司録其文以傳。尤識當代典故。其教子用家學，不求外傅。僎稱能官，俊奇於文，且有識操，偉亦然。其爲庶吉士，皆在予門，予用是徵君之教爲多。君在郡督諸生，躬爲啓迪，皆以爲聞所未聞，亦師事云。

君之先出越國公華，元自婺源徙貴溪。高祖禄卿，徙弋陽，入國朝，遂定居焉。祖志福，舉永樂庚子鄉貢，歷岷府教授，以高郵州吏目致仕。考仲端，累贈南京刑部郎中。母胡，繼母胡，皆宜人。娶祝，封宜人，賢明有内行。子八：僎其長；次佐，早卒；次佑、俊、偉、佃，又次代、佾，側室董出。孫六：守緒、守約、守純、守經、守素、守徽。女孫六。曾孫一，某。俊、偉歸，卜明年辛酉某月某日葬君於某山之原，奉其友羅編修允升狀請予銘，乃爲作銘。銘曰：

胡爲郡而不輒遷？胡爲藩亦弗少延？咎不我執，其歸則天。有子斯賢，又誰使然？彼考祥者，舍是其奚觀乎？

兒子兆先墓誌銘

嗟乎，天哉！予不德，不能迓續我祖父之遺慶，積罪稔戾，以貽禍於吾子之身。荼毒之餘，痛自循省，求其端而不可得也。意者蚤竊科第，爲顯官，生長都邑，不識離别，安居飽食，寡積而厚饗之故歟？其或起自貧賤，過膺廩禄，徒以肥其身，饜飫其家人，而戚黨窮乏，傍觀坐視，不能推以濟之邪？抑自叅鈞軸以來，有身不能委，見賢而不能薦，民窮人困而不能救，以負聖天子倚任之重，所謂能薄而受上賞者，宜乎其然也？不然，則髫年而喪母，中道而失怙，三弟繼夭，四男皆殤，是亦甚矣！而才如吾子，又俾其不壽以死。天道之仁覆而下閔者，苟有一德片善，亦將矜而贖之，矧吾祖父之純孝陰德，比之國法，亦當十世以宥，而忍使其後嗣彫落至此極哉！

吾子兆先年十八而應試，提學張御史西銘奇之。比入院，病跌而止。二十一復試，不售，以廕爲國子生。二十四三試，同試者傳誦其文，期必得魁解，偶誤寫題字卷，不得録。今年二十七，試期且迫，忽病作，小愈，再愈再作，遂不起。然予以盛滿屢思引退，兆先能不予撓。當其志識所到，雖屣脱以從，亦無難者，乃使之兩不遂以死。嗚呼，尚忍言哉！尚忍言哉！

兆先幼習經義，輒能作老成語。既乃嗜古作，予見所撰述，心頗怪之。會檢蘇老泉集不得，久乃知爲所竊，視字已漫矣。蓋自是文思驟發，諸老先生見必駭異，曰：「是故得外祖風格，後當有大名於世。」外祖者，蒙泉岳翁也。其爲歌詩，尤稱自得於古人，樸雅簡澹。言語所不及，獨深領解，有手舞足蹈意。於是不假梯級，徑趨高峻。予當其年，實未嘗造詣至此也。顧牽縶舉業，往往爲予所禁，不得肆。間有應答，或爲人促迫，寸楮片札，多不存稿，故予亦不能盡見。惟歸妹闕里，有東行稿成帙。既病，猶手書寄友三首。其没也，其友誦之，又相與輯其遺詩文，得二百餘篇。夫苟知其止此，盍使之脱棄舉業，盡力於古之文，縱其所之，亦足以一遂其志，而竟莫之遂以死也，可勝恨哉！

兆先生四月，喪其母岳宜人，鞠於繼祖母麻太夫人。及長，暨其婦潘氏曲致孝敬。事繼母朱夫人，初無間言。撫二從弟延、蕃，皆有恩。遇祖母劉太夫人、前母劉夫人之黨暨諸姻戚，情禮周洽。朋輩聚處，每懷謙抑，未嘗有挾。值有窘急，必有賙恤，或先行而後告。没之日，朝士大夫及都邑鄰里，無問識不識，咸爲嗟悼，有泣下者。下逮胥隸，亦慟哭不能置。嗟乎，兒何以得此於人哉！

病少間，嘗謂人曰：「吾且殆，獨念吾父之爲人，寧有是？吾亦未嘗自絕於天。二者無所據，吾且不死。」纊未屬，以手捬髀，猶隱隱有英氣。察其情，重傷吾意，故不忍言死。蓋其平居婉孌承志者固如此，至死不亂耳。

嗟乎，天其或者以吾祖若父之故，後事未可知，而死者不可作矣，慟哉！兆先之冠，令宗伯體齋傅先生爲賓，字之曰徵伯。其生以成化乙未六月二十一日，没以弘治辛酉閏七月二十五日，葬以某月某日，其壙在都城西小西門祖資政府君墓側。生女一，尚未晬。予方值秋丁奉命代祀，以喪告朝廷，特遣中官賜賻白金五十兩，所以慰諭者甚至，實異數也。嗚呼！兒不顯，乃獲上塵天子之寵，以爲身後榮，使其有知，亦可以少慰也夫？

予少子兆同之殤，兆先實趣予爲銘。及其没之七日，夢我以碧箋烏絲欄乞書小楷，曰：「欲於雪下觀之。」嗚呼！兒果不死，以爲其弟者望我耶？予慟甚，不能執筆。其婦翁内翰南屏潘先生抆淚謂予曰：「銘不作，兒目不瞑。」予乃飲泣爲銘，自書之，以寓予哀云。銘曰：

父子之恩，豈賢則親？吾弗子之傷，而慟其人。嗚呼天哉！吾不能庇汝之身，而慰汝以文，吾子其有聞乎？

明故資德大夫正治上卿太子少保吏部尚書贈榮禄大夫少保謚文毅倪公墓誌銘

公姓倪氏，世居杭之錢唐。高祖諱啓，國初徙應天之上元。曾祖諱德潤，祖諱子安，皆累贈資善大夫南京禮部尚書。考諱謙，累官南京禮部尚書贈太子少保，謚文僖。妣姚氏、繼郭氏，皆贈夫人。

初，文僖公代祀北嶽，姚夫人感異夢，遂生公，因名曰岳，字舜咨。公體貌豐碩，目光炯炯，望之如神人。少有高識，年十一，見羣吏將赴部試，戲出獄辭試之，第其高下，已而果然。文僖爲翰林學士，典京闈試事，拒勢家請託，爲所中，謫戍萬全。公爲都司學生，内受家學，習聞先朝典故，恒究心天下事。舉天順甲申進士，被簡入翰林爲庶吉士。諸先輩奇之，曰：「此公輔器也。」授編修，預修英廟實禄，加從六品俸。文僖致仕而南，公予告省覲。還，秩滿進侍讀，加俸從五品，直講經筵。音吐洪暢，義歸於正，憲廟每目屬焉。文僖疾，再乞歸省，因得終制。暨今上爲皇太子出閣進學，預修文華大訓，進學士，侍東宫講讀。在翰林者二十年，同考禮部，及試京闈，再執文柄，校閲明當，得名士爲多，擢禮部右侍郎。今上即阼，遷左侍郎，進尚書。在禮部者十三年，儀文制度，多所擬定。其大者若皇太后上徽號、皇太子婚、諸王冠、憲廟大喪。而太廟祧祫議、母后奉慈殿制，皆前所未有。親耕耤田，視太學，皆以職事從。他如革淫祠、正神號、禁齋醮、止召胡僧、請却西域貢獅諸疏，皆其手出。累知貢舉，往往於舊法加新意，遂不可易。尤善斷大事，每廷議，羣疑不能決，輒用片語析之，無不帖服。凡四方災異，歲一再類奏，加以箴諫，得大臣體。南京參贊機務官闕，廷薦公，上留不釋。未幾，忽有南京吏部之命，加太子少保以行。奉詔考庶官，甄别惟允。參贊再缺，改兵部。時留務齟齬，公秉正達變，不激不隨，百廢頓舉，兵民皆恃以爲命。吏部闕尚書，上選於衆，特召公。至則釐正品類，獎恬抑躁，不恤恩怨，正色盛氣，人莫敢干以私。除目下，必翕然稱快，天下想聞其風采。每率諸曹會奏，如講學修德、敬天法祖、節宗室、汰冗員、闢異端，前後數十事，皆切治道。甫逾年，偶趋朝急，動氣成疾。疾且亟，猶手書薦稿。既殆，强索筆書「平生公正無偏私」數語，字隱隱可識，竟不及家事。爲尚書，歷兩京四部，去一部，其屬必眷慕不忍别。卒之日，自公卿下及百執事交口痛悼，有失聲者。

嗚呼！天生一世之才，間有恢閎博大傑特而絶出者，蓋不數見。此其人之用舍存没必關氣数，繫家國，非羣生旅喪者比。公文學行業大用於時，而卒弗克究以没，獨非天哉！然公以父子爲史官，爲學士，爲大宗伯，本朝所僅見。以禮部兼講官，實出親命。歲時所賜，若金幣襲衣諸珍物。疾則賜牲酒蔬米，命醫診治。辭免則温詔慰留。訃聞則賜寶鏹萬貫，遣禮部諭祭者四，敕有司治葬，仍給驛歸其喪，贈榮禄大夫少保，謚文毅，官其子爲中書舍人。遭際之盛，終始極備，亦可謂無遺憾已。

公娶盧氏，湖廣右布政使雍之女，有才慧，贈夫人。生子孝孫，五歲而夭。繼袁氏，封夫人，善理家政。公以弟工部郎中阜之子霦爲後，今爲中書者是也。公生正統甲子四月二十三日，卒以弘治辛酉十月九日，年五十八。阜請護喪歸，卜某年某月日葬於某山之原，啓盧夫人之窆，自新亭來祔。

公嚴重剛毅，而表裏洞達，即之温然可親。性至孝，父難時，匍匐求解，居喪哀毁逾度。以舊業讓諸叔弟，弟阜及山、澤皆所教育，澤亦爲中書舍人。篤念舊故，鄉黨貧乏蒙賑恤者多至不可數。雖奕世貴顯，囊無餘資。爲文章，平正暢達，氣象偉然，所著有青谿稿若干卷，與文僖集並行於世。予與公同舉進士，又同官久，爲知己，固將爲天下慟而後及吾私，乃據吏部侍郎王公濟之所著狀爲銘，而狀所不載者則互相發云。銘曰：

倪以國氏，派出鍾阜。公生北都，若麟鳳在藪。踵接科第，繼踐台斗。家非世卿，官所自取。若玉在昆，産固其有。爲文章宗，爲經濟手。若錦在織，若鐘應叩。若鉏在田，庭充廟薦，若商彝周卣。暨掌天曹，爲百僚首。若鏡在懸，鑒物妍醜。若駕堅載重，驅疾以務拔稂莠。拒扞彊御，鎮定紛揉。若虎豹在山，藜藿爲守。若駕堅載重，驅疾以走。苟非其材，踣者十九。古亦有言，君子大受。用而弗終，抑又誰咎？旂常竹帛，公可不朽。擬德弗工，象物爲偶。我銘在兹，以慰良友。

明故資政大夫南京工部尚書致仕蕭公墓誌銘

公姓蕭氏，諱禎，字彦祥。舉進士，歷官南京刑部主事、員外郎，擢湖廣按察司僉事。歷副使、按察使，遷河南左布政使。擢都察院右副都御史，巡撫陜西。入爲南京工部右侍郎，轉刑部、工部尚書，皆在南京。以老乞致仕，詔給驛歸，令有司月給米三石，歲給輿隸四人。年七十卒，朝廷遣官諭祭營葬事，制也。

按公之先居江西，其府曰吉安，縣曰泰和，里曰瀘源。後徙龍陂，自宋迄今十有一世。其祖諱維翰，考諱楚紳，皆累贈資政大夫南京工部尚書。祖妣袁氏、妣羅氏，贈夫人。

公少學詩經，舉子業有名。以族籍應四川鄉試，有鄉人爲御史，引嫌不卒試，蜀士多從之遊。敘州知府楊德敷，其中表叔也，諷屬縣以明經薦，迫之行，不就而去。天順己卯，以儒士舉江西。其舉進士在甲申，爲刑部在成化年間。精核法律，内持平恕。尚書每有擬斷，必詢之。其爲按察，決獄如流，庭無留案，訟者争赴愬之，無不帖服。民俗有嫁娶違時者，力爲禁革。征苗之捷，實督餉以從。衆欲以婦女冒首功，誘所親先報，以覘其意，不得，乃已。以加從四品禄，督造王府，經制有節。官校肆虐者，白而治之，民恃以不擾。又以其餘興廢起敝，如學校、廨舍、津梁之類，多所修葺，都御史屢旌其能。以僉事滿去，民皆戀慕，再至，輒喜而相賀。

其爲都御史，在弘治更化時。陝大饑，死徙相繼，區處安輯，多復故業。蜀粟茶鹽以至城塹器械，必加之意。録重辟若干人，將官坐失律者執不貸。回紇内徙者四出劫掠，督所部剿滅之，有寶鏹文綺之賜。其爲侍郎、尚書，歷二部。在工部，務節財裕民。郊廟陵寢有工役，多奉命代祀。其請老，上特降優詔，稱其勤慎，令善調攝，以副委任。累上，乃許。

其卒以弘治辛酉三月十六日，距其生宣德壬子三月八日〔一〕。其葬以明年壬戌某月某日，其地曰杷塘之原，在祖墓之右。配周氏，封夫人。無子，以仲兄彦清子弼爲後。弼亦以兄顯之子益爲後，生子曰善。女一，許嫁曾氏。

其爲人重厚不浮，而明足應務。尤敦孝義。少喪父，其母多予之田，母卒，即焚舊券，惟前母兄是聽。得束脩，輒散諸族。既貴，則遷葬考妣，修曾叔祖志翁之墓，構祠置田，以供祀事。雖歷官久，田廬服食無大增拓，其賢如此。所著有寅庵稿，藏於家。

予與公同舉進士，知其賢。其官湖南尤久且著，故知之特詳。其没也，實悼歎不能置，乃因弼請，按工部侍郎張公時達狀爲銘，以納諸壙中。銘曰：

業不肄黌校，學則一經。身不辟州縣，官則六卿。非其人，孰與有成？不覆於盈，不蹶於行，以保此令名。載稽始終，以不泯厥生，惟兹銘。

【校勘記】

〔一〕此處當有脱文「壽□□□」。

明故資政大夫太子少保户部尚書贈太子太保葉公墓誌銘

太子少保户部尚書葉公既寢疾，遺命其家，欲得予銘。蓋予公從子副都御史贄同年進士，且與公同朝久，知公賢故也。訃至之明日，贇弟竇奉户部尚書侶公大器狀來請，予以公意不復辭。

按狀：公諱淇，字本清，其先金華人，自宋宰相衡爲宦族。曾祖諱顯，以詩名世，所傳樵雲獨唱者也。祖諱士廉，國初戍淮安，考諱雍，皆以公貴，贈資政大夫太子少保户部尚書。

公生而長身修髯，見者知爲偉器。景泰間，登進士第，拜監察御史。天順間，坐累出知武涉縣。連丁内外艱，改清江、寶坻，皆有惠政。成化初，用太僕卿張公諫薦，超擢廣東按察僉事。南丹土官侵掠鄰邑，公躬爲撫定城、柳城、洛容，以遏流賊。蓄水通粟，以濟饑民。賊據南寧，奉敕督捕，擒其首惡。荔浦賊甚熾，承都御史朱公英檄剿平之，賜綺帛各二匹。時俘一男，甫七歲，及再以内艱去，朱公道遺一俘婦，曰：「公功久未報，以此爲薪水具。」公詢之，即兒母也，乃以配園丁劉氏。改山東，遷陝西副使，領岷州兵備。滿松番賊久爲邊患，公至，則以兵俘之。又會兵剿洮州賊，斬首甚衆，擢河南按察使。尋拜都察院左僉都御史，巡撫山西，兼督雁門諸關。歲屢歉，發廩賑恤，所活不可勝紀。垣曲流民嘯聚至数千，督有司撫之，亂竟不作。調大同，兼贊理軍務。請設井坪千户所，又增築諸堡，減加徵草数，罷士兵戍邊之不便者。

今上即阼，召入爲户部右侍郎，轉左侍郎，進尚書，加太子少保。或請設三司於鄖陽府，公以非舊制，寢不行。有姦民獻大名川地爲皇莊，貴臣主之，牢不可解，公用羣議，卒歸於官。哈密夷爲土魯番所陷，守臣請暫給廪食，處之内地。公曰：「是自貽患也。」遂弗給。中貂告乏，公議折鈔錢，清船料，起存積，及王府田租從有司徵納，以省侵擾。其額外陳乞者後先相繼，多據理止之。間以疾告，上命醫診視，遣中官禮問於家。小愈，力起視事。比再作，具疏乞休，優詔賜許，給驛歸其鄉。卒時年七十有六，是維弘治辛酉八月四日。朝廷遣官諭祭，命有司營葬如制，而特贈爲太子太保，蓋異数云。

公亮直無僞，言論灑然。每事持大體，不務瑣屑。初仕連蹇，自爲縣以至臬司，回翔二十年，以内憲領鎮又數年，久在外服，皆能稱事舉職。今天子更化之初，陟曹省，及爲尚書，愈自奮勵。中有操執，不奪權勢。章奏剴切，皆憂民愛國語。此予所及知者，其詳則皆狀所云也。嗟夫！宦成官怠，乃世恒情。公晚得大位，益能殫心，力著聲績，顧有加於昔者。雖幾先斂退，未竟厥施，而其間自見，亦豈不偉哉？

公配何氏，贈夫人，繼鬭里孔氏，封夫人，皆有内行。子一：曰貢，國子生，早卒。女二：長適國子生梅鎧，次適李鎮。孫男一：曰木，以公廕爲國子生。女孫一：適周中。曾孫二：曰立、佇，皆何出也。公墓在清江閘之南原，以卒之明年壬戌某月某日葬。何夫人先窆於此，因祔焉。銘曰：

長淮湯湯，公居其陽。仕也有歸，没也有藏。東兖西秦，比徼南荒。出領民社，入躋廟廊。兵食之計，功名之場。爲身孔艱，道阻且長。卒棄其勞，以佚自將。壽本天畀，人謀實良。公有舊墓，其封若堂。是曰大歸，終無毁傷。贈秩賜葬，於前有光。榮名焕章，道路是望。百世之下，尚書之鄉。

李東陽全集卷八十七

懷麓堂文後稿卷之二十五

誌銘

明故資政大夫南京工部尚書贈太子少保謚文僖董公墓誌銘

今天子右文圖治，每軫念舊學侍從之臣，倪文毅、傅文穆二公恤典特異。比董文僖公訃聞，命有司祭葬如制，而特贈爲太子少保，文僖，其賜謚也。

按：董氏世居贛之寧都。曾祖諱子平，隱於鄉。祖諱吉義，贈南京禮部右侍郎。考諱時謙，累贈翰林院編修右春坊右庶子，而加贈如其祖。祖妣某氏，贈淑人，妣温氏，封太孺人，贈宜人，加贈亦如之。

公諱越，字尚矩。生五歲失怙，爲母氏所鞠。比弱冠，極力共養，以其暇學舉子業，補府學生。天順己卯，舉鄉貢。試禮部，輒不利，卒業國監。攻苦力學，雖敝巾垢服，名隱隱起儕輩間。成化己丑，進士及第，初命爲編修。乙未戊戌，皆同考禮部，時稱得人。丁内艱歸，用禮襄事。舉先田舊業讓其兄，睦處宗黨，不以貴加人，人無問疏戚貴賤，皆樂與之親。有訟者懷金以請，笑而却之，亦不怨也。九載考最，進侍讀。癸卯，典京闈鄉試。甲辰，值東宫講讀。丁未，充經筵講官。尋以登極恩進右庶子，兼侍讀。會朝廷頒朔於朝鮮，特命公奉使，賜麒麟服以行。至則宣德意，正王度，饋贈無所受，居三日而還。乃作賦以紀國俗，他所題詠尤多，國人鋟諸梓以傳。

弘治己酉，典試南畿。辛亥，修憲宗實録成，擢太常寺少卿，兼侍講學士。壬子，進日講，敷奏明暢，義歸於正。上每爲注聽久之，賚予尤數。癸丑，擢南京禮部右侍郎。

公博古典，習聞本朝故事，而職務清簡，無由自見，大夫士議禮者多取決焉。三年考績京師，時其子天錫已舉進士，留累月乃去。拜南京工部尚書，凡上供服器、藩王張具暨都城内外土木之費，日旁午不絶，公應之綽然有餘。平生爲文章歌詩，典雅優裕，無煩雕琢，至是猶不廢著述，積所得爲圭峰稿若干卷。壬戌七月五日，以疾卒，距其生宣德辛亥二月十六日，壽七十二。葬以癸亥某月日，其地曰某山之原。

娶温氏，母族也，世有内行。子四：長天敍，賜冠服；其次爲天錫；又次天穀，以廕爲國子生；天申，縣學生。女一：適何蘭。孫六：韓、柳、歐、蘇、遷、固。女孫數亦如之。

公修眉長身，骨格清聳，雄談健步，老益强力，而性行恒固，量度優遠。識者謂爲壽考之相，不意其遽至此。然校諸恒算所及，亦已多矣。矧子姓蕃衍，其賢且貴若天錫者，又克肖如此哉！

予與公同在翰林，同校國史，直講筵，相視甚厚。比有哭子之戚，公屢致吊慰。訃至之後，藹猶有遺音焉。天錫以治命請予銘，其狀則南京户部侍郎鄭公廷綱所著也。銘曰：

謂成之艱，久若易然。東隅桑榆，惟公有焉。謂壽之綿，而不其延。坦塗摧車，抑又誰愆？虧盈益謙，天道則有。栽培傾覆，人所自取。數或弗值，理則可守。其所未竟，以遺爾後。古有論世，匪禄壽爲。公有令聞，如璋如珪。亦有良嗣，爲裘爲箕。公無憾哉，公世在兹。

明故通議大夫刑部左侍郎張君墓誌銘

刑部左侍郎張君諱錦，字尚絅，系出河南太康，籍於岷，遊於秦安，卒於華，將葬於秦，皆陝地。蓋張氏居太康已久，自君高祖諱敬仕元爲參知政事，防御鄜延，在國初以謫戍故居岷，至君爲五世。君在秦安爲縣學生，岷爲衛學生，其居華以謝病故。其歸岷以治命而葬，則朝廷所命有司所治也。

君舉成化乙酉鄉貢，己丑進士。試政刑部，見稱爲才。有富民坐法當死，權貴請貸不得，則與執政者構君，君欲發其姦乃已。授山東司主事，署員外郎，鞠訊明審。録囚山東，平反甚衆。署郎中事，益精判決，獄無滯囚。會他司失官金，尚書屬君按之。疑主吏，鞫之不承，遣人給其家，得金，示之，遂服罪。畿郡災，君用廷薦往賑。先條奏便利，至則平糴勸貸，分遣良吏饘丐乞，舉嫁娶，掩骼埋胔，遊惰者給牛種，督之耕，築行唐堤千二百丈，以定水患，所活不可勝紀。有邏校誣棗强、武邑二縣民爲盜，皆據理直之。方山、慶成二王府有大獄，奉命往治，遷大理右寺丞。

再奉命治岷、襄二府獄，情罪皆協，累遷右少卿。憲廟知名，鳳陽有重獄，特命之往。

今上即祚，時爲都察院右副都御史，巡撫宣府。直枉除弊，兵民畏服，劾罷中官武將之守備不職者。間登陴，望見武帥家假山甚麗，怪之，其家聞之，遂自撤去。邊報猝至，或欲請官軍，適朝廷遣中使就議，公附奏，以爲不必遣，竟亦無他。請立萬全左衛龍門所學，置天下武學歲貢額，皆舊所未備也。丁父憂，服闋，巡撫保定諸府，兼督紫荆諸關，未行，遷官，再勘湯陰府獄。有貴臣爲都御史秦公紘所劾，贓以萬數，怙勢求免，公卒正其法。丁繼母憂，服再闋，方復任，未幾，遽疾作，辭俸，不許，乃請告，特給驛歸，且令病愈有司以聞，其爲上所簡任如此。其卒也，特令翰林爲文，遣有司即其家祭之。

公少有異質，生窮邊，無師友，從釋氏學。旋習老子，又讀儒書，始盡去舊習，獨冠儒冠，不避嗤笑。攻苦力學，竟以所得取高第。鄉之以儒顯者，自公始。其爲人敦孝友，重廉節。早失恃，事父甚謹，撫諸弟無間言。憫窮赴急，或假貸爲賑恤。其在官，勤敏彊幹，不爲事窘。章奏明暢，動數千百言。久典刑獄，尤精法比，而能以寬恕將之。服念懇悃，每至驗諸夢寐。歷佐臺省，前後十五年，資望俱積，而不及大拜以没，論者蓋深惜之。然其所自立，亦可謂卓犖不羣者矣。所著有松壑小稿、宣政録、張氏宗譜若干卷，藏於家。

公生於正統庚申某月某日，卒於弘治辛酉閏七月十九日，年六十二。葬於壬戌某月某日，其地曰某山之原。祖諱文信，考諱善，皆贈通議大夫都察院右副都御史。祖妣陳氏、妣趙氏，皆贈淑人。配劉氏，封淑人，有内助。子四：潛其長也，舉進士，爲户部主事，以學業世其家；次瀾，廕國子生，早卒；次沐；次滂。女二：長適指揮洪壽子範，次適按察副使東思忠子郊。孫一，之棐。

公以予嘗與試事，相視殊厚。又遣潛受學於予，故潛請予銘，狀則按察副使王應韶所著。應韶守岷，聞其父老言公事甚悉。予參以舊所知，無弗合者，悼而爲之銘。銘曰：

經律並用，中古已然。同功異塗，兼之實難。公階賢科，式司邦臬。載參廷平，獨秉憲節。入躋省地，在六卿列。情法並際，羣疑百結。遊刃其間，有用無缺。既試之繁，亦任之久。爲省爲臺，公所固有。而終弗然，抑又誰咎？少鮮更事，老多怠成。此人之恒，豈惟彼刑？有賢若公，孰虧厥盈。天實爲之，非人弗能。人孰不亡，公有遺名。有論公世，盍徵吾銘。

贈太子太保鎮遠侯顧公合葬墓誌銘

公姓顧氏，諱玘，字文度。其先出長沙湘潭，元季遷揚之江都，世有宦籍。曾祖諱成，歷事太祖、太宗、仁宗三朝，累功至奉天翊衛推誠宣力武臣特進榮禄大夫柱國後軍都督府右都督鎮遠侯，追封夏國公，謚武毅。祖諱統，普定衛指揮使，早卒，贈太子太保鎮遠侯。考諱興祖，嗣侯，鎮貴州，入掌右軍都督府事，總神機營，領南京留務，勳望甚著，加贈太子太保。嫡母王氏、母魯氏，皆封太夫人。

公生有異質，涉書史，尤閑武略。每閲古名將傳，輒感慨自許，期立功萬里外。與兄翰相友愛，翰當嗣而卒，其子嗣侯又卒，公以次宗當嗣，又輒卒，年四十有二而已。

公爲人性度謹順，服食儉節，而喜接士大夫，遊宴終日，雖費無少吝。及鄉黨有急，則周之，貸弗能償者不責也。人謂其習養素善，使仕有官守，必能撫恤士卒，得其死力，而竟弗及用以没，至于今惜之。

配太夫人韓氏，濟陽衛指揮勇之女，婉嫕有則。既歸公，賓禮交至，每佐公治甘脆。曲致孝養，遇妯娌無間言。生子溥及淵，以其少孤，嚴示教戒。晚總家政，内外截截。臧獲數百指，皆受職聽令，而飲被恩德，無弗給者。溥既嗣侯，始獲以其官贈公，而太夫人封焉。比鎮湖廣，太夫人實就禄養。每一服一食，必歎曰：「此君賜也，汝父弗逮，吾與汝共饗之，汝不可不圖報稱。」若是者屢屢言之。溥以貴州征蠻功加太子太保，增給歲禄，再貤錫命。時武臣加保傅無追贈例，僅一再見耳。久之，溥被召入掌中軍都督府事，總十二營，兼督三千營軍務。逾年，太夫人年六十有五而卒。論者謂太夫人代終裕後，克成有家，質諸其夫，可以無愧，而公之賢，於此又可徵已。

溥以母喪告，上予假一月，且賜賻米布，遣禮官諭祭，令有司營葬域，於是公之墓兆品數始得如制。溥復具疏乞扶柩治葬，上以兵戎重務，不欲俾去左右，特慰留之，而遣其弟淵給驛以行。時淵爲錦衣衛千户，其行也亦異數云。溥念公葬未有銘，兹奉兵部何員外孟春狀請予。予以成國朱公輔之故，與有姻連，知侯清慎有猷略，足稱賢將，因獲聞公及夫人之德稔矣，乃並爲銘。公生宣德癸丑二月二十七日，卒於成化癸巳正月十七日，葬於某月某日。太夫人生宣德戊午十月十三日，卒弘治辛酉九月六日，某月某日合葬，其地在南京安德門外卷阿之原。孫七：仕隆、仕榮、仕昌、仕忠、仕義、仕奇、仕信。女孫二。銘曰：

顧出貴州，内徙南服。系分小宗，世封大國。公躬弗承，公則有子。公祖有廕，公兄有祀。賜弓授鉞，曰子斯才。公躬弗逢，以貽後來。龍章鳳函，天子有誥。公躬弗沾，没饗其報。亦有母德，實媲實延。公澤弗諼，没則有年。舊都有原，曰有世墓。公歸實全，夫夫婦婦。公子既貴，公孫後蕃。公德有徵，其在公門。

明故資善大夫禮部尚書贈太子太保謚文穆傅公墓誌銘

初，公以足疾在告，上遺醫診視，兼賜蔬米羊酒諸物。乞辭印，不許；請停俸，亦不許；凡值時節朝賀奏表箋方物請不署名，亦不許。久之，再乞休致，上若曰：「卿學行端慎，才望著聞，方切倚任，宜善調攝，以副眷懷，甚勿固辭。」比訃聞，上震悼，諭所司曰：「瀚侍朕講學久，可特贈太子太保，謚文穆。」仍遣官加祭，給驛護喪，治葬事，賜寶鏹萬貫爲賻。蓋聖天子篤念舊學，於賢且勞者尤厚。近倪文毅公及公恤典皆敻出常格。倪公之卒，天下共慟之，而公復繼踵以没。予二公同年，交最厚，方與公經紀倪公後事，不謂其遽至此。既銘倪公，忍不爲公銘耶！

公姓傅氏，瀚其諱也，字曰川。以府學生舉天順己卯鄉薦，登甲申進士第，入翰林爲庶吉士。成化乙酉，丁内外艱歸。戊子，授檢討。己丑，奉命教内館。憲廟見古帖隻字百餘，亟走中使，令公編次。公韻爲二律，頃刻而就。乙未，同考禮部。校閲精確，得今吏部侍郎王公鏊爲省元。丙申，侍經筵。丁酉，秩滿，遷修撰。戊戌，兼司經局校書、東宫講讀。丙午，秩再滿，遷左春坊左諭德，兼檢討，充講官。考順天府鄉試，其解元則今羅編修玘也。丁未，奉命教庶吉士業。

以今上登極恩，擢太常寺少卿兼侍讀。弘治戊申，親耕耤田，幸太學，皆以職事從。太廟祧祫，皆預議。進直日講，儀度雍雅，詞義懇到，上每爲注聽焉。辛亥，憲廟實録成，以纂修功進太常卿，兼侍讀學士。壬子，掌院事。乞歸省墓，命馳驛亟還，特賜寳鏹銀幣。癸丑，再教吉士，擢禮部右侍郎。時倪公爲尚書，公寅恭奉職，並稱爲賢。丙辰，皇太子冠、諸王婚及郊廟諸祀事，多所贊相，轉左侍郎。請限度僧道，減十七八。己未，知禮部貢舉。嚴爲範防，中更變故，卒不失正。時東宫出閣講學，朝廷方慎簡官僚，公用廷薦，兼學士，掌詹事府事，仍值日講。適修大明會典，充副統裁官。庚申，拜尚書，掌部事。時保定有獻白鴉者，公言祥瑞不當奏，斥遣之。陝西守臣得玉璽，乞頒示天下。公歴考傳記、形制、篆刻，皆不合，且言我朝自有璽，可傳萬世，無所事此，乃寢不行。他如修政弭災諸疏，剴切不阿，多類此。尤勤政務，每力疾視事。屬纊前一日，猶削祠祭稿，心計手畫，必求其當乃已，蓋其性然也。

傅氏本出吾長沙之湘潭，唐末徙臨江之清江，宋南渡再徙新喻。曾祖諱原顯，鄉稱爲樂全處士。祖諱汝器，考諱邦本，皆贈通議大夫禮部右侍郎。祖妣劉氏、妣簡氏，皆贈淑人。配李氏、繼胡氏，並有内行，贈封皆淑人。子二：長元，以廕補國學生，舉順天府鄉貢，文行有父風；次完，以廕肄中書舍人業。女二：長適府學生温玉，次許嫁縣學生章鳳梧。孫一：選，府學生。曾孫二：纓、彩。公生宣德乙卯二月二十三日，卒於弘治壬戌二月二十日。是歲某月某日，葬於某山之原，李淑人祔。

公清睟豐頜，神采溢發，孝誠終慕。仲弟曰茂，季潮，皆所教育。潮繼舉進士，累官工部郎中，卒於南畿。公聞訃驚蹶，足遂增劇。李淑人病，不置媵，卒不議繼者數年。故人貧病，必加賑恤，死爲棺斂歸其喪。與人交，義必過厚，值所傾信，終身不貳，聞有善則樂道之。其識量宏裕，尤人所不易及者。博學彊記，爲詩文，峻整有格，書法亦遒美，爲時所重。有體齋集若干卷，藏於家。其遺事見王吏部所著狀者，不具載。銘曰：

古秩宗職，惟清且寅。國朝多賢，公哉其人。公身不污，中自檢濯。非法勿動，繩循矩度。峨冠垂紳，夙夜在公。一事弗終，我心忡忡。操是三者，其所受職。匪公弗戡，公我弗克。世有負乘，率爲寇敺。公慎厥居，綽乃有餘。納忠閉邪，公在講幄。發潛誅訣，公在史局。翰林儲才，如古宅俊。公其人哉，用有攸藴。生才實難，其始自天。有才弗終，抑又誰愆？人之存亡，惟國攸繫。我銘非私，以永公世。

明故資政大夫南京刑部尚書贈太子少保翟公墓誌銘

今之三法司各有職，洛陽翟公歷兩京爲御史，爲寺丞，爲都御史，以至尚書，遍居而歷試，前後三四十年。予所及見，指不能數屈，可謂賢且勞矣。公既卒，天子念其勞，遣禮官諭祭，工部營葬事，特贈爲太子少保，蓋亦恤之加一等云。

公諱瑄，字廷瑞。成化癸巳，爲浙江道監察御史，巡禁城及通州倉，及濟寧以南河道，所至有聲。按應天、徽州諸府，至寧國，廉知有二豪虐焰甚熾，有司庇之，莫敢發。公事竣且去，忽厲聲曰：「吾若再至，倉陳兒不毁倉，許小官不拆船，罪且死，府縣皆連坐！」衆相顧駭愕。於是二豪者皆屏迹，後復業改行焉。改山東道，掌道事，兼總諸道奏牘，名益起。甲辰，監禮部會試，綜理有法。尋擢南京大理左寺丞，評駁惟允。丁未，擢都察院右僉都御史，巡撫山西，兼督雁門諸關。内輯外捍，務勤夙夜。逆賊王良、李鉞潛遣人出境構虜，患且作。公馳至忻州，道阻賊衆，即督官兵擒之。或請報捷，公慮及無辜，執不可，以常奏。上降敕獎勵，加俸一級。邊儲折銀，民因輸納，多流徙失業。公奏減大半，歸者相屬。弘治辛亥，遷右副都御史，入理院事，慎不失體，陳恤刑革弊數條。上以其深切時務，多賜采納。丙辰，進右都御史，庚申，遷刑部尚書，皆在南京。寬嚴中適，每斷大獄，必審覆，未嘗苟決，人皆以長者稱之。間疾作，具疏乞休。上若曰：「瑄老成練達，力精未衰，宜善調攝，以副委任。」後再具，未上而卒。蓋其履歷之大者如此。

公初以經學名，累舉得進士，爲奉化知縣，數年始以政績被徵。雖若晚達，竟臻顯用。公弟瑛，舉進士，官至南京太常寺卿，贈及二代。公獨歉其未伸本報，後以都御史貴，贈其祖考妣而下秩顧加重，君子稱爲孝。而平居承志致養，友弟訓子，念舊故，恤孤獨，諸凡義舉，皆餘事也。公先世居鹿邑，元季始遷洛陽，以醫鳴者九世。曾祖伯常，爲醫官。祖疊，國朝永樂間徵至南都，因家焉。考諱觀，被選爲皇太孫伴讀，後爲太醫院御醫，供奉内局。醫不責報，有德在人。配潘氏，封夫人，賢而克相。子五：鑾、銓、鋭、鑑、鋹。銓繼舉進士，爲大理右寺副；鑑以廕爲國子生；鑾、鋭、鋹皆義官。孫五：鳳來、鳳儀、鳳鳴、鳳翺、鳳翔。女孫二：長許嫁金某，次許蘇某。公年六十九，生宣德癸丑三月十日，卒於弘治辛酉七月，某月某日葬聚寶門外某鄉之原。

予與公同舉天順甲申進士，又與瑛舉於鄉，知公度量弘裕，莅事詳慎，謙厚不伐，壯老如一。日稔其賢，遥哭其喪，又感銓之踵武繼志，力圖不朽，其孝亦可嘉也，乃按狀爲公銘。公有静庵庭訓，藏於家。其爲縣，民有去思之碑，其省墓，大夫士有瑞芝連理之詠傳於時，皆不及載。銘之曰：

公出中原生帝鄉，身長六尺偉且莊。壯年角俊千人場，分符百里一海邦。人道枳棘棲鸞凰，乘驄冠豸何軒揚。殿前正笏聲琅琅，手持三尺無低昂，坐遣秋殺回春陽。出秉憲節巡藩疆，束縛狗鼠驅犬羊。北臺南省峨穹蒼，星軺霧蓋隨翺翔。聖明在位治具張，公輩分曹居廟堂。公才恢廓氣渾厖，少淹若負老則償，彼造物者非茫茫。有弟先貴子後昌，一門四世貤封章。高原賜冢兩相望，後百千年此其藏。

贈通政使司左通政王公合葬墓誌銘

贈通政司使左通政王公、封太夫人張氏，皆以子敞貴被錫。公之卒也，敞方爲諸生，及舉進士，爲給事中，爲參議，皆獲以本官贈父，而母以太孺人進封太宜人。

凡五品封者，四品制不封，敞援近制，乞移其所得誥。於是公特贈今官，階至中憲大夫，而太恭人封焉。公權厝久，敞既貴，乃葬於東山崇禮鄉之原，暨太恭人以壽終，朝廷遣官諭祭，恩禮加重。敞將歸合葬，念公銘表未備，請並爲銘，以納諸幽。蓋公卒十有七年而後克葬，又十有六年而後克合，其緩也若有所待云。

公諱忠，字以誠，陜之西安人也。祖諱國祥，考諱寧，洪武初徙實南京，占籍錦衣衛。公少習經史大義，尤工楷法，素孝友。父喪終慕，奉母甚謹。母好施，值鄰族貧者，或傾囊給之，公極意承順，略無靳色。母安其養，年至八十有七而終。兄疾革，公問所欲。曰：「吾生不能給汝，今且死，敢以兒女望汝乎？」公泣曰：「吾兄之子猶子也，某不敢負。」後撫其子政及二女，皆爲婚嫁。有二姊：一嫁於林氏，家中衰，衣食殯斂皆其手出；一嫁葉氏，早寡，并育其子於家。戚黨俞教諭春有遺孤，亦留爲娶婦。一門三姓，同爨而居，人以爲難。公性本嚴毅，不苟合，而厚倫尚義乃如此。初事舉業，奪於家政，則以付敞曰：「汝爲我成之。」忽遘疾，卒時成化己丑閏二月三十日，年五十有二而已。

娶袁氏，甫期而卒。繼娶於張，是爲太恭人。夙閑禮度，奉姑外，不敢與娰齒。居常以勤儉佐家，公甚賴之。公卒，二甥者皆去，太恭人獨專閫政，慈幼撫下，老不自佚。少子敔亟世，教敞尤切。敞自有禄秩，迎養京邸十有餘年。太恭人每夜五鼓，輒趣使入朝。與二三鄰嫗，談笑爲樂。比其婿葉森爲京衛武學訓導，歲時燕會，於婿婦女舉觴稱壽。太恭人年益高而動履日裕，怡然若居其鄉。大夫士登堂而拜者相與歎羡，至爲歌詩頌之。年八十有三而卒，是爲弘治壬戌四月二十有七日。其葬以某月某日。孫二，某，某。孫女亦二，長許嫁姚氏。

嗚呼！王氏再世失怙，而母皆老壽，以成其子之賢，至是尤顯。然其培植之厚、儀型之正，於公之德，不亦益可驗哉！敞之舉於鄉，予實典試事。見其居官雅飭而有文，其奉母婉嫕，非公事未嘗去左右，嘉其孝，銘不復辭。狀出翰林學士王公德輝。德輝，敞同年進士，稔聞内教；又稱康修撰海之先與有世契，海就試，必寓其家，館轂慰藉，曲被恩意，其道母之德尤詳：並據以銘。銘曰：

有封若堂，隆外虚中。維封君之藏，合窆其旁，載飭以崇。維太恭人之光，揚名亢宗。越有令子，身所委祉，庶其在是。維恭人之教，維君之志。生養死葬，子職是敦。死贈生封，維天子之恩。維大史有銘，君與恭人其永存。

南京國子監監丞贈翰林院編修文林郎濮君墓誌銘

君姓濮氏，諱琰，字延芳。其先居太平當塗之王濮村，蓋與王氏並望，故其稱云爾。世業醫，曾祖貞，祖觀，皆供事太醫院。考鏞，正統間被召進藥，有奇驗。後歷秀、吉二王府良醫，致仕歸。

君生有異質，知孝義。良醫公謂之曰：「醫非通儒書弗精，矧醫利物有限，而儒之用不窮？成吾志者必汝也。」乃以家政屬長子琳，遣君就學。君兩藝並進，尤邃經術。甫弱冠，聲動都邑，累試鄉闈弗利。成化癸卯，始得舉。再上禮部，中乙科。丁未，授曹州學正。條教精密，士經指授得科第者視昔加多。弘治丙辰，九載考最，陟萊州府學教授，如在曹州。自己酉至戊午，歷典福建、山西、浙江、河南鄉試事，凡所校閱，人無異議。用薦擢國子監助教，檢身率物，雖生徒贄物，亦屏弗納，祭酒謝方石先生而下雅重之。壬戌，擢南京國子監監丞。既至，旬日疽發背遽卒，十月十有一日也，年五十有幾。子韶爲翰林院編修，值霈令，得推恩。時君在官，例不封，至是詔以封請，朝廷贈君如其官，階文林郎，而君不及見矣。

君配鄒氏，常德府學訓導某之女。子韶，以解元舉進士，爲庶吉士，擢今官；次𩨋，亦治舉子業，既成而卒。女一，適春坊左贊善費宏孫一訓。

戊午之詔，令巡撫巡按官薦天下學識有才行者，予之京秩。顧又弗薦，薦者皆僅得國學而止，論者謂奉行之未至以爲憾。君再遷，地雖遠，職稍加重，若可以少信前出者，而不獲一試以没，又將誰咎乎？然君之教成其子之名，而卒饗其貴，其後尚未可量，固在兹哉！

韶奔喪歸，卜以癸亥某月某日葬君於某山之原，奉顧編修士廉狀，介吾甥貢士崔傑請予銘，予亦舊嘗識君，乃爲作銘。銘曰：

觀教人者，必於其子。匪弗能遠，教所攸始。古有易教，以弗率故。苟其率之，奚必外傅？吁嗟濮君，是子是父。身弗自取，於子斯畀。子報父德，行業是似。吁嗟濮君，是父是子。君名弗衰，君教在此。

明故福建布政司使左布政使李公墓誌銘

公姓李氏，諱琮，字義方。其先處之景寧人也。祖諱信，籍錦衣衛校尉。考諱貴，授官爲百户。

公生京師，天順壬午，舉鄉貢。甲申，登進士第。成化丙戌，授南京吏部主事。

丁亥，署郎中。丁酉，改南京刑部。壬寅，擢知平陽府。庚戌，擢湖廣布政司左參政。弘治癸丑，擢山西按察使。戊午，擢福建左布政使。辛酉閏七月十九日，卒於官，年六十。其子扶柩歸，癸丑三月十七日，葬於都城東茨渠之原。其配封宜人石氏先葬，至是乃克合。石生一子：欽。三女：長適燕山左衛百户劉佐，次適吴德恭，次適費淵。側室吕氏生三子：鉉、鈛、鈺。一女，適翟鋹。

公爲人簡易恬默，無疾言遽色，事繼母以孝聞。居官勤慎。在吏部，已習律法。在刑部，有丘司務者坐贓當罷，孫千户坐殺人當死，廉其枉，皆辯出之。在山西，斷決尤多。在福建，值歲饑，極力拯救，民甚安之。其在平陽，饑甚，人相食，計口發粟，多所全活。城中乏水，公引洪洞水入城，以省汲費，又溉田數千頃。垣曲盜作，聚二千餘人，拒殺官兵，勢甚熾，衆議欲進剿。公告於都御史葉公淇曰：「民苦饑耳，請撫之。」乃攜從者五六人，冒雪以往。賊迎見，曰：「是李府尊也。」遂下山羅拜，擁入寨中。公召其酋六十餘人，諭以利害，皆感泣聽命，事遂定。比去，民涕下不忍釋，至繪其像事之。在湖廣，施州夷殺其土官，因作亂。公調兵五千擣之，擒賊首三十，還所虜男婦二千人，追所掠印五顆。朝廷録其功，賜綵幣楮鏹者再。此二事尤勇決奇偉，出恒常遠甚，而公退讓不伐，人鮮克知之。故資序累滯，幾四十年而僅至牧伯，竟不入朝著以没。即是以觀，則卑官僻地之在天下者，雖有奇功異績，孰從知之，亦孰能舉而用之？可勝歎哉！

公葬既卜，監察御史費君鎧，淵父也，爲狀公行，公弟禮部主事璋暨欽請予銘。予既哭公於位，乃爲銘，而先敍其事，於其奇者特詳焉。銘曰：

賓於鄉，策於廷，我與子同名。斅於外，居於中，子名弗我同。少爲刑官，老爲藩侯，維其政之優。生而榮行，死而全歸，維孝其無虧。生於斯邦，葬於斯原，維予文其永無刊。

岳孺人周氏墓誌銘

我外舅蒙泉岳翁有貳室周孺人者，後翁三十二年，年七十三而卒，是惟弘治癸亥二月二十五日。翁無子，宋夫人子亦久逝。孺人嘗生一子曰祖授，五歲而夭。二女：一適監察御史李經，夫婦皆早世；一適尚寶司卿李玠。孺人恒依其女以居，居起出入，更相爲命。越二十餘年，病且篤，翁從子玶迓之歸，玠留弗釋。玶遣其子樑日再至，孺人皤然曰：「歸葬於家，禮也。」乃强就舁，蓋至家一日而屬纊。時伯姒陸孺人年九十，哭之甚哀，曰：「周氏有孝行，不可使遂泯。吾見士大夫家女婦死，例有銘，盍圖之？」於是玶及玠奉狀請于予。予於岳氏事聞之稔矣，自吾妻之亡，惟孺人母子在，感念今昔，因爲之愴然以悲。

初，翁爲翰林編修，孺人實歸於岳，以佐宋夫人饋事。翁自翰內閣爲權勢所構，謫甘肅，宋夫人以法從戍，太夫人又老且病，孺人與陸孺人侍湯藥，親爲扶掖，頃刻不離側。雖穢器，亦手自浣拭。紉緝盡廢，身無完衣。太夫人感之，病既革，口授遺教數百言，大半皆孺人事，令其孫婿庶吉士王璒書之以貽翁。翁述母德，所謂哭訃闗内、受遺柩前者也。

嗟夫！婦人之德，視所從。從而能化，斯可以爲善。泛觀博訪，固亦難乎其人。翁之盛德大節，著在天下，無容議已。予見孺人巽語和色，如恐傷人。宋夫人晚歲同寡，每引而與並席，禮均兄弟，亦必有感之深者。故家風範，宛然在目，而人事之凋落乃爾，悲夫！

翁墓在順天之瀩縣，其地曰岳家窪。宋夫人已合葬，今孺人亦祔，是歲三月十八日窆焉。銘曰：

蒙翁之封，有名無窮。維千萬年，孺人其永從之。

李東陽全集卷八十八

懷麓堂文後稿卷之二十六

誌銘

明故太傅兼太子太傅平江伯陳公墓誌銘

公姓陳氏，諱鋭，字志堅，其先自潁川徙廬之合肥。高祖諱聞，元季以鄉兵內附，從高皇帝下江南，累功至成都衛指揮同知。曾祖諱瑄，累功至右軍都督僉事，從文皇帝靖難，封奉天翊運宣力武臣，特進榮禄大夫柱國平江伯，總督漕運。議罷海漕，通濟寧運河，功最多，命子孫世襲，賜誥券，追贈三代，卒贈平江侯，謚恭襄，敕有司廟祀清江浦。祖諱佐代，早卒。考諱豫，正統間以平福建叛賊功進封侯，再贈三代。景泰間城臨清，守備南京，再鎮臨清，卒贈黔國公，謚莊敏，仍敕有司即其地廟祀之。

黔國之卒也，公方奉太夫人某氏居南都，奔喪歸葬，乃襲封，時天順甲申歲也。成化乙酉，憲廟知其才，命領三千營分司，轉奮武營，兼領禁衛，賜蟒衣鎧甲諸物。戊子，太夫人喪，予告歸葬。庚寅，佩征蠻將軍印，總鎮兩廣。號令明肅，前後剿蠻賊三千餘級，俘賊黨及還所掠者倍之，賜敕獎諭，名益起。

會漕帥闕，移鎮淮揚。增拓濟寧諸閘，修淮安二衛城及高郵諸湖堤，構屋數百間以居貧民。歲大疫，遣醫分療，給米千餘石爲糜，所活甚衆，死者以官地瘞之。武官新襲者遣入儒學，給以筆札，生儒應試者具官舟資送之。部領有疾，躬往撫視。漕卒餘丁出應公役，請予之糧。越十有三年，條具便宜事百餘疏，多見施行。嘗言通州至都城恒困陸輓，請因元會通河舊迹浚河增閘，以通運舟。功且就緒，舟果有至者，上遣中使勞以羊酒。有不便者造浮言沮之，遂罷其役。既而命掌南京中軍都督府事。

弘治戊申，今皇帝召入，督神機營兵，爲掌左軍都督府，轉五軍營。簡教有則，恩威並著。甲寅，河決張秋，公與太監李公興、副都御史劉公大夏奉命往治。乃於上流塞黄陵岡、荆隆口，下則治滎澤、孫家渡諸河七十餘里，浚祥符四府營遊河四十餘里，俾諸水由歸德武平，出宿遷小河口，以達於淮。疏賈魯河，由曹縣梁進口以出徐州，於是張秋決塞，而運河始復其舊。上賜名安平鎮，遣行人勞以銀幣，加公太子太保。比還朝，加太保兼太子太傅，增歲禄二百石。丙辰，加太傅，兼秩如故。公請以所加秩重贈三代，而黔國追賜號爲奉天翊衛推誠宣力武臣、特進光禄大夫柱國，皆異數也。

庚申，虜犯大同，急命公佩靖虜將軍印，統京營及諸路兵馬出討之，許以便宜行事。時公病在告久，聞警即出朝，力疾以往。至則夙夜祗慎，嚴爲部曲，期以全制勝，而精力已弗逮矣。越數月，召還，蓋居閒二年而卒，是爲壬戌十二月十五日，壽六十有四。上輟視朝一日，遣官諭祭者七，皇太子遣祭者一。配沐夫人，先卒，已賜葬於江寧大山祖墓之次，癸亥某月某日，命有司啓壙窆公，而夫人祔焉。

公性坦亮，器度甚偉，論亹亹不竭，高自負抱。遇事必爲宏綱闊制，不斤斤旬束縛，所至有能聲。兵戎之外，歷試累效。若親王册封，皇太子冠，皆預禮。修皇陵都城，建禮部，皆董其役。惟漕河事尤勞且久，會通之議垂成而罷，而安平竟底成績。蓋其講究區畫，得諸家範者爲多。兼尚文事，通書史，攻詩翰，禮重喪祭。撫庶弟鐸、鎡及諸妹羣從，皆爲婚嫁。分所得禄，以給族黨，故舊窮乏者亦賙之。好賢下士，善遇官屬。與人重然諾。女許嫁周駙馬子錦衣衛百户庠，庠忽遘疾幾殆，周請公停婚，公義不可，人以是多之。

沐氏乃黔寧昭靖王之孫，無子。子一，熊，出袁氏，錦衣勳衛，未請封。女四：長適南寧伯毛良，封夫人，早卒；適周氏者，其次也。孫女一。

公引發有日，其中表弟太傅兼太子太傅新安伯譚公祐狀公行，以熊來請銘。予以成國朱公之故，獲聯姻戚，因慨念名家宿將之遺風、聖天子用舊保終之盛德，皆不可遂泯，乃敍次其事，而繫以銘。銘曰：

國有列爵，家有世臣。孰開孰承，惟視其人。我明奮興，羣策並屈。桓桓平江，代有勳閥。粤自聖祖，逮於神宗。中最著者，恭襄之功。恭襄有孫，黔國有子。人曰公才，必復其始。入學於師，朝詩暮書。出練於戎，左靳右殳。簪纓翹翹，朝著之望。閫幄嚴嚴，干城之將。南巡嶺徼，虎旅成羣。入領漕司，萬艦如雲。居重馭輕，本兵斯寄。帝曰汝才，實任予事。導堙障狂，人曰公能。有河會通，有鎮安平。彼胡陸梁，公起授鉞。載驅載歸，盡瘁而没。帝曰汝心，王室是於。終則未究，始乃有餘。祭有備物，葬有成式。帝曰汝勞，恩豈予惜。鍾山在南，下有高原。祖考所在，公歸其間。難有苟避，公我弗屑。功有僞增，公我寧闕。持此校彼，孰劣孰優？公身雖亡，志則未休。舒華振英，公子亦肖。爲裘爲箕，公有遺教。公業斯存，公子公孫。有徵後來，其在公門。

明故奉政大夫修正庶尹雲南按察司僉事致仕何公墓誌銘

郴州何公廷彦，以雲南按察司僉事致仕，歸十有八年，卒於家。其長孫孟春承重當終制，乃具衰絰請於予曰：「孟春既喪吾父，又喪吾祖，孤不克自立。惟先生嘗爲吾父銘，顧於吾祖尤舊，故宜無所復靳意者，亦吾祖意也。」言未畢，涕泗交下，跽弗能起。予甚悲之，乃據其所自爲狀以銘。

公諱俊，廷彦字也。少從父宦遊於外，比歸，悉以資業讓諸兄，力紹家學。學且就，授徒爲養，養嫡母袁及母鄧，以孝聞，屢試弗售。天順壬午，舉湖廣鄉貢。成化己丑，登進士第，時年已四十有三。癸巳，授南京户部主事，丁鄧安人憂。丙申，復任。凡所領錢穀，出納明辨，而以廉慎將之，稱能官者必指屈焉。辛丑，擢雲南按察司僉事，兼督雲、貴學校。往復勤勵，不避險遠。其爲教令，隨俗導化，濟之以嚴。凡所陶鑄，多中器使。初，公以晚達，無意進取。爲按察時，其子説已以解元登進士，遂慨然思歸，然未即遂。居四年丙午，乃得請去。弘治戊申，説爲刑部主事，值今天子登極，恩當封公，例以本秩進階奉政大夫修正庶尹。後孟春又登進士，累官兵部員外郎，署郎中，公猶及見之，而卒年七十有七矣。

公性開朗，畦町不内設。與人交，必從厚。聞有善，雖細輒加獎借。見窮乏危急，則周之。或背譏面毁者，置而不問。藹然有前輩長者之風。既謝事，無他嗜好，獨嗜醫。富畜方藥，每手製以施病者，往往而效，專家者顧弗逮焉。所著有訥齋稿十卷。

配廖氏，同郡名家女。有懿範，爲姻黨所歸。年四十有二而卒，贈安人，後加贈宜人。繼李氏，累封宜人。子三：説，長而賢，其卒也，時論惜之；次言，次誾。孫亦三：孟春文思奇敏，莅事有賢俊聲；次孟旦；次仝孫。曾孙一：千里。女二：長適建德縣知縣楊鼒，次適衡州府學生常錡。孫女亦二，曾孫女一。公生宣德丁未三月十日，卒以弘治癸亥四月十日。是年某月某日，葬於某山之原。

公先世在宋出廬陵，徙廣東。宋有號都統者鎮郴桂，其孫行三九者始居郴。郴今有都統廟，族人皆稱爲始祖。公曾祖諱德翁，篤行好義。祖諱仁海，世隱不仕。考諱義堅，舉鄉貢，累官合州同知，惠政在人。公用家學取進士，且以教四方學者，如瑞州陳侍郎政、王御史相，皆以進士顯。今物故且盡，而公巋然，齒德望於鄉郡，壽考終命，得數之正，其所積亦自厚哉！銘曰：

自我而前爲鄉賓，自我而後爲國珍，又以其餘淑後人。我見其終壽獨存，孰後我者其吾孫乎？

明故襲封衍聖公以和墓誌銘

公諱弘泰，字以和，爲宣聖六十一代孫。自國初衍聖公希學傳三世至彦縉，公祖也。考承慶，未封而卒，贈衍聖公。二子，長弘緒，字以敬，襲爵十有六年，公實代襲，越三十有四年而卒。

公生七月喪父，六歲喪祖，賴母王太夫人鞠成之。成化庚寅，始襲封。憲宗皇帝賜第京師，命齒國學。嘗見公所服玉帶，遣人問焉。公對曰：「臣家門故事，累朝恩數，不敢廢也。」許之。再值郊祀，分獻内壇，皆出親定。壬辰辭歸，上若曰：「卿其進學循禮，表率宗族，無忝聖裔，以副朕懷。」丙申，給誥命，有司以二品例授犀軸，公言舊典以玉軸爲異，乃改授之。丁酉，詔加廟祭禮樂，公率族人奉表入謝。先世有遺田，百餘年散業他姓者過半，至是皆贖歸之，以贍羣族。己亥，祖廟爲雨水所壞，公請命有司修葺，完麗如故。每歲萬壽聖節，奉表獻馬賀於廷。辛丑，居母憂，賜葬祭皆如例。丁未，入臨憲宗大喪。

今上登極，以弘治戊申入賀。上視學，命分獻兖國公，賜坐彝倫堂。退率三氏子孫表謝，復賜宴禮部及襲衣冠帶。躬耕藉田，亦預宴焉，以敬章服。家居友愛交洽，歲時遊宴相酬倡，或夜分忘倦，四方大夫士至者，禮接不少衰。己未，公來朝，聞祖廟災，亟歸齋哭，如居喪，引咎自責，居鬱鬱不樂。庚申，力疾而朝。辛酉，上疏乞休致。上若曰：「卿其善自調攝，以奉聖祀，所請弗許。」時復有修廟之役，公協相規畫，勞勩甚殷。凡再越歲，弗克躬覲事。病既革，執兄子聞韶手，若有所屬者。蓋公之封也，廷議以爲世嫡相傳，古今通義，乃按宋故事，俟公之後，仍歸其兄之子。公母遺命，亦以是。公及見聞韶之成，其乞休時嘗具名以請，故至是猶惓惓云爾。訃聞，上特遣行人諭祭者五，有司給棺槨，工部官屬治葬事，以某月某日窆焉。

公美風儀，善論議。每評騭人曲直，料事當成敗，多奇中。俾有職務，將無不可爲者，而靜處優逸，無繇自見。然承奉宗祀，修治林墓，綜制家政，其在孔氏有勞績焉。若孝友無間之心，剛毅不屈之氣，榮名令聞，偉然著於人人。其在天下，亦不可泯也。嘗即魯泮池遺址築東莊別墅，因以自號。有東莊稿，藏於家。公生景泰庚午四月二十七日，卒於癸亥五月十五日，年五十有四。娶護衛千户永之女，封公夫人。子一，曰聞詩，三氏學生。女一。

予與公内交久，公以兄命爲聞詔議婚於予。禮成之三年，聞詔始嗣封爵，則以父命奉狀請銘公墓。嗚呼，予乃遽爲公銘邪！銘曰：

孔裔周啓，爵以代崇。六十一傳，兄弟迭封。公繼兄爵，在先帝世。歷春逮秋，三十有四。入主宗鬯，俎豆載虔。出奉朝獻，禮儀孔閑。時斯歲斯，我職在兹。我有餘力，而弗外施。功名始終，天所優假。我所弗預，疇其望者。有命自君，公荷勿隳。有身自親，公全厥歸。維兄有子，維祖有祀。公所無憾，庶其在此。孔林北西，公有世墓。曷其祔之？乃祖乃父。公居在東，公自爲宗。公子公孫，其來無窮。

明故光禄大夫柱國太子太傅刑部尚書致仕贈特進太保謚康敏白公墓誌銘

公姓白氏，諱昂，字廷儀，常州武進人也。景泰丙子，舉南京鄉貢。天順丁丑，登進士第，授南京禮科給事中。嘗劾户部尚書張鳳，下之詔獄。甲申，改刑科。成化戊子，遷左給事中。辛卯，進都給事中。嘗以災異言事，謂陛下即位初，詔罷貢獻，停織造，禁權勢，抑異端，而今皆不爲衰止，願守大信，以令天下。御史謝文祥以言事獲罪，率諸寮救之。壬辰，擢應天府丞，適署掌府事，興學政，定義役。乙未，改南京大理寺少卿。辛丑，遷南京都察院左僉都御史，兼督巡江。有劇賊劉通出没海上，東南騷動。公調兵斷，要害[一]，窘而招之。通身自納款，公諭遣歸，率其餘衆以降。乃執通送京師，餘悉釋不問。進右副都御史。甲辰，署掌院事。丁未，擢南京兵部左侍郎。鳳陽祖陵圮，公與平江伯陳公鋭往修之。方歲歉，民困重役，公調度得所，二年而事集，又以餘財賑饑，民顧德之。弘治己酉，河決原武，改公户部右侍郎治之。公簡率官屬，築陽武長堤以防張秋，引中牟之決以入淮，浚宿州古睢河以入泗，又多爲渠堰於徐、兗、瀛、滄之間，以殺河勢。又開複湖於高郵堤東，以避風濤之險，其功甚勞。歸，改刑部。辛亥，攝都察院事，遂擢右都御史。令御史出按，歲報有司賢否狀，且視所報當否而殿最之。請籍天下軍伍，以便勾稽；籍天下田數，值水旱則視高下以蠲其税。癸丑，進刑部尚書，壹意矜恤，凡情涉矜疑者多獲平反。時法司苦條例繁，公奉詔會官删定，頒中外行之。甲寅，加太子少保。戊午，進太子太保，加光禄大夫柱國，賜麒麟服。己未，在告，上遣中官挾醫問疾，賜上尊少牢蔬米諸物。再乞休致，復加賜問，免朝謁，令善調攝，起視事。

庚申，疏累上，乃許之，進太子太傅，賜敕給驛給月俸輿隸以歸。癸亥七月某日卒，壽六十九。訃聞，上念公舊勞，贈特進太保，謚康敏，賜棺槨，遣官諭祭者九，命有司治葬事。

公性度宏裕，持議常依於厚。善哀高益卑，因事爲功，決機應變，無所疑滯。待人際物，各當其分。上自王公，下逮胥徒，僕從見之，無不意滿。或以緩急叩之，輒力爲排解，無所恤。居官四十餘年，未嘗有怨於人，人亦無怨之者。然惟公能之，他人弗能也。居家孝睦，事繼母甚謹。弟昇早世，恤其二孤，以墍爲户部書算，廕垣爲國子生。置田以贍貧族，立義塾以教羣子弟，置局儲藥，鄉鄰疾病者多歸焉。比歸，不問世事，園亭賓客，甲於畿甸，放歌痛飲，以終天年。世所稱五福者，殆兼之矣。嗚呼，難哉！

公族本出洛陽，宋季徙武進。曾祖諱均禮，贈光禄大夫柱國太子太保刑部尚書。祖諱思恭，考諱珂，累贈亦如之。曾祖妣錢，祖妣蔣，母鄭，繼母王，皆贈一品夫人。娶蔣，封亦如之。子三：長埈，以例授浙江都司都指揮同知；次圻，户部郎中；坊，鄉貢士。孫九：長諫，次詔，皆縣學生；次詡、諴、訑、説、誨、諶、諂。曾孫一：僖。孫女一，曾孫女二。自公考舉鄉貢，卒官大治縣學教諭。伯父瑜，爲禮科給事中。從兄玢，南京尚寶司卿。從弟晟，南京太僕寺丞〔一〕。從子坦，南京刑部員外郎；金，户部主事，今爲永平府同知。家世之盛，亦近時所未有云。

予大母陳夫人，族出武進，公與其黨有連，又與予同朝，久相善也。圻奉吏部侍郎王公濟之狀請予銘，是惡得不銘？銘曰：

官有九品，而極於一。壽有百齡，其稀七帙。仕途險夷，明者難必。家之承傳，疇繼疇述。盈則易虧，滿則易溢。迷先得後，有始無卒。兼是數者，指詎多屈？耳目所逮，公在甲乙。有猷有功，有名有實。曷其致之？迪惠斯吉。彼弗惠者，自貽伊疾。蓋棺事定，是謂永畢。尚有遺恩，光昭贈恤。樂哉斯丘，永奠幽室。

【校勘記】

〔一〕「斷」，原作「所」，據文義與抄本正之。王鏊爲白昂所撰行狀敘此事，作「公以都御史調士卒，遠近皆會，截其要路」（王鏊集，上海古籍出版社，二〇一三年九月）。

定國公墓誌銘

公姓徐氏，諱永寧，字克安，世爲鳳陽人。高祖達，從太祖高皇帝，爲開國元勳，封魏國公，追封中山王，謚武寧，世嗣公爵。曾祖增壽，左軍都督府左都督，太宗文皇帝靖内難，以死事功追封定國公，謚忠愍。曾祖姑實爲仁孝文皇后，次代王、安王二妃。家極貴盛。祖景昌，始封定國公，賜號推誠奉事武臣，階榮禄大夫，勳右柱國，給誥券。考顯忠嗣。一門兩公，蓋本朝所僅見也。

公性敏，喜讀經史，通書法。蚤失怙，能隆師親友。襲爵時年甫十有三，儀觀秀偉，景皇帝愛之。嘗奉使秦、伊二府，殊見禮重。歷事英宗睿皇帝暨憲宗純皇帝，將嚮用，忽遘風疾，不克奉朝請，久漸沈瞀。間出觀户外，有貴近臣怙恃驕縱，道路側目，莫敢近。公奮擊之，其人策馬走，僅得脱。若是者往往而然，人疑公非病。其中殆介介有白黑，及問之，輒失度。時操筆折簡通親舊，或作高昌西番字，蓋其少所習者，人益不能測也。

弘治甲子正月九日卒，距其生正統辛酉三月十日，壽六十有四。上輟視朝一日，遣官諭祭者再，敕有司給棺槨治葬事，皆如制。三月九日，窆於都城西馬鞍山祖墓之次。公嫡母耿氏，封定國太夫人。生母陳氏，封定國夫人。娶李氏，太子少保通政使錫之孫女，亦封夫人，先卒。子四：長世英，錦衣勳衛，早卒；次世華，繼爲勳衛；世芳，亦卒；世茂，賜冠服。女二：長適豐城侯李璽，今提督三千營；次適府軍前衛指揮僉事離高。孫六：長光祚，亦爲勳衛，未請封；次光祀、光祐、光禮、光裕、光茂。孫女：長適武安侯家子鄭剛，卒；次適彭城伯嫡子張欽。曾孫二。

予識公未病，聞其没，殊悼傷之。光祚奉太師英國張公所著狀，介翰林吉士趙生永輩來請銘，意懇甚，乃次第其家世名爵爲敍。

公側室丁氏，真定衛指揮使源之女。侍公病，日夕不懈。比卒，沐浴易服，縊於公之寢室死焉。光祚以聞，下禮部覆實，詔旌其門曰貞烈。其事最顯，故附書之。銘曰：

古爵五等今惟三，公階最貴夐莫參。下有侯伯無子男，鐵券合契金書鑱。河山帶礪國與咸，父死子嗣限制嚴。一門兩公世所瞻，開國靖難勳名兼。公生蚤歲頭角嶄，蹶而弗振迍且淹。朝謁雖廢禄尚儋，以病自逸非荒耽。盈虧謙益神所監，祖德下被君恩覃。公業有子箕裘堪，世代圭組隨纓簪。公全歸之意已厭，上祔祖考無遺慚，先迷後得數可占。穹碑贔屓當巉巖，我銘其幽永不芟。

封孺人楊母陳氏墓誌銘

楊孺人陳氏之喪，其子給事中褫自爲狀，泣而請予銘。

其敍事行曰：吾母生而爲父母所愛，歸吾父朴庵公。時祖姑尚存，性嚴急，曲盡孝敬，得其歡心。喪居雖盛暑，不脱衰絰。諸叔之娶，皆手爲綜理。吾父以儉致豐，吾母勸分諸叔，無弗裕者。見人窘急，必給以衣食。每暮夜聞乞聲，必呼取剩飯與之。暑月則躬煮茶置道側，以濟暍者。天未明，即呼婢僕起治事，有過則曲爲掩護。每食先問其有無，或未給，則食不下咽。族黨幼稚至，輒與之果物，争攀授索取不厭。朝出，雖雞犬聞步履聲，亦叫呼以迎，若是者殆以爲常。吾兄祚出爲商，訓之曰：「小民賣魚菜自活，獲利甚微，銖兩勿與較。」見傭工客作，亦温言慰之，未始加訶叱焉。教吾兄弟，動引古書句及諺語爲戒，皆切中事理。褫遊庠校，出試藩省，輒戀戀不忍别。比得官，謝病歸省，則曰：「汝壹意供職，勿以我爲念。知汝宦情亦薄，須少報朝廷，歸即歸，吾不汝强也。」褫再以使命至，出所積遺吾兄弟。諭之曰：「汝輩爲士爲商，皆有成業，惟汝庶弟榶幼，可厚給之。」蓋所以慰吾父者又如此，尤人所難也。且吾母之行，無一弗可記者，而隱於閭閻闉闍之間，褫不忍死以狀，誰其知之者？若金石之刻，徵諸女德，古亦有之，而非荒迷者所能，此褫之所爲請也。

其敍族出歲月曰：吾母陳氏，吾武陵鉅族。祖諱某，爲廣西布政司斷事。父諱某，隱於鄉。母某氏。吾母生正統辛酉三月二十三日，卒於弘治甲子閏四月二十日。吾父以褫恩封刑科給事中，吾母實並命爲孺人。封五年而卒，享年六十四。生吾二子一女，女適縣學生李明。三孫：應春、應辰、應某。褫將歸，以是年某月某日葬於某山之原，蓋吾父所命也。

褫以文行重於鄉，舉湖廣鄉貢第一，擢進士高等，簡入翰林爲庶吉士，歷禮、刑二科給事中，有諫諍聲。此則予所知者，因次第其狀而著其母德爲銘。銘曰：

庸德之德，德乃可久。惟德之久，可以不朽。内則之則，雖美弗彰。匪子之揚之，孺人其亡乎？

封淑人吴母林氏墓誌銘

封淑人林氏，予同年友户部左侍郎吴公道本之配也。公卒之十年，卒於家。其子夢麒走京師，以其事聞。朝廷遣官諭祭，令有司啓壙合葬，蓋異數也。夢麒舊以父命學於予，乃述母德以請曰：「吾父之葬，先生幸爲銘。今吾母將從吾父於地下，銘曷敢他屬？」予哀其志而許之。

林氏與吴同出漳浦，淑人生而貞順有則，贈侍郎友松翁爲子擇婦，得淑人，族黨交賀。淑人羞膳必謹。友松家政尚肅，且好賓客，又置義塾以教鄉子弟，百凡饋饗，皆淑人手出。諸叔之幼也，爲之澣櫛巾服膏火之費，有母道焉。公壯而無子，淑人爲置側室林氏，生夢麟。財五歲，抱置膝上，口授論語、孝經諸書，蓋其所素習者，不失一字。後攜至京師，遣就外傅。時使人覘其所爲，或涉嬉縱，輒加笞責。及流涕，復予之飴果而遣之。若有疾，則彷徨無措。常所過從，若值良士，則喜爲設具，否則怒形於色。居未始以靡麗之服加其身，曰：「恐喪而志，而能力學得禄，他日不患無此服也。」

夢麒生一子而殤，淑人慟之，葬於友松墓側，曰：「此吾舅遺愛，所及見者也。」晚得二孫，時公已不逮，日抱弄爲樂。稍長，即督使就學，若夢麒少時然。既病，或扶掖夜坐，猶口誦學而章授之。或嬉而過，猶戒夢麒使勿縱。

病篤，執夢麒手而慟曰：「吾生七十有五年，封至三品，死不恨。恨不及而之成，以畢吾志耳。」自是痿不能起，猶以手指使遷居正寢，更衣而逝。夢麒事母孝，雖尺布一錢，未始不請。及其喪也，匍匐數千里，請命於朝。君子傷之，然能以家學舉鄉貢，當繼得進士，志業不墜。雖公之澤，亦淑人教也。

孺人生宣德庚戌正月二十一日，卒於弘治甲子四月十八日乙丑十一月某日，合葬忠藎阡新墓。其二孫曰承忠、承孝。一女曰素英，乃伯氏廣東參政森之子，淑人子之，嫁鄉貢士曹奇。銘曰：

樛木在南，小星在東。維大夫之宗，維國之風。吴氏以國，林望以族。維人之良，亦維人之淑。内行不出，孰譽其美？我友其夫，亦傅其子。祭有藻蘋，教有典墳。有刑者存，淑哉乎若人。身所鞠子，實所從老。從夫九原，百世是保。

岳母孺人陸氏墓誌銘

弘治乙丑四月二十七日，岳母孺人陸氏以壽終，距其生永樂癸巳十一月十五日，春秋九十有三矣。孺人爲需庵處士公諱端之配，於我外舅蒙泉翁爲岳嫂，自我翁之没三十有四年，中間處士没，我外姑宋夫人没，吾妻之姊若妹没者，前後相繼，而孺人巋然獨存。有子女各一人，孫二人，外孫女一人。最久且盛，至是乃卒，蓋岳氏之老長於是乎盡。予雖爲孺人幸之，亦烏得不爲之哀之也邪！

孺人世爲南京人，陸大翁之長女。處士公考府軍前衛指揮同知諱興擇婦甚謹，聞陸氏族大而賢，孺人之性行紅製，非凡女配，遂禮娶來京師居焉。公家故貴顯，習禮度，孺人莊静有則，孝敬兼至。

我翁與處士公暨仲兄千户詳、從弟海共敦友愛，旁睦羣族，及諸子姓，皆極恩意，孺人實有助焉。養姑之寡妹二十餘年，預置棺斂，卒襄後事。女嫁南京户部主事王璒，早寡，迎致於家，曰：「以成而節。」且嫁其孤女於今萊州府通判任經，曰：「以畢而志。」其他中表諸黨貧不能衣食婚嫁、死不能葬者，多賴以濟。

翁交四方名士，假屋講學，踵接於家，館穀膏火之費，皆其手給，未嘗厭倦。後多舉大魁，登進士，布列華要，訪道舊故，皆以嫂稱之，且譽其賢無異辭焉。翁之成於甘也，以宋夫人從，孺人事太夫人劉氏曲致歡慰。及遷於莆也，俾其子坪侍之行。諸女之嫁，奩物饋具，未常弗稱。坪娶於曹氏，生女而殤，繼娶於韓氏，生子梁及槃。梁娶於劉氏，孺人愛不弛教，肅然有故家風範。蓋其自少至老，無一日不治家務。雖病卧牀褥，猶云云不絶。齒德之茂，誠近時所僅見也。

予道南京，以翁命主於陸氏。見其昆弟子姓富而好禮，知孺人内行有自。既託姻屬久，而周旋其家，雖欣戚事異，而情理不少殊。處士公而下，予爲銘者三四。孺人之喪，卜以五月十八日祔於塈村之墓。坪力疾來，涕泣而請曰：「忍不爲吾母銘邪？」予之過滁亦屢矣，往往惟弗克躬奠是憾。兹又以官守違執紼之役，亦惡忍不銘？銘曰：

夫有主婦，維德之耦。家有壽母，道乃可久。人壽十帙，兹過其九。匪我能創，亦我能守。維族之望，維業之茂。所未竟者，以遺厥後。

李東陽全集卷八十九

懷麓堂文後稿卷之二十七

誌銘

明故吏部尚書致仕贈特進太保謚恭簡尹公墓誌銘

吏部尚書尹公既致仕十有八年，卒於家。上聞訃嗟悼，遣官諭祭，敕有司治葬事，仍贈特進太保，謚恭簡，賜之誥命，褒舊績也。

公姓尹氏，諱旻，字同仁，世爲济南歷城人。曾祖諱均壽，祖諱得名，考諱宏，舉鄉貢，累官泉州知府，皆以公貴贈光禄大夫柱國太子太保吏部尚書。曾祖妣夏，祖妣虞，妣姚，皆一品夫人。

公七歲知讀書，稍長，下筆數百言。正統丁卯，以府學生舉鄉貢第一。連擢戊辰進士，簡入翰林爲庶吉士。己巳，授刑科給事中。景泰間，值國多事，屢有建白，皆傅正義。天順丁丑，遷左給事中。英廟見其儀觀魁偉，音吐洪暢，欲大用之，尋擢通政司右參議，轉左參議。己卯，旱，代祀海岱，禮成而雨。庚辰，持節封安南國王，盡却饋遺，國人歛服。辛巳，王師有事於陝西，公出總軍餉，有白金綵幣之賜。壬午，丁母艱。癸未，驛召至京師，擢吏部右侍郎。成化己丑，遷左侍郎，歷王、李、姚、崔四尚書，皆曰代此位者必公也。壬辰，漕河壅滯，公往督官運，事遂集。癸巳，敕拜尚書，命侍經筵。戊戌，加太子少保，賜玉帶麒麟服。己亥，加太子太保，累進階至光禄大夫，勳柱國。甲辰，加太子太傅。

公久掌衡鑒，博采公議，不爲私撓，天下翕然稱之。有姦吏李孜省者貴幸用事，憾公甚。會公鄉人兵部郎中龔坐累補外，諸武官奏留之，因肆爲媒孽，罷其職而落公太子太傅，仍爲太子少保。又詷其子事，構成大獄，再削職，以尚書歸。公不自辯列，惟引咎自責而已。今上御極，孜省既伏法，乃吐實於官。諸黨惡者罷黜殆盡，而公壽考終命，竟膺褒恤，非獨復其故物，而恩禮有加焉。然則世之以仇怨相傾擠，竭計盡勢而不爲後地者，亦何益哉？

公素負學識，善斷大事，尤精鑒强記。每經銓注，雖稠人小吏，閲數年，猶識其名。時料人壽夭成敗，歷歷多奇中。故其退也，大夫士屢疏薦欲起之，而公亦老矣，惜哉！

公生永樂壬寅五月二十八日，卒以弘治癸亥九月十七日，壽八十二。配張氏，某縣主簿鑒之女，累封一品夫人。孝敬勤儉，尤能逮下。生永樂壬子二月一日，弘治辛亥二月十九日卒，壽六十，賜祭葬皆如制。公卒之明年甲子某月某日，合窆於城南八里山之陽。子龍，己丑進士，前翰林侍講，先公十年卒。孫繼祖，以公恩廕中書舍人。女一，適英國公子張鋭，既嫁而寡。曾孫女一，尚幼。

予與公居鄰，每挹公風度，聆其言論，未嘗不歎服焉。比聞公喪，慨耆舊之不可復見，而繼祖以遺命具疏奉狀請予銘，是惡可辭？銘曰：

赫赫英祖，簡修進良。燕翼厥謀，以詔憲皇。翹翹尹公，行舉言揚。給舍獻替，銀臺出納。聲名猋馳，意氣山拔。亭衢在前，靡適非達。天曹峨峨，公實任之。端居廟堂，進退百司。絜短校長，左右具宜。翕受敷施，惟帝所用。手操權衡，與世輕重。北馬羣顧，南金品貢。二十四年，既久且專。手所植樹，其高蔽天。棟梁桷榱，百材萃焉。盛名難居，造物所忌。城門魚殃，崑岡玉碎。少行老歸，綽有餘地。

人才實難，矧惟老成？曰篤不忘，天王聖明。爵以酬勞，謚亦稱情。天之定矣，人之勝矣。君子有性，不謂命矣。九原有知，公可瞑矣。

河南按察司副使致仕陳君直夫墓誌銘

吾友陳君直夫舉進士，拜南京貴州道監察御史，三年丁外艱，服闋，改陝西道，又三年丁内艱，再改河南道，皆在南京。遷江西按察司僉事，一年致仕。歸十餘年，南京兵部尚書張公悦薦其志行可大用，乃起爲福建僉事，督理屯田。又二年，復乞致仕。時倪文毅公爲吏部尚書，特擢爲河南副使。都御史林君俊舉以自代，不果。又再乞致仕，巡撫都御史孫君需請留之，巡按諸御史交薦之。又二年，竟致仕去。君子觀其進退之際，可以知其人矣。

直夫鯁介寡合，雖生長都會，而有山林性氣，不能與物湛浮。遇節義廉潔士，傾心嚮慕，稍不合輒蹙頞而起，若將浼乎其身。家素窶，奉親志養，常俸外一無所取。居喪，非義賻輒辭弗受。屏居舊鄉，去府治遠，足不至公室。人以請託至，必峻却之，久亦無復至者。惟事兩兄，嫁其女，撫妻之孤弟，建祠堂以合族，他無所好。非所當赴，雖故舊彊之，不屈也。

其莅官政，務公與慎。在南臺，力操風紀，嘗上疏請止中官取花木，救言事之不得其職者；在江西，持法甚謹；在福建，清屯田；在河南，賑饑民：皆悉心綜治，不苟應故事。顧其所拂意者恒多，雖黽勉就職，而志常在退。其去也，蓋有遺用焉。若其經業精貫，博涉史籍，使得當督學之任，必大有興作。世之用違其才每如此，是豈獨爲直夫歎哉？然直夫之所自處，則可謂不失也已。

直夫諱壯，自號古迂，浙之山陰人。祖諱珪，坐累戍交趾，内徙京衛。考諱簡，贈文林郎監察御史。妣徐氏，封太孺人。子三，曰欽、鏊、鎣。女三：長適周禔，次適趙文學，次許嫁祁鋼。孫亦三，曰沆、瀣、潹。女孫四，長許嫁施綽。直夫生正統丁巳，其舉進士以天順甲申，卒以弘治甲子十一月十三日，乙丑某月某日，葬黄龍尖山之原。

予與直夫同京産，又同甲第，雅相知厚。予久叨仕籍，直夫每致書札，無一褒譽語，至相稱謂，雖老必以字，未嘗效時俗舉爵號。故予銘直夫，亦以字，庶其有知，尚能諒予，且以爲其子終治命云。銘曰：

抗世孤立，不西以東。執德之恒，以與始終。衆鬨而囂，我若弗聰。行我者天，藏我在躬。縱不大施，弗喪厥衷。吁嗟直夫，其古人之風乎！

明故贈文林郎翰林院修撰顧公墓誌銘

比歲，崑山大夫士有斯文會，諸耆宿有延齡會，皆以桂軒顧公爲長。縣官舉鄉飲，亦爲賓。會詔賜高年冠服，巡撫都御史爲之致命於家。暨其子鼎臣狀元及第，授翰林院修撰，報未幾而公卒。復會詔賜京朝官誥敕，時鼎臣方以憂去，上特予之，於是公獲贈如其官，階文林郎，而不及見矣。公之孫監察御史潛亦嘗爲翰林庶吉士，故鼎臣暨潛奉左庶子毛憲清狀請予銘墓。毛蓋其鄉人，故知之特詳云。

按：顧氏自晉爲吴著姓。公高祖道璋，元萬户；曾祖士恭；祖大本；父良，號耕樂：世以孝義聞於鄉。

公諱恂，字維誠，桂軒其所自號也。生而秀整敦確，學舉子業有成。禮部主事吴相虞慎許可，見公於塾，器愛之，請於耕樂翁，内爲婿。時吴方遊宦南北，有母老，無他子弟，家政悉以屬公。公年未二十，即力爲營治，不避勞勩，内無私蓄，業寖裕。然未始廢學，雖居廛闠，書卷不去手。母没，痛不獲養，哀毁特甚。感時觸事，輒聲爲謳吟，久漸成帙，葉文莊公爲感而題之。

禮部既卒，公始出居於外。時耕樂已老，奉養備至，喪葬無違禮。仲兄及寡姊皆高年家居，亦禮事焉。族黨有貧者，時致粟帛。見里中後進，必勉使爲善，多所成就。有弗孫者，恬然應之，弗校也。教子孫，必以詩書禮義，仕者爲忠，居者爲孝，親賢遠姦，敬老慈幼，言亹亹不厭。故潛積學礪行，督京畿學政，人服其公。鼎臣雖未試，而器識材局，論者以爲不負其選，皆公訓也。公爲詩，興致和適，所著有鰲峰稿五卷，啖蔗餘甘、西湖紀遊各一卷，藏於家。

配吴氏，有賢行，先卒，贈安人。側室楊氏，封安人。子三：長式，杭州府經歷；次宜之，封監察御史；又次爲縣學生澡；最少者履方。孫五：長培，次直，縣學生；潛又其次；鼎臣，其最少者。孫女十一，婿沈信及進士，杜稹、夏景洪、歸某、嚴默、朱希陽、朱某、錢謙、戴某，稹、默皆縣學生。曾孫七：文徵、文柄、文載、文錫、某、某、某。曾孫女如孫女之數。公生永樂戊戌六月二十五日，卒於弘治乙丑五月二十六日，壽八十八。是歲某月某日，葬於縣西鹿城之原。吴孺人先葬，因祔焉。銘曰：

盛德之世，民多老壽。協氣攸萃，事亦非偶。公年實高，逾八望九。逾九者誰？公有嚴父。惟兄及弟，叢生並茂。如彼松柏，其凋獨後。匪惟考終，惟德攸好。惟子幹父，惟孫念祖。公澤不匱，名不可朽。

贈中憲大夫太常寺少卿兼翰林院侍讀靳君遷葬墓誌銘

贈太常少卿兼翰林侍讀丹徒靳君以成化壬寅五月五日卒，葬於焦石山之麓。越二十有四年，當弘治乙丑十有一月朔日，厥配封太恭人范氏卒於京師。其子貴以喪告，上特遣官諭祭，命有司治葬事。貴懼舊壙弗稱，改卜於果山之原，以丙寅某月某日遷父柩，奉母而祔。且念潛德久弗白，徵同官費子充狀，請予銘。予稔知貴，且見其居喪禮而哀，銘惡忍辭哉？

按：靳氏之先出於廬州，宋季始遷於丹徒。累傳至九八處士，有鄉行。生三子，君其季也，諱瑜，字廷璧，正統丙寅，以鎮江府學生應貢入南京國監，授温州府經歷。温兵民錯處，吏率不盡法。君確守峻制，不枘牙角。知府周琰器之，曰：「此非一幕才也。」凡督捕機宜，若征輸水利先屬他官者，悉改屬之，應手而辦。有千户訟民家已聘女爲妾，以賂請。君暴賂於衆，女卒歸所聘。府倉例有賂，君獨不受餌，姦無所於宿。君貌不甚揚，人易之，至是聲傾一郡。周益禮重，稱爲先生而不名，每出，輒令攝篆。君積粟備賑，舉墜補敝，初若非攝事者。瑞安、平陽二縣界有海塘田苦風潮，君築治完固，民利之，名之曰靳公塘。民有恃險拒捕者，官將處以大逆。君憫其愚，親莅所在譬曉之，其人感悟歸罪，家得不坐。海盜忽熾，君以計擒其魁，餘黨遂散。通判闕，君適入覲，温人投牒吏部請君，或諷令少事關節，君正色拒之，事竟寢。後知府范某謂君久而專，禮遇差簿，君即請老。范旋悟，慰留之，徑去不顧。

家居十有餘年，温人道鎮江者必問安否，大夫士還往慶吊若親戚然，至于今不衰。且其爲人孝友，好施予，尊賢禮士，教子尤篤。按察僉事丁玉夫，女夫之侄也，遣貴折輩行受學，丁後果有重名。蓋其厚積薄發，才弗究於用，乃以成其子之賢而顯其家，固在兹哉！

太恭人同里名家女也，慈惠樸厚，事姑謹甚。久弗育，爲君置媵。君義弗内，竟遣之，未幾得貴。貴既進士及第，迎養於官。非公事，未嘗一日不在側，如是者終其身。太恭人性亦好義，所施棺具無慮數十計。偶弗適，聞貴有所賙恤，輒爲之加一餐云。貴以學行累被簡擢，直講儲宫，以登極恩進今官，以兩宫尊號恩進今封，比又有日講之命。太恭人皆及見之，壽至八十有八。得正而斃，禮合而葬，其於君蓋有光焉。女一，適士人丁元祐，早卒。孫一，廷慶。女孫二，長適禮部侍郎費廷言之子玄。銘曰：

事有幸會，寧幕無倅。彼賄進者，自貽伊愧。意或值悖，無進寧退。彼戀位者，亢不知悔。彼得其外，我得其内。矧惟我餘，天有錫類。我所生者，於我終代。既盈我虧，亦發我晦。持此絜彼，獲詎非倍？由初貿今，若取諸貸。若田既秋，功在一溉。謂天弗明，安所置喙？惟魄有藏，於彼江介。遷斯祔斯，曰有令配。載徵厥祥，來者未艾。

贈通議大夫通政使韓公墓誌銘

贈通議大夫通政使韓公諱傑，字仲彦，及封太淑人蘭氏，通政使鼎之父若母也。公陝西慶陽合水人，生於永樂十五年十一月四日，卒於景泰三年二月二十三日，年三十六。葬於府城南某山之原。太淑人山西吉州人，生於永樂十四年十二月除日，卒於弘治十八年十月晦日，年九十。公以鼎貴，初用皇太后徽號恩贈禮科給事中，再用考績例贈通政右參議，移封例贈右通政。比新天子登極，加命今秩，則兩宫尊號恩也。太淑人始封太孺人，累封太宜人、太恭人，以至今號。命下乃卒，且合葬，於是朝廷遣官諭祭，令有司治葬事，仍給驛歸其喪，而公與有榮焉。

公祖諱槃，起家鴻臚寺序班，終吉州吏目。父諱尚敬，贈如公官。公生而天質秀穎，少失怙，居鄉無師傅，自識文字，通大義。律已應務，默合理道。孝睦勤儉，非義不苟取。顧喜賙施，貸不能償，償不及数者，輒爲棄責。鄉之人德之，曰：「公有陰德，他日必大貴富。」然竟不沾一命，曁其子之成而不及見矣。

太淑人蚤閑内則，吏目之在吉也，公實從行，聞其賢，以祖命聘之。公雖宦族，而世襲清苦，與寒士無異。太淑人躬井臼爲養，祖姑以下皆安之。吏目卒，歸槖蕭然。姑久卧牀褥，太淑人侍湯藥，夜未始帖席，悒悒如不欲生。姑念之曰：「真孝婦也。」比卒，舅及祖姑皆繼卒。太淑人連舉三喪，情禮兼備，人稱之如其姑之稱。公既卒，太淑人日事紡績，衣食其家，不以煩其子。故鼎得專問學，以底大成，聲績累著，致於九列。太淑人就禄養，被命服，怡然終其身。古稱婦德不外見，太淑人以壽且顯。大夫士還往相傳播，至形歌詠，故其事加詳云。

通政君嘗督河安平，得太淑人壽詩成卷，適予以祀事東返，請爲序。比被召領易州薪炭場務，以喪告於朝，復請予銘，禮恭而意傷。辭弗獲，乃按禮部侍郎王公德輝狀爲銘。銘以公舉者，統於尊也。公三子：鼎其長；次鼐，先卒；次鼒，義官。女二：長適國子生錢玘，次適慶陽衛指揮僉事龍興。孫一，守愚，鄉貢士。孫女四：長適松江府同知何宗理，次適黄鉞。曾孫女一，聘士人王來聘。銘曰：

慶山之陽，有田孔良。既畎既疆，有菑弗荒。有婦饁我，力復協我。有子我播，亦復穫我。古有耕道，亦有種德。以小喻大，不遠維則。生雖弗榮，没則已哀。老弗及偕，卒同厥歸。始則回勤，終則共逸。爲勤孰名，逸則永畢。有封若堂，若所胥宇。九原不亡，可質斯語。

明故封中憲大夫太常寺少卿前陝西按察司副使劉公墓誌銘

封中憲大夫太常寺少卿劉公約之，文恭公之子也。舉進士，歷大理右寺副，累遷右寺丞，出補延平府同知，進漳州知府，擢陝西按察司副使歸。及其子棨爲尚寶司卿，陞階從肆品，以考績例得誥，進公今階。今天子登極，公以致仕，恩當復進階。而棨以東宫正字恩進今官，以兩宫尊號恩當復給誥，則又以移封例回所得誥，封公爲今官。命已至，而公卒，朝廷遣官諭祭如例，而特敕有司治葬事。蓋公以世業繼顯科，爲要官，中道蹉跌，久弗大振，而晚歲遭際皆奇特出常格如此云。

公諱瀚，約之其字，别號樗庵。先世本汴人，宋南渡有爲黄州統領者徙建康，後有諱順者榷茶平江路，遂居長洲。高祖諱元善，元季集義兵保障其鄉。曾祖諱德讓，國初爲沛縣儒學教諭。祖諱仲輿，贈中書舍人。考諱鉉，累官翰林學士、國子祭酒、詹事府少詹事，贈禮部左侍郎，以學行聞於時，文恭，其賜謚也。

少爲蘇州府學生，景泰庚午，領南畿鄉貢，卒國子業，有名。其舉進士在天順丁丑，試政禮部。領詔至揚州府，府饋金二鋌，公峻拒弗納。列郡皆相戒勿饋，縉紳繪却金圖，賦詩頌之。其爲大理，在天順、成化間，讞駁詳慎。嘗奉敕録京畿及江西重獄，平反四百餘人。出賑河間諸府，饑民籍名給粟者十五萬。其爲同知八年，專理戎籍，多所釐正，鄰郡愬訟者踵相沓。爲知府，得專制鋤彊抑暴，民甚安之。部使旌於朝，章至八九上。爲副使，益持憲體。會邊徼多事，督餉不乏。資望日積，而遽致事以去。西安府饋金爲贐，却之，曰：「不聞致仕與在任同邪？」時弘治己酉也。

居鄉十七年，足不至公室。歲鄉飲，有司禮爲大賓。其平生服履孝義，與人交際，無諛詞妄語。精法比，達政體，善古文歌詩，而終身不自伐。纊未屬，呼諸子孫至前，連舉孝弟忠信四字訓之，猶懇懇不置。其卒以乙丑十二月二十二日，壽八十有一矣。

配吴氏，有内行，先公二十餘年卒，累贈恭人。子男十一：棨其長也，爲中書舍人，直内閣，預經筵國史事，以慎敏稱；次築，義官；次霖、棐、棻、采、秉、某、棋、臬、梟、菜、秉、臯皆儒學生，棐、采、某皆比卒。女十，其婿爲前錦衣衛指揮徐世良、國子生李玥、吴鑾、義官李琦、河間府通判李煒、醫士施璧、士人張某、李某、鴻臚寺序班徐元萩、儒學生張文貞。孫男八，孫女十三。

初，吴恭人葬於武丘鄉袁巷村先墓，公卒之明年爲正德丙寅某月某日，葬焉。公之歸，舊業未拓，喿分所得俸爲養母，每欲歸省，不可得，比卒，乃奉吴編修南夫狀請予銘，禮也。吏部侍郎王公濟之方修郡志，列公名宦，當藉是以傳，銘惡足恃哉？銘曰：

儒臣之子，爲刑法家。内守外臺，厥績孔嘉。理同事殊，父有遺教。其所爲教，維甲科是紹。亦有遺恩，匪我自取。所弗自取，維以貽我後。維詞及翰，亦詎非儒？還以錫予，其祖風之餘乎？

明故資德大夫正治上卿都察院左都御史贈太子太保謚恭簡戴公墓誌銘

都察院左都御史戴公既寢疾，遺囑其從子兵馬副指揮星曰：「不得以恤典累朝廷。」已而，禮部稽據典制以聞，上再賜諭祭，令有司治葬事，而給驛遣官護歸其喪。監察御史楊儀等数十人以公督學所造士，合詞上請，特贈太子太保，謚恭簡，蓋於禮加隆焉。

公諱珊，字廷珍，其先宋錢塘令士先自婺源徙浮梁。祖諱嗣安，以子昪貴，贈陝西布政司右參議； 考諱昪，嘉興府學教授： 皆以公貴累贈南京刑部尚書。

公以縣學生舉天順壬午鄉貢，甲申，登進士第。成化丙戌，試四川道監察御史，服闋，乃授職。壬辰，督學南畿。凡考校，必以文藝占器識。有請謁者，孫不色拒，而終一無所撓，羣士帖服，至無後言。戊戌，遷陝西按察司副使，仍專學政。政如南畿，地加廣，雖遐陬僻壤，未嘗不到。修古聖賢祠廟，或增秩祀典。聞民間孝節事，亦奏旌其門。甲辰，擢浙江按察使，令尚清肅。丁未，遷福建右布政使。

弘治戊申，轉左布政使。勤教養，通財賦，情法兩當，論治體者必歸之。己酉，擢都察院右副都御史，撫治鄖陽諸府。豪右多窟，流聚爲利，公刻日令首罪。民所闢田多匿税，略償所費，而没其餘。嚴練兵伍，自製爲營陣法。蜀盜野王剛越境，入竹山、平利諸縣，守臣畏罪，莫敢發。公請合湖、陝兵誅其首惡，縱其脅從千餘人，事遂定。時偉其功，公不自伐也。辛亥，召入爲刑部右侍郎。乙卯，轉左侍郎。嘗會勘荆府不法事，皆得實。時羣疑交訌，朝廷是公議，卒行重典。丙辰，拜南京刑部尚書，讞獄尤謹。庚申，復召爲左都御史。公益自檢律，務持風紀。雖書簿之細，必極精覈。嘗與吏部考察京朝官者一，考天下述職者再。孝宗皇帝親鞫大獄，諸司震悚，公從容應對，時有所開析，天威頓霽。上知公清慎，每廷宣面問，至移晷刻。引疾求退，必優詔勉留，命醫賜食。間有慰諭，若家人父子然者，公不覺感泣，上亦爲之動容。章前後六上，留益力。公遣其妻若子先歸，以身待命。

乙丑，新天子嗣位，公不敢輒言去，力疾視事，疾再作，竟不起。卒之日爲十二月二十三日，距其生正統丁巳二月七日，壽六十九。娶夏侯氏，累贈夫人。繼吳氏，累封夫人。子晴，國子生，公廕也。正德丙寅，吳夫人挾晴來扶柩歸，以是年某月某日葬於某山之原。

公德性和粹，中耿耿不苟合，而洞達無城府。奉職守法，不爲物撓，而意常近厚。祿仕四十餘年，家無餘貲。壹意官守，雖尊官高年，猶手削章牘，辰入酉出，窮寒暑不變。敭歷中外，所至有聲績，學政尤著。身既没，人至今道之不衰。所著有松崖稿數卷。公在同榜中夙見知厚，常謂予曰：「子必銘我。」其治命亦屬太子太保閔公以及於予。嗚呼，是安可負哉！乃哭而銘之。銘曰：

昔我孝宗，咨訪耆碩。公長中臺，時聞造膝。公秘不泄，曰我后之德。公簡帝心，帝監公直。公所執法，躬就繩墨。其有弗率，則惟我職。無曰棘棘，或爾默默。我法弗忒，曰我無遺責。世有碎玉，亦鮮完璧。惟公始終，有美無擇。惟帝嗣位，惟父臣是式。臺評廟議，方懋爾績。古亦有言，天壽平格。有平若公，壽弗臻極。惟所遭值，及所樹植。令名在兹，永耀金石。

明故福建按察司僉事致仕進階朝列大夫蕭公墓誌銘

海釣蕭公既寢疾，附户部郎中王君蓋告訣於予。未幾，其子鳴鳳哀疏至，則奉治命請予銘，予爲之泫然以悲。蓋自壬子之秋别於城南僧舍，十五年於今矣。嗚呼，予乃竟爲公銘邪！

公諱顯，字文明，號履庵，更號海釣。以山海衛學生舉天順己卯京闈第二，試禮部，輒弗利。越十四年爲成化壬辰，乃得進士第。甲午，擢兵科給事中。有武臣中官怙勢求賞者，公批奏尾駁其功，坐是賈怨，弗恤也。涿州有巫矯邪神自東方來，京城男女争負土爲築祠宇。公抗章劾之，并禁私創庵觀等數事，言極剴切。留不報，外間傳言禍且不測。忽召至左順門，令中官諭遣之，人始知其事。後數日詢之，則巫已逐矣，然權幸人嫉之不置。辛丑，遷鎮寧州同知。時方作草書，手閲朝報，付其子趣治裝，仍終數紙乃罷。鎮寧非人所居，至善定衛居焉。夷俗每獻饋流官，納則喜，拒則疑且恚，至相戕害。公孫謝理諭，皆敬服無敢怨者。越八年，爲弘治戊申，稍遷同知衢州府。勾稽戎藉，取非法刑且悉焚之，而所得隱丁甚衆。他如撫惸嫠，修學舍，士民賴之。越三年辛亥，擢福建按察司僉事。承敕領屯田事，勸督交至，民相率輸納，歲無留逋。

又一年，以萬壽聖節入賀，刑部尚書白公昂欲有所薦擬，親戚有力者亦樂爲之援。公不復顧戀，上疏徑歸，歸數日而命下。乃治別墅，與騷人使客遊衍其間。有乞書千文者，秉燭終卷，遂得目眚，而賦詠不輟。乙丑，今天子即阼，以恩進朝列大夫。正德丙寅十一月二十六日乃卒。纊未屬，猶憂及時事，且口占對句課其孫，其至死不亂如此。距生宣德辛亥十二月十一日，壽七十六。

公德性醇篤，不妄言笑。早失怙恃，終身孝慕。事伯兄文清甚謹，撫其孤引鳳，爲之婚娶，比死，又厚葬之。交友尚意氣，久而不變。當官盡職，視患難若所當得。至于幾先勇退，順事正命，尤士君子所難。雖所蘊蓄未盡見於世，顧以劉文安公爲主司而得易魁，以三原王公爲吏部而得薦爲方面，則其人可知已。

山海本用武地，舉科第，攻詞翰，皆自公始。公詩清簡，有思致，所著海釣集、鎮寧行稿、歸田稿若干卷。其爲書尤沉著頓挫，自成一家，卷軸遍天下，傳至外國，後來者殆鮮及云。

公之先出吉安龍泉，宋、元世多宦達，鄉稱爲蕭金紫家。國初，始以戎籍遷山海。祖諱成，不仕。考諱福海，贈徵仕郎兵科給事中。妣曾氏，贈孺人。配喬氏、繼馮氏，贈封皆孺人，並有婦道。子五：鳴鳳得公學，次儀鳳，得公書，而鳴鳳久不售，膺貢爲國子生，次翔鳳，皆喬出；又次瑞鳳、雲鳳，出側室李氏。女一，適張指揮子塤。孫三：大觀、大昇，皆衛學生；次大臨。女孫三：一適李指揮子廷棟，一適胡指揮整，一許嫁趙某。曾孫一：某。羣從孫爲諸生者尚數人。喬孺人之葬，予嘗爲銘。今公與兩孺人合葬於某山之原，則丁卯閏正月十六日也。銘曰：

孰得之難，弗患失邪？孰進之難，退乃亟邪？將理有先，難後則獲邪；抑數有終信，而始則詘邪？不然何壽其身而復世其澤邪？觀德者盍以世而不以日邪？

明故朝列大夫南京國子監祭酒羅公墓誌銘

天順甲申廷試進士，憲宗皇帝在諒闇，制辭從簡，概治國平天下之道爲問。泰和羅公璟對以爲孝乃萬化之原，願舉此推之，以成聖治。上深納之，賜及第第三人，與吉水彭公教、太倉陸公釴皆天下選也。彭、陸皆不壽以没，公獨考終於家，而今亦不可作矣，惜哉！

公字明仲，其先有伯壽者爲元盧溝簿，被旌爲孝子。曾祖子理，國初爲德安同知，繼娶陳夫人，即少師楊文貞公嫁母也。挈家戍西安，文貞言於上，爲蠲其籍，得公祖賓廉以歸。公父進善，從文貞居，夢鶴而生公，額有赤志，可寸許。文貞曰：「此鶴相也，當貴且多壽。」

公未弱冠，文貞已卒，讀其家所藏書，文思溢發。巡撫侍郎楊公寧奇之，遣入縣學。初仕爲翰林編修，修英宗實録。成化丁亥，書成，遷修撰。嘗上疏言六事，上優詔答之。慈懿皇太后之喪，屬有異議，公上疏言宜合葬裕陵，又與諸學士合章以請，乃得俞命。壬辰，同考禮部，奉命校通鑑綱目。癸巳，修續綱目。甲午，充經筵官。丁酉，書成，擢司經洗馬。戊戌，孝宗進學東宫，簡侍講讀。庚子，主考南京。凡所校閲皆精當，而是科得人尤多。癸卯，以母喪去。丙午，闋服，上京師，忽調南京禮部員外郎，中外駭愕，莫知其故。後李孜省獄詞上，乃知爲所中。或云鄉人有弗合者構成其事，而公不自辯也。弘治初，三原王公爲吏部，薦爲福建按察副使，專督學政。政尚寬簡，程試外恒以義理爲教，士類悦服。癸丑，召爲南京國子祭酒。方將大有施設，時已沾疾，猶力起治事。丙辰，考績京師，至河西務疾作，乃具疏乞致仕，遂得請。癸亥七月二十六日卒，距其生宣德壬子某月某日，壽七十二。禮部爲請於朝，上眷公舊學，特賜諭祭，命有司治葬事云。

公端雅諒直，志識不羣，博學高論，動以古人爲準。平居不事詭激，而崇奬節義，汲汲若不暇。視天下事皆所欲爲，中值困阨，累歲再陟，稍克振拔，而公亦病矣。爲文務簡勁，詩亦脱綺靡，有冰玉稿若干卷，蓋其所自號，因取以名。其所編録，若五經旁注、周易程朱異同，刻於福州。公取同邑楊氏廣東按察僉事德濟之女，以孝稱，贈宜人。繼孔氏，宣聖五十八代孫，亦有賢行，封宜人。子六：鎣、鎬、鏜、銑、鐩、鉞，鎣、鏜皆縣學生，鐩以公廕爲國子生。生女七，皆嫁名族。孫五：重慶、重福、重壽、重禄、重熙。女孫亦七。

予與公同榜，又同在史局，爲道義交。恒念公之退不能薦，死不能吊，以爲公負。公卒之五年，鐩間以治命奉狀來乞銘，乃爲銘以補葬禮之闕。公墓在白泉山之原，其葬以甲子十二月二十九日，至是五年矣。銘曰：

濟辯以博，孰我鋒遏？守正以約，亦孰我志奪？惟其人之卓，乃命之闕，九原是託。惟斯丘之樂，孰斯人之能作？

李東陽全集卷九十

懷麓堂文後稿卷之二十八

誌銘

明故工部尚書進階榮禄大夫致仕贈太子太保曾公墓誌銘

公與予同出湖南，同籍京衛，入京學，同舉進士第，前後四五十年，交最稔。去冬，公訪予，病弗果見，爲之悵歎以去。今春予始入覲，而公已病，越數日遂不起，其子沄以治命乞銘。嗟乎，予竟不獲與公面訣而遽銘邪！

公姓曾氏，諱鑑，字克明，舉景泰丙子鄉薦，其舉進士以天順甲申，試政刑部。通州民十餘輩坐盜，獄且具，公辯其誣，人惑之，後果得真盜，乃大服。初命爲主事，尋以父喪闋服改工部。督造供應器物，綜理甚精。改吏部驗封，遷稽勳員外郎。母喪服闋，再入驗封，進郎中。奏擬精核，人無訾議。成化丁未，擢通政司右通政，專領武官誥籍。弘治庚戌，遷太僕寺卿，馬政修舉。壬子，擢工部右侍郎。督易州山廠薪炭事，剸治經畫，事集而人不擾。乙卯，召還，轉左侍郎。修倉庾，葺宫掖，充唐府册封使。庚申，拜尚書。修諸禁門、社稷壇及京城垣陴，凡涉公帑民力者，時執藝以諫。上嘗召至便殿，趣造戰車。公言派辦不可，亟請以舊所積榆槐木爲之。又嘗問工匠缺乏，公歷陳災傷逃徙之故，皆見嘉納。正德丙寅，修盧溝橋堤，製内殿龍毯，特賜玉帶。自餘若白金綵幣等物，不可殫紀。前後所得敕誥，贈封其二代及妻者凡四命，廕其子二人。既病，亟具疏乞休。上念公勤慎，勉從所請，進階榮禄大夫，令有司月給米三石，歲給輿隸四人，命下而公已卒矣。訃聞，上悼惜，贈太子太保，遣中官賜寶鏹萬貫爲賻，遣禮部官賜祭者再，仍令有司治葬事如制云。

公温純樂易，不事矯飾。雖風雨寒暑，不廢朝謁，官事未畢，繼之以夜。性敦孝友，兄弟同爨，白首無間言。族里窮急，力爲賙施。而自奉簡約，不爲禄位所移易。部吏少俊者教以舉業，且爲給膏火費。後舉鄉貢者二，舉進士者一，皆德之終身。

下至僕隸，亦感慕無飲怨者，是亦可謂難已。

公生宣德甲寅六月二十三日，卒於正德丁卯閏正月八日，得壽七十四。以三月二十四日葬於都城南五基之原。其配陳夫人已賜葬，至是乃克合焉。

公之先本郴州桂陽，曾祖諱民遠，洪武初戍南京，隸虎賁右衛。祖諱得壽，永樂間始扈從北遷。考諱讓，嘗得遺金百兩，訪其主還之。公初娶於陳，生子洪，爲國子生。側室滕氏，生子浤，今爲國子生。女三：長適騰驤衛千户于勇，次適金吾衛指揮同知劉涌，次適虎賁衛索百户子瓚。孫女一。公遺事尚多，尚書李公時器有狀，銘不能悉也。銘曰：

卿有六署，公居其三。幼學壯行，老且益諳。工曹最繁，公所終始。世歷累朝，歲幾四紀。夙興夜寐，心矢靡他。日累月積，歲計實多。盡瘁而生，得正而斃。亦有餘恩，爲身後地。凡器之類，鋭必先折。公戢其鋒，有用無缺。凡物之生，早必先萎。公斂其華，有實之理。公不言功，皇則念之。公不責效，天則驗之。孰傳厥宗，家有介子。孰最厥名，國有太史。

明故太子太保南京兵部尚書致仕贈少保王公墓誌銘

今年春，上釐正舊典，特嚴贈恤。公安王公適以訃聞，吏、禮二部最公功行。既遣官諭祭，命有司治葬事，復特贈爲少保，蓋公爲尚書以平蠻功加太子少保，以致政加太子太保，至是凡三加，而公不及見矣。

公自憲宗朝爲大理評事，累遷右寺正，奏讞精覈。嘗奉敕録四川囚，活百餘人。勘陝西藩府大獄，不避權貴，擢四川按察副使。孝宗朝改陝西，復爲四川按察使。其分巡川東，發廩賑饑，又請官銀十萬兩爲糴費，民賴以不死者甚衆。有貴州苗弗靖，已徵兵進剿，公獨謂不煩師力，卒從其議。比長憲，有滯囚累千人，應手而決。先後凡四入蜀，民習政教，去之日，老稚遮道不忍釋。孝宗朝遷南京都察院右僉都御史，兼督巡江。官校例出巡捕，公奏令御史偕行，以防掊克。總督京儲，出納明允。會貴州巡撫官闕，朝廷特敕公往。黜藩臬不職者數人。土官子皆令就學，以消獷習。入長大理，多所評駁，嘗與兩法司擬定問刑條例行之。復入南京爲户部尚書，其所綜制，如督儲時，加法爲詳。

其督師貴州也，值米魯之亂，虜鎮守内臣，戕殺文武藩臬官兵，勢甚熾。特命公兼左副督御史，統本鎮及楚、蜀、廣東西諸路官軍士兵十二萬，分四道以進，雲南兵亦來會，扼其歸路。賊先送所虜内臣於軍，及戰北窮走，首惡就斃。擒斬賊徒五千二百級，俘其屬千三百人，還所掠男婦五百餘人，破其寨箐千餘區，毀其倉屋十倍其數，獲其牲畜又三倍之，赦諸脅從，且立故酋之後以統其人。上賜敕獎勞，召還京師。道引疾乞休，弗許。既陛見，賜白金綵幣。尋改南京兵部，參贊留務，秩之始加也。論者以爲未稱其功，而公求去益切，三歲間章十二上，乃得請。上賜敕給驛，月給廩粟，歲給輿隸，恤典之備，復有俟於後云。

公諱軾，字用敬，世爲荆望。國初，曾祖仁以人材徵爲宜黄主簿。祖原道，以公貴贈南京兵部尚書。考讓，封評事，累贈亦如之。配張氏，累封夫人。子五：貢，舉鄉貢士；賞，縣學生，先卒；贊，亦舉於鄉；資，以父廕補國子生；貞，以武功授總旗，賜冠服。女一，適夏芳。孫四：子午、子宜、子年、子孝。孫女四。公年六十八，生正統己未九月二十日，其卒以正德丙寅十一月十六日，葬以丁卯某月某日，其地曰某山之原。

公篤孝友，撫孤侄有恩。簡直無僞，持論常近厚。自奉儉約，不避勤勩。所陳利弊，無慮數十條，多見采納。歷官四十餘年，人無訾議，至交章騰薦。其病在告，又趣起治事。所領兵刑錢穀皆劇務，所至有聲績，而貴州功尤偉。

予與公同出湖南，又同舉進士，故贊以治命奉兵科左給事中鄒君文盛狀來請銘。銘曰：

有夷西南，匹婦爲孽。潛嘘虐焰，如燎斯烈。帝簡公才，往授之鉞。坐帷定計，分兵擣穴。如竹斯破，應時解節。夷民歡忭，如水濯熱。公來何遲，公去何猝。公歸獻馘，帝甚喜悦。論功在廷，公不自伐。辭章疊上，勇退幾決。如藏太阿，有用無缺。功名始終，指詎多屈？史有特筆，必先大節。我銘公行，以厲來哲。

明故封徵仕郎禮科給事中李君墓誌銘

泉之晉江有李封君者諱杲，字世白，兵科左給事中貫之父也。以子初命，值聖天子御極上兩宫尊號恩，封徵仕郎禮科給事中，錫以敕命。鄉之人榮所被命，兼賢則君之之義，皆稱之爲「封君」、「封君」云。

君初學春秋，不樂爲科舉業，然專用教子，講解程課，倍於外傅。貫既舉鄉貢，無他兄弟，不忍出求仕。君攜上京師，試禮部，弗利而歸，教益至。越數年，貫始得進士，入翰林爲庶吉士。每念君不置，將引疾歸省。君聞之，曰：「奈何以我故廢業？」復間關北來，留官邸，諭以守身莅政之法，閱數月乃去。去則屢致書申告戒，亹亹不厭。其誨迪周悉蓋如此，故能成子之名，貤其身，大顯其家，君子曰固宜。

君敦本篤行，蚤失怙恃，鞠於繼母陳氏。事之四十餘年，曲盡孝養，陳至今康樂無恙。事前母兄昶如其父，比病瘓，每坐起必扶翼之，終其身奉諸父，尤畏謹。卑幼弗率者不屑與校，卒亦感服。

君平生好義舉，縣有六斗門，瀦水溉民田可千頃，一日盡決。縣簿董修治役，漁其利，功弗時就。君衆讓之，爲所窘，民哄甚，將甘心焉。君曰：「吾固民也，其無所與校。」乃止。簿後去官，愧且謝曰：「吾縱不負吾民，如仁人何？」君輕利好施，值歉歲，則蠲佃租之半，傭人老羸者均其直，鄰黨有貧者輒周之。刻意古學，涉獵羣籍，先達博雅，並加推讓，羣子弟皆取則焉。

君生景泰辛未十二月二十四日，正德丁卯六月十一日卒，年僅五十七。惟貫一子，有行與藝，偉然遠器也。女四人：長適士人蔣復亨，次適楊遲松，次適武尚德，次適王玉，皆縣學生。

工科都給事中許啓衷，閩人也，嘗奉使道晉江，獲見君豐容雅度，言温而氣充，殊禮重之。比還朝，貫亦以使歸，則聞君已捐館，因狀其行，貫奉以請銘。狀稱君所居有松數十株，惟意所好，因自號愛松，故予志以爵舉而銘以號著，終君志也。銘曰：

居視所與，物亦有焉。彼愛者松，惟物之賢。中貞外堅，不與世妍。排風傲霜，以歲以年。善者好之，如此松然。發爲枝柯，其高蔽天。後寒而凋，名則固存。封以識之，永矢弗諼。

封太孺人趙母胡氏墓誌銘

編修趙生永既喪其父文林翁，獨奉母胡太孺人以居。越三年，永舉鄉貢，九年，舉進士，被簡爲翰林庶吉士，又二年授今官。未考績，聖天子嗣位，恭上兩宮尊號，以恩被敕命，於是贈翁如其官，而封母今號。又二年，當正德丁卯，太孺人年七十一，以壽終。永衰絰來請曰：「先生既銘吾父，寧獨爲吾母靳？」予愴然感之，乃據其所自著狀爲銘。

胡之先出湖廣沔陽。曾祖諱美，有女弟爲高皇妃，以恩封臨川侯，後坐貶。祖諱質，戍山海衛，累功遷鷹揚衛百户。父諱善，廕其官。

太孺人生而簡重和惠，聞講説前代故事涉女德者，輒能領解。嘗有相工至，其母欲見之，謝曰：「吾聞女子行必擁面，奈何輕以示人？」相工曰：「無俟面矣。」年二十一，禮歸趙氏文林翁諱貴爲繼室。姑年幾九十，太孺人佐夫致養，倍於恒品，食必手製，湯藥必嘗而後進。翁先娶吴氏，遺四女，太孺人視若己出，鞠育周至，比長，擇宦族歸之。翁久未有嗣，太孺人爲置二媵，德常下逮。已而自生子，永其長也。翁置塾延師，羣鄉子弟與之共學。每躬課所業，欲給錢以勵勤者。太孺人曰：「勸之以利，非所以訓也。請以紙筆充費。」翁曰：「吾慮不及。」遽從之。永之學於予也，太孺人實佐翁。翁將易簀，指永示之曰：「此汝責也。」及卒，太孺人哀毁逾制，雖一茶必以薦。念與翁勤家久始致豐裕，至是獨綜内政，凜如嚴君。戒永曰：「汝之業，汝父之遺望也。我幸不死，獲見汝之立，庶幾報汝父於地下。」自是每語及，輒泣下沾襟。永用是厲學砥行，揚親亢宗，增飾堂構，光於往世。母之教固不可誣哉！

太孺人居常儉約，待族屬有恩。姒寡而老，禮事五十年，歲時與翁拜堂下，如事其姑，其姒亦儼然當之。其母黨婚喪之費，三世皆給予。趙氏有侄貧，鬻子爲食，太孺人爲贖歸之，且娶婦焉，成翁志也。蓋其德所旁及者如此，兹亦賢已。太孺人生正統丁巳八月二十五日，卒以正德丁卯八月二十四日，十月十二日合葬於都城北小西門之墓。子二人，次曰昶。女亦二，長適歸安縣學教諭張頌，皆早卒。孫一，某。銘曰：

爲夫代終，而保厥豐。教子既庸，而饗其封。生無憾容，没有遺寵。九原其逢，寧不曰孺人之功乎？

明故封翰林院編修徐君墓誌銘

有談吉水徐封君之賢者，禮部侍郎費君子充曰：

君諱晉，字廷亮，以字行。夙敦孝義，羣從昆弟類以豐裕相勝。君父處士公獨守故業，無所增拓，顧樂爲施予。母高孺人，尤慈煦，見饑寒困迫，如切其身。族子失怙恃，育而室之，凶歲或鬻粥以飼餓者。君每承命，必竭力行之。逋不能償者，焚其券。人或以爲難，則應之曰：「麥舟不俟命而發，矧既命乎？」君子曰：「善養志者。」剛直負氣，見婞叟澒涊之人，殆欲唾之。當廣坐中，非非是是，無少假借。用是爲人所憚，或以賈怨，不爲恤。生無他昆弟，中外侵暴，屢遭頓抑，竟不爲所屈。或被卵翼後黨附仇視者，待之如初。及諸子成立，家寖盛，皆革面求納，又待如初。其人卒自慚悔，若無所容。蓋其内有涵蓄，不過爲忮刻又如此。晚益韜戢世故，不一挂齒頰，因自號曰闇庵，著志也。平居足不至公府，鄉飲禮請，僅一赴，後不復往。姻戚請託，語涉官府，輒顰蹙摇手謝之。一布袍，十稔不易。既以子穆貴被錫命，非令節嘉禮，不服綺繡。勤勵自策，夜卧蚤作，率以爲常。少習經業，喜接章逢士。下逮庸人孺子見之，無不意滿。

若是者屢屢言之。蓋以穆爲予禮部所舉士，雅相知厚，故耳熟焉。君之卒，費君爲狀事行，其説加詳。謂君之先出南唐臨淄王知諫。歷宋至元，以貲雄郡縣。凡官有勸貸，必徐氏，嘗旌曰「好義之門」，表其所居曰「普惠之坊」，有省劄至今存焉。入國朝，有諱子暄者，以人才徵，不就。子暄生彝倫，彝倫生少安，實生君。君生正統戊午八月二十五日，至正德丁卯十一月八日，壽七十乃卒。其封曰翰林院編修階文林郎，故人稱之曰封君。君娶同邑曾氏，有婦德，封孺人。生子四〔二〕：長順載；次順美；次穆，進士及第，累官翰林侍讀，在講筵史局，以文行稱於時；次順化、載化，皆先卒。孫三：永年、有年、喬年。女孫三。

穆聞訃將歸，卜以戊辰某月某日葬某山之原，泣而請予銘，乃按狀以銘。銘曰：

庶以親著，卿以子名。前千百年，曰此徐氏之英也。封君有子，太史有父。身所爲教，以貽爾後。後千百年，其亦曰無忝於徐氏之胄乎？

【校勘記】

〔一〕「四」，以下文所述，當作「五」。

封翰林院編修可閒顧翁墓誌銘

予嘗序可閒顧翁事，又表厥考遺善處士之墓。比翁卒，厥子清來請銘。翁之興況既序之詳矣，兹撮其行實爲銘，復序以系之。

按：顧氏本江南著姓，蓋自晉已然，居華亭者若干世。翁曾祖秀一，以行稱。祖文理，考顯，皆力本修行，而父德尤著，所謂遺善處士者，實生翁。翁亦不仕，治家政。及子貴，曰：「吾可以閒矣。」始有是號。後以子官受封，人猶以號稱，既老乃復翁之。

翁戟髯魁幹，顧步有威，意度闊略，而中屹屹。負志操，未冠能自植。處士舊業爲外兄沈氏所侵，弗與校。翁曰：「是先世所遺者，其惟我責。」乃白於官，盡反其所侵。議者謂處士能讓，而翁善守，兩賢之。家有遠役，沈度其憚行，要重賂爲代。

翁奮自往，卒事還，費省十三四。自是鄉鄰無敢侮者，相戒曰：「顧氏有子矣。」樂赴人之急，勇不避難，解紛釋憾，拜於門者踵相接。與人言，不逆詐，雖至親，過必面折，然不留於心，明日有善，又稱之，故人畏而不怨。治生無詭，遇粥貨有弗善，直以告人，雖弗售，弗計。貸不能償者，或因以乞之。蓋其勤勵儉節，寖致優裕，實未嘗朘剥爲利。故凡有興作，衆歡趨之。回視他姓，固有彊而弗赴者，因益以驗翁之賢。

翁雖無官守，恒憂人之憂。比值歲旱，與鄉大夫禱雨，徒步走烈日中，遂得疾。疾且革，謂諸子姓曰：吾今年七十三，與吾父同壽，死不恨，獨不及清歸。歸則以吾言諭之，以終吾教云。蓋清之就外傅也，每夜歸，翁必課所業。清舉解元、進士，爲翰林編修，翁來視於官，及歸，始被封。清遷侍讀，以母喪歸，翁乃訓以官事，其所謂終教者以此。清再入朝，在講筵史局，方以學行嚮用，而翁弗待矣。

翁以正統丙辰正月二十六日生，正德戊辰某月某日卒，是年九月十三日葬，墓在縣之修竹鄉吉麗橋處士墓。以厥配陸孺人先翁卒且葬，虚其半壙，至是乃合，亦治命也。翁生清及積、慎、勤、勉爲五子，積、勉早卒。天彝、天敍、天秩、天申、天與、天祐、夢熊爲七孫，天秩縣學生，天敍亦早卒。應陽、應雷爲二曾孫。孫女二，曾孫女一。所按狀汪編修抑之所撰次，而清所自創。孺人亦著姓，昔所謂顧、陸者，與翁媲德，其葬別有銘，兹不悉序也。銘曰：

立爾卓，不摧以弱。守爾樸，不鍥以薄。不刻不斫，寧我爲璞。亦寧我爲木，不棟以桷。我稼我穫，其苗孔碩。有德與齒，矧有封爵。我憂其劬，亦饗其樂。我所自取，若手諸橐。惟厥子攸託，述其匪作。

户部郎中徐良佐墓誌銘

今年春，良佐手二軸請予書洞庭、岳麓詩，辭曰：「廷用出先生門十五年矣，而寸紙隻字未嘗有獲。知久厭詞翰，諒不爲知者靳。」予方辭謝，良佐意懇甚，趣僮僕具筆墨，必得乃已。予自禮闈得良佐後，每聞能官聲，不意其酷嗜此，殊以爲訝。越兩月，良佐忽遘疾，疾亟，屬其友易吉士舒誥欲得予銘，數日遽卒，不益可訝也夫！嗚呼，不亦可痛也夫！

良佐姓徐氏，諱廷用，良佐字也，世居吾長沙之醴陵。祖某，有隱德。考某，某縣丞。縣丞君仕不顯，嘗指良佐曰：「是必亢吾宗。」比弱冠，遣爲縣學生。稍長，學驟進，同輩者多屈爲弟子。成化丙午，舉鄉貢，其舉進士當弘治癸丑。越二年乙卯，授户部江西司主事。督都城商税、通州倉儲及内監諸場芻秸，事皆劇務。良佐夙夜勤勩[一]，力拒請託，貴戚僕隸有牟利撓法者，輒舉按之。庚申，丁外艱。闋服，癸亥，改陝西司。甲子，都御史閻公仲宇承敕治宣府、大同邊儲，謂非才識練習者莫佐其事，訪於衆，得良佐名，特奏請以從。時芻糧闕乏，悉力區畫，令不煩而事集。歸還廣東司員外郎。

正德丙寅，進河南司郎中。凡歷四司，皆繁甚。比爲正郎，躬領庶務，益殫志慮。而官長信任，寮佐敬服，無少訾議，識者皆以遠大期之。然愈自刻厲，敦尚儉素，食飲衣馬不加於舊。既在告，猶手削奏牘，矻矻不少置。獨念母老，欲圖終養，竟不獲自遂以没，年四十有二而已。

良佐爲主事，考績給敕命，進階承德郎。爲員外郎，以兩宫尊號恩給誥命，進奉直大夫。縣丞君累贈員外郎，母某氏累封宜人。娶劉氏，封宜人。三子：長一麒，次一鳴，次某。三女，長適縣學生施廷樞。良佐生於成化丙戌某月某日，其卒以正德丁卯六月一日，是年某月某日，葬於某山之原。銘曰：

固則執之，約鮮失之。止或尼之，吁天誰詰之。年之嗇矣，塗之阨矣。維子之克矣，家之澤矣。衡山之巍兮，楚水之瀰兮。生斯葬斯兮，嗟兮其全歸兮。

【校勘記】

〔一〕「良」，原作「長」，顯以形近而訛，據文義與抄本正之。

封太宜人何母李氏墓誌銘

封太宜人李氏於故刑部郎中何君商臣爲元配，於今兵部郎中孟春爲母。以君主事初命，封安人。孟春初命雖不過主事，而例從夫貴，又以獨存例封今號。及見其子爲今官以卒，卒五十有八。

初，太宜人歸於何氏，年甫十有九。事祖姑鄧安人、姑廖宜人備極孝養，喪葬皆如禮。成化辛丑，君舉進士，太宜人攜二子從至京師。弘治辛亥，君録囚南畿，厥考廷彦公致雲南按察司僉事事，君遣婦子歸養于家，太宜人事其繼姑李宜人如其先姑。癸丑，孟春舉進士，旋遭君喪。乙卯，以母命娶於歐氏。丙辰，擢居兵部之職方。太宜人就養於官，越三年得疾。癸亥，按察公喪，孟春以嫡孫承重。正德丙寅，復任。丁卯，李宜人喪，再承重歸。太宜人手足半痿，又弗良於言。孟春意揣色候，饑飽寒暖，百凡之節，隨事致請，太宜人必頷焉，蓋非公事不敢離左右。嘗考牧三邊，數閱月。既見，則喜見於面，雖在哀疢，恒恃以自適。己巳，湖南多盜，鄉民多走徙，孟春奉太宜人野避者一，入城者五，重貽親憂，復奉以北上。比補武選，未一月，舍館甫定，而太宜人疾革。時其少子孟旦及崔氏女皆先夭，惟孟春在側云。

李與何皆郴州望族，太宜人黔江教諭通之女。生景泰壬申六月六日，卒於己巳九月十有四日。生男女子十人，其七皆殤。孫一人，曰仲方。君葬於劉仙嶺，太宜人今葬於何山十里而近，從吉卜也。

女之職，大抵婦勞而母逸。太宜人少勤饋爨，暨膺禄養，又困於牀褥，出則涉舟車之險，殆不能一日安乎其身。孟春少劬問學，不任家務。既失怙，又值母病，形影相依倚，聲氣相煦嫗，慈孝之懿，有人所甚難者。比其再至，文益奇，才氣益充拓，方將自見於用，而又抱憂戚以去，君子蓋深哀之。予雅有一日之長，尤知且厚，乃爲其母銘，與其父之銘並傳焉。狀出工部左侍郎崔君民瞻。民瞻，郡人，嘗從刑部君遊，又爲其子娶於君之女，故知其内行爲詳。銘曰：

郴去京，幾萬里。一從夫，三從子。官爲家，古有是。全而歸，更何俟。惟母德，在堂所。葬有銘，亦近禮。我爲文，銘再世。以其餘，昭内懿。生同居，死異地。魂必之，藏在此。

大理左寺正趙生訓夫墓誌銘

趙生訓夫既寢疾，予往視之。生蹙然曰：「式病劇且歸，歸幸獲終養。惟違遠門下，甚恨。」予憮然感之。越數日，果上疏乞致仕。比命下，以手書告訣其父，且遺囑請予銘。初，生介柳中書文範見予未遇時，後直内閣，爲官屬，因學詩、篆於予〔一〕，久且習。與吾子兆先交最稔，悼其死，手録其遺稿以傳，茲惡得無情哉！

生諱式，訓夫字也。自宋南渡後居温之永嘉。生曾祖某以上皆未仕。祖詵，永樂庚子鄉貢士。父諫，歷海州、光澤二學訓導，封徵仕郎中書舍人。生少聰穎，異凡兒，學舉子業，尤工楷書，從徵仕君宦淮、閩間。弱冠將入郡學，以父命綜家務，始棄舊習。徵仕既歸休，日服孝養。徵仕謂之曰：「國家求賢路廣，汝無擇仕，且無以我故自畫。」生上京師，以儒士隸禮部印局，需次未至。弘治庚戌，尚書耿文恪公廩於官。甲寅，少師徐文靖公始薦領書翰事，試中書舍人，三年乃得真授。凡朝廷寶册、制誥詔敕、經筵講章、榜文試録，多其手出。預修大明會典，加正七品禄。修玉牒，賜銀幣。修歷代通鑑纂要，亦有賜。歲時所賜酒饌扇袋諸物及御製詩，皆郎署所不預。嘗頒孝宗覃恩詔及孝肅太皇太后哀詔於兩畿諸郡，閣直出使，前此所未有。九載秩滿，遷大理左寺正，加從五品禄，其視常格亦加一等云。

生明敏清辯，博聞而達尚。多事遊宦，歷覽山川形勝，識民情事變。使卒業科第，決不至汩没。既以藝舉，專事書法，益精鑒賞，真行篆隸，旁及繪畫芙蓉松菊竹兔之類，種種清絶。每應制揮寫，刻時立辦，遠近購請，無虚旬日。碑板摹刻，後先輝映，評騭品第者指不能多屈。尤擅越調，酒酣對客，撫几歌吟，綽有風致。生没後，士大夫家殆爲絶響，予於是蓋永歎焉。

生生景泰丙子十二月二十五日，卒以正德己巳三月十八日，年五十四。是年某月某日，葬於吹臺山竹罨之南原。母林氏，贈孺人。繼母王氏，娶王氏，皆封孺人。二子：君澤、公澤。次京澤，甫晬，出側室車氏。女二：長在室，次適朱濂。孫三：大衍、大本、大理。生攜其甥金雲鴻上京師，教以書法，令入禮部印局。病革時，雲鴻爲治後事，集諸鄉宦緘所藏書畫諸物，待君澤來畀之。君澤亦析其貲以遺幼弟，皆可謂不負者。國子司業王思獻素厚生，爲著行狀，予據以銘。銘曰：

有穎在囊，不探而脱。見爾豪拔，試爾硎發。持以嚮用，孰爾鋒遏？匪武斯競，乃文之蔚。彼崛而突，胡奄而忽。維中書君，永老而折。才孰爾予，命孰爾奪。嗟哉趙生，飲志而没！

【校勘記】

〔一〕「篆」，原作「蒙」，當以形近而訛。李東陽爲篆書名家，因據文義與抄本正之。

明故推誠宣忠翊運武臣特進光禄大夫柱國慶雲侯贈宣國公謚恭和周公墓誌銘

孝肅貞順康懿光烈輔天成聖太皇太后既崩之五年，爲正德戊辰，其中弟太保長寧伯彧卒。越明年己巳二月十日，伯弟太傅慶雲侯壽亦卒。上屢爲震悼，輟視朝一日。贈長寧爲侯，謚榮禧；贈慶雲爲宣國公，謚恭和。遞進一等，各遣禮部官論祭者十有六，賻布百匹、米百石，命有司治凡葬事。太皇太后、皇太后、中宮皆賜賻有差，而諸王亦遣祭焉。

公姓周氏，壽其諱，字永齡，世居順天之昌平。曾祖諱得清，祖諱福山，皆贈特進榮禄大夫柱國慶雲侯。考諱能，贈奉天翊運推誠佐理武臣特進光禄大夫右柱國太傅寧國公，謚榮靖。妣甄氏，贈寧國夫人，生女二，太皇太后其次也。繼配高氏，亦贈寧國夫人，實生公。

公少奇俊不凡，性度詳雅，寡言笑，讀書通大義。天順癸未，襲榮靖，初命爲錦衣衛副千户，尋進左軍都督府都督僉事。成化乙酉，憲宗純皇帝遣中官召至便殿，進都督同知。丁亥，賜誥券，號推誠宣忠翊運武臣，階特進榮禄大夫，勳柱國，封慶雲伯，歲禄千石。辛丑，進階特進光禄大夫柱國慶雲侯，子孫世襲。弘治戊申，孝宗敬皇帝恭上聖祖母尊號，恩益歲禄百石，加太保。越十有五年癸亥，加太傅。蓋自荷爵命以來，日益貴盛。其所被賜，若蟒衣玉帶白金綺幣諸物，不可勝紀。公禮賢下士，雖接幼賤，亦假以辭色，終太皇之世，不敢恃恩澤爲驕縱。雖例不治事，嘗奉使藩府，印記戰馬，皆以勤慎見稱。朝請之暇，必躬莅家塾，課諸子書史筆畫，未嘗輕出門户。客至剌入，非親舊不輕引接，以爲常。縉紳簪弁之徒，或有不識其面者焉。然則太皇廕覆之仁、累朝報本推恩之孝，於公見之。而膺奉持守，不危不溢，以衍於無窮者，公之賢亦可謂無負耳矣。

公生正統壬戌六月八日，壽六十八。卒之年三月二十八日，窆於昌平鸞臺山祖墓之次。配李，仁宗昭皇帝恭靖賢妃之從女，故錦衣衛指揮僉事智之女，莊静有内則，封慶雲侯夫人，先卒。繼夫人董氏，處士清之女，亦稱良配。子四：璋、瑾、瓚、瑛，皆錦衣世襲指揮使，璋、瓚皆先卒。女五：長適總鎮兩廣安遠侯柳文；次適總鎮兩廣伏羌伯子毛浩，卒；次適錦衣指揮僉事劉宗武；次適錦衣指揮使傅聰；次在室。女孫三：長許嫁武靖伯長子趙世爵，次許建平伯長子高某。

予識公未貴時，公之妻之兄中都李留守謙，於先公友也，故公以治命屬。二子奉狀介留守之子錦衣指揮溏來徵銘，而其姻家騰驤左衛張指揮翰復來速銘，銘安可辭哉？銘曰：

靄彼慶雲，爲瑞於天。地有封邑，嘉名應焉。鍾靈藴和，亦有人瑞。寧國之子，聖母之弟。若雲從龍，自下而升。而朝布韋，而暮簪纓。五爵之二，三公之一。一門兩封，此實誰匹？歷事三朝，餘四十年。我皇眷之，惟親惟賢。榮名寵光，越有終始。生斯葬斯，於帝之里。鸞臺之鄉，裕陵是望。山環水朝，靈氣攸藏。穹碑峨空，上有文字。公子公孫，來者是視。

李東陽全集卷九十一

懷麓堂文後稿卷之二十九

誌銘

明故通議大夫吏部左侍郎兼翰林院學士掌詹事府事張公墓誌銘

嗟乎，東白公已矣！公姓張氏，東白其所自號，竟以號行，天下皆知有張東白者，而今已矣，嗟乎！

公五歲精爽過人，書過目成誦。其父松亭翁名之曰文魁。寧靖王召見，令作儷對韻語，大加賞歎。書「元徵」二字賜之，因易名元徵。松亭攜入閩，觀者塞道。公至考亭，拜朱晦翁遺像，輒有志所謂道學者。松亭謂曰：「彼儒先曷嘗不繇科舉進邪？」乃入南昌縣學爲生。都御史韓公雍奇之，曰：「此人瑞也。」復易其名曰元禎，字之曰廷祥。

天順己卯，舉鄉貢。庚辰，試禮部，得詩魁。英宗每掄材，必兼膂幹。公貌癯然，若不勝衣，李文達公特簡爲翰林庶吉士。劉文安公奉詔授業，見其文，矍然以驚。壬午，授編修，考校精覈，歲貢士鮮入格者。癸未，同考禮部。得太倉陸釴爲省元，人始未信，後果有大名。憲宗即阼，上疏請行三年喪，復言講學、聽治、用人、厚俗四事。預修實録，書法不苟，時同官多不合者。成化丁亥，謝病歸，示無復仕進意。名益重，從之遊者四遠而至。藩臬郡縣至者未始不往見，見則憮然自失。諸言事者累薦起之，不果。

居二十年，值孝宗即位，弘治戊申，召修實録，至則以舊勞遷春坊左贊善。上勸行王道疏，幾萬言，入侍經筵。己酉，考南畿鄉貢。辛亥，書成，遷南京翰林侍講學士。癸亥，念母老，復謝病歸。越五年戊午，召修大明會典，爲副總裁，至復還翰林學士掌院事。孝宗隆其名，特置日講，兼侍東宫講讀。數月，以母憂去。壬戌，擢南京太常寺卿。癸亥，召修歷代通鑑纂要，改太常卿，仍兼學士，侍日講。甲子，命掌詹事府事。乙丑，考會試，即奉詔授吉士業。一日，忽上疏請讀太極圖、西銘諸書。上亟索内閣得之，蓋有意大用，未幾而龍馭上賓矣。

今天子繼統，以侍從恩擢吏部左侍郎，仍兼學士，加從二品俸，敕爲實録副總裁。自是數病，病必連月，屢上疏乞致仕，優詔弗許。正德丁卯，滿三載，未奏，十二月晦日卒。

公少侍父疾，籲天請代，喪禮尚古。事母色養，惟赴召時不及躬斂，憾之終身。遇二弟有恩。嘗建一莊，歲置租二百石，以濟族黨，以四百石貸鄉民，有司爲給帖書籍。

其於書務博涉，尤好探經傳賾隱，多所獨得。一時談理學者數人各樹門户，而公岸然不爲下。作易詩春秋語要，四書集要，太極圖説要，綱目、近思録、家語解要，皆未脱稿。爲詩文，始務奇崛，勇脱蹊徑，晚就平實，若出二手，然類爲人所重，莫爲軒輊。

論議揭揭，尤深嫉惡，至不可近。及再入宦途，益寬厚。雖後之寒士，亦與抗禮，顧或爲貶抑。要其中容有所見，賢者之不可測固如此。天每艱於生才，才者未必用，有如公者，豈易得哉，豈易得哉！

張之先出金華，宋季有佇芳者知隆興府，避世南昌。傳十餘世至公祖孟初、父仲實，皆以公貴贈如公官。母倪淑人，生公於正統丁巳二月三日，年七十乃卒。娶程淑人，生二子：采、粟。一女，適西安教諭羅幹，狀元應魁子也。繼黄氏。孫四，女孫幾。

采奔喪京師，卜公葬以卒之又明年戊辰某月某日，詣予請銘。公亦豈易銘哉！顧同官之舊，四十餘年於今矣。銘曰：

木生在山，久乃益堅。輂致於途，蹶萬牛以顛。貢之明堂，將棟將梁。忽内蠹以傷，孰其生之，而卒棄厥良。人材實殊，公負其有。惟厥攸負，曰可與大受。與不在天，受不在予。夫苟不自愧，遑恤其餘。維文之絶，維名之揭。彼利達者，疇巧疇拙？地靈人傑，維鄉邦之哲。百世之下，山不泐，水不嚙，茲惟張東白公之穴。

明故錦衣衛掌衛事都指揮使贈榮禄大夫右軍都督府都督同知葉公墓誌銘

公姓葉氏，諱廣，字大用。其先出處州青田，今分景寧縣地也。祖諱景殷，考諱□□，皆贈驃騎將軍都指揮使。

初，公世錦衣衛爲總旗。公少孤，賴母范夫人鞠成之，俾學書藝。既代役，識者曰：「是非行伍中人。」領東廠緝訪事，詳慎不泄。成化八年，以功擢試百户，莅本所事。屢奉敕出勘重獄，所在饋贐，悉辭弗納，江西藩臬賦詩贈之。遼東武臣奏其地有金鑛珠池，公奉命往勘，躬涉境外，察其姦，事遂寢，東人德之至今。領本衛緝訪事，事必核。有劇盜，詔捕甚急，或陰迹所在以告。公曰：「盜固有罪，待其自犯，爾何得爲邏者？」後自訪得之。有校尉緝越城盜，公疑之，執不變。公曰：「若殺此人，後獲真者，奈何？」不數日，真者果獲。二十一年，實授爲百户。明年，遷副千户，理鎮撫司刑，鞫讞精密。有姦婦製毒，假婢手中其夫，概坐死，公以婢不知情，辯釋之。有校尉誣執平人爲盜，反坐執者。都察院守者相仇殺，逮繫百餘人，户部進内藏銀數失實，繫者亦衆，皆止坐罪者。自餘平反縱釋，多至不可計。

弘治五年，擢署指揮僉事。明年，本衛缺員，兵部薦其名。時孝宗簡在已久，御文華殿，親閲之，命莅衛事，實授爲僉事，總都城溝涂事，人不敢犯。出勘寧化王府疑獄，務存大體。勘大明川投獻地，卒歸於民。督捕中外盜賊，獲數千百人，而鄭村壩賊尤劇。數年，累遷都指揮僉事。北山賊稱靠山王者，勢甚獗，方發官軍出捕，比至，則公已遣官屬擣其巢，滅之一日矣。上偉其功，遷都指揮同知。又勘外戚莊地及藩府儀賓獄，皆集事而還。

今皇帝正德元年，進都指揮使，掌衛事。凡郊祀、耕籍、視學、經筵諸大禮，無弗預者。減役從省浮費，政令一新，官屬皆改視易聽，下至校役，亦仰戴不置。總緝訪事，尤極慎重，戒諭官校，必以天道國法爲説，詞義懇切，人多感動，蓋隱然有陰德焉。前後所被賜如蟒龍飛魚衣及銀幣諸時物甚備。二年，加從一品俸。八月二十五日，卒於正寢，距其生正統三年七月二十三日，壽至七十。朝廷特贈榮禄大夫右軍都督府都督同知，命禮部諭祭者三，工部治凡葬事，皆異數也。公祖墓在城南七里鋪之原。既被封誥，始修兆域，備儀物。至是，以位祔焉，則十月三日也。

公器局魁碩，敏而能斷。遇事不苟，動先自律，威貸旁午，屹然不爲動。自壯至老，未嘗少易。又能體悉羣情，不過苛刻。用是獲於上下，交口贊譽，翕然同辭，其卒也，尤悼惜不置云。

公配張氏，封夫人，賢明有内政。三子：長蕃，次蘭，次蔡，皆爲武學生，累試弗售。蕃尤謹厚，有幹局，嘗舉將才，足紹公志。蘭，早卒。女一，適保國公介弟朱曙。孫五：長鳳儀，以軍功累官錦衣衛正千户；次鳳鳴、鳳翔、鳳岐、鳳來。女孫二：長適錦衣衛張指揮子瑾，次適錦衣衛正千户孫瑾。曾孫二：應麒、應麟。

公孝親睦姻，交友重信義，其他細行可述者尤多。蕃奉治命，以其鄉人刑部虞主事岳狀請予銘。予於葉氏有葭莩之雅，且於公相知深，重其爲人，乃哀而銘之。銘曰：

有偉丈夫，奮起朝列。在帝左右，職掌麾節。使旌孑孑，出遍藩臬。命不我辱，物不我涅。嚴嚴詔獄，法象斯設。鞫明察幽，靡枉弗雪。衝飈激濤，盤根錯節。如楫得濟，如觿解結。隨不失正，剛不至折。功名始終，竟保完潔。高門巀嵲，永樹閥閲。外有佳城，幽光不滅。

明故武定侯郭公墓誌銘

郭公存忠自錦衣衛指揮僉事襲封武定侯，越七年卒。上輟視朝一日，命禮部諭祭者三，敕有司治凡葬事，皆如制。

公之爲僉事也，嘗試武舉，有名，然未甚顯。會錦衣闕員，兵部以公數人名。孝宗御文華殿親閲之，見公儀觀秀整，進對明暢，命莅衛事。每侍衛扈從，必以目屬焉。嘗參預廷鞫，總都城溝涂事，兼督工修治，充殿試執事官，職領捐辦。出勘長沙衛獄，詞涉藩府，歸奏稱旨。其爲侯也，僉右軍都督府事，領京營牧馬。勘薊州牧場地，捕北山賊屬若干人。虜寇大同，命充右參將。尋命簡京營兵，别部以俟。公易置旗鼓，嚴爲肄練，勇氣增倍。後不果行，乃上邊務六事，累數千言。都御史陳公道、都指揮趙君鑑、姜通政清、韓御史春交章薦之，各極稱譽，亦未及試也。

公雖生故家，值業中落，囊無餘貲，惟積書數千卷。凡天官時日、戰守攻圍之法，悉有指授。以至堪輿醫卜，罔不究心。公暇則詠詩作書，開園蒔花。尤好竹，以賓竹自號。大夫士過者談論，窮日夕不厭也。事母致孝，友誼尤篤。貧而死者爲具棺斂，人以是賢之。獨其中所蘊蓄弗克大展，齎志以没，識者又以是惜之。

公之先鳳陽臨淮人。元季有山甫者，蚤結高皇帝，累贈營國公。子子興，爲鞏昌侯，贈陝國公，謚宣武；英爲武定侯，贈營國公，謚威襄。女册爲寧妃。威襄生鎮，尚永嘉大長公主爲附馬都尉〔一〕。都尉生珍，少孤，當嗣，會文皇帝陟方事寢，其從弟玹以妃恩賜襲侯，而特授珍爲南京錦衣衛指揮僉事以卒。錦衣衛生某，公父也，始襲爲僉事。天順初，襲侯，卒時公尚幼，給廩於家。後玹子争襲不已，朝廷兩罷之，而特授公指揮僉事。弘治辛酉，公母許太夫人上疏自列，下廷臣集議，於是公乃襲爵，蓋閱四十餘年而始復云。

公生景泰甲戌某月某日，卒於正德丁卯六月十六日，年五十四，其葬則十月二日也。公配柏氏，封武定侯夫人。子五：長勳，當嗣；次勷、勣、勸、敕。女一。孫二：房、㢊。勳奉公治命，持代府教授仇東之狀請予銘。銘曰：

郭有封國，在高皇世。一門兩侯，侯者再繼。仲繼以恩，伯繼以功。三紀之後，歸於大宗。翼翼京營，嚴嚴督府。既衷壯猶，亦佐耆武。維時恬熙，兵斂弗耀。志在邊疆，身則廊廟。謂公既試，而有遺才。公子公孫，繼繼其來。祔於先公，是謂無忝。幽光百世，昭不可掩。

【校勘記】

〔一〕「馬」，原作「爲」，顯以形近而訛，據文義與抄本正之。

明故山東萊州府知府進階亞中大夫致仕李君墓誌銘

君姓李氏，諱棨，字從質。其先望於隴西，元季有諱成者居鳳翔，國朝永樂中徙河間之任丘，居廢鄭州城南爲鉅族。考諱溥，登陜西鄉薦，累官山東東昌府學教授，贈儒林郎光禄寺丞。生四子，君其長也。

生而凝重不浮。儒林公邃易學，歷湖、蜀、秦、魯間，多所造就，因以授君。君補縣學生，提學閤御史禹錫賞所爲文，試必居首，遊從至四十餘輩。任丘士多業儒，傳易者實自君始。成化甲午，舉京闈。戊戌，登進士，知上海縣。賦訟叢沓，持以鎮静，和而不狎，每有鞫問，人稱爲明。以外艱去，民遮道攀送，有下泣者。服闋被徵，復以内艱去。服再闋，擢光禄丞。

越六年，當弘治壬子，遷少卿。南京工部解御膳供應物至，卿胡恭者以鄉人不爲檢視，典守者因出空文。後事覺，恭坐貶，連引諸僚佐，君以丞時事出同知青州府，家人咸怨恭。君曰：「命也。」會二弟連喪，曰：「此亦恭邪？」又六年戊午，擢知萊州府。值歲屢歉，撫煦凋瘵，理疆界，均力役，捕劫盜六千餘人。時勾稽屯地，戍衛欲移患於民，或議牧馬於萊，又有獻地於衡藩者，皆力争以免。招徠流徙，與屬縣期約，視多寡爲殿最，旬月内復業者至數千人。民稍饑，輒發粟施粥，活者尤衆。暇則修葺學舍，集諸生，勵以行業，萊人爲刻石頌德焉。

越八年，不調，君以子時已舉進士，爲翰林編修，乃上疏乞歸。吏部言其恬退可嘉，宜進秩以示勸，特陞山東布政司右參政致仕。明年得疾，就醫京邸，數月歸。又明年病劇，時亟欲歸省。會孝廟實録告成有日，又朝廷將行黜陟之令，君手書止之。自制棺斂，處分家務，曰：「無以爲我兒累也。」時憂甚，弗暇他恤，亟具疏以請。逾月乃獲命，比抵家，君已逝七日矣。

君夙敦孝慕，每見儒官，輒加禮遇，曰：「吾父嘗爲是也。」世所遺田宅，悉讓諸弟。羣從子女，皆爲婚嫁。處己慎密，澹然無所利。有治事才，而爲寬厚所掩。又恥自衒，故鮮有知者。時亦用家學顯，才器甚偉，所進未可量。歸省事尤汲汲若弗逮，竟弗躬治命，其志尤可哀也。曁告喪於朝，自狀父行，以墓銘告，乃撮君之大者爲銘。

君娶邊氏，户部郎中贈都察院左僉都御使永之女，以慈孝聞。惟時一子。女三人：適國子生安州楊舜、任丘縣學生孫夔、獻縣學生高相。孫一，曰坦。女孫四。君年六十有七，生正統癸亥九月十七日，卒於是年六月二十四日，十一月二日葬縣北東三里之原。銘曰：

駕於亨衢，既蹶復驅。弗摧我車，帆彼中流。倏退以休，式完我舟。尺蠖之屈，冥鴻之揭，非我失得。彼逐逐者，其欲其舍，無一非我。得不在身，有天者存，以遺我後人。

封孺人彭母李氏墓誌銘

婦職視所從爲貴賤，然弗克兩值。或兩值而一貴者，蓋亦有遺寵焉。彭母李孺人之封，實以大理寺正君諱銓初命爲評事。其子縉累官禮部員外郎，秩加顯而封號未及進，故仍稱孺人，而以先封故不得稱太，制也。

李氏出襄陽舊族，與彭爲郡望。孺人之父諱濟，以國子生爲同安縣丞，有惠在人。寺正君之父贈評事真樸翁諱某聞李氏女賢，聘以冢婦，同安亦耳熟寺正君之材，簡於諸生，謂爲偉器，議是以克合。

孺人孝敬勤儉，皆出天性。服食麄糲，而奉祀修饋必豐潔。姻里窮乏，有須輒應，俯接卑幼，無不意滿以去，内外賢之。生縉未彌月，出事井臼，手爲杵所傷，裹以供役。翁責羣幼弗代，孺人謝曰：「婦職固是也。」寺正君舉鄉貢，擢進士第，既授官，貤封孺人，貴不廢業。寺正君嘗賑饑齊、魯間，蠲逋發陳，招集流徙，夙夜不暇給。孺人留京邸，飭家政，内外截截，君子以爲有内助焉。寺正君還朝，道卒。孺人哀毁，幾不能生。既歸葬，壹意教子，市織紡爲膏火費。

縉繼舉進士，授萊州府推官，孺人實就公養。每訊獄聲徹屏幃，輒爲廢食飲。

縉歸，必問之故，且戒之曰：「汝父之爲是物，恒自慮獲譴，及出賑，活人多甚，吾知其必有後也。汝無亦爲後地乎？」縉被召爲兵部武選司主事，孺人復至京邸。後數年，改禮部，再命至今官，而孺人歸，已老不復出矣。正德三年戊辰五月八日卒於家，壽七十有四。子三人：縉其長，次紳，次縣學生經。女二人：長適縣學生張璠，次適貢士沈宗。孫一人：某。女孫六人。

縉將歸，卜是年某月某日合葬於扁山之原，介吾甥崔主事傑來請銘。縉，予禮部所舉士也，勤慎奉職，不愧其父。其徵銘也甚懇而哀，得禮之正，吾是以銘。銘曰：

得於夫者，以成其子。優學爲仕，平反爲理。復爲禮官，内則之軌。惟所從故，以與終始。有藏在兹，百世無毁。

蕭芝庵墓誌銘

芝庵蕭君來自南，實以子昂居京師就養，五年乃卒。已而，厥配潘孺人亦卒。昂將歸合葬，奉兵部郎中李君源狀請予銘。

按狀，蕭氏本蜀望，仕宋居河南，從南渡寓於閩。國初有伯亨者，嘗被召，以疾辭不起，賜歸錢塘，給薪米數十户終其身，是爲君祖。子敬，號善寧居士，隱於鄉，是爲君父。

君諱鑑，字克明，芝庵號也。生而端慤，長益謹厚，寡言笑，不喜戲劇，遇事輒奮欲自立。時家中落，晝爲蠱幹，夜歸誦讀不絶口。業寖就裕，事親志養，婚弟嫁妹，爲從子置田宅，育諸甥如己子。友有黄佐者，同貿於外，各市官鹽若干引，至桐江，黄舟壞，鹽盡覆，君公所有予之。黄負金氏，爲所窘，君亦代之償。黄謝曰：「微公佐，死久矣。」分水縣學生郎啓親喪，不能葬，君貸以漆山田八畝，并其券折之。杭州衛百户杭華代職京師，貧不自活，君給以衣食，復資而遣之。其他周困振乏者尤衆。晚好醫書，得其突奥。以疾告者，雖大寒暑必赴。酬以金幣，輒辭曰：「吾豈爲利計哉！」鄉人無長少疏戚，皆以號稱之曰「芝庵長者」也。

孺人同邑橘泉處士之女，有淑質慧敏，精女事，能讀列女傳諸書。比歸，禮佐孝養，治内無違則。君喪，哀甚，忽夢君，因大慟幾絶，越數日，竟不起。惟昂一子，以名醫被徵入太醫院，供事内局。比以進藥功擢御醫，命下，君已卒七日，而孺人猶及見焉。君生宣德癸丑九月二十一日，卒於正德戊辰十月十七日，壽七十六。孺人少君四歲，其生以正統丁巳七月二十一日，卒後君兩月，歲未盡七日耳。明年庚午三月三十日，合葬於西湖龍井之原。昂之迎養也，爲君輸粟，獲以例授七品階。每公退，力備甘旨。屬私第火，慮駭其親，曲致愉悦。及病，躬侍湯藥，蓋殆而復安者屢矣。予每病，昂必爲診視，意勤勤不置。予念之，且嘉其孝，故爲銘。銘曰：

蕭出内江，始遷洛陽。繇閩逮杭，乃居錢塘。其業經書，其術岐黄。父教之良，矧有義方？考家於官，全歸其鄉。子職之勤，矧惟顯揚？龍泉之原，山回水長。居也同堂，窆也同藏。有存不亡，百世勿忘。

明故封奉直大夫翰林院侍講學士劉公墓誌銘

封翰林院侍講學士劉公，諱規，字應乾，舉成化己丑進士，知浙江餘姚縣。以父喪闋服，改知湖廣麻城縣。被簡爲監察御史，左遷廣西鬱林州判官。孝宗皇帝登極，復叙遷爲江西新淦知縣。以母老上疏乞歸養，例弗許。時其子春已爲翰林編修，會上兩宫尊號恩當封，乃棄職就封，秩爲編修，階文林郎。暨今上皇帝登極，復以兩宫尊號恩進封侍講學士，階奉直大夫。壽七十三卒，正德三年九月十四日也。公之先出湖廣興國州，元季徙蜀，今爲重慶巴縣人。曾祖昇，丹陽縣丞。祖克明，不仕。父剛，浙江赤城驛丞。

公性剛介，不爲物撓。在餘姚，出納興革，心計力作。聞海堤圮，亟爲修築。患里甲苦供役，手自籍記，令里日出米二石，餘則均於次日，日省數倍。重興學，士經獎勸者多有名於時。每賑饑，必審實里户高下，以次給之，民獲實利。治獄必先矜恤，隨事斷決，不輕械繫，而往往得其情狀。病勢家請託，每客至，延坐後廳，令羣吏左右侍，皆莫敢出口以去，然亦無怨也。按察蕭僉事禎有戚屬，出入爲需索，公械送於蕭，蕭謝之，遂用是知公。麻城差易治，治又加置，故不勞而辦。爲御史，核湖廣、貴州軍儲。又按山東，雖擿發姦伏而務平恕。每慮囚獄，疑者必從宥法。劾參政張盛，爲所詿補外，未嘗色悔焉。

痛早失怙，事母每飯必躬侍。建家祠，修世譜，周贍貧族，至老不倦。蓋其居官不苟得，而家積穀粟益饒裕，其爲義舉以此。尤嚴子教，每語之曰：「居者爲孝，仕者爲忠。」又語其仕者曰：「爾輩各有職，職異而理同，爾其識之。」其長子相，克家；春，舉解元，進士及第，累官至學士，賜四品服，以學行聞；台，亦舉解元、進士，歷吏部員外郎，今爲泰州同知。孫：鶴年，復舉進士；彭年，舉鄉貢士，科第之盛，鮮與爲比；其次曰松年、大年、嘉年、延年、光祖、繼祖、萬年：皆宜人鄧氏出；

側室趙氏出者曰耆英。曾孫曰起宗。女三人，長適貢士盧尚鎬，次適國子生胡繼，次適陳嘉事。女孫五，皆適士族。

學士君在講筵史局，方嚮用，聞訃將歸，卜以明年某月某日襄事，奉狀請予銘，狀則順天府丞楊君温甫所著也。銘曰：

邑不我詘，臺不我矜。旋復棄之，封君是稱。科以三世，教以一經。矧有世守，有行有名。公名固存，奚俟兹銘。

光禄寺少卿致仕進階朝列大夫李君墓誌銘

去年冬，予會抱犢李光禄、南屏潘太史、遂逸張西臺於家。三君者並京産，潘、張皆予姻家，李君亦少同筆硯，張氏之好，實與成之故也。時李君已病，歸遂劇。越數日，手書抵予，若欲爲永訣者，既又以韻語屬予銘墓。比再遣人候之，則已逝矣。予既與遂逸會哭，春初有事於城南，是夕夢焉，乃悲而銘之。

李氏世居徐之沛縣，後徵至京師，隸錦衣衛籍。君諱紳，字縉卿，其自號曰抱犢山人。生而朗潤，數歲能屬對，人争誦之。嘗與予從監察御史岐山展先生遊，並被甄賞。君長予三歲，顧淹一舉，舉成化乙酉鄉貢，連擢丙戌進士，授行人司行人。

數奉使，足迹遍天下，聞見益博。九載考最，遷户部員外郎、郎中，贈其父道明員外郎，封母周氏爲太宜人，並受誥命。

其所領司最劇，書簿立辨。時貴戚方盛，有所干請，力爲摧抑。尚書李公敏薦爲光禄寺少卿，意氣勃發，遽罹猜忌。會考覈京朝官，以浮躁淺露例調知山西之忻州。忻，君所嘗奉使地，不欲往，上疏乞致仕，再上，未允，復疏曰：「郡縣之職，非循良豈弟者弗稱。兹以浮躁淺露之名，而責其循良豈弟之政，蓋亦難矣。」既得請，榜於坐曰：「五斗懶將雙膝屈，三章乞得一身閒。」論者賞其志，亦惜其才之不盡見也。

君舊居城南，徙禁衜之西偏，已乃復故業。間歸沛，置屋數楹，歲取僦直。忽毁於火，又無他貿易，歲費且不給，持以勤儉，未嘗見言面。喜讀道書，手自抄録，至盈箱篋。或訝之，笑而弗答。與客觴詠，投壺象戲，或雜以諧謔，文采逸發，獨不及官府事。予叩之，琅琅可聽，使得再試，未必不嶄然穎脱也。今天子登極，詔進階朝列大夫，至是卒。

君素篤恩義，兄玄真爲道士，晚得末疾，迎致於家，躬視湯藥，斂葬如禮。丁氏妹寡而無子，周恤百至。嘗爲友索草書，久弗致，纊未屬三日，以幅楮抵予，必得乃已。交接之際，蓋至死不易云。

配劉氏，封宜人，内政甚肅。晚得一男，出側室劉氏，曰宜禄，方九歲。君生正統甲子五月五日，其卒以正德己巳十二月十九日，壽六十六。明年二月既望，窆城西四里原先墓。銘曰：

少而同袍，壯而同朝。分官異曹，獨老於韜。豈才弗能？實命不遭。觴子於堂，吊子於郊。銘以葬之，以全我交。

贈淑人孫母錢氏墓誌銘

户部尚書孫君志同之父之喪，予嘗爲作銘，及母錢氏喪，銘弗及備，意有所待也。越十有九年，自述行狀二千言以請。予讀既，歎曰：「世所述先德，有能詳且實若是者乎？」

按：錢氏出鎮江丹徒，祖忠，謫戍湖廣，始居安陸，與孫同里閈。父廣，於素庵翁雅厚，遂許聘其子資政公孟恕。逮事舅姑，並致孝敬。體素弱，始不習勞，聞姑戒，躬率婢使，至窮日夜。舅老病嗽，晨起須茗飲，淑人每夙興製茗。姑喜肉炙，躬執炊爨，暑必近火。自始嫁至垂老，饗饋如一日。親喪，以舅姑在，不敢過哀，私居縞素，定省必易服從事。公性嚴肅，雖細事，必禀而後行。有所怒，則爲寬解。家法不置乳母，生五子六女，皆自抱負紉綴，至得婦乃已。素好潔，祭饗器必自滌。每澣絺葛，立夏日中，以手熨抑，俾燥濕得所。用不殄物，衣雖久，不垢敝。裁翦繒錦，不遺餘質，積至數千片，輳合補葺，五色間錯，粲然成文。

公弟妹七人，處以和嫕，不失辭色。外睦兄姊，孤且貧者遇之尤厚，以暨諸姻戚皆然。鄰婦死，無棺，假以佳木。鄉黨患難，亦周之，以成公志。公嘗謂曰：「吾婚嫁粗畢，夫婦當偕老。脱我得多算，則願分以益汝，無相先後。」錢少公一歲，後一年卒，皆壽六十有一。

錢始封安人，進宜人，贈恭人、淑人，至夫人，而公亦加贈如志同官資政者尚書階也。户部以郎中歸省，而公喪在弘治甲寅歲，逾年而夫人亦卒，是爲乙卯正月十有一日。十有二月二十有九日，合葬雞籠山之墓。異棺同槨，乃户部所親製，以義起者，蓋於是寡遺憾焉。五子者，户部名交，以學行致通顯，次弘、胖、求、宜，胖、宜蚤卒。一女，其婿曰指揮僉事胡鎮。七孫，曰州學生文焕，曰元，曰文獻，曰文奎，曰京，曰文某，曰文采。女孫四，曾孫一。

嗟夫！女德不外見，若户部之孝且文，能自紀述，則雖謦欬跬步之細，皆身教也。繇是敍銘之，以與父德並傳，顧不可哉！銘曰：

有子如此，無問其母。以柔濟剛，惟嚴教之輔。惟德是似，質固其有。有潛弗彰，澤故能久。惟杯棬在口，若書在手。同堂合壙，終獲其所。我銘封君，若徯其後。

李東陽全集卷九十二

懷麓堂文後稿卷之三十

誌銘

明故太常寺卿致仕進階榮禄大夫林公墓誌銘

内閣置中書舍人，領制誥、詔敕、册寶、奏疏、封草、書篆之事，地清職秘，其貴者乃至三品，顧不恒得。若林公以成累官太常寺卿，加正二品禄，進階資善大夫致仕，會今天子登極，恭上兩宫尊號恩再進階從一品，爲榮禄大夫，蓋歷事四朝五十餘年，年八十有一而卒，遭際之盛，僅一再見而已。

公諱章，以成字也，世爲杭之錢塘人。曾祖居義以上皆不顯，祖仲英，考森，皆以公貴，贈諫議大夫太常寺卿，祖妣鍾氏、母張氏皆贈封淑人。公幼而敏悟，藩司以大書薦於朝。天順初，授中書舍人，遂直内閣，與衡陽謝伯寛並價，遷禮部儀制員外郎。景泰初，文簿叢沓，會有大典禮，事出倉猝，方稽據故實，公預具籍册，無所遺失。李文達公殊愛之，超遷禮部儀制員外郎。成化二年，九載秩滿，遷山東布政司左參議，寄禄順天府，朝謁仕事，皆如故。三年，預修英廟實録成，擢太常寺少卿。十二年，秩再滿，進爲卿。以父喪服闋，弘治初，秩又滿，始有加禄之命。四年，憲廟實録成，時資勞愈積，而限於格例，於是禄再加而官不復進。中間若大明一統志、續通鑑綱目諸纂述事必預，預必有賜金幣楮鏹酒饌及諸時物，多至不可數。後以母喪服闋，遂上疏請老，始有進階之命。顧以二子皆仕，就養居京師。累閲歲，於是階亦再進，衣鶴腰玉以歸，歸未幾而卒。公考妣及妻之喪，皆賜葬祭，并其生所置壙，皆出異數。蓋雖曹省卿佐，苟非稱事應例，亦有終其身而以得者，斯亦可謂難已。

公生於宣德五年十二月十二日，卒於正德五年二月二十二日，是年某月某日啓壙合葬，其地曰金鍾山之陽。公配董氏，貳室唐氏。子四人：長應祥，太僕寺主簿，次應禧，鴻臚寺司儀署丞，今亦領制敕事，皆雅飭有家法；次應禄、應禎。女二人：長適旗手衛指揮使徐永，次適汀州知府項經子鎧。孫四人，女孫三人。公素孝謹，親疾必籲天請代。母老，迎養於官，每公暇不去左右。友弟睦族，急人患難。其居官慎重不泄，非疾病，未嘗一日不入朝。書法遒勁，尤精鑒賞。博聞習見，能道先朝臺閣事，歷歷可聽云。應祥等將歸治喪，具公事行請銘墓石，以傳不朽，乃爲銘。銘曰：

錢塘之墟，山水環礴。鍾奇結秀，造物有作。匪物之作，人亦孔卓。或以行舉，言揚藝擢。公生其間，自見頭角。貌臞而茂，骨清以確。如巖斯松，如嶼斯鶴。既梁既桷，俯仰臺閣。不矰不繳，往返林壑。斯人斯丘，永以終樂。

封阜國太夫人王母段氏合葬墓誌銘

正德庚午十一月十二日，王母阜國太夫人卒。上震悼，遣中官致香幣楮鏹，奠於城東賜第，命禮部諭祭者十有四，工部給米布諸物，治凡葬事皆如制。慈聖康壽太皇太后哀痛不自勝，慈壽皇太后暨中宮皆有奠賻，使者道相屬，勳戚公卿以下咸往吊。其諸子卜以辛未二月二十一日啓都城西玉河鄉阜國公壙而合葬焉，乃奉吏部右侍郎兼翰林學士靳君充道狀請予銘。

按狀：太夫人姓段氏，世爲南京望族。考諱普成，妣某氏，生太夫人，有淑質，且得異兆，慎擇門第，謂莫過王氏婦。阜國公諱鎮時尚未顯，實誕我太皇太后。憲宗皇帝既登極正位，中宫公官於京師，累封榮禄大夫後軍都督府右都督，於是有夫人之命。後長子源封瑞安伯，進爲侯，獲贈其父翊運推誠佐理武臣特進光禄大夫右柱國阜國公，謚康穆，太夫人始加今封。太皇太后在孝宗皇帝朝已進重闈，太夫人恩禮加厚。每入宫，留養逾月。其家居，子姓甥婿歲時燕會，蟒衣玉帶，以次上壽。太夫人春秋雖高，而聰明康健，一一爲之盡觴，無不意滿。一時大家鉅室稱福壽者莫之敢望。

太夫人懷謙抱和，貴不忘勤，富不忘儉，一錢尺帛，不忍輕費。每旦焚香禱家廟，教子孫習詩禮，親書史，接賢大夫士。夜則帥諸婦治女紅，或漏下數刻乃已。臨終，忽呼家人取舊賜蟒衣服之，既又麾之，曰：「是非送終服也。」蓋其年至八十有九，而耿耿不亂如此，可謂賢矣。

於戲！我國家以仁孝治天下，推恩睦族，施於外戚，必仰體慈志，厚於所生。自孝廟以來，暨今上皇帝，率用是道。若王氏兄弟並躋五爵，官封禄養，極庭闈之奉，而敦詩悦禮，屏奢去傲，滿而不溢，君臣交盡，自昔爲難。阜國之教，固始自蒙養，而順守終善，以延於無窮者，謂非太夫人之訓不可也。

狀稱太皇太后關雎之化、樛木之仁，爲今太姒，是出於天者固無俟論。至謂瑞安兄弟爲有竇廣國之風，以徵太夫人之賢，亦信然哉！太夫人子三：源其長也，今加太傅，娶孫氏錦衣衛千户瑀之女；次清，封崇善伯，加太保，娶薛氏，故陽武侯之女，繼羅氏，某衛千户貴之女；次浚，封安仁伯，先卒，娶薛氏，永順伯之女。女二，其季適恭順侯吴鑑，封侯夫人。孫五：長桓，襲安仁伯，娶今陽武侯之女；次樟、橋、楷、模，俱世襲錦衣千户。女孫二：長適安昌伯錢承宗，次適定西侯蔣壑。曾孫二：某，某。銘曰：

翼翼舊都，大江之東。巍巍聖母，靈秀是鍾。匪惟國禎，家慶則有。天實屬之，亦假其手。桓桓阜國，家始用昌。温温夫人，不顯其光。德禀純和，氣分清淑。儲休召祥，亦孔之篤。椒房之馨，奕葉沾沾。封誥煌煌，甲第潭潭。衣有命服，賜有玉食。四十七年，靡間朝夕。先帝至孝，今皇至仁。老老之義，由親逮尊。生有寵章，没有賻恤。從夫而終，永奠幽室。

明故榮禄大夫後軍都督府都督同知郭公墓誌銘

都督郭公彦和世出武胄，雅好文事。厥妣朱太夫人暨厥配李夫人之葬，皆徵予銘。比公卒，厥子琮復以治命請，且奉户部侍郎喬希大狀。予於公以朱氏故有姻好，知之爲詳，有與狀互發者，乃敍其事以爲銘先。

公諱鋐，彦和字也，上世出廬之合肥。曾祖得，國初内附，累功授廣陽衛指揮僉事。祖瑄，嗣。考震，又嗣，進指揮同知，以材勇聞，封平陰武愍王。成國朱公簡於京營，遂妻以女。後累陞至同知中軍都督府事，佩征西將軍印，充總兵官，鎮大同。於是贈厥祖考皆榮禄大夫中軍都督府都督同知。公初嗣指揮使，註彭城衛。

成化乙酉，以廣西荔浦功進都指揮僉事。己丑，中武舉，進同知，月加俸二石，贊畫團營方略，掌旗鼓號令，名遂起。丁酉，領五軍營右哨。戊戌，備倭揚州諸府，政尚鎮静，海道以寧。丙午，充漕運參將。

弘治戊申，寄禄錦衣衛。壬子，充副總兵，鎮廣西永安諸路。獞賊流劫府江，公首議用兵，分路進剿，俘斬甚衆。乙卯，進署後軍都督府都督僉事，佩漕運印，充總兵官，鎮淮安，以廣西功實授。俄復進都督同知，降敕奬勵，賜白金綵幣，給誥命，階榮禄大夫。自復入淮，熟練漕政，悉官兵利病，條貫便不便，曲爲區畫。借京倉銀爲般剥費，以代市息，浚通州官河二十餘里，置減水壩，用淺船般運以代陸輓，歲各省數萬緡。故雖專且久，而官士愛戴不少替。

正德丁卯，召還京師，奉朝請，佐理都督府事。逾年，乃卒。昔人以轉輸功上戰伐，謂兵食必相須乃克有濟。公先兵後食，歷試皆效，其所謂食雖非赴急應變，然持恒保大，爲國家遠久計，功實倍焉。而論者猶歉其弗克盡用以没，此其人亦可知已。

公事母孝謹，迎養嶺南，桴鼓之暇，不廢定省。自奉簡約，雅好慕士大夫，下上論議，圍棋雅歌。閲古書名畫，蕭然如書生云。李夫人生二女，長適中都留守詹濟，次適魏國公子錦衣勳衛徐應宿。貳室何氏，生子琮，當嗣世職。和氏生一女，適騰驤右衛指揮徐通子麒。公以正統辛酉六月朔日卒，卒之日爲正德己巳九月二十二日。朝廷遣禮部官諭祭者五。墓在都城西山某原，李夫人先賜葬，今卜以十月六日啓壙而窆，制也。銘曰：

東巡海徼窮三吴，南盡百越逾蒼梧。左節右鉞麾且驅，但有號令無喧呼。執俘獻馘多壯圖，江淮之間財賦區。億兵兆粟萬舳艫，前參後帥紛卒徒。茨粱矗地相撑扶，十有五載如朝晡。西有戎羌北有胡，所恨不得當匈奴。論功校績已有餘，豈以旦夕争錙銖？古稱宅相事有諸，平陰之澤世不渝。承家有子讀父書，刻石紀德昭謀謨。堂封合葬如來胥，公生全歸死不孤，彼不死者歸來乎？

句容知縣劉生德機墓誌銘

有傳劉生德機病者，予曰：「德機質厚，不宜病。」又有傳其死者，予曰：「德機器局甚偉，不宜死。」既乃於喬侍郎希大得邃庵楊先生報，哭曰：「噫，真死矣！」蓋德機以内弟學於予，又學於邃庵。邃庵以都御史致政，居鎮江，德機實在鄰壤。得氣疾，劇往就醫，忽病殤，卒於丁卯橋别業。邃庵爲制棺斂，爲文祭之，甚哀。越數月，喪至西郊，葬於四里原世墓。

劉氏出順天之順義，世居京師，有名籍。德機諱釗，德機其字。祖諱某。考諱俊，於吾外舅義官公兄弟也，舉天順甲申進士，爲監察御史，出知瑞州之新昌，有能聲，遷太僕寺丞，卒。母夏氏。

德機少從父至新昌，歸父喪，哭至嘔血。爲京學生，家值火厄，攻苦力學。成化丙午，予主考京闈，德機聞命即引嫌不就試。弘治乙卯，乃得舉，又詘禮部。己未，予再莅春試，復不就。又三試，皆北。謁選吏部，乃得知句容縣，則正德戊辰也。會歲大侵，徭税沓至，詢民疾苦，極力撫慰。每京府牒下，曲爲申告，至罹督責，不少變。民恃以爲命，争相慕悦，道路騰播，流聞京師。部使者察其能，致旌勞焉。蓋自爲諸生，三十年始得一命。既壯長，益練習世故，故所試輒效〔一〕。使假以時歲，當大有所就，而不意其遽止也，悲夫！

德機年五十三，生於丁丑十月十九日，卒於己巳六月二十八日，葬於十一月二日。娶杜氏，忠義衛指揮某之女。生五子：長紹禄，習舉子業；次紹文、紹經、紹賢、紹勳。三女：長適刑部尚書董公方孫弘祖，次適户部尚書殷公謙孫輅，次適慶陽府同知李賓子鳳翔。

德機與兄鑑及從弟鴻臚序班鉞、前京學生鋭殊友愛。與人尚意氣，能悉予意，嚮不爲撓。與吾子兆先同筆硯，慟其死，慰予甚至。予兩葬吾父，皆從於墓舍，相禮督役，勤無遺力。每見予所爲文，雖寸紙隻字，不輕棄擲。今其死雖不吾屬，吾知其待予銘以瞑也。銘曰：

由豐而約，志若可樂。在仕而憂，維民之瘼。胡負之卓卓，其成落落。其施未博，咎豈在學？彼不死者，惟文章是託。我銘劉生，以慰冥漠。

【校勘記】

〔一〕「試」，原作「譏」，據文義與抄本正之。

亡女衍聖公宗婦墓誌銘

嗚呼！吾女其竟至此極也。吾女年十八，嫁於孔氏。嫁十有一年，比歸寧已病，纔兩月遽没於此，痛哉！

吾家故多難，繼娶於贈太師成國莊簡公之女，今封一品夫人朱氏，生二女及一子兆同，皆夭，惟吾女一人。吾女眉目清湛，翛然玉立，意其非凡兒匹，諸貴家多議婚，盡却之。弘治丙辰，前衍聖公南溪先生有子聞韶方冠，屬其弟衍聖公東莊先生來議於京。陳都憲玉娶於孔氏，與二公通家，又視予爲知己，首爲請曰：「是宣聖六十二代大宗子也，簡雅而文。」予謂族大非耦，且以遠故未應。太宰屠公朝宗輩十人懇予不置，予要以三事，曰：「吾女尚幼，必三年後成禮；禮必從儉；孔氏子必令讀書。」皆應曰：「如約。」乃許之。

庚申，東莊以聞韶至，納徵之日，少師守静焦公實相禮焉。吾女素孝謹，戀不忍别，其兄兆先憐而送之。既至，奉舅姑，食必親饋。繼嫡姑袁夫人暨其姑江夫人奇愛之。東莊卒，聞韶既襲公爵，而南溪又卒。吾女居喪哀毁，屏服飾，相祀勤恪。處諸妯娌和遜有節，接姻戚無驕色。僮僕數千指，馭之皆有恩。端居一室，雖名園别墅，未嘗一至。屢娠弗字，自置媵妾，人以爲難。比字一男，輒不育，其得疾亦以此。恒念違遠父母，泣涕無虚日。或慰之曰：「夫人爲聖門宗婦，爵重族盛，宜莫與比，復何憾？」吾女曰：「貴富非所敢望，但不獲恒侍膝下，死不瞑矣。」雖百方解之，不能得。

甲子，重建闕里廟成，予奉敕代祀，留其家十餘日乃返。其母亦嘗還之，還後愈益戀慕。比歸，雖病，强笑語慰予。及卒，吾母麻太夫人哭之甚哀，有歲制棺，輒以予之，含斂皆如禮〔一〕。時聞韶適有疾，請暫寓京療治。上命醫診視，遣中使賜酒肉蔬米物。及以喪告，請再假數日。上爲憫惻，復特遣禮部官祭於殯，行人祭於家，仍給驛護喪，令有司治葬事。吾女絀於生母，久未給封誥，而得此，蓋異數也。

吾女性朗慧，其母口授女孝經及名物之書，意領頷答，皆略能默記。手寫家信，作蠅頭字，或爲韻語，多思歸之詞，聞者悲之。念兄之孤女，手製衣囊，歲再三致，至買女婢給之。其歸寧凡七至，其兄及潘氏嫂之喪，繼弟兆蕃之廕爲尚寶丞，從弟兆延之爲義官，皆會。既病亟，亟請予致崔氏女爲永訣。屬纊之際，父母及夫皆在焉。蓋其恩誼篤至，若亦有陰相默會者。獨念其二姑弗獲終養，爲終身恨。嗚呼痛哉！

未至前一月，其母夢一匏裂爲二，上有「子分」二字。嗚呼，豈非天哉！吾女年二十八，生成化癸卯十一月二十六日。其喪逾誕辰一日乃發，其夫卜以明年辛未四月六日葬於孔林南溪墓之右。予以不德致罰，既銘二子，又銘吾女，年加老，情緒亦弗堪，銜哀援筆，有不能盡敍者。禮部郎中崔甥傑以友婿故復爲補狀，以備家乘之闕云。銘曰：

孔氏世爵，爲大宗子。亦有宗婦，式相廟祀。代六十二，婦氏維李。巖巖闕里，生則歸之。鬱鬱孔林，死則棲之。歸獲其配，棲得其所。聖靈在焉，永庇終古。

【校勘記】

〔一〕「含」，底本漫漶，抄本作「含」，因據補。

明故資政大夫太子少保禮部尚書兼翰林院學士贈太子太保謚文裕白公墓誌銘

國朝父子官至尚書者不過數人，南宫白公其一也。公諱鉞，字秉德。考諱圭，舉正統壬戌進士，官至資政大夫太子少保兵部尚書，贈榮禄大夫少傅，謚恭敏。曾祖諱進忠，元千户，以恭敏貴，贈資政大夫太子少保兵部尚書。祖諱友諒，封資善大夫工部尚書。三世妣贈封皆夫人。世望畿服。

恭敏公之爲浙江布政也，公生於杭。成化庚子，舉京闈第一。甲辰，舉禮部，廷試第二人及第，授翰林院編修。弘治戊申，同修憲廟實録，以内艱去。癸丑，同考禮部。丙辰，秩滿，遷侍讀。己未，充經筵講官。壬戌，復同考禮部。今上在春宫，充講讀官。癸丑，修大明會典成，進侍講學士，賜宴禮部。尋修歷代通鑑纂要，公亦與焉。甲子，考南畿鄉試。乙丑，以登極恩進學士，加從四品階并俸，充日講官，賜紗帽羅衣韡襪諸物。正德丙寅，開經筵，賜白金綵幣車駕。視太學，賜坐彝倫堂。丁卯，命教庶吉士，署掌院事，擢禮部右侍郎，日講如故。尋改吏部，遷左侍郎，賜御製蟠龍諸詩，賜纂要，進尚書。己巳，賜玉帶。庚午，復命兼學士，入内閣，專典誥敕，掌詹事府事。以寧夏平，賜賀功金牌，加太子少保。居月餘，以疾卒，年五十有七。上悼惜不置，贈太子太保，謚文裕，遣官諭祭，敕有司治葬事。

公以公卿子習聞朝廷典故，加之問學，博涉强記，詞翰清美，見稱於時。而久職文字典禮，無甲兵錢穀之寄，故以此終其身，成其所爲名。其爲人重厚，政尚寬簡，不爲骫骳之行、瑣屑之節。值所難處，寧稍爲遜避，而未嘗遂失乎正。其居家惇孝養，與其兄錦衣千户鑽、弟國子生銓及鋭、鈁相友愛，遇姻戚有恩。上下交際，不爲諂瀆，有長厚之風焉。其所著有怡靖稿若干卷。

公以景泰甲戌八月四日生，正德庚午十月二十九日卒，辛未五月某日，葬於南宫某原先墓。娶李氏，詹事府詹事兼翰林侍講學士諱泰之女。子五人：鶴齡，學舉子業成而卒；次玄齡，以廕入中書肄字出身；次昌齡、修齡；次啓齡，亦夭。女六人：長適懷寧侯長子孫瑛，次適永順伯長子薛璽，次許嫁馮通政子修，次許國子生袁應乾，餘尚幼。孫一人，曰恩，公卒乃生。孫女六。玄齡奉吏部左侍郎傅君邦瑞狀請予銘，予於白氏頗有姻連，且與公同官久矣，乃爲銘。銘曰：

世紹科第，家爲公卿。我自得之，匪禄廕是膺。兄翹弟華，業擅文武。我以文試，匪甲冑爲伍。士則有學，惟經史子。曰我所以仕，固其在此。官則有職，惟天地人。曰帝有命，我曷敢弗寅？進敷講帷，入掌綸誥。凡所施用，皆文之教。禮有賜葬，行有易名。一之謂難，矧不忝厥生？父曰恭敏，子曰文裕。惟千百祀，以永終譽。

封武定侯夫人郭母柏氏墓誌銘

武定侯郭公諱良既卒之四年，當正德辛未三月二十四日，夫人柏氏繼卒。其子嗣武定侯勳以喪告，且乞假襄事。上遣禮部官諭祭，令有司啓壙合葬。蓋公已賜葬于都城西□□□之原，制得并造妻壙故也，於是卜以五月十一日窆焉。嗣侯乃告於予曰：「先公之喪，辱惠之銘。兹吾母不敢他請。」予辭以女德不預知，則奉工部右侍郎夏君景德狀，衰絰吾門者八九至，乃據以銘。

柏氏本保定蠡縣望族。父諱珍，錦衣衛指揮僉事，以長女爲憲朝賢妃恩進都指揮使。母陳氏，封夫人。夫人，妃同母兄弟也，生而純懿有内則，父母慎擇配，久之得武定公。公時喪父當嗣，以年幼例給侯禄，優養於家。比長，族人有争襲者撓之，遂罷侯封，授郡衣指揮僉事。禄不足，夫人輒以奩具佐之，恨不逮舅養。事太夫人許氏，備極孝敬，食必甘旨，衣必輕毳，務得其歡乃已。暨諸族黨，雖幼且賤，亦施禮遇，未嘗以貴盛加人。公素好客，夫人每先意治具，不俟咄嗟而辦，公亦以是參名。

弘治癸丑，公被簡莅衛事，親交咸賀，夫人獨曰：「祖爵未嗣，憂方大耳。」丙辰，公勘獄湖南，夫人脱簪珥以充行橐。公曰：「官有廩餼，安用此？」夫人曰：「君素不妄取，獨不爲意外計乎？」辛酉，許太夫人請於朝，下廷臣議，謂榮國公之功不可忘，公乃得襲，并給封誥。夫人曰：「爲郭氏婦，勤苦三十年而得此，死不恨矣。」甲子，公奉命統京營兵，捕近畿劇盜所謂靠山王者，獲其黨數十人。夫人曰：「玉石俱焚，自古難免。人命至重，未可忽也。」夫以女婦而能爲此言，顧不難哉！

夫人生景泰乙亥某月某日，年五十有七。子五人：勳其長也，廉慎自律，有名家風，年未四十，總督三千營兵馬，僉後軍都督府事，加太保，娶姚氏，繼陳氏，皆贈夫人，繼聘趙氏；次勛，娶王氏，勣，娶周氏，亦卒；次勸、勑，皆幼。女一人，許嫁慶雲侯周瑛。孫一人，曰房。銘曰：

武胄之貴，惟勳與戚。一之既希，矧可兼得？郭自開國，爲公爲侯。世姻帝家，貴鮮與儔。亦有嘉儷，出於戚里。內和外肅，是謂媲美。晨滫暮甘，中有家饋。春蘋秋蘩，上有廟祭。子職是共，亦惟婦賢。世有恒道，貴家所難。生本從夫，亦從其死。其從不死，亦既有子。我銘君侯，亦銘夫人。公有家傳，系以斯文。

翰林院侍讀學士徐君舜和墓誌銘

嗟乎，舜和已矣！舜和才甚敏，氣勃勃不少降，骨堅聳而神若有餘，皆不宜死，而竟至此也。

舜和姓徐氏，諱穆，舜和字也。世爲吉安吉水望族。曾祖彝倫，祖少安。舜和，封翰林編修闇齋先生廷亮子也。幼時日記數千言，十歲受易學，十八廩食爲縣學生，十九舉江西鄉試第二，入國學，已有名。弘治癸丑，予考禮部，得其文，奇之。賜進士第二，授編修。嘗以親老引疾歸，再閱歲。己未，同考禮部，得易卷，予時再出典試事，力主之以置榜首，遂魁大對，乃今諭德倫伯疇也。癸亥，秩滿，遷侍讀。與修歷代通鑑纂要，宋、元論斷，多其手出。乙丑，復爲同考，得今編修董文玉爲首，暨諸名士尤多。

今天子嗣位，命充正使，賜麒麟服，頒正朔於朝鮮。及境，譯告國王不郊候迎詔，不道跪。舜和援古義，稽今制，反復辨析，皆如議。王屢遣陪臣，代質疑義，剖析不遺。凡所饋獻，悉拒弗納。其人皆愧服不置焉。與修孝廟實録，撰述必當。

充經筵講官，敷説有體。戊辰，以外艱歸。時逆瑾扇虐，惡諸翰林不爲禮屈，聞舜和才，諷以顯職，不爲應。比書成，例進秩，吝不肯。或嗾之，謂文士不習世故，擿所同忌者十餘人，陞調諸部屬，俾擴充政務。舜和雖憂居，猶不免，得南京禮部員外郎。庚午，闋服未至，改南京兵部。瑾既敗，諫官以爲言，請復舊制，舜和始復爲侍讀。今年命清理武官黄籍，會肺逆未差，力疾入治事，旋復大作。比内閣以翰林、春坊多闕員，乃疏其有資望者，請以次陞補，舜和名在疏中。報至，歎曰：「命也！」翼日遽卒。其子永年請於朝，下吏部，謂已得允命，且疏其次所當得，特予爲侍讀學士，亦異數也。

舜和事親孝，與其兄順美友而恭。性不喜殺，聞哀鳴聲，輒不食。至所交際，乃骯髒不下物。博極羣籍，於凡國朝故實、兵民利弊、四方地里險易、俗尚之薄厚，以至人情物態常變真僞不同之故，若指諸掌。公堂廣坐，言議英發，略無諱避。顧非其人，則噤不出一語，語必悔之。其所自負挾奮，欲一試而幾會屢失，久而不振。然其退其進，名義甚正，校其所自得，亦已多矣。爲詩文，雅贍有思致，不蹈畦逕，人以爲難，有南峰稿若干卷。

舜和生成化戊子正月九日，其卒以於正德辛未五月十一日，年止四十。配趙氏，封孺人。三子：永年其長，慧而知學；次有年、喬年。二女，長適周知府子侃。永年聞父疾，趨京師扶柩歸，卜以某年月日葬某山之原。舜和之葬父也，嘗徵予銘，兹且葬，永年揣其志，若非予文不瞑者，實介倫、董二君及易檢討欽之以請，乃誌其性行履歷而系以銘。其族世之遠且盛已見於闇齋銘誌者，可互見也。銘曰：

躍之鏗然，鑄之凝然，擊之錚然。噫，是何聲也！一試而缺兮，再試而折兮，倏爾而没兮，名之曰干將，終不可滅兮。

國子生潘元謹墓誌銘

國子生潘君元謹者，鶴溪先生之子，吾友南屏太史之族弟也，年四十有一而卒。先生傷之，手書畀南屏以屬於予曰：「吾子不顯且弗壽，若葬而無銘，其何恃以瞑？」予嘗一再見元謹，亦聞而悲之，乃按南屏狀爲銘。

元謹諱實，元謹其字。生而沉静不外露，言若不能出口。服食儉素，絶不爲時好。補景寧縣學生，早得家學，試有司屢弗利。先生自進士累官知興化府，致仕家居，元謹禮侍色養，代理家政，無外内鉅細，舉就條緒。睦姻厚族，尤重祠墓，歲必修葺。凡先生義所欲舉，方有指授，則已辦矣。其母贈安人陳氏先卒，且葬，及繼母李安人之卒，改卜苞鳳山，遷陳合葬，而虚其中，爲先生壽藏。經畫規置，皆躬自爲之，殆無遺憾，蓋其孝敬出乎天性者如此。先生晚益韜戢，卜居山中，去家數里許。元謹日一往見，先生固止之，乃增拓堂宇，以娱適其心。自是喜懼交集，日不去左右。

比以年當貢，戀不忍别。先生曰：「此汝身事，且吾幸健，毋效兒女子戚戚爲也。」乃行。廷考既當赴南雍，道清河得疾，至揚州，卒於興教寺之邸，正德戊辰七月某日也，距其生成化戊子七月某日〔一〕。卒之又明年庚午九月某日，葬於縣之某原。娶雲和王氏，聞訃，撤簪珥，絶葷飲，三年如一日。二子：長播，次按。三女，皆未行。

南屏又稱元謹好周人急。訓導黄某得危疾，爲視湯藥。比死，經紀殯斂，率衆白於官，資其喪以歸。邑人有被誣爲礦盜者，壞籠破瓮〔二〕，將竄入他郡。亦爲白之，俾得復業。有族子爲鄰邑人毆死，其人以賂求免，拒弗納。此數事，論者謂其得父風概。使得沾一命，必能濟物，而竟止此，惜哉！且先生文學德義重一時，惠澤在一郡，五十致政，弗究於用。及化導鄉里，陶鑄士類，有益於人人甚博。世食其報，亦理之宜。今年邇九帙，惟一子，賴以爲養，而又弗壽以没，天道之難諶至是哉！然其孫播已知學，而先生健不倦教，後當有傳焉。元謹之族里世系，予嘗志其祖贈主事公墓，敍之悉矣，兹特撮其性行爲銘。銘曰：

身以親仕，志豈在禄？親實命我，我其敢弗勖？籍既登矣，名既升矣，將歸寧矣，吁其亡矣。既教之仕，復望其止。其亡不死，亦既曰有子。所慰親者，庶其在此。

【校勘記】

〔一〕此句語意未完，疑有脱文「年□□□」。

〔二〕「寵」，抄本作「竈」。

明故太保保國公墓誌銘

正德辛未八月二十日，太保保國公卒。上聞而悼之，特贈太傅，遣中官賜寶鏹二萬緡，命户部給米五十石，布亦如之，禮部諭祭者十有四，工部給棺槨，凡葬事皆如制。其子麒將葬於昌平北澤山世墓，卜以是年某月某日從事，奉陝西按察副使聶君瑄狀來請銘。

按狀：公姓朱氏，諱暉，字東暘，其先河南夏邑人也。高祖諱明，從高皇帝起義。曾祖諱真，從文皇帝靖内難，累官中都留守司指揮僉事。祖諱謙，累功陞左都督，佩鎮朔將軍印，鎮守宣府。中通己巳，英廟北狩，以迎候捍禦功封撫寧伯，贈撫寧侯，謚武襄。考諱永，嗣伯爵，威望著聞，前後八佩印征荆襄、延綏、建州諸賊，累功陞撫寧侯，遂進封保國公，賜號奉天翊衛推誠宣力佐理武臣，特進光禄大夫右柱國太師兼太子太師，追封宣平王，謚武毅，三代皆追封爲公。

弘治壬子，公以胄子授錦衣勳衛。弘治丙辰，嗣公爵。己未，命統神機五千營兵馬。庚申，孝廟簡黜京營提督官兵，部會薦可代者，以公名上。上親御便殿，召内閣臣面議，親書手敕，命總三千營兼掌右軍都督府事。辛酉，命持節册充榮王妃納徵正使。是歲，虜犯延綏，命佩征虜大將軍印，總諸路兵討之。深入河套，擣其巢，會夜大霧，虜遽驚遁，獲舊敕二道及夷器牛馬諸物，斬首三級，别部兵亦斬首百餘。以捷聞，上降敕獎勵。班師之日，值當陞殿，特御奉天門見之。壬戌，閲視京營官。癸亥，命提督十二營，仍兼總三千營事。甲子，孝肅太皇太后崩，命督治山陵，及别建饗廟。會以災變辭，優詔弗許。復佩印出剿宣府、大同邊寇，亦有斬獲。還入居庸關，上遣中官以牛酒犒軍，賞賚甚厚，尋加太保。

今天子即阼，命侍經筵，充正使，行皇后納徵禮。其所奉命，若代祀郊廟社稷山川諸神，其所受賜，若蟒衣玉帶繡春刀，皆出常格，而金幣寶鏹食飲之類弗計也。戊辰，以疾告。命太醫診治，遣中官賜酒肉蔬米。公具疏請解營府事，乃許焉。蓋再閱歲乃卒，距其生正統戊辰正月十一日，年六十有四。

公長身美髯，器宇凝重，寡言笑，人莫測其藴。性素孝謹，武毅享爵久，公已逾五十，出侍賓客，猶執子弟禮。凡韜略紀律戰陳之事，多所聞習。嗣爵僅三載，即登大帥，屢授節鉞，敭歷中外，諳練日深。更化之初，方隆用舊，而公竟弗起矣。

配李氏，廬州知府勝之女，封保國夫人，先卒。生二子：麒，錦衣勳衛；次天麟，太常寺丞。女一，適永康侯徐錡。庶子女一，皆幼。孫二：岳、岱。女孫三，長適長寧伯周鏜，餘未行。銘曰：

惟國有爵，維公暨侯。伯乃其亞，實超品流。公父嗣伯，爲侯爲公。公嗣厥封，允惟父風。虬髯長軀，公有奇骨。内掌營伍，外總節鉞。河曲之墟，莽爲虜區。公擣其虚，靡堅弗驅。凱還於朝，意氣增重。端居廟堂，武偃弗用。勳名始終，亦孔之艱。皇實命之，其歸則天。高門巍峨，下有駟馬。簪纓蟬聯，請視來者。

李東陽全集卷九十三至九十四

講讀録二卷

講讀録序

翰林講讀之職，有經筵，有日講，有東宮講。經筵則摘經書要語爲題，先進講章，至日陳于御案，講官以别紙對講。日講則循序排日，止進起止，撰成直解，默記對誦，如東宮之制，尤爲切要。雖儀節不同，所以敷析義理，培養君德，則一而已。

東陽自憲宗朝入翰林，歷編修、侍講十有餘年。成化丙申，始入經筵侍班，兼撰講章。甲辰，以侍講學士侍東宮班，皆不預講事。至孝宗朝，累遷太常少卿，仍兼侍講學士。弘治壬子，始直日講，兼經筵講官。及進禮部右侍郎兼侍讀學士，亦如之。今上皇帝嗣統之初，東陽實在内閣，請以秋冬先就日講，而職在提督。正德紀元之春，經筵肇啓，東陽以例開講，蓋至是而講讀之職始畢。

仰惟我國朝誕啓文運，太祖、太宗聖神天縱，固無待于問學而能。仁、宣兩朝皆以長君御極，豫教之成，其來久矣。成化、弘治間，聖學緝熙，文學法從之臣朝夕誦説，各以所學期效分寸之益。東陽雖久塵禁近，晚充講官，不二三年遂參機務，其以經義供職事者無幾。顧程頤之積誠、范祖禹之按講，惴惴焉惟恐不及。句讀訓詁，雖非大義所關，然舍此亦無以爲感格之地也。謹彙次所撰講章、直解若干首，爲二卷。別有三謨直解，内閣所備，未經聽覽者，則不及録云。

李東陽全集卷九十三

講讀録一

經筵講章

中庸講章二首　孟子一首　書經二首

大哉，聖人之道！洋洋乎發育萬物，峻極于天，優優大哉！禮儀三百，威儀三千，待其人而後行。

這是中庸第二十七章，説聖道至大，惟聖人能行之的意思。「洋洋」是流動充滿之貌，「峻」是高大，「優優」是充足有餘的意思。「禮儀」是經禮，禮之大處。「威儀」

是曲禮，禮之小處。「其人」是指聖人。

說道是日用事物當然之理，天下之所共由，惟聖人能盡之，所以唤做「聖人之道」。子思說聖人之道，先説個「大哉」二字以贊美之。如何見得大處？看他洋洋乎在天地間，流動而不凝滯，充滿而不欠闕，以言其功用。則凡鴻纖高下、飛潛動植之物，春生夏長，秋收冬藏，都是此道之發育。蓋物之所以爲物，不過陰陽五行之氣。此氣之所流行，即此理之所流行也。以言其體段，則天下之物，至高莫過於天，至大亦莫過於天，此道之高大，極至於天，而與之無間。蓋天地之間，不過陰陽五行之氣，此氣之所充塞，即此理之所充塞也。這是道之極於至大而無外，所以説「洋洋乎發育萬物，峻極于天」。

子思又説這道理優優然大矣哉。凡天下之事，禮儀大處，如冠婚、喪祭、朝覲、會同之類，有三百條之多，無非此道之所存；威儀小處，如俯仰、進退、升降、揖遜之類，有三千條之細，無非此道之所在。這是道之入於至小而無内，而益可以見其大也。所以説「優優大哉，禮儀三百，威儀三千」。這個道理雖是流行在天地，賦予在萬民，散殊在萬物，然物得其偏而不得其全，人得其粗而不得其精，惟聖人盡此道於身，故能行此道於天下。所以説「待其人而後行」，「待」之一字，可見上天之道，必有所付託而使之行，而其生聖人者，亦不爲無意矣。

臣嘗論之，聖人之道雖至高至大，而其條目品節却至精至密。聖人將那高大的收拾，向細密處着實做將去，外有以極其範圍之大，而内有以盡其節目之詳，故此道流行於天下，無一毫欠闕。使其自己有一事之不盡，則於天下必有一事之不行矣，豈足以爲聖人哉？若佛氏説空寂，老氏説虚無，皆窮高極遠，自以爲聖人之道。若究其實，則至於絶人倫，廢飲食，茫然無所用於天下。天下之人徒慕其名，不辯其失，沉溺迷誤，愈久而不自知。此吾道所以不能行，而行之者必待於聖人也。然道雖常存，而聖人不常出，故道之在天下，行者常少而塞者常多。自堯、舜、禹至於湯，自湯，至於文王、武王，大率數百年而聖人出，出則行，不出則塞。孔子以聖人而不得位，於是以此道傳之後世，雖存而不行者亦久矣。

伏惟皇上以聖人之資，傳聖人之道，居行道之位，而操參天地、贊化育之權，復隆古之太平，除異端之末學，正有望於今日之盛也。臣等不勝至願。

惟天下至誠，爲能盡其性。能盡其性，則能盡人之性；能盡人之性，則能盡物之性；能盡物之性，則可以贊天地之化育；可以贊天地之化育，則可以與天地參矣。

這是中庸第二十二章，説聖人至誠的妙用，直與天地一般，至是至極。「誠」是真實無妄，「盡」是無欠闕的意思。「性」是天賦與人的道理，「贊」是贊助，「化育」是造化生育處，「參」是相參的意思。

子思説惟聖人之德，極其真實，無有虛假，舉天下不能加尚他。既無虛假，便自無有私欲，當初上天賦與我的道理都能盡得。如性中有個仁，便真個盡得這仁的道理；性中有個義，便真個盡得這義的道理；性中有個禮智，便真個盡得這禮智的道理。内外精粗，始終遠近，一件件都察得無有昏蔽，一件件都行得無有欠闕。若是有一些虛假，如何盡得如此？這是「惟天下至誠，爲能盡其性」。

在人的性，也是受於天的，只是稟得氣質有不同處。聖人能盡自己的性，故能真見得那人的性與我一般，使他也能盡其性。如不仁的教他盡得仁，不義的教他盡得義，無禮無智的教他盡得禮智，都無有不能知不能行的。這是「能盡其性，則能盡人之性」。

在物的性，也是受於天的，只是稟得形氣全不同了。聖人既能盡人的性，故能真見得那物的性也是一般，使他也能盡其性。如牛便教他耕墾，馬便教馱載，仲夏便斬陽木，仲冬便斬陰木，獺祭魚然後捕魚，豺祭獸然後田獵。與凡生克制化，飛潛動植，一件件都處得他停當，無有不得其用、不得其所的。這是「能盡人之性，則能盡物之性」。

天地造化生育之功，雖是至大無外，然也自有分限。天能賦與人道理，不能使他盡這道理，必待聖人教化他，然後能盡。天能發生萬物，不能使他自然成用，必待聖人制度他，然後用得。是天地的化育，也是聖人贊助他。這便是「能盡物之性，則可以贊天地之化育」。

至高莫如天，至厚莫如地，聖人在中間，也只是一個人，因他有這贊助化育的功，故能上配天，下配地，將一身參在中間，與天地並立爲三，少一個不得。這是「可以贊天地之化育，則可以與天地參矣」。

蓋天地間只是一個實理，升而爲天，降而爲地，鍾而爲人，散而爲物，故人稟天地之氣，體即是天地之體，心即是天地之心，本都真實無妄，只爲氣稟所拘，物欲所蔽，纔有不實，便與天地萬物不相干涉了。聖人出而爲天下民物之主，以天地之心行天地之事，故其功用效驗，直至於參天地、贊化育而後已。若使天下有一個不善的人，有一個不得其所的物，便不叫做參天地、贊化育。求其所以能如此者，不是先盡了自己的性，如何做得？故子思論參贊天地，必本於至誠，其旨深矣。這等德行，這等事業，只是堯、舜能之。如欽明文思，濬哲文明，便是盡性。平章百姓而於變時雍，慎徽五典而五典克從，便是盡人之性。山川水土，則大禹成其績，草木鳥獸，則伯益順其生，便是盡物之性。故堯、舜之功，直與天地相爲無窮。

洪惟皇上以堯、舜之資，居堯、舜之位，可以運樞機於四表，可以溥化育於羣生，使無一民一物不得其所，以成參天地之功者，只在皇上一心之誠何如耳。伏惟聖明常加體驗，一件政事如何是不誠，一件道理如何是盡，如何是不盡。民已化矣，惟恐有一人之不化；物已安矣，惟恐有一物之不安。擴而充之，以求至乎其極，則堯舜之治，復見於今日矣。

昔君文、武丕平富，不務咎，底至齊信，用昭明于天下。則亦有熊羆之士、不二心之臣，保乂王家，用端命于上帝皇天，用訓厥道，付畀四方。

這是周書康王之誥，説文、武有聖德，得賢臣，故能受天命有天下的意思。

「文、武」是周文王、武王，「丕」是大，「平」是均平，「富」是富足，「務」是專用力的意思，「咎」是咎惡，「底」是致，「至」是至極的去處，「齊」是兼備，「信」是誠實。

周康王初即位，告諸侯説道：舊時文王、武王爲君之德，溥博而不狹隘，使天下無有彼此；均平而不偏私，使天下無有厚薄；減薄税斂，使天下都富足，無有窮困。這是「丕平」。富人有罪惡，不得已而後加刑，刑又輕省而不深刻，謹慎而不差誤，不曾專意去尋人的罪惡，這是「不務咎」。這個心推行將去，都到那至極的去處，兼盡得來，都極誠信，無一毫虚假，内外充實，自然光輝發越，明白在天下人耳目。所以説：「昔君文武丕平富，不務咎，底至齊信，用昭明于天下。」

「熊」與「羆」都是猛獸名。「不二心」是一心。「乂」是治。

康王又説：那時却也有熊羆一般的武士與純一忠實不二心的賢臣，同心協力，輔佐文王、武王，保護經理我周邦國。所以説：「則亦有熊羆之士、不二心之臣，保乂王家。」

「端命」是正命。「訓」字解作「順」字。文、武有此道，當受正命，天也順他，所以下個「訓」字。「付」是託。「畀」是與〔一〕。

康王又説：文王、武王既有這等聖德，又有這等賢臣輔佐他，以此承受上天的正命，上天以此順文王、武王之道，把天下交付與他主管。故文王時三分有二，武王時天下大定。所以說：「用端命于上帝皇天，用訓厥道，付畀四方。」康王之意，是說文、武如此聖德，猶要賢臣輔佐，況我之德不及文、武，即位之初，不賴羣臣輔佐，如何保這天命？求助之意可謂切矣。

臣嘗論之，天命之所付託在人君，助人君以共承天命者在大臣。人君知此理，必能任用賢才，不肯自恃聰明；人臣知此理，必當竭忠盡力，不敢曠廢官職。君臣一體，上下同心，然後可以承天命，治天下，此是一定的道理。然一代創業之君，必有一時佐命之臣，若繼世之君當即位之始，尤不可無舊臣之助。故成王告周公說：「公稱丕顯德，以予小子揚文、武烈，奉答天命，和恒四方民，居師。」及康王求助諸侯，也是此意。後來二君都能保邦致治，時有召公、畢公在，其致天下安寧，刑措不用，號稱守成賢主，豈不是諸舊臣輔佐之功？後世守成之君，如漢元帝尊蕭望之爲師傅，唐高宗知褚遂良爲顧命之臣，不但不肯聽信，又將他枉害了，這是有賢而不能用。漢成帝師法張禹，與議大政；宋理宗尊寵史彌遠，惟言是從：這是用臣而非其人。所以當時邦家禍患有不可勝言者。

洪惟我朝聖祖神宗，宏謨偉烈，列聖相承，重熙累洽，百有餘年，守成大業，未有盛於今日者也。然功成治定，逸豫易生，聖帝明王未嘗不以爲慮。伏惟皇上思上天付託之重，念祖宗創業之難，體左右臣職之重，推廣聖德，專任賢才，以隆宗社萬萬年無疆之慶，則成、康之治不足言矣。臣等不勝至願。

聖人有憂之，使契爲司徒，教以人倫：父子有親，君臣有義，夫婦有别，長幼有序，朋友有信。

這是孟子萬章篇孟子答陳相，説帝堯治天下，教民復其常性的意思。「聖人」指帝舜説，「契」是舜臣名，「司徒」是舜時官名，專管教民的事。「人倫」是人之彝倫，固有的道理，即下文五件便是。

孟子因陳相説許行之道要與民並耕而食，因曉告他説，聖人治天下只是「教養」二字。帝舜，聖人，因帝堯舉用，使禹治洪水，益治山澤，民得其養。又恐民飽食暖衣，逸居而無教，則近於禽獸，深以爲憂，乃使契做司徒之官，以教天下。

且説契把甚麽教他？只是將民原稟受於天的五件彝倫，人性中固有的道理。是那五件？父子有親，君臣有義，夫婦有别，長幼有序，朋友有信。人之有生，至親的莫如父子，有父子便自然有個親愛的道理。爲父的自然慈憫他的兒子，爲子的自然孝順他的父母，都是親愛上發出來。這便是「父子有親」。有天下便有君臣，君臣便自然有個義合的道理。爲君的以義使臣，事不合義則不可使他；爲臣的以義事君，義有不合則不可苟禄：都從義上發出來。這便是「君臣有義」。有夫婦，便自然有個分别的道理。夫婦相處，恩義親密，中間却有分限，夫是夫，婦是婦，不相瀆亂。這便是「夫婦有别」。有長幼便自然有個次序的道理。長幼相接，等級不同，中間却有次第，不相淩犯。這便是「長幼有序」。有朋友便自然有個信實的道理。朋友相交，彼此來往，誠信交孚，不相疑忌，不相欺誑。這便是「朋友有信」。這五件人倫都是人禀受於天固有的道理，只因飽暖安逸，爲私欲所遮蔽，將本心都喪失了。聖人教民，提撕警覺，引掖開導他，使他每各自完復了那本然之性，所以風俗醇厚，天下治安，聖人憂民之心方可以少釋矣。使天下有一人不復其性，則聖人之憂不止也。是固不可與民並耕，而亦何暇於耕乎？

臣按，聖人治天下，有君師之責。君主養，師主教，二者治天下之大道也。孟子告陳相，雖是一時闢邪扶正之辭，實萬世君天下者之標準也。夫以四海之廣、兆民之衆，堯、舜盛時，猶不免於五品之不遜。今國家承平百有餘年，民情久而易遷，法令久而易玩，豈無一人不復其性者？仰惟皇上纘祖宗之洪基，膺君師之大任，憂民之念，每切淵衷。伏望以身爲教而示民之可從，以道爲治而化民之弗率，唐、虞之治將復見於今日矣。臣等不勝至願。

王人求多聞，時惟建事，學于古訓，乃有獲。事不師古，以克永世，匪説攸聞。

這是傅説告高宗以法古爲治的意思。「王」是稱高宗，「建」是立，「獲」是得。

昔商高宗既得傅説爲相，訪以爲學之道，傅説因稱王以啓其君之聽。説道凡人須求聞見廣博，於天下的道理無所不聞，無所不見，這是爲何？惟要建立天下的事功，蓋有一事必有一理，有一件道理不通，便有一件事幹不得。然不可全資於人，又要求之於古。前代聖王修身治天下的道理，都有訓戒，與後人做師法。如二典三謨之類，件件要學，則天下的道理自然有得於心，比之資於人者，尤爲親切。這便是「人求多聞，時惟建事，學于古訓，乃有獲」。

傳説又説：人於行事之時，若是不以古訓爲師法，只將私意小智變亂舊章，有一利必有一害，利處常少，害處常多，必至於下失人心，上傷國體，而欲久安長治，永保子孫，則非説之所聞。言必無此理也。這便是「事不師古，以克永世，匪説攸聞」。

臣謹按，經書中言「學」字，起於高宗、傳説問答之辭。蓋天下之人皆不可不學，而人君之學尤爲緊要。君之學與不學，天下之治亂係焉。顧天下之理難辨而易昏，天下之事難成而易敗。故必資於人以爲聞見之地，考諸古以證聞見之真，然後以成天下之治，保天下之業。高宗所以四海仰德，爲商令主，豈非傳説之言有以啓之哉！厥後，宋臣范祖禹講這一章書畢，將「事不師古，以克永世，匪説攸聞」三句，重讀兩三遍，所以警戒仁宗之意深矣。恭惟皇上以睿聖之資，傳帝王之學，日御經筵，講求治道，惟在體察斯言，推之天下而已。臣等無任惓惓仰望之至。

【校勘記】

〔一〕「畀」，原作「界」，顯以形近而訛，據文義與抄本正之。

李東陽全集卷九十四

講讀録二

日講直解

孟子直解十九首

孟子曰：求也爲季氏宰，無能改於其德，而賦粟倍他日。孔子曰：「求非我徒也，小子鳴鼓而攻之可也。」

「求」是孔子弟子冉求。「季氏」是魯國之卿，當時與孟孫、叔孫號爲三家，皆魯國之强臣。「宰」是家臣，「賦」是取賦，「粟倍他日」是取民粟米比往日加一倍。

「徒」是類，「小子」是衆門人。「鳴鼓而攻」是聲揚他的罪過，切責他。

孟子説：季氏爲魯國之卿，平昔越禮僭分，不守臣節，侵漁剥削，刻害小民，他的富貴已過於周公了。冉求做他的家臣，不能朝夕規諫，更改他的德行，已是不能盡職，及替他取民粟米，比往日又加了一倍。横征暴斂，日甚一日，使小民愈加困苦，無以安生，則其罪又甚矣。當時孔子聞得此事，乃對衆門人説：「冉求忍心害理，附姦黨惡，不是我的徒類。你衆門人可聲揚他的罪過，切責他。」蓋甚絶之之意也。孔子雖切責冉求，然其意亦並警季氏。孟子引之，蓋欲使後世阿附權勢者知不爲公論所容，皆當以爲戒也。

右弘治五年四月初四日講。

故善戰者服上刑，連諸侯者次之，辟草萊任土地者次之。

「善戰」是善與人争戰，「服」是受，「上刑」是上一等最重的刑罰，「連」是結，「次」是次一等稍重的刑罰，「辟」是開墾，「萊」是蒿萊。「任土地」是分土授民，使任耕稼之責。「次」又是次一等稍輕的刑罰。

孟子承上文説：人君不行仁政，爲人臣的却自恃武勇，善與人争戰，殊不知當争戰之時，兩軍交至，兵刃相接，傷殘死亡，不可勝紀。這等人若以先王之法律之，當受上一等最重的刑罰，古之人如孫臏、吴起便是。

又有一等人臣，專一連結諸侯，以口舌遊説列國。如於齊、楚，則言某國兵弱可取；於梁、陳，則言某國財盡可伐。誘引列國諸侯互相吞併，没有了期。這等人若以先王之法律之，當受次一等稍重的刑罰，如蘇秦、張儀便是。

又有一等人臣，志在興利聚斂，到處剪除了草萊，開墾做田土，把這田土分與百姓，每著他耕種納賦税，年年徵科，但知富國，全不恤民。這等人若以先王之法律之，當受又次一等稍輕的刑罰，如李悝、商鞅便是。

這一節蓋言當時人君不行仁政，人臣專以此三者之事取名于世，都是先王的罪人。孟子此章亦遏人欲、存天理之意，有天下者不可不以爲戒。

四月初七日講。

孟子曰：恭者不侮人，儉者不奪人。侮奪人之君，惟恐不順焉，惡得爲恭儉？恭儉豈可以聲音笑貌爲哉！

「恭」是恭敬，「侮」是侮慢，「儉」是節儉，「奪是」侵奪，「惟恐不順」是惟恐人不順己，「聲音笑貌」是假做於外的模樣。

孟子説：人君能持身恭敬不驕傲的，必能體貌大臣，禮接羣下，不肯恃其勢位，輕易侮慢人。能用財節儉不奢侈的，必能取民有制，不肯逞其威力，分外侵奪人。這不侮不奪，便是恭儉之驗於行事著實的。若侮人之君，任情使勢，惟恐人不順其意，豈得爲恭？奪人之君，貪得無厭，惟恐人不順其欲，豈得爲儉？這「恭儉」二字，須是有此實心，成此實德，積中發外，自有不可掩者。豈可本無其實，而徒以聲音笑貌、矯揉妝飾假做於外哉？

蓋誠僞之間，天理人欲判然不同，不可不謹。當時列國之君或有名爲恭儉，其實不恭儉的，孟子此言，亦必有爲而發，然實君人者所當知。

四月十六日講。

淳于髡曰：「男女授受不親，禮與？」孟子曰：「禮也。」曰：「嫂溺，則援之以手乎？」曰：「嫂溺不援，是豺狼也。男女授受不親，禮也；嫂溺援之以手者，權也。」

「淳于髡」是齊國的辯士，「授」是以物與人，「受」是接受人物，「溺」是落水，「援」是救，「豺」與「狼」都是野獸，「權」是稱錘。

淳于髡問孟子說：「我聞得男女之間，或將物與人，或接受人物，都不親手交付，只奠放地下，等各自取去，這果是古禮否？」孟子答說：「古者男女不親手授受，所以遠別嫌疑，此正是禮。」

淳于髡又說：「假如嫂叔二人，嫂是女，叔是男，嫂或偶然落在水中，爲叔的倉猝無有器物，若不以手去救他，必然渰死，以手救他，則於禮有礙。不知此時救的是，不救的是？」孟子又答他說：「嫂叔至親，若嫂落水而不救，則陷於禽獸，無復人理，與豺狼一般，如何不救？且男女不親手授受，是禮之經常，人所共守；嫂溺將手去救，是禮之權宜，一時之事。譬如那稱錘一般，隨物輕重，或往或來，務要取個恰好處。若死守常法，不通權宜，便不是道理。惟於權宜之中，稱量得合著中道，此乃所謂禮也。」

淳于髡之意，將欲孟子從權救世，故先設爲問難。而孟子以正答之，其義還在下文。

四月二十三日講。

曰：「今天下溺矣，夫子之不援，何也？」曰：「天下溺，援之以道；嫂溺，援之以手。子欲手援天下乎？」

「夫子」是尊稱之詞，指孟子。「子」是男子的通稱，指淳于髡。

淳于髡因孟子説「權」字之義，又設問説：「禮既有從權處，方今天下大亂，百姓每都遭陷溺也，如落水一般，這百姓每都是我的同類也，當從權去救他。如何夫子却死守正道，不肯將就求仕以救天下？」孟子又答他説：「天下陷溺，惟道可以救之。不比嫂溺於水，只消以手救援便可濟事。蓋士君子出仕，必以正道，不枉己求人，庶幾爲時君所重，有言見聽，有志得行，方可救濟得天下百姓。若是枉己求人，不爲時君所重，諫不行，言不聽，德澤不下究，如何救得天下百姓？今爾要我救天下，却教我先枉道以求合於人，則是先棄了救天下的器具，是要我以兩手救天下，豈有此理乎？」

此章言事之變者，固可從權，若道之正處，決不可不守。聖賢出處之義，大略如此。

右一授，四月二十九日傅學士瀚講。講例，每三授則一温，爲四日。此以前温書皆傅講，以後將輪温。而直解已預辦三日，故以初授屬傅，而東陽講次授，以直温書。又後凡有事妨，則互日代講。而凡代講及温講，各附載所講直解于此云。

公孫丑曰：「君子之不教子，何也？」孟子曰：「勢不行也。教者必以正；以正不行，繼之以怒。繼之以怒，則反夷矣。『夫子教我以正，夫子未出於正也。』則是父子相夷也。父子相夷，則惡矣。」

「公孫丑」是孟子弟子，「不教子」是不親教其子，「夷」是傷，這「夫子」是子指父説。

公孫丑問於孟子説：「君子之於其子，未有不愛而教之者，然從來不肯親自爲教，這是何義？」孟子答説：「父子主恩，若親教之，則事勢或相乖戾，至於不可行，故不教也。如何是不可行處？蓋教導必以正道爲主，如孝弟忠信之類。若教之孝弟而弗從，導之忠信而弗率，則爲父的必謂其子不足教而以怒責繼之矣。夫既繼之以怒責，則始也愛而教之，今則反將那天性之恩傷了。父既傷其子，那爲子的心裏又責父説：『夫子以正道教我，然我看夫子自身也未必自行正道，如何却要教我？』則是子又傷其父矣。父子之間彼此相傷，則爲父的陷於不慈，爲子的陷於不孝，豈不是入於惡了？」這便是勢有不行，所以君子之人不親教其子也。教之之法詳見下文。

右一授，傅學士作，五月初八日代講。

古者易子而教之，父子之間不責善，責善則離，離則不祥莫大焉。

「易」是交换，「責善」是督責使必要爲善，「離」是情意間隔的意思。

孟子既答公孫丑君子不親教子之義，又推廣説：上古之人既不親自教子，又不肯棄而不教，於是將兒子與人兩相交换着教他，所以全父子之恩，又不失了爲教的道理。蓋因父子之間，骨肉至親，不可互相督責，務要他必行善道，似朋友一般。若父責子爲善，子又責父爲善，當其督責之時，言語未免激切，情意未免有間隔處。一有間隔，則父雖欲慈而反不得爲慈，子雖欲孝而反不得爲孝。父不慈，子不孝，則一家之内乖戾不祥的事，無有大於此者。

責善本是好意，其弊乃做出不祥的事來。古人所以不親教子，務要交换相教，正爲此也。然所謂不責善者也，不是全然不管，如路人一般。父之於子，當不義則從容訓戒；子之於父，當不義則從容諫諍：只是不可過於激切耳。此又是孟子言外之意。

五月十三日傅學士代講。已上三授，五月十六日温講。

孟子曰：事孰爲大？事親爲大；守孰爲大？守身爲大。不失其身而能事其親者，吾聞之矣；失其身而能事其親者，吾未之聞也。孰不爲事？事親，事之本也；孰不爲守？守身，守之本也。

「事」是奉事，「孰」字解作何字，「守」是持守，「本」是根本。

孟子設爲問答，說：大凡人所當奉事的，如事君、事長之類，非止一端，中間何者爲大？惟有事父母的道理最大；人所當持守的，如守國、守官之類，也非止一端，中間何者爲大？惟有守身的道理最大。這兩句是分說。

然就這兩件中，又以守身爲要。若能循規蹈矩，持守其身，不失陷於不義之地，便能奉事父母，使他歡喜，無憂無辱，這等事乃理之所必有，我也曾聞得來；若是放縱狂蕩，陷其身於不義，却能奉事父母，使他歡喜無憂辱，這等事我却不曾聞得。是事親者，又不可不先守其身也。這兩句是總合說。

且事君事長，那一件不是事？然人先有父母而後有君長，必事親能孝，則推之於君而能忠，推之於長而能順，此事親所以爲事之根本；守國守官，那一件不是守？然人有身而後可以做官，可以治國，必能守其身，則推之於家而家齊，推之於國而國治，推之於天下而天下平，此守身所以爲守之根本。這兩句是反覆申明前兩句之意。

五月二十二日講。

曾子養曾皙，必有酒肉。將徹，必請所與。問有餘，必曰：「有。」曾皙死，曾元養曾子，必有酒肉。將徹，不請所與。問有餘，曰：「亡矣。」將以復進也。此所謂養口體者也，若曾子則可謂養志也。事親若曾子者可也。

「曾皙」，名點，是曾子的父親。「徹」是收。「曾元」，是曾子的兒子。孟子既説事親爲事之大，於此又舉事親的實事説：昔日曾子奉養他的父親曾皙，每設飲食，必有酒有肉不缺。臨到吃了將收去時，曾子必請問父親説：「這餘剩的物把與誰吃？」或父再問這物有無，曾子必答應説：「有。」蓋恐父親之意再欲與人，便得與之也。及曾皙既死，曾元却又奉養他的父親曾子，每設飲食，也必有酒有肉不缺。臨到吃了將收去時，曾元不問這物與誰。或父再問這物有無，必答應説：「没有。」其意將欲再進父親，不欲别與人也。這便是奉養父母的口體而已。若曾子，則能承順父母要與人的好意，而不忍傷了他，乃養親之大者也。大凡事親的人，若能如曾子奉養父母的事，不似曾元但養父母的口體，則這人養親之道也把做可了。夫孝如曾子，已無以復加矣，而止説個「可」字者，蓋人子之道雖做到十分極處也，只是本分所當爲，豈以曾子之孝爲有餘哉？

孟子這一章既説守身爲事親之大，於這一段是見曾子能守身以盡事親之大的意思。

右一授，傅學士作。傅省墓歸，九月二十八日代講。是日講罷，有麵食肉脯之賜。

孟子曰：人不足與適也，政不足間也，惟大人爲能格君心之非。君仁莫不仁，君義莫不義，君正莫不正，一正君而國定矣。

「人」是人君所用的人，「適」是過責，「間」是非間，「大人」是有大德的大臣。

「格」字解作正字，是物之所取正者。

孟子説：大凡人君所用的人，豈能人人皆當？便有一人不當者也，不足與相過責。所行的政，豈能件件都是？便有一件不是處也，不足與相非間。蓋用人行政，都在人君一心。若君心有不正，則雖人人而去之，後復用其人，將不勝其去矣；事事而更之，後復有其事，將不勝其更矣。此用人之非，所以不足過責；行政之失，所以不足非間。惟有大臣者道全德備，精神意氣自有感格，譽望風采自能聳動，這等人方能格正君心之非。但君心萌動時一有不正，便格之以歸于正。如君心有不仁，格之以歸于仁，則凡用人行政之類莫不皆仁；君心有不義，格之以歸于義，則凡用人行政之類莫不皆義。君心既歸于仁義，則凡不正處皆歸于正，而凡用人行政，莫不皆得其正。夫君者，國之表率，天下之所視效者，一正其君，則天下之人觀感興起，無有不歸于正，這便是國定。果能正君而定國，則何必人人而去之，事事而更之，然後足以爲治哉？

孟子此章言輔相之職，必先格君心之非。而欲格君心之非者，非有大人之德，則亦莫之能也。這是萬世爲人臣者之法。

十月初八日講，十一月初十日温講。

孟子曰：有不虞之譽，有求全之毁。

「虞」是料度，「譽」是聲譽，「毁」是非毁。

孟子説：人必有善，纔得人稱譽，然稱譽之言未必皆實。有一等人，只是尋常度日，所行的事與衆人一般，本不足以致名譽，原其本心，初不曾料度名譽之至，却偶然得人稱贊起來，互相傳播，衆口一辭，這便是不虞之譽。人必有惡，纔被人非毁，然非毁之言也未必皆實。有一等人，小心畏慎，所行的事務求全美，惟恐有些差失，招人議論，却無故被人非毁，説他不是，這便是求全之毁。

夫爲善得好名，爲惡得惡名，本是常理。今乃有出於常理之外的，這等去處須要見得透。修己的不可僥幸得名，便歡喜自足了，還要勉强爲善，以求稱其名，不可因外人言語便生憂疑，只要自家持守得定，終身不改。觀人的不可徒取虚名，便輕易進用人，不可信人讒謗，便輕易黜退人，還要仔細詢訪，實有可用然後用，實有可退然後退他，如此則無實之毁譽不能亂矣。這却是孟子言外含蓄的意思。

弘治六年八月十三日講。

孟子曰：人之易其言也，無責耳矣。

「易」是輕易，「責」是過責。

孟子説：人之言語若發之不當，必然遭人怪責。既遭怪責以後，必不肯輕易發言。故凡人之發言時，不計是非，不顧利害，只管輕易胡亂説將出去，這等人只是偶然不曾遭人怪責，他以此不知懲戒耳。

蓋常人之情，前面無所懲創，則後面不知警省，自是如此。若君子之言，則當謹而謹，豈待有差失，有過責而後不敢輕易哉？

孟子這一章，必有爲而發，然亦可以爲言語之戒。

孟子曰：人之患，在好爲人師。

「患」是病患。

孟子説：凡與人做師傅的，必是他學問有餘，人來求教，不得已而應之乃可。若是他心性好勝，不待學問充足，只管好做人的師傅，則自家滿足，再無有進益了。這是人的大病痛處，不可不戒。夫師之道，固世之所不可無，然亦不可輕易如此。

右一授，八月十四日程學士敏政講。

樂正子從於子敖之齊。樂正子見孟子，孟子曰：「子亦來見我乎？」曰：「先生何爲出此言也？」曰：「子來幾日矣？」曰：「昔者。」曰：「昔者，則我出此言也，不亦宜乎？」曰：「舍館未定。」曰：「子聞之也，舍館定，然後求見長者乎？」曰：「克有罪。」

「樂正子」是孟子弟子，「子敖」是齊大夫王驩的表字，「之」是往，「先生」指孟子，「昔者」是前日，「館」是客舍，「克」是樂正子的名。

昔日孟子在齊國，樂正子從着大夫王子敖往齊國去。孟子意説子敖是小人，不當與他同遊，因怪樂正子。及樂正子來見，孟子説：「你也來見我乎？」樂正子見孟子怪他，不知何故，問説：「先生如何説這等言語？」孟子反問他説：「你來到齊國幾日了？」樂正子答説：「前日來了。」孟子答説：「既是前日來了，如何兩日不來見我？我説這等言説，豈不宜乎？」樂正子答説：「因客館未定，所以不曾來見。」孟子又説：「你曾聞得人説，直待客館定了，方纔求見長者乎？」蓋樂正子既失其身，又不早見長者，其罪多矣。孟子且以不見之罪責之，樂正子既聞得孟子説，即引咎自責，自稱其名説：「克已自知有罪，不敢辭矣。」

這一章見孟子教人之嚴，而樂正子勇於受責，亦自可見。凡爲師的必以孟子爲法，爲弟子的亦不可文過飾非，爲樂正子之罪人也。

八月十六日講。

孟子謂樂正子曰：「子之從於子敖來，徒餔啜也。我不意子學古之道，而以餔啜也。」

「徒」字解作「但」字，「餔」是食，「啜」是飲。

孟子呼樂正子説：「你這一遭跟着齊大夫王子敖來，更無别事，但只圖些飲食而已。我不意你平日學古人之道，不知擇所從之人，是可與同行的，是不可與同行的，却專爲飲食，是何道理？」

蓋學古人之道，則能審於擇人，嚴於處己。遇可從之人，雖無勢利，簞食瓢飲，亦所不辭；遇不可從之人，雖有勢利，千駟萬鍾，亦不爲動。子敖本是齊王幸臣，孟子平日絶之，未嘗與他説話。今樂正子乃失身于此人，宜孟子正其罪而切責之也。

右一授，程學士作。

孟子曰：不孝有三，無後爲大。舜不告而娶，爲無後也，君子以爲猶告也。

「後」是後嗣，「不告」是不告父母，「娶」是娶妻。

孟子説：按古禮，凡人不孝的事有三件：阿意曲從，陷親不義，是一不孝；家貧親老，不爲禄仕，是二不孝；不娶無子，絶先祖祀，是三不孝。這三件中，惟有無後嗣一件是大不孝。蓋子孫所以報本追遠，在於祭祀，若是不娶妻，不生子，絶了祖父的祭祀，不孝的事豈有大於此者？故虞舜承帝堯的命娶了二女，不曾告他父親瞽瞍得知。娶妻大事，豈有不告父母之理？只爲瞽瞍爲父大不慈，若是告知，必然不要他娶。不娶必然絶了後嗣，得罪反重，故不敢告也。然舜雖不告，君子論他，則以爲與告了的一般。

蓋天下之道，有正有權。正者，萬世之常；權者，一時之用。告者，禮也；不告者，權也。權而得中，則不離於正矣。然常道人皆可守，權非聖人不能用。若父之不慈不至瞽瞍，子之大孝不及虞舜，却欲不告而娶，則是天下罪人，又不可一概論也。

八月二十六日講。

孟子曰：仁之實，事親是也；義之實，從兄是也。

這「實」字解作結實之「實」。

孟子説：仁、義二者，是人性固有的。然仁主於愛，而愛莫切於事親，人能孝順父母，便是仁之實。義主於敬，而敬莫先於從兄，人能敬事兄長，便是義之實。

蓋仁義之道，其用最廣。比如一科樹，愛民利物，都是仁之枝葉，其本却自愛親一件上推來，以此見得愛親便是仁之結實處；忠君弟長，都是義之枝葉，其本却自從兄一件上推來，以此見得從兄便是義之結實處。人之良心發見，惟此二者最爲切近精實。能於此體認躬行而充廣之，則仁義之道不可勝用矣。

右一授，程學士作，九月初七日温講。

智之實，知斯二者弗去是也；禮之實，節文斯二者是也；樂之實，樂斯二者，樂則生矣。生則惡可已也？惡可已，則不知足之蹈之、手之舞之。

這三個「實」字，承上文兩個「實」字説。這三個「斯二者」，都指事親、從兄説。「節文」是品節文章。「生」，如草木有生意一般。「惡」字解做「何」字。「蹈」是舉足踏地的模樣。

孟子既説仁義之實在於事親從兄，又推智、禮、樂之實，不在於他，只於事親從兄這兩件道理知得明白，又能固守，常常不離去了，這便是智之實處。禮之實只於這兩件爲之，品節文章，使其次第等級秩然不亂，威儀文采粲然可觀，這便是禮之實處。樂之實只是於這兩件中心悦樂，和順從容，無所勉强。既無勉强，則這道理油然自生，如草木之有生意。既有生意，則自然暢茂條達，發將出去，如何遏止得住？既止不住，則盛而又盛，形於動容，見於四體，至於足之蹈之、手之舞之，有不自知其所以然者矣。

這一章説事親從兄，良心真切，天下之道皆原於此。然必知之明而守之固，然後節之密而樂之深也。

九月十一日講。

舜盡事親之道而瞽瞍底豫，瞽瞍底豫而天下化，瞽瞍底豫而天下之爲父子者定，此之謂大孝。

「瞽瞍」是舜父的名，「底」是至，「豫」是悦，「定」是各止其所的意思。

孟子因説帝舜之孝，又推廣説舜能得親之歡，又能諭親於道，事親的道理已盡到至極處，故瞽瞍雖至頑，這時節都致到和悦的去處，這便是「底豫」。只因瞽瞍一底豫了，凡天下爲人子的知天下無有不可事的親，都仿效舜而爲孝，及至他爲父的也都底豫，無有不慈，這便是「化」。瞽瞍一底豫了，凡天下爲父的慈，爲子的孝，子孝父慈各止其所，無有不安其位的意思，這便是「定」。舜之孝至於如此，爲法於天下，可傳於後世，非止一身一家之孝而已，所以唤做「大孝」。

蓋處人倫之常者易，處人倫之變者難。舜處人倫之變而能盡其孝，故孟子舉之爲萬世法也。

九月十四日講。

離婁章句下

這是孟子離婁篇後一半，因簡帙重大，分作章句下篇。

孟子曰：舜生於諸馮，遷於負夏，卒於鳴條，東夷之人也。文王生於岐周，卒於畢郢，西夷之人也。

「諸馮」、「負夏」、「鳴條」都是地名，「岐周」是岐山下周舊邑，「畢郢」也是地名。孟子説：虞舜生在諸馮，遷居在負夏，没在鳴條，都是東方夷服之地，是舜乃東夷之人也。周文王生在岐周，没在畢郢，大抵是西方夷服之地，是文王乃西夷之人也。

地之相去也千有餘里，世之相後也千有餘歲，得志行乎中國，若合符節，先聖後聖，其揆一也。

「符節」是玉做成，篆刻文字，從中分開，彼此各藏一半，有事則左右相合，把做信記。「揆」是度。

孟子又説：舜與文王，地土相去有千餘里之遠，世代相先後有千餘年之久。然舜爲天子，文王爲方伯，得志行道於中國，以及于天下，則與符節相合一般，無有差錯。是聖人之主，雖有先後遠近之不同，揆度將來，其所存所行的道理，則一而已。非孟子深知二聖之心，豈能形容至此哉！

弘治七年三月二十一日講。

李東陽全集卷九十五至九十七

東祀録三卷

東祀録序

東陽生晚，每按閲載籍，及聞學士大夫談闕里之勝，心竊慕之。成化庚子，歸自南都，道濟上，洗馬羅先生明仲要與偕行，不果赴，已而悔之，久未有以遂也。弘治己未，宣聖廟災，有詔重建，及今年甲子告成。上以爲國家重典，用國學時祭之制，遣内閣臣往祭，而東陽實承敕以行。禮成之後，謁孔林，登尼山，經曲阜，挹洙、泗之餘波，訪鄒、魯之遺風，觀漢、魏以來遺文斷刻，山川靈秀之秘，禮樂聲容之美，衣冠文物之會，信一時之盛也。

正事有雅，成功有頌，仿諸古義，蓋竊有述焉。顧國哀新釋，吉禮未純，又朝廷方以災異下修省之令，閭閻之愁歎、道途之艱苦，接乎目而感之乎心，燕不用樂，遊不越境，有無已太康之戒，殆不能盡其所欲言者。且締姻孔氏，迨今已閲五載，遂事之際，過從遺問之所不能廢。而南溪公以敬、東莊公以和後先捐館，感事觸物，又安能已於情哉！凡悲歡喜愕、鬱抑宣泄之間，一出於正，雖不敢以自謂，而亦因以自考也。

自發軔至返棹，爲日四十有七，得記序辭各一、銘二、文四、奏疏五、詩二十有八，彙録之爲卷；乃冠以敕文、祝辭，用志王事之始；而月日地里及行事之次第、交接之名氏，皆附之。昔省墓湖湘則有南行稿，校文南都則有北上録，故今名之曰東祀録云。是歲五月二十三日書于西朝房。

遣祭敕文

敕太子太保户部尚書兼謹身殿大學士李東陽：比因闕里文廟毁於回禄，爰命有司重建。厥功既成，兹遣卿往彼祭告。夫先師道德，萬世之所宗；鼎新廟庭，一代之盛典。以故禋告之禮，特委輔弼之臣。卿其精白一心，寅恭將事，務期聖靈昭格，以副朕隆師重道之懷。事畢，星馳回京。欽哉！故敕。

弘治十七年閏四月初七日。

遣祭祝文

維弘治十七年歲次甲子閏四月辛酉朔越七日丁卯，皇帝謹遣太子太保户部尚書兼謹身殿大學士李東陽，致祭于先師大成至聖文宣王。

惟我先師，代天立教。禮嚴報祀，四海攸同。嶽降在兹，廟貌自古。頃罹災變，實警予衷。爰飭有司，命工重建。越既五載，厥功告成。棟宇畢新，器物咸備。光昭儒道，用妥聖靈。特遣輔臣，遠將祭告。尚祈歆鑒，永享明禋！謹告。

李東陽全集卷九十五

東祀録 上

請書刻御製碑題本

題爲公務事。

先該巡撫山東都察院右副都御史徐源等奏闕里孔子廟修建落成，續該禮部題乞御製碑及遣官祭告等因，奉聖旨：是，遣尚書李東陽祭告。欽此。除欽遵外，臣竊惟修建孔廟，朝廷重事，而御製祝文及遣祭祝文，尤陛下隆師重道之盛心，是宜刻之金石，以昭示萬世。但本廟僻在一方，恐無善寫楷書之人，不能揚厲宸章，有孤恩典。臣奉將使命，事體相關，乞令制敕房中書舍人喬宗齎捧前項御製文字往彼，書寫上石，仍乞帶領工部文思院副使閻傑就彼鐫刻。事畢之日，即令回京。該部通行，照例應付廪給脚力便益等因。奉聖旨：都準他，該衙門知道。欽此。

代祀孔廟有述

我皇重孔教，廟祀嚴春秋。睠兹闕里災，有命事崇修。憲使告成功，封章達宸旒。儒臣奉明祭，吉日夙已諏。靡鹽信王事，瀕行罹國憂。蒼黄變凶吉，兩月停余輈。閏夏氣暄熱，往哉難久留。黄扉地親切，使命渺無繇。向非重道心，詎敢息與遊？朝辭魏闕下，暮宿張灣頭。發軔方草草，計程勿悠悠。江湖與廊廟，自古相爲謀。

憂旱詞

黄塵赤日無南北，平田見土不見麥。秋麥垂垂盡枯死，春麥雖青不盈咫。秋田種少未種多，田家四顧無妻子。官河水淺舟不行，漕舟不載南州名。河西鈔關坐不税，太倉粳稻何時至？一春無雨過半夏，貧民望雨如望赦。安得一雨如懸河，坐令愁怨成歡歌，我行雖難奈樂何？

天津

玉帛都來萬國朝，梯航南去接天遥。千家市遠晨分集，兩岸沙平夜退潮。貢賦舊通滄海運，星辰高象洛陽橋。河山四塞喉襟地，重鎮還須擁使軺。

夜過滄州二絶

滄瀛直上海門深，南北河流自古今。牧馬尚談今日事，買牛須見古人心。

野涼溪樹晚蕭颼，淺挂輕帆溯急流。獨坐船窗清不睡，聽風聽水過滄州。

吊顔魯公辭

平原之疆，漢侯所邦。慨胡孽之突起，值唐廷之弗綱。列城失勢以風靡，長途眯目而塵揚。穴有首鼠，轍無怒螳。彼二十有四郡，豈一士之可望？乃有循吏出守，忠臣作防。既炳見于先幾，復潛鋒於外攘。練周兵于丘甸，峙魯遂於芻糧。方其開筵饗士，灑涕沾裳，威振虎豹，氣吞豺狼。屹砥柱之中立，任奔流之湯湯。破衆醜之心腹，扼中原之喉吭。隱掎角之交應，與常山而爲雙。

當是時也，飽宴安之酖毒，嬰富貴之膏肓。釁起褒妲，禍挻金張。争射利以賣國，孰扶顛而救傷？如公者，狀貌不逵于蔽旒，足迹不登于巖廊。而乃身任國紀，義存天常。悲舉世之莫變，信斯人之孔臧。及乎姦相譎使，彊藩脅降。年既老而益壯，辭不煩而愈昌。指山河而誓死，與日月而争光。稽往諜之具載，想英風之未亡。瞻廟貌之伊邇，恨束芻之莫將。莽川陸之既暮，見高原兮蒼蒼。

將至德州徐都憲仲山來迓是夜微雨

説旱談荒夜不眠，曉來衝雨各開船。不辭飄灑沾衣袂，且愛依微入野田。雲好不應風作祟，路長真以日爲年。無端又屬淹留坐，醉下篷窗一黯然。

次日大雨入夜喜而有作

打窗鳴雨忽來過，坐聽歡呼雜棹歌。沙口渡喧人語亂，柁樓風急水聲多。塵心最渴真消得，農事雖宜奈晚何？七十二泉雲霧裏，可能流潤入官河？

過安平鎮減水石壩有懷劉司馬長句

黄陵岡頭河水黄，衝沙走石聲礌硠。北趨平原下廣澤，直壞運道無津梁。坐令漕舟百萬若山壅，民船賈舶徒紛龎。帝遣臺臣出治水，水性硉兀難爲降。千金作埽萬夫力，頃刻下墮輕豪芒。臺臣焦思廢食寢，夜夢神禹授以玉簡青琳琅。水行在導不在障，豈以水石争濤瀧？地靈順軌水怪伏，河遂南徙歸徐方。因高爲陵下爲澤，復有石壩磊犖長如岡。豐功偉績不可以數計，此乃餘力非末强。憶昔文皇建都向燕薊，中導汶泗通漕綱。尚書朱公禮。富經略，世上但識陳恭襄。瑄。武功徐公有貞。何人亦奇士，盛以勳績爲文章。四十餘年復一決，嗟此之績安可忘？帝命儒臣分書刻金石，此記正屬臣東陽。使船東來一登眺，風日颯爽炎天涼。是時臺臣入兵省，我在江湖思廟廊。但願此岡不隳河不徙，縱有帶礪無滄桑。

過汶上訪思聖堂

東入齊魯疆，始見聖迹存。曰兹中都地，宰此社與民。大哉堪輿内，何者非吾人？平生轍環志，且復先鄉鄰。損也不宰費，顧此逃權臣。迹殊本同義，於道諒有聞。見賢且思齊，希聖復何云？徘徊古祠下，感歎傷心神。

望闕里

闕里分明聖域開，魯邦遺迹豈蒿萊？衣冠夾路清風引，香帛盈門好雨來。天外遠山皆拱護，眼中新廟已崔嵬。兹行合是平生事，况有文章出上台？

新廟 告成事也。

巖巖岱嶽，新廟有作。爰經爰度，惟舊規是若。載增載拓，以光于前略。新廟既構，其輝孔炤。如輻斯輳，如樾斯茂。若繪若繡，惟功之懋，厥有加于舊。

惟天降菑，鬱攸是崇。惟斯文之恫，惟帝降命。有嚴厥工，惟中丞之風，監司之功。

廟祀伊俶，帝命孔肅。曰此大事，我其可弗告？粢牲册祝，予輔臣是屬。臣拜稽首，臣曷敢弗恪？

廟既新止，禮既殷止。聖靈降監，饗吉蠲止。天右斯文，實享厥屯。如貞斯元，如冬斯春。惟國有明，祀於千萬年。

新廟五章，一章六句，二章章七句，一章八句，一章十句。

謁尼山廟有述

迢迢魯城路，望望尼山峰。坤靈洞名。在其西，顏母山名。在其東。周原敞宏址，中有文宣宫。年深歲復改，上雨兼旁風。蒼黄設俎豆，俯仰思儀容。周旋入寢殿，榱棟半已空。丹青剥像貌，暴露炎埃中。因之起深痛，蹙頞面發紅。荒苔卧石柱，隱隱雙雕龍。乃知前朝事，規制本穹窿。興替會有時，闕里方尊崇。紛紛緇黄輩，各自傳其宗。珠林映貝閣，勢若争雌雄。吾曹衣冠士，此涕詎無從？昨逢中臺彦，徐都憲，陸、盧二侍御。感舊傷遺蹤。惜哉不共到，獨此心忡忡。他時按部後，爲我回青驄。

謁顏廟

至德不世出，所居必有鄰。依依闕里東，見此陋巷村。天資本純粹，況乃沾陶甄？禮樂以爲邦，克復以爲仁。當時七十子，此道鮮有聞。行藏亦時可，不道周公貧。傷哉宣尼慟，此涕復何人。公封與廟配，俎豆垂千春。古祠久荒敝，廢井尚未堙。洞酌代明祀，泠然洗心神。舊第入環堵，纓冠見雲孫。因之訪孟廟，鄒嶧東嶙峋。遥瞻孔林在，且薦清溪蘋。

曲阜紀事

天下衣冠仰聖門，舊邦風俗本來敦。一方煙火無庵觀，本縣僧道不入境。三氏孔、顔、孟。絃歌有子孫。城郭已荒遺址在，書文半滅古碑存。憑誰更續東遊記，歸向中朝次第論。

謁孔林

墓古千年在，林深五月寒。恩沾周雨露，儀識漢衣冠。駐蹕亭猶峙，宋真宗亭。巢枝鳥未安。世傳鳥雀不入林。斷碑深樹裏，無路可尋看。

周廟 祀周公也。

遊于庠，薦于廷，坐于廟堂，孰使我冠裳兮？
或飽而腴，或暖而舒，或佚而娱，孰安我起居兮？
孔道之傳兮，周祀之綿兮，魯封之存兮，曷以不永年兮？

周廟三章，章四句。

謁少昊墓

古稱少昊氏，云是五帝先。典册既茫昧，氏名僅流傳。建都魯城東，遺址有軒轅。至今高原上，陵樹鬱成阡。豐碑不刻字，遺恨宣和年。宋徽宗造碑甚鉅，金亂，不果立。國朝重明祀，香帛隨纁玄。時制每三年一祭。我來訪舊迹，幸未迷榛菅。四顧林莽間，野意但蒼然。停車問父老，相對兩無言。

會東池有懷東莊聖公

半簾斜日罷登樓，夢醒重來是舊遊。山雨尚含青竹暝，水風先動碧荷秋。望窮東嶽疑千里，興比南溪欠一舟。好事主人無在者，十年心賞爲誰酬！

過曲阜孔永道見兆先壁上詩志痛一首

款語清茶去復留，敗墻殘墨重回頭。無端又作吞聲歎，拭目西風兩淚秋。

泛南池有懷南溪聖公

輕舟别浦路迢遥，危石虚亭影動摇。雲去好山争入座，雨來新水欲平橋。多情留客空杯酒，舊事傷心但柳條。今日我來還我去，小山叢桂竟誰招！

望嶽

偶上奎文閣，來觀泰嶽峰。半空翻碧浪，平陸走蒼龍。紫愛沾嵐濕，青憐潑黛濃。長原隨迤邐，高樹助蒙茸。幢節迎還送，戈矛擊更衝。煙霞變明晦，雲雨驗豐凶。混沌天初闢，精靈地所鍾。分疆書禹貢，肇域紀堯封。挹淺臨滄澥，憑虛揖華嵩。行胡浪切。尊宜作丈，名重合稱宗。外斂神無迹，中涵德有容。廟嚴王者像，植古大夫松。北闕身長繫，東軺境暫逢。崖躋愁日觀，谷嘯想風從。聖主齋心切，儒臣樂事慵。饔餐慚驛廩，輿從憫官傭。歲旱當憂國，民勞恐病農。我方頤一笏，誰共手雙筇？日月蹉跎易，溪湖限隔重。奮飛輸鳥翼，飄泊信萍蹤。濯熱思晞髮，凌秋憶蕩胸。酒闌多爽氣，涼思晚惺鬆。

祭尼山廟文

維弘治十七年歲次甲子五月庚寅朔越二日辛卯，具官李東陽奉敕代告闕里廟庭成事之後，恭謁尼山，謹率中書舍人喬宗，以牲醴香燭之奠昭告于先師大成至聖文宣王，曰：

聖人之生，必當貞元之運，稟州嶽之精。岱宗之麓有山曰尼、洞曰坤靈者，吾夫子之所生也。仰惟德合元化，道存六經，集羣聖之條理，開萬世之太平者，實吾人所賴以有成也。薦饗之禮、報答之義，達上下遠邇而無間者〔一〕，天下之同情也。瞻我闕里，有嚴廟庭，屬重建之舉，爲代告之行，蓋統于專命，而不敢以附託爲私榮也。故逾三日之祭，而不遠數十里之程，瓣香之獻、少牢之薦，亦惟以致愚誠也。若乃幼而學，壯而行，爲子而孝，爲臣而忠，嚴出處之分，慎始終之節，以質于幽明者，方竊有志焉，而懼未之能也。尚冀聖靈，其幸鑒之，庶幾無負于心盟也。謹告。

【校勘記】

〔一〕「達」，原作「遠」，顯以形近而訛，據文義與抄本正之。

祭南溪公文

維弘治十七年歲次甲子五月庚寅朔越三日壬辰，具官忝眷李東陽欽奉朝命祭告于闕里聖廟，越既竣事，乃克以剛鬣柔毛庶羞之奠，致祭于故衍聖公南溪先生親家之靈，曰：

予昔弱歲，與公同朝，邈乎其未始接也。粤自冰玉羅洗馬。之好，濟寧之邀，竟回舟於興盡，空命駕於神交。既而德卿陳提學。惠我以柯伐，東莊賦我以桃夭。仰聖門之廕澤，挹令子之丰標。書不越月，望必崇朝，公蓋嘗有意於予矣。謂在潞水之滸、都城之郊。及乎新廟有奐，我車載膏；奉王言於綸綍，戒邦禮於牲牢；瞻宮墻而再拜，歷庭館而周遨。曾不幾時，而公不我留也。諒四美之難具，嗟萬物之易凋。知此事之非偶，歎吾生之不遭。徒許心於挂劍，猶戀德於綈袍。已矣乎！丹書玉節，不可以久駐，空痛哭而還鑣。嗚呼哀哉！尚饗。

祭東莊公文

前與公交，義則鄰曲。後與公親，情則骨肉。公實爲之，豈必天屬？新廟既構，代祀孔肅。中更歡戚，屢變寒燠。公實啓之，天竟從欲。我來何遲，公去何速？入公之筵，不聞篪塤；坐公之庭，不聆笑言。默默蒼天，悠悠九泉。我來有期，公不少延。我之思公，以歲以年。昔公之行，贈有篇帙。今公之没，葬有銘刻。公性所嗜，公心可質。我之茲來，公願永畢。公乎有知，鑒我芬苾。嗚呼哀哉！尚饗。

代告闕里孔子廟記

弘治甲子春正月，重建闕里孔子廟成。蓋自己未夏六月以災告，上既命學士臣李傑往告，即下山東巡撫、巡按暨布政、按察諸臣議重建焉。前僉事臣李宗泗規畫略定，今僉事臣黄繡綜理周畢，而巡撫都御史臣徐源實總之。輪奐閎偉，髹繪輝赫，皆加于舊。而告成事者，臣源及監察御史臣陳璘也。事下禮部，尚書臣張昇等以爲是數百年之曠典，請加崇重，以昭示天下。上親製碑文祝辭，命太常具香帛，有司備品物，卜日御正殿傳制，特遣臣東陽自内閣行祭告禮。會有孝肅太皇太后之喪，既釋服卒哭，上未忍悉從吉典，乃避殿賜敕以行。

臣東陽奉命惟謹，以閏四月丁卯陛辭，癸未至于廟。時臣源實方迓於境，衍聖公臣孔聞韶方在父喪，聞命踧踖，易服迓于郊，曲阜知縣臣孔彦士扶疾迓于驛。甲申，遂致齋，越三日丁亥乃祭。中書舍人臣喬宗亦奉命有事于廟，右通政臣韓鼎以督河至，御史臣陸偁以巡按至，臣盧翊以清軍至，左布政使臣曹元、按察使臣戈瑄、署都指揮僉事臣申寧以三司長至，左參政臣冒政以分守至，僉事臣袁經以分巡至，副使臣陳鎬以提學至，而臣繡固在，皆陪位分獻。東哲則臣宗，西哲則臣元，東西廡則五經博士臣顔公鋐、臣孟元啓。聖王殿則三世學録臣孔公璜，孔氏之族無遠邇小大，來會者以數百計。前三日時雨連降，及期而霽。禮成之後，星月朗耀，神人歡暢。歌工舞佾，奉器執事之臣，下逮胥隸僕從，皆欣欣然如雲之從風、水之赴壑，有不令而集者。

臣東陽乃退而歎曰：於戲，人性之善，豈不信哉！夫自情蕩性鑿之後，雖積歲累月嚴刑法以驅之，使入於聖賢之域而不可得也。及乎入聖人之鄉，觀聖人之所居，接其子孫族姓，見其禮，聞其樂，而因以想像其形容，卒然之間，怠心興，躁心釋而不自覺。蓋凡卑且賤者皆然，而大夫士之貴而賢者不待論也。然則天理之在人心者，曷嘗一日而亡哉！

聖人之教，固因其所明而導之，使復其性。而吾夫子之删述六經，垂法萬世，其功所以爲大，不可一日而忘者也。且褒崇之典，雖於聖人無所加損，而與治道常相爲重輕。故太牢之祀，肇開漢業；展拜之禮，宋道興焉。我國朝太祖高皇帝封爵奉祀，建學置官。逮我憲宗純皇帝，增樂舞八佾、籩豆十二。天子之禮，至是始備。重熙累洽，蓋有由然。聖天子登極視學以來，益加崇重。是役也，至集天下之財，積數年之力。告成之祭，又輟論思輔導之職，詔旨諄切，禮意深厚，出乎常格。所以視天下德意，指其嚮方，一轉移振作間，而應者固若是速也。

夫明乎祭之義，則可以治國；使天下知孔子之當祭，則知其道之當行。爲臣必忠，子必孝，無不復其性者。擴其端而充之，將不自今日始乎？臣不佞，敢紀成事，以告于來世。若闡揚道德，以彰教化，則奎章宸翰，昭如日星，有目者所共睹，臣曷敢贊一辭哉！榮禄大夫太子太保户部尚書兼謹身殿大學士知制誥經筵國史官會典總裁臣李東陽拜手稽首謹記。

重建闕里孔子廟圖序

闕里孔廟之重建也，其經費所出，爲竹木之稅、舟船之稅、麥絲之稅及公帑之藏。其名物之籍，木則市之楚、蜀諸境，石則取之鄒、泗諸山，瓴甓鉛鐵則官爲之陶冶，丹堊髹漆則集之于商，斫削摶埴、雕琢繪飾之工則徵之京畿及藩府之良者，而夫役則雇之民間，而官予之直若食焉。巡撫之官，始則都御史何公鑒，巡按若御史高君崇熙，布政若王君沂，按察則陳君璧。督工之官則參議程君愈，僉事李君宗泗。其後皆更代不恒，至都御史徐公源、御史陳君璘、僉事黄君繡而以成告。

廟之制，中爲大成殿十楹，崇八丈，邃有奇，廣倍其半。爲左右廡百餘楹，後爲寢殿八楹，前爲杏壇。又前爲奎文閣，楹視寢數，崇略與殿等。又前爲門四重，中爲橋三。殿之左爲家廟，後爲神厨，前爲詩禮堂，爲神庫。又前爲燕申門。殿之右爲啓聖王殿，後爲寢，前爲金絲堂。又前爲啓聖門，前左右爲齋室。室之外爲快睹、仰瞻二門，與觀德、毓粹二門而四。又左右爲鐘鼓樓，與角樓而六。閣之前後爲碑亭各四，前四亭則本朝御製，而祝敕諸文皆附焉。惟壇及樓及中門仍舊。自餘或創或益，並從新制。材幹堅厚，構締完整，象設端偉，繪飾華焕，悉臻其極，蓋一代之盛典，天下之大觀皆備於此。是李君所經畫，而黄君實成之。工始于弘治庚申之二月，落于甲子之正月。

始建之命，衍聖公弘泰入謝于朝，而不及其成。落成之告，今衍聖公聞韶已嗣爵，御史陸君偁、盧君翊及布政曹君元、按察戈君瑄等皆來會。齋祭既畢，達觀于新廟，東陽乃前揖徐公曰：「是惟都憲之賢，令行事集，以成此功也。」又揖黄君而前曰：「是惟僉憲之達于政，勤于所事，夙夜匪懈，以有此功也。」皆孫弗敢居。又揖衍聖公而進之曰：「是惟先師道德之深澤、聖天子崇儒重道之盛心，更新圖遠，方始自今日，而式克成之。尚慎守祇奉，以無負于吾君，無忝于爾所生也。」聞韶曰：「敢不於斯言是圖？」東陽既紀祀事，黄君將爲廟圖，别勒于石，以示久遠，因復爲序之。而藩憲郡縣及凡有事于廟者，則書其名氏于後云。

詩禮堂銘 有序

闕里孔廟之東有詩禮堂，蓋舊名也。按察僉事黄君繡重建兹廟，嘗聞故衍聖公弘泰言：金章宗謁廟時，爲行幄以駐蹕。比去，有司請撤之。章宗云：「留孔氏，爲延賓齋。」遂止勿撤。近毁于火，今稍移而東數武許，加崇廣焉。因爲銘以遺今衍聖公聞韶，俾識之。銘曰：

惟孔有庭，聖訓攸在。父立子過，其徒是賴。其訓維何，維詩及禮。手所删定，教自家始。聖不可作，庭名固存。萬世是師，矧惟子孫？有齋延賓，金所駐蹕。彼夷則然，矧我中國？新廟既闢，新堂亦遷。有來繩繩，世守勿愆。

金絲堂銘 有序

金絲堂舊在孔廟左廡之東，東直井，前直詩禮堂。嘗掘地得石刻，知爲孔子故宅，蓋世所傳魯共王聞金石絲竹之聲者也，故歷代之樂器藏于其間。比者，廟毁而堂獨存。新廟之闢，堂地皆入左廡，金絲則移而西，與詩禮正相直。東陽既各爲篆額，復爲銘金絲之銘曰：

維孔有宅，曰維聖門。魯共何人，欲壞更存。維壁有書，四代之文。維堂有聲，八音是聞。此事茫昧，書則真有。有堂載新，宅固其舊。聞樂知德，斯言已久。金絲在焉，名不可朽。昔堂在東，今堂則西。欲究厥初，視我銘詩。

悼手植檜次匏庵先生韻

孔庭盡烈火，廟貌倏更新。嗟哉古檜毁，僅見孤根存。槎牙插高空，突兀撑重門。禮記嘗及漢，官封未污秦。所貴手親植，不與萬木羣。翻令衆芳茂，蓊欝如雲屯。枯荄發餘燼，往代有遺文。晉永嘉三年枯死，隋義寧元年復生，唐乾封二年枯死，宋康定元年復生。旦夕或可期，今古何當分？雷聲久絶響，五月始一聞。矧兹時雨降，遠邇皆覃均。仰高復好古，一日累數巡。發育豈無地，栽培方有人。何年重弭蓋，翹首青嶙峋。

題袁僉事松壑圖卷

高松盤拏如攫雲，哀壑動地空中聞。秋聲怒呼夜濤涌，勢若萬馬驅千軍。陰風蕭蕭山鬼泣，水底長蛟作人立。老手横揮似有神，紛紛畫史何嗟及。東臺鐵冠金石腸，攜來兩袖皆風霜。官船五月不知暑，擲筆停杯聽山雨。

題袁僉事石田山水卷

偶逢湖南客，却話江東路。笑指畫中山，知是乘驄處。

題徐都憲水村竹屋卷

藹藹水中村，灑灑屋上竹。廛居遠城市，屣脱去塵俗。朝看碧山爽，夕泛晴波緑。江湖有襟帶，冠履無拘束。昔聞東吴老，本出南州族。封非渭川户，乞豈鑑湖曲？溪山舊業在，圖史清風續。華蹟歷臺省，雅尚在林谷。夢寐三十年，此村還此屋。宦途復傾蓋，佳話時秉燭。指點入丹青，依稀過江麓。感今復懷舊，歲月如轉轂。倘遂江南遊，鄰哉我當卜。

題徐都憲椒園茅屋卷

南園種椒椒實紅，中堂覆茅茅葉重。疏香細影入簾户，千樹萬樹皆春風。堂前不種閒花草，祇愛椒花得春早。庭檜應同手植成，江柟枉被風吹倒。人家何獨無此堂，豈有喬木參天長？願君朝葺堂茅夜灌樹，長記先翁醉遊處。

過天津聞京師大雨

水急知山雨，天昏識海雲。寵添青草色，歡動白鷗羣。露禱心須應，平安報屢聞。向來家國念，聊與慰憂勤。

滁縣祭外舅蒙泉翁文

維弘治十七年歲次甲子五月庚寅朔越二十一日庚戌，具官門生李東陽代告闕里，歸過滁縣，謹以瓣香斗酒之奠，遥祭于我外舅蒙泉先生岳公之墓，曰：

公之進退，惟道降升；公之存亡，惟世重輕。四海之外，百年之内，孰不知所謂蒙泉先生也？東陽夙自髫丱，獲瞻門庭。遇我以國士，賓我以館甥。道義之感、文章之託，其在天下者，非一人之私情也。然而生不侍于膝，葬不送于塋，心許於南都之使，天留于闕里之行。當是時也，公女既折，吾子亦傾。慨萬事之更變，傷二姓之凋零。痛通家之骨肉，想不死之精英。顧官階禄秩已過公之倍蓰，而風節勳業曾不及公之畸贏。不勇退以奇脱，猶蹈常而守經。此難與世俗者道，將永質於幽明。杳佳城之莫即，終飲淚而吞聲。

歸至張家灣舟中作

使節南行又北旋，眼中風物轉堪憐。麥苗枯盡初逢雨，河水重來始放船。野哭時時聞闘殺，山逋處處起顛連。燈明月暗篷窗底，細寫封章達九天。

李東陽全集卷九十六

東祀録 中

復命題本

題爲公務事。

先因闕里孔廟落成，該禮部題奉敕遣臣前往祭告，續該臣題準令中書舍人喬宗前往恭寫御製碑文并遣祭祝文上石等因，臣欽遵，於弘治十七年閏四月初七日起程。本月二十三日，前到闕里致齋。二十七日，行祭告禮。隨即督令奏帶文思院副使閻傑鐫刻碑石，各已完備。五月初六日，該巡撫都御史徐源督工，按察司僉事黄繡等樹立訖。臣看得所建廟宇，規制閎偉，工作精緻，而奎章睿藻，大書深刻，誠千年之曠典，一代之偉觀。足以上妥聖靈，光昭儒道，傳之後世，永永無窮。臣事畢之日，遵奉敕旨，星馳回京復命。除將前項御製文字各一通摹拓前來，另行裝潢進呈外，緣係奉敕公務事理，謹具題知。弘治十七年五月二十六日。

通達下情題本

題爲通達下情事。

臣備員内閣，叨任腹心，左右輔導，乃其常職。比者欽承使命，遠涉川陸，有所聞見，不敢緘默，謹披肝瀝膽，爲陛下言之。

臣自閏四月以來，經過裏河天津一帶，適遇天時亢旱，風霾屢作。夏麥枯死，秋田未種。運舟不至，客船稀少。曳纜之夫身無完衣，荷鋤之民面有菜色。極目四望，可爲寒心。臨清、安平等處，盜賊縱横，殺人劫財者在在而是。傳聞青州劫奪尤甚，各該地方官員隨捕隨發。各處回賊百十成羣，白晝公行，出没無忌。又聞南來人言淮、揚諸府十分狼狽，或掘食死人，或賤賣生口，流移搶掠，各自逃生。運糧官軍般壩剥淺，艱辛萬倍。人心惶惶，莫知所措。以至江、浙析東荒歉之地方數千里[一]，朝廷雖差官賑濟，減耗折糧，拆東補西，得不償失。且民户消耗，軍伍空虚，官庫無旬月之儲，俸糧有累年之欠。夫以東南財賦所出，一歲之荒，已至于此；北地貧薄，素無積蓄，今秋再歉，則將何以堪之？國家承平富庶百有餘年，一時之荒，尚不堪處，設有不測，又將何以處之？言及於斯，可爲痛哭。

臣本愚庸，生長都邑。曩於成化年間省祭原籍，公幹南京，再經此地，始知民生愁苦之狀、州縣凋敝之由。以今校昔，十倍于前。則臣雖久處官曹，日理章疏，猶有不得其詳者。仰惟陛下聰明聖智，卓冠羣倫，而居于九重之上、深宮之内，小臣百執事知之不敢言，言之不敢盡，細微幽隱之故，豈得而盡聞之？亦豈得而盡信之哉？臣嘗訪之道路，詢之官吏，皆言糧草税課歲有常額，而冗食太衆，國用無經，差役頻繁，科派重疊。木植顔料，百凡之物，歲無虚月；内府錢糧，交納使用，更無紀極。京城修造，前後相仍，做工軍士累力陪錢，每遇班操，寧死不赴。勢家鉅室，田連州縣，徵科過度，請乞無厭。親王之國，供億之費每至二三十萬。修齋挂袍，開山取礦，作無益以害有益者，間復有之。加以貪官酷吏肆虐爲姦，民力困窮，嗟怨交作，天災迭降，固有由然。他如遊手之徒號稱皇親名目，附搭鹽船，聲言各處，馬頭起蓋店房，網羅商税。國家建都于北，仰給南方，商賈驚疑，大非細故。織造内官縱使羣小，採打閘河官吏，趕捉買賣居民，騷擾動地，又臣所目擊者。在途如此，在彼可知。若此之類，未易枚舉。

臣聞天下之患，常在於上下之情不通。今閭閻之情，郡縣不得而知也；郡縣之情，廟堂不得而知也；廟堂之情，九重亦不得而盡知也。是皆始於容隱，成於蒙蔽。容隱之端甚小，而蒙蔽之禍甚深。大壞極弊，皆由於此。臣既盡知而不盡言，恐陛下終不得而知也。臣竊以爲，今日之生民，疲敝已深，而國用之匱乏已極。若事事而蠲之，則不可盡免；時時而給之，則不可勝給。臣請以所見喻之：節用度如閘河然，節一分則上有一分之益；廣儲蓄如源泉然，積一分則下有一分之利：惟在聖心一轉移之間而已。臣在山東，伏聞陛下以災異屢見，戒飭羣臣痛加修省。又特降綸音，令内外各衙門開查弊政。遠近歡動，稱頌聖明，以爲太平之幾，端在於此。

臣竊念往時詔旨頻降，章疏畢陳，而事關内府貴戚，每爲掣肘。如去年户部等衙門、後府等衙門，今年兵部等衙門會奏事件及吏、兵二部查奏傳奉乞恩各一本，皆經時累歲，不賜施行。臣恐今次所開，又成故紙。如聖諭所謂虚應故事者，則民情何時而慰，天變何時而弭乎？伏望陛下廓離照之明，奮乾剛之斷，查照前項節次奏本，催督今次開具事情，凡民情時弊有當興當革者，詳加采擇，期在必行。尤望躬行節儉，力省浮費，惜無名之官賞，停無益之工作，以先天下，以慰生民。則變歉成豐，轉災爲福，可以延宗社萬萬年之休矣。

臣燮理無狀，匡輔罔功。凡臣所陳弊政，皆臣之責。除另行具奏辭避外，今將通達下情事理謹題請旨。

弘治十七年五月二十六日，奉聖旨：卿所言深切時弊，足見憂國至意。事當施行的，著各衙門查議明白，開具來説。欽此。

【校勘記】

〔一〕「析」，抄本作「折」。

自劾求退以謝天譴奏本

奏爲自劾求退以謝天譴事

臣伏見今年春夏，陰陽失調，雨澤不降，黄塵赤地，方數千里，人民饑餓，盜賊公行。災異之來，日甚一日，致廑宵旰。下諭臣工〔一〕，令其内省愆尤，自陳弊政。此古帝王克謹天戒、上下交修之心也。臣時方奉敕祭告闕里，即欲具本自劾求退，緣公務未畢，不敢遠煩天聽。今臣既回京復命，謹陳愚悃，上徹淵衷。

臣竊惟内閣之職，所以輔導君德，參預政機，任重責深，實難勝舉。臣以庸才弱質，遭際聖明，備位于兹已十年矣。而勳勞罔著，咎過益增。近日以來，紀綱緩弛，風俗傾頹，或用舍違宜，或刑賞失當。官帑空乏，而費用愈繁；民力困窮，而徵科益急。諸司弊政，實亦多端。臣職在論思，預聞進止。或開陳未至，無以自明；或持議不堅，中爲所奪。凡此之咎，非臣而誰〔二〕？昔人謂觀大臣之賢否，在天下之治亂。臣自考其迹，較之初任，漸不如前。以人事言之，則可退矣。夫人事之與天道相爲流通，召和致災，各有攸應。故周以燮理寅亮，責在公孤；漢以災異策免，亦有故事。臣自省其徵，較之往歲，大有不同。以天變言之，亦可退矣。

臣之初志，不揣駑劣，本欲劬勞。中覺其難，亦嘗因疾求退。及累荷温綸，曲加慰勉，猶冀强圖後效，以報深恩。玩愒因循，又逾四載。今考諸人事，徵諸天變，乃至于斯。而年日就衰，疾不時作〔三〕，頭目昏暈，齒牙動摇，意氣徒存，精力不逮。雖欲再加驅策，實有未能。用是仰乞聖慈，俯垂矜察，容臣休致，以盡餘生。且臣又聞，處至難之事者，必得非常之才。尤望陛下特簡名賢，代居臣位，使得輸宣心力，展布猷爲，必能下慰民情，上回天意。實國家之幸，抑亦臣之幸也。臣不勝懇切俟命之至。

弘治十七年五月二十六日，奉聖旨：災異示戒，正宜上下交修。卿職司輔導，方切倚毗，豈可引咎求退？所辭不允。吏部知道。欽此。

【校勘記】

〔一〕「諭」，原作「論」，據正德本懷麓堂稿求退録所收此文正之。

〔二〕「誰」，原作「惟」，據同書所收此文正之。

〔三〕「疾」，原爲空白，據同書所收此文補之。

再乞休退奏本

奏爲再乞休退以謝天譴事。

比者因災異屢見，該臣具奏，自劾求退。奉聖旨：災異示戒，正宜上下交修。卿職司輔導，方切倚毗，豈可引咎求退？所辭不允。欽此。

夫天人感召之理，臣已略陳于前，而臣之情志猶有未盡言者。臣竊觀今日之事，較之往昔，勢亦甚難。才力二者，必須加倍，乃克有濟，非循常守故者所能辦也。臣以草芥微材，粗知章句，經濟之務，本非所長。過蒙陛下眷在講筵〔一〕，置諸左右，委之心腹，假以歲年。而臣性質愚迂〔二〕，器識褊隘，每遇論思之際，擬議之間：或朝廷行一美政，出一善令，則私心善慰，幸託苟安；或予奪過中，舉措失當，則愧懼終日，寢食不寧。雖控竭駑鈍，每至再三；而旋斡化機，十無一二。

臣竊聞先儒有言：一日居乎其位，則思一日盡乎其官；一日不得乎其官，則不敢一日安乎其位〔三〕。然官有大小，責有淺深。卑官末職，少有裨益，猶可自稱報塞。今臣所居者何地？所任者何官？而苟且因循，已逾數載。用是憂勞並積，疾病交攻，屢訴情私，懇祈休退。未蒙俞允，轉荷登遷。任愈重而力愈疲，官益高而心益懼。若昧止足之戒，而忘遜避之圖，誠恐古人格君之學付諸空談，平生報國之心喪於晚節。臣雖愚陋，中竊恥焉。使臣才尚能爲，力猶可勉，自當鞠躬盡瘁，以徇國家。豈敢臨事避難，私圖便利？皇天后土，實鑒臨之。

伏望陛下深念政機，重惟民事，不以臣之庸劣久玷班行，特賜俞音，許臣休致。則賢路不妨，國事有濟，民生可慰，天變可回，而臣瘝官曠職、負國誤民之罪亦可少逭于萬一矣。臣不勝惶汗懇切俟命之至。

弘治十七年六月十三日，奉聖旨：朕方圖新政理，卿宜盡心匡輔，以副委託。毋再引咎固求退休。吏部知道。欽此。

【校勘記】

〔一〕「過」，原作「遇」，顯以形近而訛，據正德本懷麓堂稿求退録中所收此文正之。

〔二〕「愚迂」，原作「迂遇」，據同書所收此文正之。

〔三〕本文「安乎」以下文字原脱，據同書所收此文補之。

李東陽全集卷九十七

東祀録 下

紀行雜志

弘治甲子閏四月丁卯，陛辭，奉敕賜酒饌而行。部院諸公卿餞于崇文門外，同年諸公又送于大通橋東，館閣諸先生餞于三忠祠，府寺諸卿丞又餞于前。至深溝，諸門人官屬暨諸鄉舊分餞于廣惠寺。癸丑，諸門生餞于糕米店。時中書舍人喬生宗亦奉旨有事于廟，其弟太常少卿宇暨諸故舊偕餞于前，而諸親舊尤厚者又餞而前乃别。

暮至張家灣，巡撫山東都御史徐公源已遣舟來迓，宿于舟中。戊辰，大風，午始定，乃放舟，夜至漷縣。己巳，過和合驛，商郎中良輔、張主事邦瑞來迓，夜至河西務。庚午，過楊村驛，得風，行至暮，風横作，未至丁字沽數里，遂野泊焉。辛未，兵備施副使槃來迓，過天津，又與商、張舟送過楊青驛，夜過静海縣。壬申，過流河驛，又過青縣，都御史王公沂遣人自真定來迓。又過興濟縣，趙主事鶴、張主事天相來迓。夜過滄州，巡鹽王御史愷來會。癸酉，過磚河驛，又過新橋驛，夜遇族兄訓導經。甲戌，過連窩驛，又過良店驛，孔知縣公華自寧津來會，清軍盧御史翊、崔參政巖皆來迓。是夜，徐都憲來迓，遂同舟達旦。乙亥，微雨，旋復霽，毛參議珵、楊僉事壽皆來迓。過德州，巡按陸御史偁以書來迓，漕運都御史張公縉、都督郭公鋐皆遣人自淮安來迓。又過故城縣，馬都御史中錫方家居，會于舟中。錢御醫宗甫先寓京師，予延詣闕里，視故衍聖公南溪先生疾，至已弗療，歸留故城。予訪之，不及見而去。丙子，過甲馬營驛，大雨。過武城縣，又過渡口驛，兵備李副使善、守備劉都指揮全、方郎中璘、王主事玹、徐主事璉、童主事器、王主事納誨及鎮守臨清朱太監雲皆冒雨來迓，喜甚，謂自春以來未見此雨。丁丑，晚至臨清，史郎中學、夏主事昇、吴進士便次第來會，李知府舉、曹通判鏷皆來迓。是日，得汪編修俊、檢討偉書。戊寅，過東昌，至魏家灣閘，管河通政韓公鼎及袁僉事經皆來迓。己卯，過安平鎮，登減水石壩，觀往歲奉敕所撰記石刻，項郎中亨明、林進士珽皆來會。是夜，宿安山驛，因與韓通政談南旺湖水淺，運舟拍塞不得進，乃決議陸行。庚辰，過東平州，訪帝堯墓，在州城東北二十里，及冉子墓，在東十里，皆遠弗能至。過新橋驛，宿汶上縣，訪思聖堂。蓋中都地，宣聖所爲宰，故名。有元人記石刻，喬中書令人拓之。聞有王彦章祠，不及赴。是日，提學陳副使鎬、修廟黄僉事繡次第來迓。辛巳，過新嘉驛。闕里司樂典籍管勾來迓。曲阜孔氏知縣彦士道得疾，不及見。冒參政政及衍聖公聞韶先迓至濟寧，弗值，至是皆來迓。夜宿兖州府。壬午，朝魯府，賜饌于承運門。設樂，辭；簪花，又辭。東阿郡王、鄒平王長子遣人請見，皆辭不赴。

癸未，孔氏學録公璜、顔博士公鉉、孟博士元、畢主事昭次第來迓。晨至闕里，雨。衍聖公方在父喪，易服率族人及顔、孟子孫迎香帛祝文于三里鋪，行五拜禮。遂前導置于奎文閣，禮如初。因謁宣聖廟，巡撫、巡按、清軍及三司府縣學官諸生皆陪位。出，會于詩禮堂，宿于南池。先是，李御史良以書自淮揚來迓，不值，留書而去。甲申，遍觀廟宇，皆新構，窮極壯麗，共致瞻羨。觀魏漢以來諸碑刻，半已剥落。前後古木數百株，猶森聳如故。觀手植檜已毁，枯根可二三丈，相與歎惋久之。是夜，遂致齋。乙酉，觀書御製碑文，字可二寸，殊整健。韓通政來會，遂登奎文閣，望泰山及尼、防、梟、嶧諸山。丙戌，雨，習儀于詩禮堂，遂省牲。丁亥，行祭告禮，喬中書宗分獻東哲，曹布政元獻西哲，顏博士公鋐獻東廡，孟博士元獻西廡，孔學録公璜獻啓聖王殿。是夜，雨霽，禮成，月東出，衆情欣懌。是日，會宴于詩禮堂，不用樂。

戊子，徐都憲率衆請紀祀事，致幣，却之。謁顏子廟，見其傾圮太甚，歎惋久之。觀顏井，相傳爲陋巷舊址，今有亭存焉。出訪顏博士家。北謁孔林，拜瞻三世墓，莫能辨方向。上各有石碣大字，宋所立也。因西過南溪、東莊二聖公新墓，哭焉。歸謁周公廟，頗閎麗，亦黄僉事所修也，巡撫而下皆陪位。是日，宴衍聖公府，孔學録代行酒〔一〕。己丑，雨，韓通政、曹布政、戈按察、申都司皆辭去。徐都憲會于公館，夜會于東莊子聞詩。五月庚寅朔，謁廟，過曲阜縣，訪孔知縣彦士、族長希瑾輩。至承泗宅，見兆先所題壁，慟哭而返。陸、盧二御史會于東池。辛卯，謁尼山聖廟，行釋菜禮，喬中書、袁僉事陪位，衍聖公及其弟聞詩、聞禮、聞善皆從。見殿宇湫陋，寢殿尤圮，塑像皆暴露風日中。因憶近歲兖州嘗求修廟記，而壞弛如此，悵恨不能置。遂訪坤靈洞，深不過數尺。求宋楊奂東遊記所載石牀石枕者，無有也。過顏母山，衍聖公往登焉。歸，言酌聖井水甚清冽。宿其新莊。望孟子廟及嶧山，遠不能赴。壬辰，歸闕里，祭南溪公，晚祭東莊公，與其諸子哭盡哀。是日，陸、盧二御史皆辭去。

癸巳，將謁廟，辭。徐都憲及黄僉事來告，碑刻將完，卜以乙未立于新廟，請留觀之。是日，陳副使辭去。始議修闕里誌。林主事文焕來見。甲午，端陽節，廟祭，來致胙。孔氏請遊南池，以朝廷免宴，辭不赴。乙未，觀立御製碑，畢事而雨，會于詩禮堂。是日，徐都憲率衆來致賀幣，却之。丙申，戒行，雨復作。黄僉事請作廟圖序，不果行。徐都憲等約遊泰山，以朝廷尚在哀戚，不敢赴。丁酉，廟以仲夏時祭來致胙，徐都憲等餞于詩禮堂，復致幣，又却之。戊戌，雨，謁廟，辭。徐都憲等邀觀逵泉，即左傳所載者，岸有石刻二大字。因過孔承賢竹園，園内有新泉及濯纓泉，鉅竹萬竿，高下曲折，水聲瀌瀌出蒙翳間，蓋孔氏一勝地也。歸，衍聖公餞于家。

己亥，雨，平旦不止，遂啓行，徐都憲等餞于三里鋪。及巳乃霽，過兖州，不入。魯王遣長史來邀重會，辭不赴。暮至濟寧，孔聞詩輩送至舟中乃别。庚子，曉至長溝。遇尚書林公瀚，聞京師閏月丁丑雨，蓋乙亥奉旨祈雨，三日而應。林主事送過長溝，龍員外霓來見，韓通政復自張秋來迓。南旺水淺不可行，至是汶水至，加一尺許，夜至開河驛。辛丑，衍聖公送至安山驛，乃辭去。徐都憲、袁僉事復自東平來會。是夜，至安平鎮。壬寅，會韓通政公館，遂行。晡大雨，夜過東昌。癸卯，過臨清，徐都憲、朱太監等會于公館，却花及樂。甲辰，王、徐、童、王四主事及李副使送至渡口驛。夜過故城，馬都憲及錢御醫會于舟中。是日，聞劉、謝二公辭位，不允；聞尚書佀公鐘致仕。乙巳，冒參政、黄僉事送至德州。陸、盧二御史及二司遣學官來致書，請修闕里誌。徐都憲、韓通政、袁僉事送至良店驛，盡境而別。得南屏潘公辰及族子嘉敬書。夜，風雨驟至，宿連窩驛。是日，聞提學陳御史玉在霸州。丙午，黎御史鳳見于舟中。夜過興濟縣。丁未，過流河驛，訓導族兄復來會，得崔甥傑書。夜過静海縣。戊申，過天津衛，至丁字沽，始得水，夜宿楊村驛。己酉，聞京師大雨，商郎中、鍾主事送過河西務。是日，聞陳御史擢浙江提學副使；已赴京矣。庚戌，過漷縣，欲謁外舅蒙泉岳公墓，以道濘不果，遣劉主簿釗致祝文香燭。辛亥，宿張家灣，趙主事復來會。

壬子，過通州，李員外金輩來迓。過深溝，諸親舊次第來迓。至京，宿西朝房。癸丑，劉、謝二公會于朝房。甲寅，復命，賜酒饌如初。丙辰，遣内官賜羊酒寶鈔。

【校勘記】

〔一〕「孔學録」，原作「孔子録」，顯誤，據文義與抄本正之。

東祀録附*

代襲封衍聖公謝恩表

孔子六十二代孫襲封衍聖公臣孔聞韶，弘治十六年九月初六日，欽奉恩命，襲封衍聖公爵。臣聞韶誠惶誠恐，稽首頓首上言：

伏以道崇先覺，褒揚每荷於朝廷；禮正大宗，封爵竟歸於世胄。仰值右文之盛，俯慚接武之難，負重奚堪，臨深莫喻。兹蓋伏遇皇帝陛下天衷純粹，聖學淵微，紹惟精惟一之心傳，守不愆不忘之古訓。隆師重傅，窮六經制作之原；崇德象賢，具百代彝章之美。粤自前漢肇牲牢之祀，後周極茅土之封。逮及本朝，益增舊典。銀章玉帶，班超一品之階；左羽右干，祭備八佾之舞。以至分田賜第，建學設官。

* 是附所附代衍聖公二表互見於文後稿卷之九，文字稍異。

朝則豐館餼之儀，代則謹承傳之序。弟兄繼命，事同宋世之蒙虚；父子沾恩，光徧魯山之橋梓。矧廟貌方新之日，正車書大會之辰。

臣聞韶早厠黌宫，粗通章句。執豆籩以行禮樂，非曰能之；竭忠孝以事君親，是所賴也。伏冀皇風雍穆，至治馨香。岱視三公，世世居東而享德；嵩呼萬歲，年年拱北以來朝。臣無任瞻天仰聖、激切屏營之至。謹奉表稱謝以聞。

代衍聖公謝修廟遣祭表

具官臣孔聞韶欽蒙聖恩，命工重建闕里祖廟，及御製碑文，遣官祭告。謹率族人臣孔訶等上表稱謝者，臣聞韶誠惶誠恐，稽首頓首上言：

伏以禮必積百年而後興，事有曠百世而始見。是蓋政關治體，好本民彝。凡在斯文，式均慶戴。若乃餘波賸澤，沾被子孫，其視恒情，曷啻百倍？

竊惟闕里祖廟，肇自前朝，列聖以來，累加修葺。比歲鬱攸示戒，煨燼無遺。伏遇皇帝陛下天啓聖衷，道符先揆，顧宫墻之舊地，實海宇之具瞻，爰敕有司，重加修建。集四方之公帑，閲五載之程期。材幹堅良，工製精密，廟貌嚴整，輪奂偉然。既不替于前規，復恢張于新制。足以妥靈昭佑，崇德報功，極天下之大觀，亘古今而不再者也。又有奎章睿藻，降自重霄，石刻金書，垂之萬代。出容臺之香幣，備郡邑之粢犧，特遣重臣，遠稱殷禮。衣冠畢集，宅里增輝。

臣聞韶甫襲官封，方嬰服制。念君命重於家事，而祖廟尊於父喪。易服以迎，拜天顔而敢後？趨朝而謝，率族姓以偕行。伏願聖學緝熙，儒風丕振。家詩書而户禮樂，益弘世道之光；天日月而地山川，永賁人文之化。徒深祝頌，曷罄名言？臣下情無任瞻天仰聖激切屏營之至，謹奉表稱謝以聞。

南溪賦

西涯子寓于南溪之上，公事既竣，賓客盡散，清颸徐來，旭日始旦。春服漸減，烏紗微岸。方衆景之駢列，忽羣憂之一泮。沿堤而步，則蒼蘚繡地，丹櫻燒去。林。野食呦鹿，園鳴變禽。繁華曜其陽，叢篠蔭其陰。松移徂徠之峰，石出太湖之潯。境已曠而復幽，路將窮而轉深。乘舟而泛，則泓碧長曳，汰痕圓暈。虚亭倒影，下入無朕。菱穿荇繞，倏遠凝近。飛羽夾翔，遊鱗作陣。俯空鑒以窺明，激輕濤而拂潤。雖非浮海之大觀，亦得風雩之真韻。登城而眺，則面引梟嶧，背負岱宗。左拱尼阜之巉巖，右瞻文廟之巃嵸。古泗北枕，清沂南帶。逵泉出乎其側，汶水繚乎其外。深池曲竇，下與溪會。復有平疇萬區，大澤千里。高原隱伏，廣路長迤。天幂幂以四布，雲飛飛其如駛。思兩儀之既闢，見萬象之流峙。乾坤渺其無際，靈氣宛兮攸止。不然則一溪兮幾何，吾寧獨羨乎此？

偶遇孔氏之父老過而問曰：「美哉溪乎！其源可得而知乎？」父老曰：「此周封之遺墟，漢國之故池也。其前則兩觀之門，其後則靈光之基也。地以人勝，事隨代更。逮我故公，而南溪是名。滲漉污濁，澄渟清泠。塞者疏而爲通，涸者瀦而爲盈。坊危有堤，臨深有凭。培舊植以爲堅，綴新葩以爲榮。斯溪也，乃冠裳之所咸集，軒騎之所必經。詞林侈以爲盛事，海内想聞其風聲。矧伯仲之具美，與東莊而並稱。」

余嘗覽薊遊燕，檣吳纜楚。忽使軺之東邁，弭余節兮鄒魯。魯之山兮嶔崎，魯之水兮漣漪。匪王事之在躬，余何爲兮此溪？窺聖途之浩蕩，望學海之津涯。歎時乎之不再，觀逝者之如斯。惟德澤之汪濊，配宫墻之崔嵬。家與國而咸休，名與諜而俱垂。吾固知金石之足恃，託文章以爲期。

於是衍聖公揖而進曰：「嗚呼！此先君子之志也。先生幸爲我賦之。」余曰：「嘻，有是哉！」乃呼墨援筆，書于堂壁。徘徊日夕，蓋三宿而後出也。

李東陽全集卷九十八

集句録一卷

集句録引

丁酉之春，予病在告。百念具廢，而顧獨好詩，故人愛我者戒勿復作。既乃閉户危坐，不能爲懷，因戲集古句成篇，略代諷詠。有以舊逋見督者，間以應之。遇少得意，亦稍蔓引，不能止，蓋不免五十步百步之譏焉。

嗟夫！玩物喪志，古人所戒。詩不足道也，而又緝拾補綴而爲之，不益可笑也哉！兩月間得爲篇若干，摭之篋中，亦不欲棄去，録之爲一卷。成化戊戌夏五月六日，西涯識。

李東陽全集卷九十八

集句録

送徐學士先生之南京

迢遞山河擁兩京，儒門弭節下蓬瀛。文章宇宙千年事，江漢風流萬古情。才似茂陵非晚遇，帝於京兆最知名。欲知别後相思夢，幾度朝回一字行。

病起飲鳴治小樓奉謝二首

太向交遊萬事慵，眼看春盡不相逢。爾家最近魁三象，我病猶堪釂一鐘。賓館有魚爲客久，韶光隨酒著人濃。若爲化作身千億，一月看花到幾峰？

閉門空賦子虚成，第宅清閒且獨行。休怪兒童延俗客，不勞鐘鼓報新晴。定知何遜緣聯句，始覺僧繇浪得名。藥裹關心詩總廢，不妨還校有心情。

鳴治集杜句見答因再集杜二首

柴門空閉鎖松筠，錦里逢迎有主人。老去詩篇渾漫興，晚來幽獨恐傷神。自知白髮非春事，何用浮名絆此身？戲假霜威促山簡，病從深酌道吾真。是日邀師召同飲，屢促始至，殊有難色。

卧病江湖春復生，空山獨夜旅魂驚。欲知世掌絲綸美，肯信吾兼吏隱名？佩劍衝星聊暫拔，殘樽下馬復同傾。久爲野客尋幽慣，實少銀鞍傍險行。

師召南樓別後頗以不得詩爲憾別贈杜句一首

百年多病獨登臺，懷抱何時得好開？縱飲欲謀良夜醉，殊方又喜故人來。舊來好事今能否，恐失佳期後命催。傳語風光共流轉，須成一醉習池回。

鳴治得詩再集杜并緝鄙句各二絶依例共得八首

竹裏行厨洗玉盤，誰家數去酒杯寬？謝安不倦登臨費，乘興還來看藥欄。

即事非今亦非古，更覺良工心獨苦。不薄今人愛古人，此道今人棄如土。

不覺前賢畏後生，才微歲老尚虚名。別裁僞體觀風雅，轉見千秋萬古情。

午時起坐自天明，客至從嗔不出迎。誰道朝來不作意，花枝照眼句還成。

右集杜。

睡起昏昏學病眠，眼看風景入新年。此心自信齊明久，星在明河月在天。

四壁圖書畫舫如，年光如夢此驅除。不才豈是官無事，敢謂明時獨負予？

庭雪初乾不受塵，誰家池館愛逢新？相逢欲問江南信，夢入池塘都是春。

兩日支持不出門，朝來消息喜猶真。無端世事論難盡，到得春來一樣新。

右集謝。

曰川屢有一樽之約病起集杜句奉訟

錦纜牙檣起白鷗，何時更得曲江遊？乘舟取醉非難事，送客逢春可自由。念我能書數字至，似君須向古人求。習池未覺風流盡，許坐曾軒數散愁。

同年會不赴集句奉諸年兄二首

射宫圜棘斷經過，三捷東堂總漢科。拜舞盡隨仙仗入，飛騰無奈故人何。山呼聖壽煙霞動，雲擁蓬萊雨露多。二十年前同日喜，幾時回首一高歌？

井轄投多思不禁，銀臺金闕静沉沉。共言東閣招賢地，空作西州擁鼻吟。登第往年同座主，抱琴何處覓知音？空懷遠道無持贈，霄漢常懸捧日心。

鼎儀同約止詩舉張汝弼奚元啓舊例以隻雞斗酒爲罰料數日後必有縛雞載酒而至者閲月不見又不敢公言相督集唐句以諗之不敢厚有所望得一和章足矣二月十日

多情長是惜年華，二月中旬已破瓜。謾説簡書催物役，莫將文譽作生涯。疏簷看織蠨蛸網，遠信聞封荳蔻花。聞説攜琴兼載酒，馬蹄今去入誰家？

柬敷五侍講

曲江院裏題名處，遥想風流第一人。四海交遊更聚散，十年京洛共風塵。未央樹色春中見，茂苑鶯聲雨後新。試問登高能賦客，世情誰是舊雷陳？

自鳴治外屢有投贈而和章不至試語明仲即躍然而起此非相負者集唐句以啓之

漢宮題柱憶仙郎，共汝朝天會柏梁。謝朓每篇堪諷詠，揚雄託諫在文章。春浮玉藻寒波落，水滴銅龍晝漏長。自有神仙鳴鳳曲，不將清瑟理霓裳。

明仲和章至謂不宜獨以險韻相困因索再和一首

幾宿春山共陸郎，飛飛輕蓋指河梁。青雲舊路通仙掖，草色新年發建章。身外虚名將底用，愁來一日即爲長。簷前春色應須惜，昨夜新裁白苧裳。

周侍講伯常聞予止詩作長句見督開戒集唐句奉答

北闕晴雲捧禁闈，洞門高閣藹餘輝。郎君官貴施行馬，構殿談餘舊賜衣。載筆已齊周右史，何人敢和謝玄暉？楊花榆莢無才思，已分將身著地飛。

送羅禋仲紹興教授

禋仲，明仲之弟，餘杭教諭之子也。

輦下惟因憶弟兄，何時開閣引諸生？雲連海氣琴書潤，日射螭頭劍佩明。好是五賢嘉賞地，府學教授一，訓導四，得稱五賢。早知三禮甲科名。餘杭溪上扁舟好，猶是孤帆一日程。

伯常用前韻憶亡弟以予方抱此戚因以見遺再疊一首

紫界宮墻白板扉，碧窗斜月藹春輝。陽和本是煙霄曲，歌舞空裁雪夜衣。畫省香爐違伏枕，荒山野水帶斜輝。遥知兄弟登高處，却望衡陽少雁飛。

和鼎儀漫興見寄韻

攜手城南歷舊遊，江南江北路悠悠。青山只憶招提境，白雪多隨漢水流。絳簡尚參黄紙按，清言遠待玉人酬。春風無限瀟湘意，宋玉無愁也自愁。

春日答舜咨

竹窗幽户有佳期，日暖風恬種藥時。自歎馬卿常帶病，也知光禄最能詩。晨摇玉佩趨金殿，晚拂爐煙上赤墀。聞道仙郎歌白雪，萬家同唱郢中詞。

亨父集句索藥奉答一首

多少分曹掌秘文，不知何事久離羣。江淹彩筆空題恨，荀令香爐可待熏。佳節屢從愁裏過，遠書忽向病中聞。崆峒别有長生訣，不惜千金借與君。

清明送曰川敷五陪祀長景二陵

長安雪後見歸鴻，暮節登臨且喜同。笛怨柳營煙漠漠，馬嘶山店雨濛濛。漢家宫闕疑天上，武帝旌旗在眼中。日暮長堤更回首，自西流水盡朝東。

雪不止再集一首懷二公山行之苦

海門寒日淡無輝，雪入春分省見稀。無酒誰供陶令醉，祀陵先齋戒二日，故云。有情應濕謝莊衣。殿前玉女移香案，階下奚官掃翠微。寂寞江天雲霧裏，行人獨向五陵歸。

雨雪連日曰川敷五怪予詩有柳營山店之句歸途幸晴富有倡和凡贈行者皆答獨不及予再集一首奉謝并索和章

雨過風雷繞石壇，晴明依舊滿長安。時人不識予心樂，直道無憂行路難。小院回廊春寂寂，北湖南埭水漫漫。翰林風月三千首，不得當時一字看。

清明後一日與鳴治約訪王仁輔于大德觀阻雨寄鳴治

清明幾處有新煙，獨向簷牀看雨眠。忽有好詩生眼底，暫留歡賞寄春前。壺觴須就陶彭澤，伴直難呼孟浩然。何用別尋方外去，庾家樓在斗牛邊。

送涇源趙判官致仕後歸自京師

紅亭緑酒送君還，五柳先生本在山。已喜皇威清海岱，又勞行役出秦關。川原繚繞浮雲外，樓閣參差紫氣間。聖代逍遥更何事，睡煙歌月老潺湲。

師召邀同鳴治小飲集句奉謝

青雲器業我全疏，終日王門强曳裾。尺組挂身何用説，閒情入骨若爲除。高人屢解陳蕃榻，多病能忘太史書？明日珂聲出城去，登山臨水復何如。

聞陳考功朝用集古甚富詩以問之

信手同翻集古書，自將佳句著州閭。愁占蓍草終難決，欲報瓊瑶愧不如。門掩落花春去後，酒醒孤枕雁來初。人間富貴渾如夢，消得揶揄勢利疏。

惟我維揚先生以河南僉憲領南畿屯田事成績上京師道得微疾乃卜居城陰慨然有終焉之志維時知先生者謂其卓特絶倫之才淵源博古之學清白自守之操而使之循資待次于銓曹之籍固非所宜先生當未衰之齒承當遷之秩而遽自引退亦非士大夫之所望者其言激切反覆而先生之意終自有未釋也東陽不才忝以契家子受門下業恩義無與爲比蓋於此有不能已焉屬以幽憂抱疾杜門經歲方屏去筆札不能輒有所述因集古句十律以代所欲言其始敘先生出處之概中述先生之志而終以鄙意自附于士大夫之論惟不鄙而終教之幸甚

二十餘年別帝京，曾抛竹馬拜先生。金章玉節鳴騶遠，潁水嵩山刮眼明。苦節難違天子命，夢歸偏動故鄉情。平生志業匡唐舜，直傍巢由寫一名。

百官初謁未央宫，十載長安似夢中。歲發金錢供御府，口銜丹詔出關東。魚能深入無憂釣，鳥覆危巢豈待風。借問路傍名利客，飛揚跋扈爲誰雄？

遥望旌旗汝水頭，放歌曾作昔年遊。誰能載酒開金盞，好爲裁書謝白鷗。迹入塵中纔有累，道非身外更何求？人間岐路知多少，水遠山長步步愁。

寂寞相如卧茂陵，閉門懶出病相仍。囊空不辦尋春馬，眼暗難看細字蠅。縱酒欲謀良夜醉，舊遊却憶向來曾。年年檢點人間事，祇有家貧免盜憎。

黄道星辰北斗邊，却來平地作神仙。蓬萊豈隔三千里，時論同歸尺五天。未許謝公同隱逸，且隨蘇晉暫逃禪。悠然到此忘情處，目送歸鴻手絶絃。

却算遊程歲月遥，平蕪歸思緑迢迢。敢於世上明開眼，莫怪先生懶折腰。扶老未須蒼玉杖，還家初散紫宸朝。故人雖在多分散，且可相從慰寂寥。

玉帛朝回望帝鄉，才名長帶粉闈香。欲知潁水新居士，莫奏開元舊樂章。舉世盡從愁裏老，暮年初信夢中忙。如今不要教人識，遥謝春風白面郎。

擾擾車塵負薜蘿，緑楊摧折舊官河。清江碧石傷心麗，白水青山引興多。去日兒童皆老大，生涯心事已蹉跎。自慚久在諸生列，奈此承明侍從何？

白葛輕衣稱帽紗，早將玄髮到京華。離情不斷千尋綆，奉使虛隨八月槎。鶴子見貧能代僕，野人懷惠欲移家。知公不久歸鈞軸，好趁春風入殿衙。

滄洲漭沆帝城邊，獨上江樓思渺然。緩帶輕裘成昨夢，濁醪粗飯任吾年。中原人物思王猛，三絶才名數鄭虔。此際交親常引領，春風雙佩好朝天。

李東陽全集卷九十九

集句後録一卷

集句後録引

甲子之夏，予歸自闕里，道觸炎暑，及冬而病，凡三閱月。自度衰疾，三上疏乞休，弗獲。幽情鬱思，欲託之吟諷而未能者。略尋往年故事，集古句以自況。故舊問遺，亦籍爲往復。僅得若干篇，而諸體略具。常檢往年所録，久失去，比始得之，因再録後卷，并爲帙以藏。蓋雖一時情興所至，無關大致，然戲而不爲虐，談而不爲駁，感時觸物之意，亦存乎其間，是亦不可棄哉！弘治乙丑春二月十日，西涯識。

李東陽全集卷九十九

集句後録

病中言懷長句

冬至至後日初長，雪山冰谷晞太陽。心摇目斷興難盡，身欲奮飛病在牀。自愛安閒忘寂寞，紗帽接羅慵不著。醫師盡勸先停酒，朝客偶知先送藥。老去悲秋强自寬，不如高卧且加餐。亦知世上公卿貴，信有人間行路難。豈合此身居此地，可爲一官妨快意。春來江上幾人還，夜半燈前十年事。年去年來來去忙，感時撫事增惋傷。明年乞身向天子，不待彈劾歸耕桑。

又六首

歸思憑高黯未消，霏霏拂拂又迢迢。律回歲晚冰霜少，秋盡江南草木凋。新結茅廬招隱逸，便應黃髮老漁樵。年年檢點人間事，未有涓埃答聖朝。

謝朓裁詩月滿樓，每因風景却生愁。愁占蓍草終難決，欲采蘋花不自由。錦纜牙檣非昨夢，楚雲湘水憶同遊。書生事業真堪笑，語不驚人死不休。

燒竹煎茶夜臥遲，故山歸計入支頤。明時遇主誰甘退，老病傍人豈得知？臘雪已添墻下水，山風吹盡桂花枝。遊人過盡柴門掩，獨立蒼茫自詠詩。

五月扁舟過洞庭，地分南北任流萍。衣巾半染煙霞氣，雲水長和島嶼青。故國山川皆夢寐，昔年親友半凋零。思鄉懷古多傷別，何處清風起獨醒？

望美人兮天一方，碧水浩浩雲茫茫。病身最覺風露早，離夢杳如關塞長。竹葉於人既無分，梅花滿枝空斷腸。青袍白馬有何意，萬事不如歸故鄉。

午時起坐自天明，又對青燈夢不成。漫道人間無正色，莫教天下笑虛名。酒酣懶舞誰相拽，客至從嗔不出迎。猶有誇張少年處，無端詩思忽然生。

柬劉東山司馬二首

日暮驚沙雪亂飛，將因臥病解朝衣。身無彩鳳雙飛翼，家在寒塘獨掩扉。白石淨敲蒸木火，苔痕常滿釣魚磯。同年同病同心事，來歲如今歸未歸？

才名長帶粉闈香，身去東山閉草塘。苦節難違天子命，回軒應問石渠郎。有時雲外聞天樂，剩欲樽前説故鄉。聖代止戈資廟略，一篇江漢美宣王。

歲暮長句

歲云暮矣多北風，杲杲寒日生於東。今宵敢歎臥如弓，空齋不語坐高舂。疾病深藏稱懶慵，軟炊香飯緣老翁。小槽酒滴真珠紅，華裾織翠青如葱。故人相見未從容，人生何事不匆匆？幾時奏事建章宫，明時帝用補山龍。十年遭際歎無功，此時漫與蠹魚同。不知造物哀龍鍾，故著昏花阿堵中。可因霜雪愧青銅，祇憑天地鑒孤忠。行藏在我有窮通，長安雪後見歸鴻。山色不如歸興濃，由來勳業屬英雄。人間鵷鷺杳難從，瀟湘洞庭虛映空。故山還著白雲封，吾將此地巢雲松。

歲暮即事二首

南雪不到地，芳華詎能久？北上太行山，雪片大如手。寒天十二月，古木餘衰柳。夜來風雨聲，此事古未有。感悟求其端，從卯將至酉。欲言無予和，夢我平生友。道路阻且長，故人今在否？少壯無幾時，親故傷老醜。百憂感其中，安得不皓首？遥遥沮溺心，汲汲魯中叟。區區諸老翁，悠悠百世後。我衰更懶拙，頽然卧前楹。天寒霜雪繁，挾纊如懷冰。平生所嬌兒，連翩戲中庭。憂喜相紛擾，倏如流電驚。弱女雖非男，遠嫁難爲情。他鄉各異縣，路險不得征。寄書常不達，來雁有餘聲。萬族各有託，歸鳥趨林鳴。人生穹壤間，安得不合并？無爲牽所思，我心始和平。我欲竟此曲，庶幾知者聽。

擬古將進酒

春風扇微和，金樽緑酒生微波。晴雲高鳥各自得，遣我寧不蒼顔酡？百年三萬六千日，向來哀樂何其多！將進酒，世間萬事無不有。君子有所思，少逢舊親友。小人亦不閒，終日馳車走。病須書卷作良醫，欲讀嗟如箝在口。我亦有丹君信否，破除萬事無過酒，杯行到君莫停手。君不見，玉川子，六碗通仙靈，衆賓皆醉我獨醒，我歌一曲君試聽。醉翁之意不在酒，轉見千秋萬古情。君不聞，濁醪有妙理，君獨未知其趣耳。古人今人若流水，眼中之人吾老矣！

春日奉懷方石先生四首

一軒還向舊堂開，解組東歸亦快哉。兩度立朝今結局，百年多病獨登臺。山中習静觀朝槿，石上題詩掃緑苔。安得與君幽討去，陶然共醉菊花杯。

夕陽無限水東流，好爲裁詩謝白鷗。處世當爲天下士，似君須向古人求。故鄉今夜思千里，月色江聲共一樓。自笑百年家鳳闕，不知能似浙江不？

菊花時節羡君回，喜過嚴陵舊釣臺。新句漸高塵累少，鄉音無改鬢毛衰。東山芳意須同賞，王式當年本不來。應笑我曹身是夢，不衝風雨即塵埃。

鶴拂煙霄老慣飛，令人長憶謝玄暉。古來賢傑知多少，舊日人民果是非。酒碗茶甌俱不厭，谷雲溪鳥尚相依。君今獨得居山樂，我已無家不念歸。

壽潘南屏先生六十 乙丑正月七日。

期君新歲奉恩光，人日題詩寄草堂。家住層城鄰漢苑，馬隨仙仗識天香。絲綸閣下文書静，安樂窩中日月長。人壽百年今六十，朝朝染翰侍君王。

袞袞諸公車馬塵，世情誰是舊雷陳？貌先年老因憂國，天爲詩豪剩借春。不敢安爲些子事，也能康濟自家身。世間甲子管不得，明日從頭一遍新。芸閣爲郎一命初，論交已是十年餘。佳期笑把齋中酒，是日郊齋。鴻寶誰收篋裏書？潘岳敘年因鬢髮，馮唐已老聽吹噓。惟應鮑叔偏憐我，欲報瓊瑶愧不如。看取霜髯六十翁，此心期與故人同。能安陋巷無如我，時予在告。定把青藜獨照公。復有樓臺銜暮景，但將懷抱醉春風。長生不待爐中藥，何處吹簫向碧空。高會當年喜得曹，英名常得與時髦。長嗟博士官猶屈，獨有揚雄賦最高。已入玉堂同視草，幾陪春色醉仙桃。滿頭白雪丹心在，郎署何曾歎二毛〔一〕？

【校勘記】

〔一〕「二毛」，原作「一毛」，據句意與康熙本改。

新春雜興

從官千騎擁鑾輿，遠上天壇禮玉虚。遥羨枚皋扈仙蹕，茂陵秋雨病相如。塞北天南萬里長，江湖安得便相忘？春風無限瀟湘意，却望并州是故鄉。仙家多住玉華宫，也有清愁白髮翁。春色惱人眠不得，錯教人恨五更風。

無才不敢累明時，憶向天涯問紫芝。多病所須惟藥物，病深何藥可能醫？

挂冠殊不爲高年，祇是當時已惘然。莫怪天涯棲不穩，在朝長詠卜居篇。

同憐雲路可翱翔，獨歎青山别路長。自笑不如湘浦雁，雁飛猶得到衡陽。

爲園須接邵平瓜，小徑升堂舊不斜。自是不歸歸便得，春明門外即天涯。

春愁黯黯獨成眠，病對椒花倍自憐。東道若逢相識問，恐驚憔悴入新年。

浣花溪水水西頭，曾向慈恩寺裏遊。頭白故人無在者，夕陽依舊渚邊樓。

平生雅志重丘山，未報涓埃兩鬢斑。清切會須歸有日，睡煙歌月老潺湲。

身雖疾病尚吟詩，三日無詩自怪衰。戲集句成圖素壁，老翁真個似童兒。

寄衍聖公

歸騎西風擁鼓笳，聖恩深念魯東家。合歡却笑千年事，奉使虚隨八月槎。心想夜間惟足夢，眼知别後自添花。知君未愛春湖色，冰底寒魚漸可叉。

松露先生夢懷翰林舊遊有詩見寄次韻奉答

山店鐘殘夢到時，遥思獻納在丹墀。卷舒在我有成算，藥餌扶吾隨所之。青草同心多逸興，白頭吟望苦低垂。丈人才力猶强健，摇落深知宋玉悲。

李東陽全集卷一〇〇

哭子録一卷

哭子録引

嗚呼！吾子兆先之喪，吾既忍痛爲銘誌，欲爲詩哭之，無暇於所謂聲律者。體齋先生以詩來吊，借韻答之。後諸大夫士交吾父子間者繼作不輟，每有所觸，輒借其韻以泄予思，多至數十首。嗚呼！至哀無文，古人所戒，悲歌當哭，蓋亦有不得已焉。且是物也，乃吾子所深領而篤好者，九原有知，寧能不以是望我邪？若顧況之悲吟冥召，取索於茫昧之間，吾雖老而愚，其惑不至此也。偶檢舊草，不欲遽棄，録之爲一卷。痛定之餘，不能更讀，庋之而已。正德癸酉正月十九日，西涯翁抆淚書。

李東陽全集卷一〇〇

哭子録

哭兆先次體齋傅先生韻

少日生兒極苦辛，生時成幻死成真。光陰倏爾過雙眼，形影孑然空一身。秋榜聽誇攀桂手，暮歸愁對倚門親。哀歌不用存遺稿，衹恐他年累故人。

次韻答方石謝先生

生年在乙怕逢辛，此語荒唐却近真。江海縱深能比恨，乾坤空大不容身。文章自與箕裘別，骨肉誰兼道義親？欲抱此情那向説，先生元是虎傷人。

再次體齋先生哭兆先韻

飛凰别後有新雛，五色文章衆所無。八翼門高還自折，九原聲斷不容呼。揮毫對客才空俊，躡屐登山興已辜。點檢舊書三萬卷，百年辛苦爲誰圖？

竹几藤牀一病身，向來魂夢已成真。浮名在世翻爲累，造物何心也妒人。買地南邦空習隱，望雲東嶽苦思親。不應又作吞聲别，老淚無多不滿巾。

用兆先病中韻答方石體齋二先生

兩月愁多白盡頭，誰教骨肉轉成仇。哀歌激切長侵夜，弱質凋零可待秋。覽勝獨回東郡馬，憶歸空買洞庭舟。不知死訣非生别，猶悔當年誤遠遊。

雪裏高山早白頭，豈知山與雪爲仇。詩腸思苦難禁夜，病骨寒多不耐秋。九陌風花空匹馬，五湖煙月自扁舟。文章不藉雲霄力，剛得江山助遠遊。

圭峰董司空寄扇兆先欲焚之柩前以代挂劍且侑以詩因感其義次韻奉答

空江落木夜紛紛，遠道書來正憶君。白髮有情憐顧況，青雲無路歎劉蕡。交期聚散三生隔，世事盈虧兩字分。聞道藥籠無棄物，願從殘稿拾遺文。

一握清風萬里來，故人遥在鳳皇臺。多情欲共幽魂語，什襲猶煩老手開。竹淚有斑和露滴，燎煙無力被風回。不知地下還知否，地下如知益可哀。

和王古直哭兆先韻二首

漫道人琴一夜亡，哀絃誰寫故人章。才如卞玉元居楚，命比童烏不姓揚。華表城頭真浪語，干將地下有遺光。畫圖指點趨庭事，恨殺多情杜古狂。杜堇，思男號古狂，嘗爲兆先作顔巷圖。

極知世事如春夢，不信人生有晝遊。今日眼看埋玉樹，當年心許擅煙樓。空勞挂劍來吴季，翻悔藏書似鄴侯。多少西湖湖上水，一時和淚共東流。

次陳德卿御史韻八首

夜堂聞哭聲，哭遠聲漸邇。誰知握手悲，翻甚倒衣喜。痛定兩無言，燈前黯相視。

我時餌湯藥，僵卧方擁被。憶别亦須臾，神交豈疑似。笑談勞記憶，意態極摹擬。

共期魚龍化，未愛鸞鵠峙。竭來經月病，愁緒結不理。慰藉有深辭，通家二三士。

哀歌感今昔，高誼一生死。死者恐弗聞，生者猶在此。忘情固非義，情劇乃爲累。

有淚欲成河，東流浩無涘。寧圖目前捷，秘彼胸中奇。遺文不多得，往恨何能追？

向時科舉業，有戒在歌詩。雖非盡精力，庶以輸情私。今我忽觸目，讀之但嗟咨。

幸當英俊場，猶得競驅馳。一讀廢宵眠，再讀忘晨炊。三讀輒掩卷，起立向階墀。平生趨庭事，所得僅如斯。

他日蓼莪篇，誰當歌父兮？

振衣思崇岡，濯纓愛清沚。渠生不出户，有興諒非邇。如聞解吾意，直欲遠城市。

歸歟志不遂，展轉勞夢寐。買田復卜築，此計方未已。渠在我不歸，渠亡我安恃？

爲官累妻孥，世路紛皆是。渠雖未知道，臭味頗予似。登高忽不見，望遠如有俟。

猶恨獨歸遲，青山負雙履。

文章若山斗，跬步勞攀躋。道德若漁獵，終焉費筌蹄。長途不易致，志士恨每齎。吾子獨何爲，超然出羣迷。如居百物市，貴不數象犀。如觀大海津，怪不駭鯨鯢。傷哉不復見，永矣含悲悽。

交情若市易，仕路如棋枰。空歌伐木篇，幽谷無丁丁。吾兒託英俊，意氣千鈞輕。心當斷金石，興豈耽杯觥。父行友鄭莊，長者過陳平。文成衆所賞，名在汝不爭。賢哉西臺彦，重此骨肉情。譬如喬松枝，下有葛藟縈。脉脉青雲外，誰當和友聲？

幽人甘固窮，達者不諱死。物理多偏頗，吾生有涯涘。喪明亦真情，顧爲識者呰。誰哉能不憂，矯枉非具美。俯仰天地間，何獨無父子！角騂與豚犬，往往不相似。吾才豈足多，吾家合遺祉。未論骨肉親，嗟嗟失佳士。

蒙翁喪四子，空復爲人父。盛年氣飛揚，末路身齟齬。於我得外孫，代爲書詩主。終焉亦凋謝，我與翁爲伍。人言孫似翁，文字足繩武。鬱如千尋柏，嘉種出新甫。未登廟廊用，先罹釜斤苦。痛爾不翁如，我心酸欲剖。

傍架檢我書，就牀理我琴。書殘有遺香，琴斷無餘音。傷哉歲月邁，默坐整我衿。萬事勿復道，煩憂劇難任。塵帙污我目，哀絃蕩人心。心目兩無用，不如盲與暗。

次顧士廉編修韻六首

青陽忽改歲，白日慘不光。生死復幾時，幽明渺相望。哭聲徹九地，矯顧遍八荒。

閉門讀哀誄，卷帙動盈箱。勞君贈襚情，念之徒彷徨。閒雲不作雨，死水無生萍。嗟嗟薄命人，未壯目已瞑。榮華能幾何，奄忽成凋零。

至意渠獨領，鳴哀我親聆。耿如垂滅燈，初心尚晶熒。念之不能忘，永矢終吾齡。

念彼平生交，磋切多箴言。如君合師友，相視猶弟昆。居然入室久，艾蕭化蘭蓀。植弱以爲强，磨光發其昏。一朝遽淪落，此意竟誰論！

文章各異尚，得失動相齬。學古者猶然，豈獨論藝舉？當其得意時，感激中自許。自渠淪没後，慵復事毫楮。擲筆罷哀吟，空堂正風雨。

塞翁既馬失，臧穀俱羊亡。有子不及成，無者同惋傷。死生亦大事，父子乃天綱。誰將荼蓼毒，置我甘脆腸。魂氣無不之，遺體先歸藏。他日治田時，歸來但芒芒。

短衣立長松，我夢忽見之。平生舊恩愛，宛爾不復疑。形骸獨委棄，魂魄相因依。勸君勿説夢，使我聽欲癡。夢者有覺時，死者無還期。死生亦夢覺，高論何崔巍。因君復深寤，千秋竟同歸。

次韻答蕭海釣二首

秋風一夜起關城，哀調驚傳耳爲傾。四海交遊誰骨肉，兩家父子盡平生。來鴻去雁年年事，白月青燈字字情。猶記綵衣趨侍日，幾回當客誤呼名。

少日才華滿帝城，衣冠四座一時傾。去來今事總成夢，二十七年空此生。老有箕裘誰繼業，病於骨肉轉傷情。不知精力緣愁減，猶向深山問藥名。

李白洲侍郎居元勳都憲有詩吊兆先次韻奉答

空懷尊酒試論文，今日高軒又過君。燕市價高誰更問，楚招聲斷不堪聞。構成舊屋驚風雨，種得新松恨斧斤。自古人才何敢預，祇將科第惜劉蕡。

次錢與謙修撰韻 兆先嘗從學與謙。

有口莫問天，天道良悠悠。有石莫填海，海水何時收。閉門掩青鏡，無言搔白頭。静觀得物理，定勝非人謀。書香既有亭，懷麓亦有樓。平生堂構心，付此土一抔。憶當童丱歲，經史資研求。方期虎豹變，竟抱龍蛇羞。往事勿復陳，兹生遽長休。空來東芻吊，永負擔簦遊。

次韻答邵國賢提學五首

話别存亡異，論交父子真。書來剛慰我，讀罷轉愁人。世事經雙眼，宗祊在一身。他年重握手，相對各沾巾。

其二

累月君聞訃，經年我得書。傳疑終作信，凝望久成虛。歲月呻吟裏，江山涕淚餘。閉門無吊客，愁坐廢冠裾。

其三

節改仍新歲，吾衰更老親。遠書煩故舊，哀調起比鄰。駐馬瞻雲日，聽雞問寢晨。此情拋未却，時復上心頻。

其四

擬學全家隱，常爲出世談。壯心猶夙昔，歸計失東南。誼重思鄰卜，情多勝館驂。江湖空滿地，無處著茅庵。

其五

遂有他生卜，真成觸事悲。藏書餘舊篋，封竹但空枝。白髮三千縷，愁心十二時。悲歌聊當哭，何意復吟詩！

次何員外子元韻二首

舊業銷沉筆硯中，半生何但坐詩窮。假山石減峰全瘦，落葉聲稀樹已空。豈謂形神非夢幻，浪誇頭角自兒童。淵明貴子君休笑，我已無心效此翁。

東野詩從死後昌，祇今誰在復誰亡？人間夢筆非無兆，地下修文信有郎。牛斗幾時衝劍氣，簡編何日繼書香？閉門只合蕭然坐，十日愁多雨正滂。

又一首

回首黄粱是夢中，直從斑白記兒童。兒童過盡還斑白，獨立蕭蕭樹底風。

次王主事叔武韻五首

回風捲飛花，愁緒紛欲起。白雪無餘聲，青雲有遺士。客來强銜杯，客去空覆簋。春寒衣袂薄，夜久燈焰死。從師思問道，歸妹期受祉。此意夙徒勤，終焉竟安恃？承歡與服養，瑣瑣惡足紀？往者已復然，來者寧可俟！

隙地苦無多，書齋不盈丈。向非通家客，誰與散幽況？憐渠隔光景，老我稀輩行。愁看假山雪，宛在危峰上。憶觀聯句時，此興何由忘？誰將悶懷鬱，轉使悲歌放。兀坐比書空，咄咄成孤愴。輟君思友篇，聽我哭子詩。君情固未已，我恨猶多遺。皇天不祚善，降禍良亦奇。省躬或自致，暗室空獨知。三遷不出都，生長竟于斯。斯干有嘉詠，遂作終身悲。

都來一寸心，中有九回腸。腸中何所有，萬恨復千傷。迫歲苦逼仄，逢春亦彷徨。漢儒有遺女，僅可補書亡。尹侯有令子，空使履晨霜。古今本殊科，事變亦靡常。渠生詎非壽，已勝同免殤。

多君義斷金，顧我心匪石。每聆慰藉詞，日夕無厭射。苦調少歡悰，明珠疑暗擲。秋憐丹桂凋，閏憶黄楊厄。磨礱漸光彩，長養空羽翮。平生愉惋容，儼若親几席。竭來蹉跎計，尚未成窀穸。所嗟身淪没，安用名輝赫！

次石檢討邦彦韻三首

中歲意不適，衰病相侵陵。還思後生人，命薄如春冰。閒居讀古賦，援筆寫大鵬。趨庭比授簡，巾襲累數層。因懷江海興，勇欲辭罻罾。兹謀竟落莫，斷墨空殘藤。開緘見渠名，益使痛恨增。擁爐夜不寐，坐待朝陽升。

其二

荒郊有蔓草，大道無幽蘭。蹄涔有停潦，長江無回湍。渠生亦得地，都市非林巒。半生長養心，付此指一彈。痛定忽復痛，仰天但長歎。每逢故舊人，宛作骨肉看。感物泣楚玉，傷時詠齊紈。悲哉勿重道，老淚空成瀾。

其三

庭梧葉盡脱，慘澹落日黄。鳳雛忽飛去，哀調鳴孤凰。左盤右辟抑復揚，宛若戲綵在我傍。視之不見轉茫昧，燭影照坐如人長。愁多夜深不得睡，强起傍户立欲僵。蠨蛸挂壁塵滿牀，牀頭古劍無精光。開緘檢書書在篋，哭聲應山山爲瀑。噫氣長嘘衡嶽雲，淚痕遍灑湘江竹。東南地缺天西傾，人生安得長豪英。古今成敗類如此，我獨痛恨何時平。由來生死同朝夕，轉使歡娱成悼惜。方將一髮引千鈞，空教二子埋雙璧。每嗟杜牧難開口，欲種淵明五株柳。斷送年光豈在多，依棲世路那能久？暫時自遣還自哀，冷風似覺魂歸來。誰當爲築歸來臺，無人解和白雪調，有土不酹黄金杯。石郎石郎惟子可語此，君看宿草生蒼苔。

李東陽全集卷一〇一至一〇三

求退録三卷

求退録序

弘治乙卯春，東陽辱先皇帝簡入内閣，參預機務。自揣涼薄，弗克膺重任，具疏辭，不許，黽勉就職。辛酉春，屬以疾告，三具疏乞休，繼以災異辭，以不職辭，前後十餘上，皆不許。

自受顧命以來，恭遇今上皇帝嗣大歷服，自度無所補益，當正德丙寅秋，與少師洛陽劉公、少傅餘姚謝公並辭，亦不許。疏再上，二公皆得請以去，而東陽獨被留命。旋值權姦竊柄，國是動摇，既不獲退，則曲爲匡救，十不能一二，累疾累辭。及會典、實録次第告成，藩賊外平，逆臣内殄，上遵宸斷，下釐弊政，稍稍就緒，而諸方盜起，累歲而後定。中間疾疢時作，輒不得已而辭。辭必奉温旨俯加慰勉，且命醫調治，遣内臣存問，甚者敕吏部敦諭，趣令視事。恩禮隆特，出于常格。揆之輔導之責、顧託之義，避勞就逸，竊有未安。獨病與年增，智隨力竭，聞之古人不能者止，每一思之，泚汗交集。故雖冒威瀆聽，有所不避，或浹月再陳，或期歲十上，誠悃之積，上通于天。乃於壬申之冬歲未盡四日，特賜俞音，許令致仕。恩典之厚，復加于前。慚負之極，竟莫知所以爲報也。

居閒無事，檢閲舊章，仰念兩朝眷注之德，一代之典禮存焉。不敢以蕪陋自棄，彙録之，得若干篇，爲三卷，總名曰求退録。而辭廕之章、謝恩之奏，亦以事附焉。正德癸酉春正月二十四日，特進光禄大夫左柱國少師兼太子太師吏部尚書華蓋殿大學士致仕李東陽謹序。

李東陽全集卷一〇一

求退録 一

奏

奏爲辭免重任事

近因内閣缺官，該吏部奉旨會各部、都察院、通政司、大理寺并科道官推舉堪任六員，而臣名濫與其列。聖旨：李東陽、謝遷著内閣同徐溥每辦事。欽此。

臣聞命震驚，罔知攸措。臣惟内閣之設，所以輔君德，播王言，參預政機，敷陳治道，其任至重。陛下稽古右文，選才授任，採諸輿論，斷自宸衷，其選至嚴。如臣者，性資愚劣，問學空疏，忝居儒林，叨侍經幄三十餘年，略無寸補。去年仰蒙聖恩，陞授今職，令在內閣，專管誥敕。臣時輒欲具本辭避，但念誥敕一事，或可勉强效勞，因循至今，又辱新命。夫受恩愈厚，則報愈難；受任愈重，則力愈困。若不量力而止，知難而退，必至曠官誤事，速戾招尤。而欲上副聖天子之知，下答卿大夫之望，決不可得。伏願聖慈收回成命，令臣照舊供職，則容貸之恩，過於委任萬萬矣。

弘治八年二月□□日，奉聖旨：卿學行素著，特兹簡任，不允所辭。吏部知道。欽此。

題爲回天心以弭災變事

近者，清寧宮火災，恭惟皇上克謹天戒，親降敕旨，省己求言。臣等仰體聖心，憂惶無地。續該吏部題查照舊例，將兩京四品以上堂上官職名開具，上請聖裁。

臣等竊惟：內閣之任，機務所先；保傅之官，資望尤重：所以承德弼違，佐理弘化，非分一曹、限一職者比。今臣等學愧格心，才非濟世，濫膺簡任，積有歲年，不能隨事開陳，盡言規正，使政無過舉，和氣召祥，以致災異迭臻，上廑聖慮，不職之咎，誠所難辭。伏望聖明，將臣等先賜罷黜，以爲人臣曠職之戒，答上天示警之心。其於國體，實爲有益。臣不勝悚懼俟命之至。

弘治十一年十一月□□日，奉聖旨：卿等職居輔導，方隆倚任。正當竭誠修職，共回天意，豈容罷歸？所辭不允。該衙門知道。欽此。

奏爲乞恩休致事

伏念臣質本孱弱，生多疾病，自蒙陛下簡置内閣以來，感恩效用，彊勉支持。筋力早衰，髭髮變白。舊患眩暈等疾，不時舉發。

今年正月初四日，輪該看牲，頭忽作暈，即欲具本，乞令别官接替，適值廟齋之日，不敢奏稱疾病。及郊壇分獻，點差已定，不免力疾前去供職。延捱擔戴，每日在閣辦事，憂勞併積，漸不堪勝。至二月十三日朝退，未及解衣，輒復暈倒在凳，坐不能起，衆所共見。午後徐出，自覺痰涎壅吐，用力過多，元氣受虧，心血頓損，較之往時，病勢加倍。

欽蒙聖恩，特遣内臣頒賜酒肉蔬米等物，命醫調治。該通政王玉、御醫楊汝和診看，得六脉虚絃、元氣怯弱、頭目眩暈、胸膈膨悶、脾胃不和、飲食少思、肺氣不利、咳嗽吐痰諸證。累服湯藥，尚覺沉重，艱於動履。緣臣病根久遠，難以猝除。

況臣學業荒疏，才猷短淺，任大責重，實非所堪。夙夜徒勤，毫髮無補，幾欲引身退避，少逭罪愆。又思竊禄既多，豈可終無報塞？因循至此，病與日增。年方邁而氣已衰，志雖存而力不逮。若復玩歲戀禄，不知止足之期，非惟蹇鈍不前，必至顛厥無措。伏望聖明，鑒臣愚誠，憫臣衰病，容臣致仕，俾得棲遲隴畝，歌詠太平。則凡未死之年，皆陛下所賜，始終生成之恩，與天覆地載同一揆矣。臣無任懇悃激切之至。

弘治十四年三月初七日，奉聖旨：卿學行端慎，才望老成，方切倚任。有疾宜善加調理，豈可遽求休致？所辭不允。吏部知道。欽此。

奏爲陳情乞恩休致事

臣先因感患頭目眩暈等病，具本乞恩休致。奉聖旨：卿學行端慎，才望老成，方切倚任。有疾宜善加調理，豈可遽求休致？所辭不允。欽此。

臣伏承恩詔，感愧交拜，備加調理，又逾一月。而受病已深，展轉纏綿，不能即愈。竊念臣於弘治十年十二月始感眩暈，仰荷聖恩，命醫調治，方得痊可。至弘治十二年七月，痔漏舉發，再蒙命醫調治。今年三月，頭暈復發，衆疾交攻，復蒙命醫調治，至今未已。五年之内，三辱命醫，臣之衰病，顯然可見。況臣本以庸愚，謬膺重任，雖黽勉供職，無補聖明。每思古人格心之學、濟物之功，靦顔汗背，内顧而不能安者，亦已久矣。

臣惟：人臣之委質任事者，必有才識爲本，又有精力爲輔，然後可以有爲。今臣才既弗勝，病又加劇，豈敢因仍玩愒，彊不能爲之力，迷不遠復之戒，以糜官帑之廩禄，塵朝廷之眷問而已哉！是用控瀝愚衷，再申前請。伏望聖慈特垂明照，俯察臣情，實非得已，放臣致仕，以盡餘生，使不至欹僕班行，傾踣道路，致虧國體，貽玷士風。則臣雖在畎畝之下，感戴恩德，無異於廟堂之上矣。臣不勝懇悃激切俟命之至。

弘治十四年四月十五日，奉聖旨：卿才德素著，精力未衰。有疾宜用心調理，以副委任，豈可固求退休？所請不允。吏部知道。欽此。

奏爲陳情乞恩懇祈休致事

臣近因感患眩暈等疾不痊，具本陳情，再乞休致。奉聖旨：卿才德素著，精力未衰。有疾宜用心調理，以副委任，豈可固求退休？所請不允。欽此。

仰惟温詔之褒諭，聖情之眷注，至深至厚。臣才微德薄，精力實衰，内自揣度，益增感愧，其何以上副聖恩於萬一乎？自是夙夜祇懼，用心調理，又復許時。伏念臣以一介寒微，誤塵侍從，過蒙陛下簡擢至此。凡職所當爲，力所能盡，雖殞身碎首，亦不敢辭。而病勢纏綿，將輟復作，即欲免就驅策，誠有未堪。且臣之疾，其始亦甚微也，醫家謂之内傷。内傷之證，似輕實重，而臣忽之，自謂無事。或飲食過度，或勞佚不時，積日累歲，其來已久。以致元氣弊虧，痰邪膠結，表裏俱虚，標本皆病，故用藥愈難而取效亦不易。若復强勉黽匐，進而不止，欹仆顛蹐之患，難保必無，此臣所親試而非過計也。故呻吟鬱悒之中，思念時事，於古人以身喻國之義，竊有感焉。方今世久承平，積安成玩，災異迭應，邊寇縱横，財匱民窮，兵疲將寡，天下之事大有可憂。宵旰之間，屢廑聖慮，正人臣竭志極力、分憂共患之日。況股肱心膂之地，安敢憚難擇便，私爲身圖？但臣以病質庸才，冒居重地，雖在平時，尚無裨補，當此多事，豈能仰贊大猷？徒擁虚員，復妨賢路，臣之愚，實不知所以自處也。伏望聖明，檢臣前項二次所奏情詞，許臣致仕，别簡賢能，代補臣職，則臣曠官誤事之咎，亦少逭矣。

然臣受恩既深，無以爲報，輒敢復有所陳。尤願陛下儆畏天戒，矜恤民窮，勤勵講學，省節遊宴，愛惜財用，慎重官爵，禮制貴戚，法馭邊將，親賢遠佞，崇正闢邪，達臺諫爲四聰，合宫府爲一體，遵憲章於列聖，嚴教養於皇儲，以培天下之元氣，以壽國家之命脉。此臣區區犬馬之誠，有不能自已者。倘臣言可采，陛下幸留意焉，則臣之退，猶臣之進也。如其不可，則臣雖力疾備位，苟充任使，陛下將焉取之，而亦將安用之哉？臣不勝懇悃激切祈恩俟命之至。

弘治十四年五月初六日，奉聖旨：卿引疾乞休，已屢有旨不允。宜勉起供職，以副委任，毋再固辭。吏部知道。欽此。

奏爲辭免加陞事

弘治十六年二月二十八日，節該欽奉手勅：少傅兼太子太傅户部尚書謹身殿大學士劉健加少師兼太子太師吏部尚書華蓋殿大學士，太子少保禮部尚書兼文淵閣大學士李東陽陞太子太保户部尚書兼謹身殿大學士，太子少保兵部尚書兼東閣大學士謝遷陞太子太保禮部尚書兼武英殿大學士。欽此。

臣等聞命驚惶，罔知攸措。竊惟師保之官，所以論道弘化，格心輔德，實百僚之表率，爲天下所具瞻。其在朝廷之與儲宫，雖各有攸職，其義一也。臣等自蒙陛下簡置內閣以來，累荷聖恩，加授今職，並參機務，兼輔儲闈，任重地親，官高禄厚。而材力綿薄，識慮空疏，不能翊贊鴻猷，養成睿學，歲年徒積，績效靡彰。每自循省，輒增愧畏。

比者，恭遇陛下稽古右文，任賢圖治，考先朝列聖之制，修大明會典之書。而臣等叨奉德音，總裁其事，勉加裒輯，幸克成編。乃職業所當爲，豈勳庸之足論？況上而仰仗聖聰，俯垂宸斷；下則羣僚分職，衆力均勞。臣等何功，首蒙甄録？或兼拜兩師之秩，或起登一品之階，部署迭遷，殿名遞進，官資敻絶，寵數彌隆。越分逾涯，於斯爲甚。慚懼之極，益無所容。伏望聖明收回成命，俾臣等俱以舊官供職，圖報將來。臣等不勝感戴天恩之至。

弘治十六年三月初四日，奉聖旨：卿等輔導有年，勞勩著稱，特加陞職，所辭不允。吏部知道。欽此。

奏爲自劾求退以謝天譴事〔一〕

臣伏見今年春夏，陰陽失調，雨澤不降，黄塵赤地，方數千里，人民饑餓，盜賊公行。災異之來，日甚一日，致廑宵旰。下諭臣工，令其内省愆尤，自陳弊政。此古帝王克謹天戒、上下交修之心也。臣時方奉敕祭告闕里，即欲具本自劾求退，緣公務未畢，不敢遠煩天聽。今臣既回京復命，謹陳愚悃，上徹淵衷。

臣竊惟：內閣之職，所以輔導君德，參預政機，任重責深，實難勝舉。臣以庸才弱質，遭際聖明，備位于兹已十年矣。而勳勞罔著，咎過益增。近日以來，紀綱緩弛，風俗傾頹，或用舍違宜，或刑賞失當。官帑空乏，而費用愈繁；民力困窮，而徵科益急。諸司弊政，實亦多端。臣職在論思，預聞進止。或開陳未至，無以自明；或持議不堅，中爲所奪。凡此之咎，非臣而誰？昔人謂觀大臣之賢否，在天下之治亂。臣自考其迹，較之初任，漸不如前。以人事言之，則可退矣。夫人事之與天道相爲流通，召和致災，各有攸應。故周以燮理寅亮，責在公孤；漢以災異策勉，亦有故事。臣自省其徵，較之往歲，大有不同。以天變言之，亦可退矣。

臣之初志，不揣駑劣，本欲劬勞。中覺其難，亦嘗因疾求退。及累荷温綸，曲加慰勉，猶冀强圖後效，以報深恩。玩愒因循，又逾四載。今考諸人事，徵諸天變，乃至于斯。而年日就衰，疾不時作，頭目昏暈，齒牙動摇，意氣徒存，精力不逮。雖欲再加驅策，實有未能。用是仰乞聖慈，俯垂矜察，容臣休致，以盡餘生。臣又聞，處至難之事者，必得非常之才。尤望陛下特簡名賢，代居臣位，使得輸宣心力，展布猷爲，必能下拯民窮，上回天意。實國家之幸，抑亦臣之幸也。臣不勝懇切俟命之至。

弘治十七年五月三十日，奉聖旨：災異示戒，正宜上下交修。卿職司輔導，方切倚毗，豈可引咎求退？所辭不允。吏部知道。欽此。

【校勘記】

〔一〕正德本懷麓堂稿東祀録中已收録此篇奏文，見本全集卷之九十六，正文文字小有差異。

奏爲再乞休退以謝天譴事〔一〕

比因災異屢見，該臣具奏，自劾求退。奉聖旨：災異示戒，正宜上下交修。卿職司輔導，方切倚毗，豈可引咎求退？所辭不允。欽此。

臣惟天人感召之理，臣已略陳于前，而臣之情志猶有未盡言者。臣竊觀今日之事，較之往日，勢亦甚難。才力二者，必須加倍，乃克有濟，非循常守故者所能辦也。臣以草芥微材，粗知章句，經濟之務，本非所長。過蒙陛下眷在講筵，置諸左右，委之心腹，假以歲年。而臣性質愚迂，器識褊隘。每遇論思之際，擬議之間：

或朝廷行一美政，出一善令，則私心喜慰，幸託苟安；或予奪過中，舉措失當，則愧懼終日，寢食不寧。雖控竭駑鈍，每至再三；而旋斡化機，十無一二。

臣竊聞先儒有言：一日居乎其位，則思一日盡乎其官；一日不得乎其官，則不敢一日安乎其位。然官有大小，責有淺深。卑官末職，少有裨益，猶可自稱報塞。今臣所居者何地，所任者何官？而苟且因循，已逾數載。用是憂勞並積，疾病交攻，屢訴情私，懇祈休退。未蒙俞允，轉荷登遷。任愈重而力愈疲，官益高而心益懼。若昧止足之戒，而忘遜避之圖，誠恐古人格君之學付諸空談，平生報國之心喪於晚節。臣雖愚陋，中竊恥焉。使臣才尚能爲，力猶可勉，自當鞠躬盡瘁，以徇國家。豈敢臨事避難，私圖便利？皇天后土，實鑒臨之。伏望陛下深念政機，重惟民事，不以臣之庸劣久玷班行，特賜俞音，許臣休致。則賢路不妨，國事有濟，民生可慰，天變可回，而臣瘝官曠職、負國誤民之罪亦可少逭於萬一矣。臣不勝惶汗懇切俟命之至。

弘治十七年六月初三日，奉聖旨：朕方圖新政理，卿宜盡心匡輔，以副委託。毋再引咎固求退休。吏部知道。欽此。

【校勘記】

〔一〕正德本懷麓堂稿東祀録中已收録此篇奏文，見本全集卷之九十六，而其正文則脱「其位」至文末一段文字。

奏爲陳情乞恩致仕事

臣於弘治十七年十月初得患痔漏、臟毒等證，燥熱秘結，累日不通，幾至危殆。伏蒙聖恩，特遣太醫院官張倫等前來診視，復命内臣頒賜酒米等物。臣伏枕叩首，未能入謝。該張倫等看得臣病，先因勞役過多，致傷元氣。用藥調治，已及三月。見今精神困憊，頭目昏暈，衆疾交攻，不能動履。緣臣資禀素弱，累遭家難，生多疾病，筋力蚤衰。自今年夏秋以來，舊患臟毒，一向舉發，拜起艱難，趨走不便。比因災異，兩次具本求退，仰承天語，俯賜慰留。一則有「職司輔導，方切倚毗」之言，一則有「圖新政理，盡心匡輔」之諭。臣慚悚感激，無地可容。況復幸遇陛下俯接儒臣，不時召對；皇太子殿下緝熙睿學，就講宮坊。用是勉策疲駑，祗承盛美，不敢開注門籍，少即安閒。擔戴延捱，日復一日。加以憂思内結，調攝失宜，積病累痾，以至于此。冒官苟禄，瘝曠許時。

臣自揣庸愚，本乏才識。平時勉强，尚一無禆補之功；衰病摧頽，豈復有振迅之理？心雖不敢自棄，力則實有未能。伏望聖慈憫臣愚懇，容令致仕，以活餘年。則陛下始終作養成就之恩，比之天地，與春夏之生長、秋冬之收藏同一揆矣。臣不勝懇切俟命之至。

弘治十七年十二月十八日，奉聖旨：卿德學老成，才望素著，輔導重任，委遇方隆。有疾宜善加調理，豈可遽求休致？所辭不允。吏部知道。欽此。

奏爲陳情乞恩再求休致事

臣比因患病，具本乞休。奉聖旨：卿德學老成，才望素著，輔導重任，委遇方隆。有疾宜善加調理，豈可遽求休致？所辭不允。欽此。

伏枕聞命，愧懼交集。切惟臣之事君，猶子之事父，有力不敢不竭，有情不敢不盡。臣之情，前猶有未盡陳者。蓋臣資禀孱弱，命數孤蹇，髫年喪母，中年喪父，迄今既老，二子俱亡，三世一身，形影相吊，臣前所謂累遭家難者如此。

嚮因父喪，寒月寢苫〔一〕，半體中濕；近因喪子，創鉅痛深：分不能起。不意微情細故，上軫聖衷，特賜賻金，遣官慰諭。臣銜恩感泣，志在委身。黽勉因仍，四閱寒暑。雖强就鞭策，而神思已荒，稍觸煩勞，病機輒作。見所患痔漏臟毒，實係一身要害，内連心腑，外累肢骸，坐卧有妨，起居不便。加以右目倒睫，視物不明，濕氣舉發，行步無力。臣前所謂衆疾交攻者如此。

且臣自備員内閣，累辱命醫，十載之中，至於再四，前病甫平，復病復繼，捫心内顧，實不自安。今臣病勢已深，理難平復。縱令少差，不過支持旦暮。再加勞役，必致顛隮。况經旬累月，尚逡巡牀褥之間。而計日刻期，欲馳驅道路之遠，亦已難矣。臣用是熟思審度，不免號于君父之前。伏望聖明俯鑒，天度優容，念臣衰病之迹既已甚明，控訴之情誠非得已，放臣休致，以保餘生，則自今以後幸存未死之年，皆陛下所賜也。臣下情無任祈恩俟命之至。

弘治十七年十二月二十九日，奉聖旨：朕以卿才德聞望，衆所推重，方切倚毗。有疾宜善加調理，豈可固求休致？不允所辭。吏部知道。欽此。

【校勘記】

〔一〕「苦」，原作「苦」，顯以形近而訛，據文義與抄本正之。

奏爲久病陳情乞恩懇求休致事

臣於弘治十七年十月患病，十二月再乞休致。奉聖旨：朕以卿才德聞望，衆所推重，方切倚毗。有疾宜善加調理，豈可固求休致？不允所辭。欽此。

至弘治十八年正月初十日，扣滿三個月，當即移咨本部，照例住支俸糧，該本部覆奏。奉聖旨：俸不必住，著安心調理。欽此。

二月初七日，復蒙皇上遣太醫院官三員前來診視，又遣内臣頒賜酒米等物。臣受恩感激，罔知攸措。該外科李宗周看得臟毒、痔漏，眼科寧銓看得拳毛倒睫，大方脉盂正看得面色浮腫、氣血虚弱、飲食少思、行步無力等證。用藥調理，又復浹旬，而病積已深，勢難平復。精神筋骨，非復舊時。縱令强效驅馳，必至愈加顛躓。

臣呻吟展轉，夙夜思惟。竊以鞠躬盡瘁，死而後已，固臣子所當然；而陳力就列，不能者止，亦聖賢之明訓。所謂陳力者，非特才力，蓋亦有精力焉。若二者缺一，皆不足以爲用。如臣才力既卑微，而精力又已衰憊，雖欲勉强就列，實有未能。今身不綴朝謁之班，手不供撰述之務，目不視章牘之文，耳不聞獻替之事，而月費俸錢，日分賞賚，累塵問使，數辱命醫，徒戴虚銜，冒膺實寵。臣雖至愚，亦知其不可也。況當陛下俯接儒臣，勵精新政，廟堂多事，邊警方殷，正竭心效力之時，豈尸禄曠官之日？伏望聖慈深垂鑒察，特容休退，曲賜保全，别選賢能，代臣職任，庶上不廢事，下無曠官，非獨臣之私幸，亦作新聖政之一端也。臣不勝懇悃真切祈恩俟命之至。

弘治十八年二月二十五日，奉聖旨：卿輔導忠勤，方切倚任。比因有疾，特再命醫調治。已漸痊可，宜勉起供職，以副眷懷，毋再固辭。吏部知道。欽此。

奏爲辭免恩命事

弘治十八年七月十五日，該吏部欽奉手敕：少師兼太子太師吏部尚書華蓋殿大學士劉健加左柱國，支正一品俸，與誥命，餘仍舊；太子太保户部尚書兼謹身殿大學士李東陽、太子太保禮部尚書兼武英殿大學士謝遷，俱加少傅兼太子太傅，尚書大學士各仍舊。欽此。

臣等竊惟：人臣之勳階爵禄，惟一品爲尊；文職之名位責任，至三孤而極。故必盡天下之選，然後足以當之。苟非其才，寧闕而不備，非諸司百執事比也。臣等備員内閣，累進穹階，力薄功微，每懷憂懼。幸遇陛下飛龍御極，千載一時。未能上贊聖明，大施新政。宜加黜罷，尚賜包荒，而乃以侍從講讀之勞，復增寵數。或重加勳禄，榮及其先；或遞進官階，復兼官秩。仰惟陛下，稽古右文，崇儒重道，聖心所在，盛典攸存。但講讀經書，敷陳理道，計勞論直，皆在各官。臣等何功，首沾恩禮？捫心揣分，實不能堪。伏望陛下俯鑒愚誠，收回成命，俾臣等各以本銜原俸照舊供職。庶少輕叨冒之咎，猶可圖報塞萬一之私。臣等不勝慚悚俟命之至。

弘治十八年七月二十三日，奉聖旨：卿等事朕春宫，輔導勞勩。方兹初政，特加秩禄，不允所辭。該部知道。欽此。

奏爲自劾失職辭避重任事

臣等俱以愚庸，遭遇先帝，簡任内閣，委以腹心，臨終顧命，惓惓以陛下爲託。臣等痛心刻骨，誓以死報。及當初政，竭力匡持，未敢輕易求退。近者，地動天鳴，五星凌犯，星斗晝見，白虹貫日，羣災疊異，併在一時。京城道路，白日殺人。西北諸胡虜猖獗，損軍折將，前後相仍，戰則無兵，守則無食。民生窮苦，府庫空虚。風俗傾頽，紀綱廢弛。賞不當功，罰不當罪。法令不行，名器冗濫。諸司弊政，日益月增，百孔千瘡，隨補隨漏。當此之際，内外臣僚，協心倍力，猶恐弗堪。方且持禄固寵，任情作弊，讒謗公行，姦邪得計，變亂黑白，顛倒是非。人怨於下而不知，天變於上而不畏。竊嘗歷觀載籍，遍閲古今，未有如此而不亂者也。

恭惟即位之初，詔書一下，天下延頸，想望太平。而朝令夕改，訖無寧日。百官庶府，仿效成風。非惟廢格不行，抑且變易殆盡。建言者以爲多言，幹事者以爲生事。累章執奏則謂之再擾，查革舊弊則謂之紛更。憂在於民生國計，則若罔聞知；事涉於近幸貴戚，則牢不可破。以一二人之私恩，壞百年之定制而不顧；以一二人之邪説，違滿朝之公論而不恤。臣等叨居重地，徒擁虚銜。或旨從中出，略不預聞；或有所議擬，徑行改易。似此之類，不能一一備舉。臣等心知不可，義所當言，累有論列，多不見允。

比爲户、兵等部議處鹽法功次等事具本上陳，極言利害，拱俟數日，未蒙批答。若以臣等言是，則宜俯賜施行；臣等言非，則亦明加斥責。而乃留中不報，視之若無，使臣等趨向不明，進退無據，深憂極慮，寢食弗寧。亦知内告外順，人臣之常，但政出多門，咎歸臣等，捫心反顧，無以自明，展轉于衷，事非獲已。

嘗聞宋儒朱熹有曰：「一日立乎其位，則一日業乎其官；一日不得乎其官，則不敢一日立乎其位。」今勢窮理極，已至于斯。若諉顧命之名，而不盡輔導之實，因循玩愒，竊禄苟容，既負先帝，又負陛下，不但取譏當世，亦將貽誚方來。用是共瀝愚誠，上塵天聽。伏祈聖明矜察，特允退休，别選賢能，代兹重任，少逭分毫之罪，幸延犬馬之年。則陛下優待舊臣之心、勵精新政之義，兩盡而無遺矣。臣等不勝懇迫激切之至。

正德元年二月□□日，奉聖旨：卿等切切爲治的心，朕已知之。所言事待斟酌行，著用心照舊輔導。該衙門知道。欽此。

奏爲自劾失職懇辭重任事

臣等具奏自劾，奉聖旨：卿等切切爲治的心，朕已知之。所言事待斟酌行，著用心照舊輔導。欽此。

臣等聞命驚惕，愈不自安。竊聞委質事君者，人臣之常職；託孤寄命者，天下之重任。必處常而不失其身，任重而不負其託，然後可以無愧。若徒曠官尸位，而假委質之名，不能扶顛持危，而冒託孤之寄，斷乎其不可也。痛惟孝宗皇帝大漸之時，召臣等至乾清宫御榻前，面賜顧命，諄諄數百言。臣等頓首拜受，不勝嗚咽。彼時司禮監太監陳寬等實共聞之。伏自陛下嗣位之初，臣等輔導啓沃，多見施行，少伸報稱。近數月來，往往旨從中出，略不預聞；有所議擬，徑行改易；詔書不信，政令失中。臣等叨冒寵榮，憂慚無地，今不敢縷數，姑以其重者言之。

商人譚景清等附託皇親，奏討殘鹽。既不肯奉詔還官，又不肯領回原價。挾制朝廷，摇撼官府。沮陛下之美政，累母后之盛德。論其情罪，死有餘辜。且皇親之家既已辭退家人引目此商人者，已不相干，而乃曲爲庇護，寧使帑藏空虚、邊餉匱乏而不之顧。此政令之失一也。

大同隨征所開衝鋒破敵、三次當先二項，揆之舊制，俱不該陞。況紀功官原開按伏不係對陣，侍郎等官勘得功無顯迹，查無明證，名字不對，多寡不一。而乃查近年弊政，欲陞數百冗員，以官法爲人情，視爵禄如糞土。此政令之失二也。

内府冗員，奉旨裁節。僉書守門及分守守備等官減革者百無一二，而南海子浄身人又選入千餘。非惟傷財害民，抑且敗壞風俗。至于蟒龍玉帶，濫賞無算，大壞名器，尤不可言。此政令之失三也。

御用監書篆缺人，吏部奉旨考選。乃令革退人役通送本監，考校優劣。是不信銓衡之任，而信寵幸之臣。況該部查出革退之人俱係夤緣傳奉，奉詔裁革，纔不幾時。遽開此例，則匠官術士倣效成官，以邪路爲當行，視詔書爲故紙。此政令之失四也。

他如皇莊田土已令巡撫官查數，又復差官踏勘。取者未回，差者繼出，帶領人役，騷擾地方，勢所必有。京畿小民貧困已極，何以堪之？此政令之失五也。

駕帖出外拿人，累經各衙門論奏，恐生詐僞。近因皇親家人奏愬畿民侵占田土，祇憑一面之詞，輒爲出給提解來京。鎮撫司打問情節，俱與原奏不同，未免仍解本處官司問理。牽連負累，破家蕩産，冤苦之聲，致傷和氣。此政令之失六也。

韋興、齊玄蠱惑先朝，盜空府庫，罪大惡極。一則夤緣分守，累劾不退；一則奏請追究，止令取回。遷延至今，未正刑典。此政令之失七也。

各營執事官軍及内府軍匠、各倉庫斗俱經奏準，查赴團營。及各衙門乞留，仍復照舊，廢營伍之籍，供私門之用。此政令之失八也。

内承運庫銀兩支銷累數百萬，内府支用，不給印票。該庫内官自請查算，竟爾不行。司鑰庫銅錢，該部累奏支用，展轉推延，至今未發。此政令之失九也。

饒州磁器，奉詔蠲免二年，仍令起運來用。此政令之失十也。

似此之類，未易悉舉。臣等或傳聞坐視，無可奈何；或封還執奏，不能終止。其爲失職，實所難辭。追思先帝臨終顧命之言，仰念陛下委任舊人之意，若涓埃之力，少有所裨。犬馬有知，猶當報德。況主少國疑，四方多事，豈忍潔身去位，自求便安？但忠不足以格君，才不足以濟世，智窮力竭，日甚于前。

向者臣等所陳，奉有聖諭「朕便處治」，至今事有未行。所奉聖諭，云「待斟酌行」，是必言無可采，乃使之照舊輔導，亦不過仍前失職而已。先帝赫赫之靈，臨之在上，豈欲其冒輔導之虛名，而蹈曠廢之實咎如此哉！臣等再四籌度，夙夜靡寧。用是陳力就列，不能者止。聞之古人，亦有明訓。與其身自壞之，不若讓之能者。是以備瀝愚忠，再申前請。伏望聖明俯垂洞察，諒臣等爲國之心，非由矯飾；正臣等失職之罪，特賜罷歸。亟選非常之才，俾任難爲之事。庶可以上回天變，下慰民心，承先帝付託之隆，保祖宗基業之重矣。臣等干冒天威，不勝懇迫激切之至。

正德元年三月初二日，奉聖旨：所言事件，著各衙門查奏定奪。卿等盡心職務，以副倚任。該衙門知道。欽此。

奏爲陳情懇乞休致事

臣質素羸弱，多病早衰。舊患頭暈、痔漏等證，連歲舉發。在閣暈倒，衆所共見者貳，荷蒙先帝遺醫調治者四，幸獲安全，少延殘喘。去春，痊可未久，恭受遺命。

旋遭大喪，哀慟摧殘，黽勉供職。伏遇陛下嗣登寶位，庶政方新，不棄舊臣，薦加秩命，用是悉心竭力，不敢言私。每簿書叢委，思慮煩勞，則筋骨外疲，精神内耗，延捱擔戴，病與日增。旬月以來，眩暈再發，嘔吐過傷，見請醫士蕭昂等用藥調理。緣病根深重，勢必終身。追思少壯之際，尚不如人，年已六旬，豈復堪事？近與大學士劉健、謝遷自劾失職，辭避重任，二次具本，俱蒙温旨諭令用心輔導，盡心職務，特示倚任，未允罷歸。臣於時勢之難爲、職業之不稱，二次本内蓋已略陳，不敢屢瀆。當今之世，以若所爲，非有奇才異能，縱令少壯無疾，猶且不能匡正，況臣本以庸愚，加之老病，曷克堪勝？三人之中，臣最當退。若不再瀝愚衷，上回天聽，即令憂懣顛蹶，不可救藥，臣身不惜，何補於時？且所陳十事，已下各衙門查奏，仰賴聖明在上，必有施行，犬馬微軀，死且不恨。伏望洪慈，特賜俞允，容臣休致，以盡餘生。別求弘濟之才，俾盡代終之責。必能興廢補敝，扶顛持危，拯民生於焚溺之餘，保邦家於磐石之固。則臣雖逃往日瘝官之罪，猶幸免方來誤國之誅。無任懇迫激切俟命之至。

正德元年三月初三日，奉聖旨：卿受先帝遺命，輔朕於沖年。正方倚毗隆治，豈可引疾退休？不必固辭，宜盡心輔導。吏部知道。欽此。

李東陽全集卷一〇二

求退録二

奏

奏爲陳情乞恩致仕事

伏念臣本疏愚，不諳世務，荷累朝作養任使之恩，承先帝簡任顧託之命，鞠躬盡瘁，死於其職，臣之分也，亦臣之志也。但體質虚羸，素多疾病。痰火上攻，則頭目昏暈；寒濕偏重，則臂足沉痛，屢致顛蹶，輒思退休。蓋嘗具本陳情，至於七八。先帝不忍遺棄，俯加慰留。當末年勵精圖治之時，猶勉效分毫宣力之功。及龍馭上賓，攀號莫逮。

恭遇聖明嗣統，政令維新。哀慕憂勞，病隨日積。馳驅鞭策，不敢避難。顧血氣消耗，精神困憊，年至六十，如七八十歲人。非惟力不勝任，抑且事多遺忘。雖云勉强支持，未免糊塗將就。亦嘗再三辭避，未賜俞允。幸睹山陵畢事，婚禮告成。而臣前病頓發，新疾又增，脾泄無時，内傷愈甚，謀慮漸短於前日，事功每負於初心。以致國是多違，天災迭見，罪咎累積，過於丘山，徒擁虚名，濫支重禄。

竊計知難而退，古有格言，不遠之復，聖人所恕。若更貪榮冒寵，病國妨賢，上無以謝先帝在天之靈，下無以副蒼生之望，含羞抱愧，死有餘辜。用是内自省循，懇爲陳乞。伏望聖聰俯照，天量涵容，特愍愚誠，許令休致。使得以棲遲隴畝，想望太平。則朝廷無幸位之臣，天地有曲成之物，亦聖政之一事也。臣不勝懇悃激切之至。

正德元年十月十四日，奉聖旨：卿輔導有年，勞勩顯著。受先帝顧命，託倚匡弼，以隆政治。上天垂戒，朕自警省。卿安心辦事，勉副委任，毋再固辭。該衙門知道。欽此。

奏爲陳情懇乞休致事

近該臣具本陳情，奏乞休致。奉聖旨：卿輔導有年，勞勩顯著。受先帝顧命，託倚匡弼，以隆政治。上天垂戒，朕自警省。卿安心辦事，勉副委任，毋再固辭。欽此。

臣聞命驚慚，措身無地。竊伏自念，臣以弱質病軀，冒膺寵禄。蓋自入閣以來，未久即病，間歲屢作，作必逾時累月。且如頭眩一節，曾兩次暈倒在閣，攙扶得出。衆目所見，臣不敢欺加。以舊患寒濕，後增痔漏，藥餌之服，與食相半。秋末冬初，百疾齊發，扶羸振憊，已弗能堪。又以庸才陋識，素乏寸長，尸曠之愆，與歲俱積。

今年臣與劉健、謝遷各具本乞休，臣於本内，明開三人之中，臣最當退。過蒙優旨，並賜勉留。昨者懇乞退休，事同一體，健、遷皆荷聖恩，獲蒙俞允，而臣獨被存留。校臣之病，比之二人尤多；揆臣之才，比之二人獨劣。若依棲眷戀，苟幸安全，正恐累陛下知人之明，孤先帝顧命之重。非惟智窮力盡，不能復有裨益，抑且沉溺顛覆，無以自容。展轉激迫，實不知所以爲處。伏望聖慈，愍臣衰病，收回成命，仍許退休。使臣得與二人同賴帡幪，並生天地。縱莫效銜環之報，猶當爲結草之圖。臣無任懇悃激切祈恩俟命之至。

正德元年十月十五日，奉聖旨：具陳休致，臣下職也。黜陟人材，朝廷公論。卿有疾，密訪明醫，揀選良劑，善加調理。勉副重託，倚毗政務，切毋再辭。吏部知道。欽此。

奏爲患病陳情懇乞休致事

臣於前月累次陳情，奏乞休致，俱蒙優旨慰留。臣於彼時，舊疾適發，竊念劉健、謝遷皆準致仕，代補官員未有成命，朝班空缺，閣事無歸，因乞暫免朝參，一面訪醫調治，庶幾不負聖恩，少存國體。及尚書焦芳、侍郎王鏊並奉簡命，到閣辦事，臣亦扶病進入，一同供職。而連旬閱月，病勢交攻，頭眩愈加，腿疼增甚。比因蒸熨寒濕，發汗過多，元氣重傷，精神頓耗，夜多痰，漱口有血絲，非但不能趨朝，抑且艱於行步，瘝官曠職，自同廢人。且臣之衷悃，前已備陳，具在聖明洞察之下。謂可以適情遂志，則臣之愚戇，有所未能；猶欲其替否拾遺，則臣之罄竭，無復可强。展轉日夕，誠不自安。用是戴瀝懇誠，益堅祈請。伏望回光下照，大度同仁，憫衰病之微軀，保孤危之晚節，則臣不勝懇悃激迫祈恩俟命之至。

正德元年十一月十九日，奉聖旨：卿德望重於海内，先帝遺命以輔朕躬。方切倚毗，圖弘治化，豈可屢陳休致？有疾宜善加調理，勿再固辭。吏部知道。欽此。

奏爲久病陳情辭免任職事

正德元年十二月十六日，節該欽奉手敕：少傅兼太子太傅户部尚書謹身殿大學士李東陽加少師兼太子太師，改吏部尚書華蓋殿大學士。欽此。該吏部謄黄到臣，臣伏枕聞命，罔知攸措。竊念臣以衰病陳情，懇乞休致，屢蒙温詔，未獲允俞，特遣官醫，診視脉病，載塵中使，賜及私家。臣感德難名，殞身莫報。蓋自得患以來，暫免朝參，扶病在閣，與焦芳、王鏊一同辦事者二十餘日，住支酒飯，在家調治者一月有餘。所患痛風、痰濕等證深入經絡，動關筋骨，腿脚疼痛，行步艱難，氣體虚羸，頭目眩暈，藥劑雖良，病根已固。因思内閣非養病之地，三孤非竊禄之官，今歲序將終，職務久曠，冒支重禄，莫效微勞，憂切於中，病日增重。正欲再陳誠悃，仰達宸聰。豈意復荷殊恩，遽加峻秩。展轉驚懼，無以自容。伏望聖慈，俯垂矜察，收回成命，容臣以本官致仕。庶聖明之世，全始終眷顧之恩，衰病之臣，免叨冒寵榮之咎矣。臣無任感激迫切之至。

正德元年十二月十九日，奉聖旨：卿累朝耆舊，輔導有年，勞勩顯著，特兹加秩。朕方託倚政務，豈可輒便引疾求退？所辭不允。吏部知道。欽此。

奏爲久病陳情懇辭加職事

臣久病在家，荷蒙聖恩，加授官秩，具本陳情，辭免任職，未奉俞音。除欽遵前旨，用心調理外，兹有愚悃，請爲陛下陳之。

竊念臣以弱質菲才，遭際先帝，五蒙遷秩，四辱遺醫，感德未酬，銜哀罔極。陛下肇開景運，軫念舊臣，蓋已置諸三人之中。甫閲一年之上，勳勞莫著，疾病交纏，和氣上干，分當策免。仁慈下覆，曲賜勉留。寧知久病之餘，復荷非常之寵？且如臣者，在官供職，尚無稱職之能，抱疾卧家，豈有遷官之理？比與焦芳、王鏊初承簡任，宜加登進者事體不同。若求退而反進，辭少而就多，負禮義之初心，虧廉恥之大節，非但難逃於公議，抑將有玷於清朝。此臣所以心愈不安而病日加重者也。幸獲苟延，則自今以往，未死之年，皆陛下所賜也。伏望聖明，查臣衷悃，免臣加秩，庶得安心調理前疾。無任感激慚悚懇悃迫切之至。

正德二年正月初三日，奉聖旨：卿辭免加秩，已有前旨慰留。宜勉起供職，以副朕倚毗之意。勿再固辭。吏部知道。欽此。

奏爲衰病不職懇乞休之事

臣早衰多病，曠職瘝官，揣分量力，久當退休。仰荷聖明簡注，不即棄遺，慰以温言，委之重務。感恩莫既，圖報未能。

蓋自今春以來，勉强供職，而舊疾纏綿，迭作交發。遇陰雨則腿脚酸疼，冒暑熱則頭目昏眩，精神短少，志慮荒迷。近因進書賜宴，於二十六日謝恩畢，偶患泄瀉暴下過多，舊疾頓舉，當即開註門籍，在家醫治。後因字樣差訛，易本認罪。幸蒙寬宥。復於七月初六日扶病謝恩，僅得成禮，不能進入朝班，輒復回家調理。再經數日，病勢愈增，百節盡痛，眩暈不時，卧起俱難，行走無力，形容外悴，衆所共知。元氣日傷，理難再復。伏冀天聰下聽，洞察愚忱，情實由中，事非獲已，特降俞音，許臣休致。則臣未死餘年，苟存微息，猶可以謳歌田里，瞻望太平。犬馬惓惓，不勝伏枕望闕祈恩俟命之至。

正德二年七月十六日，奉聖旨：卿國家重臣，方隆委任。有疾宜善加調理，豈可遽求休退？不允所辭。吏部知道。欽此。

奏爲再陳衰病乞休退事

臣近以久衰多病，具本懇辭。伏蒙恩旨慰諭，不允退休。繼又命醫調治，仍遣内臣頒賜酒肉蔬菜等物。臣受恩稠疊，無以自容。欽遵聖諭，用心調理，冀獲苟全，而閲月以來，病勢不解。

臣竊惟：臣之於君，報德之心無窮，而趨事之力有限。臣禀賦羸弱，生而多疾，早竊官職，勉强驅策〔一〕，已經四十餘年，精力消磨，氣血凋耗，其所餘者能復幾何？今骨節疼痛，眼目昏眊，日復一日，病益增多〔二〕，藥餌雖良，猝難取效。凡卑官散秩，尚不可容瘝曠之人，況輔導之親臣，燮調之重任？不能贊理政機，乃徒叨冒禄位，雖聖德優容，不加譴斥，而臣心内省，誠不自安。伏望陛下大度同仁，容光下物，察臣衰病之迹，實自累年，控訴之情，已非一次，解臣機務，特許退休。則臣雖莫酬既往之恩，猶免積將來之咎。此臣惓惓犬馬之私不能自已者也。臣無任披露血誠懇切激迫之至。

正德二年八月十一日，奉聖旨：卿輔導有年，德望素著。方切倚毗，宜起供職，不必固以疾辭。吏部知道。欽此。

【校勘記】

〔一〕「軀」，原作「軀」，顯以形近而訛，據文義與抄本正之。

〔二〕「益」，原作「盆」，顯以形近而訛，據文義與抄本正之。

奏爲衰病陳情辭免恩命懇祈休退事

臣累陳衰病，兩荷温綸，諭令供職，不必固辭。方切憂惶，未敢輒再陳瀆。乃於本月十四日，該吏部送到謄黄，欽奉手敕，加俸一級。臣愈增慚汗，無地可容。竊惟爵禄者，國家所以待人臣，然必量才而授，許功而加進。臣之庸愚薄弱，久玷崇階，揣己量力，已逾涯分。蓋自遭遇陛下登極以來，簡任隆重，出於常典。而臣孱軀病質，日就衰頹，服食藥餌，半於飲饌，開註門籍，半於趨朝。前後所奉聖諭，有所謂「圖弘治化」者，而臣未能圖；有所謂「勉副重託」者，而臣未能副。本當削奪，尚沐優容。去冬患病在家，欽蒙加進少師等職，其在文臣，已爲極致。臣以爲求退反進，心竊不安。辭免職任，未獲俞允，含羞抱愧，以至於今。又當患病求退之時，重增俸級，至於絶品，無以復加。臣雖至愚極陋，亦自知其不可也。臣竊願留有餘之寵，以還朝廷。尤望陛下愛無功之賞，自臣而始，特回恩命，仍許退休。

則臣感始終成就之恩，自當懷死生銜結之報矣。

正德二年八月十六日，奉聖旨：卿屢陳衰病，已有旨再四勉留。今兹加俸，蓋録舊勞。朕方圖治任賢，宜體古人許國之義，勿復固辭。吏部知道。欽此。

奏爲衰病陳情乞恩休退事

臣於本年八月初十等日患創血、痰嗽等證，一向扶病朝參供事。至本月十八日晚，復感風寒，衆病交作，不能動履。九月初一日，荷蒙皇上命醫調治，次日隨遣內臣頒賜酒米等物。臣伏枕聞命，無地可容，感激之私，死莫能報。但病根已久，非止一時；藥物雖良，速難取效。緣臣平生多病，未有如此疾之沉；弱質早衰，不至若今年之甚。見今痰氣喘急，起卧艱難；遍體皆疼，虚汗不止；表裏受傷，形氣俱脱。雖復勉强驅策，實有未能。

竊念論思重地，朝野具瞻。任大材微，禄豐報寡。上無以副皇上倚毗之意，下無以成百僚共濟之功。力既不勝，職難久曠。伏望皇上憫臣衰老，察臣愚誠，容臣退伏閭閻，使得少延殘喘。餘生無幾，惟戀德於目前；朽骨有知，當感恩於地下。臣無任懇悃迫切之至。

正德三年九月初十日，奉聖旨：卿累朝輔導重臣，每乞休致，已屢有旨勉留。今兹有疾，宜親近藥餌，善加調理，副朕倚毗之意，毋復再辭。吏部知道。欽此。

奏爲再陳衰病乞恩休退事

臣近因感患衄血、痰喘等疾證，具本乞休。仰荷聖恩，頒賜温旨，申之以勉留之諭，重之以調理之辭，德並乾坤，恩同父子。

竊念臣舊侍儲宫，已閲八年之上；叨逢新化，又將四載。於兹中間，患病在家，輒廑存問；上章請老，疊賜慰留。顧臣何人，獨沐斯典？身非草木，寧不知恩？所以力疾趨朝，靦顔供事，惟圖報國，不敢言私。但臣體質薄弱，禀自天生；病勢纏綿，厄於命數。顛隮困頓，日甚於前。況内閣非養病之地，三孤非竊禄之官。昏迷之志，安能理庶務之繁？衰憊之人，豈可班百僚之首？捫心内顧，實不自安。伏望聖慈體物，洞燭臣衷。察臣繁勞之事，非所敢辭；愍臣衰老之情，誠非得已。解臣機務，特許退休。臣身雖居隴畝之間，而不忘旒扆之下。縱不能爲聖德分毫之報，亦惟以願皇圖萬載之安。臣無任懇悃迫切俟命之至。

正德三年十月十八日，奉聖旨：卿累朝耆德，譽望隆重。朕方委任，贊理化機。

有疾已嘗命醫，調治痊可，宜早出供職，以副朕懷，不必固辭。吏部知道。欽此。

奏爲陳情乞恩致仕事

臣聞屢省乃成，前古已嚴於興事；陳力者止，聖人亦許其不能。故省身者必審進退之宜，而行法者必一内外之體。兹聖政維新之日，正庶官董治之時。

臣以章句腐儒，管蠡淺見，遭逢列聖，慚久負於生成；攀附六龍，幸不遺於故舊。顧乃駑駘不進，蒲柳先零。每當卧病之期，輒上乞骸之疏。勉留優詔，動必至於再三；報稱微勞，竟莫施於尺寸。歲年滋邁，筋力愈衰。況自今春以來，雨澤未降，燮調無狀，瘝曠何辭？今考察有老疾之條，而責任分大小之等，其當退者莫過於臣。仰乞聖恩，先賜罷黜，然後通行考察，遍及官曹，則公道易行，法令不二。陛下保全舊臣之聖德，固極盡而無遺，而愚臣始終一節之素心，亦庶幾其不失矣。臣無任陳情俟命之至。

正德四年三月二十三日，奉聖旨：卿才華異常，賢聞海外。輔導累朝，朕心允協。正當輔佐，安忍容閑？所辭不允。吏部知道。欽此。

奏爲辭免恩命事

正德四年五月十三日，節該吏部官欽奉手敕：皇考實録修完，念他每勤勞，總裁李東陽加支正一品俸，餘俱如舊。欽此。

臣聞命驚惶，措躬無地。竊惟官有定職，職有常禄。然職每病於不足，而禄常恐其有餘。故昔人晝之所行，夜必思之，若功不稱禄，則寢不能寐，正此故也。臣才識短淺，問學荒疏，任重股肱，職兼纂述，計功不稱，負罪方深。

仰惟孝宗敬皇帝簡用付託之恩、陛下委任責成之命，揄揚纂輯，分所當爲。而乃抱病扶衰，玩時愒月，歲費太倉之廩粟，日塵光禄之庖羞。撫一心而自訟，寡過未能；藉衆力以成編，何功之有？近者已蒙聖慈特垂甄録，頒賜銀幣鞍馬等物，寵恩稠疊，弗克堪勝。兹復賁以璽書，加之禄俸，乃人臣之極品，爲儒者之至榮。徒切汗顔，愈難報稱。思惟展轉，誠不自安。伏望聖明收回新命，容臣以本品禄俸供職，庶免積丘山之咎，猶可效分寸之功。臣不勝感戴慚悚之至。

正德四年五月十七日，奉聖旨：先朝實録已完，卿數年勞勩，功績昭著，特加陞賞，毋負朕意。不允所辭。該衙門知道。欽此。

奏爲自陳休致事

臣綿力薄才，孱軀病質。遭逢列聖，竊禄明時，歷仕途者四十七年，居秘閣者一十六載，思危負重，恒懼弗勝。蓋自弘治辛酉之後，數乞退休，至於正德丙寅以來，累陳衰疾，並蒙慰諭，弗賜允俞。追念先皇帝委任顧託之重，仰荷聖天子優禮眷遇之隆，自度尚可支持，豈敢過爲矯亢？因循黽俛，幾閲星霜。

乃今春不雨，風霾累月，四川、湖廣等處盜賊成羣，水旱之奏，殆無虚日。聖心警惕，俯念元元，特命廷臣致齋九日，祗告天地神祇，用祈雨澤。臣於此時内自省疚，竊據古人策免之義，即欲引咎自陳。不意寧夏逆賊上廑西顧之懷，下詔頒恩，命師討罪。主憂臣辱，死亦何辭？夙夜在公，寢食俱廢，扶衰力疾，又越兩旬。

近者守臣奏捷，賊黨就擒，邊境獲安，民生漸遂。顧疾疢生於喜樂，筋力痿於安閒，四體俱疲，百病交作，雖欲勉輸分寸，力不足以濟時。縱令强效驅馳，志不能以帥氣。質之以盈虧之道，揆之於進退之宜，及此是圖，猶爲未晚。伏望陛下高明照察，廣大包容，赦其瘝曠之愆，憫其懇激之請，許令休致，以遂初心。俾枯朽之木獲全樗櫟之材，駑鈍之資得延犬馬之齒。豈但終身而知感，尚當没世以無忘。臣無任祈恩俟命之至。

正德五年六月初一日，奉聖旨：卿累朝重臣，已受先帝遺命，輔導朕躬。才德兼隆，中外悉知。譽望顯著，海内咸聞。尚未從心之年，神彩精健，正當輔佐，凡事用心，足見爲國至意。近因寧夏叛賊剿平，皆卿才華之力。朕心允協，安忍懇切引疾求閒？有疾宜親近藥餌，善加調護。累有旨勉留，安心辦事，毋負遺命朕意。所辭不允。吏部知道。欽此。

奏爲陳情乞恩休致事

近者臣以衰疾，自陳求退。伏蒙恩旨，曲賜褒嘉，責之以顧命之專，委之以輔導之重，周詳備悉，百有餘言。臣聞命驚惶，莫知所措。上思先帝，則涕泗横流；仰念聖躬，則憂慚並集。實不知何以爲報也。但人臣之義，能則致身，不能則止，二者之間，不容以髮。臣八月而生，元氣素弱。今年六十有四，卦數已周。體不勝衣，食不滿器。朝參之日，嘗值大風，幾至顛仆，衆所共見。加以志慮日短，學術愈荒，事多遺忘，字每差錯。臣之少也猶不如人，今既老矣，何能爲役？用是具疏乞休，已非一次。比見朝廷多事，黽勉供職。如會典未完，則不敢言退；實録未進，則不敢言退；霈澤未降，逆賊未擒，則不敢言退。今纂修粗畢，僭亂已平。指授出於宸衷，制馭由於廟算。臣奉行宣播，幸託有成。況威嚴之後，漸復寬仁，中外臣民，欣欣望治。伏惟陛下明識遠慮，持久而行之，何所不至？臣之庸弱，豈復能裨益於萬一乎？若以有限之力供無益之役，隳政僨事而不知止，則其罪益大矣。故敢不避煩瀆，再申前請。伏望陛下垂天地生成之仁，推家人父子之愛，特降俞旨，許令休退。使殘喘微軀幸而未盡，則一日之存，即陛下一日之賜也。臣無任懇切俟命之至。

正德五年六月初三日，奉聖旨：卿引衰疾，疊休致〔一〕，至再至三，歷旨勉留。宜盡心職務，允協朕懷，不必固辭。有疾多訪賢醫，善加調理。吏部知道。欽此。

【校勘記】

〔一〕「疊」下疑有脱文，康熙本作「請」。

李東陽全集卷一〇三

求退録 三

奏

奏爲陳情乞恩懇祈休致事

臣年六十四歲，入仕途者四十七年，在内閣者十六年。越自先朝，至於今日，具本辭免者二十餘次。誤蒙先皇帝及陛下厚恩，簡命委託，勉留曲諭，至詳至切。用是扶衰力疾，强效驅馳。顧駑劣之才、綿薄之力，誠不足以動物，術不足以救時。比者，司禮監太監劉瑾專權亂政，貽害軍民。仰承陛下洞照姦謀，奮施乾斷，明正其罪，以慰人心，中外臣民，萬口稱快。臣竊念備員禁近，事體相關。凡票本擬旨，撰寫敕書，或駁下再三，或徑自改竄；或帶回私宅，假於他手；或遞出謄黄，逼令落底。真僞混淆，無從辨白。臣等雖委曲匡持，期於少濟，而因循隱忍，所損亦多。荷蒙淵衷明見，謂不與内閣相干。然玉毁櫝中，亦難辭責。理宜罷黜，更復何言？伏望陛下高明鑒察，特降俞音，放歸田里，遂臣初志；别求賢俊，俾贊機衡。則臣雖未盡犬馬之勞，亦免積丘山之咎矣。臣無任懇悃激切之至。

正德五年八月十六日，奉聖旨：卿以宏才碩德，佐政先朝，嘉謀嘉猷，播在天下。先帝顧命，輔導朕躬。四五年來，劉瑾專權亂政，貽害軍民，已明正其罪。今覽卿奏，知劉瑾將票本擬旨再三駁下，徑自改竄；或帶回私宅，假手他人；又遞出謄黄，逼令落底。百端蒙蔽，卿委曲匡持，朕已俱悉。宜安心辨事，不允所辭。但凡劉瑾所行亂政，害人事件，著各衙門逐一查革改正。該部知道。欽此。

奏爲辭免恩命事

正德五年九月二十日，節該欽奉手敕：寧夏叛逆事情，内閣輔導重臣運籌合議，大功既成，宜加恩典。少師兼太子太師吏部尚書華蓋殿大學士李東陽加特進左柱國，廕他男一人做尚寶司司丞，賞銀一百兩，紵絲四表裏。欽此。

臣聞命之餘，震驚無地。竊惟論功行賞，固朝廷之盛典；竭忠盡職，實臣子所當然。顧恩恒易於滿盈，而職每難於稱塞。臣備員内閣，久切曠瘝，累乞退休，未蒙俞允。官資禄級，已極人臣。自揣庸愚，略無寸補。近者西藩弗靖，上軫淵衷。自命將出兵，以至班師獻馘，地方平定，民物底寧。皆由陛下聖武神謀運用於上，内外重臣、各邊將士效力於下。臣等奉行宣布，不過言語文字之間，何功何勞而濫受官賞？如臣者求退反進，辭少就多，省己捫心，倍增悚愧。至於廕子之制，尤爲慎重。臣老而無子，止有繼子李兆蕃，年方二十，先已蒙恩入監，自有出身。若復冒殊恩驟陞華秩，尤恐年輕力弱，弗任驅馳，非徒貽名器之羞，抑且招士林之誚，臣之罪咎，日益彌深。

凡此數端，無一可者。伏望陛下俯察愚誠，非爲虚讓。並收嚴命，以待有功。臣感荷曲成，勉圖後報。叨冒之愆，庶可少逭於萬一矣。臣不勝慚悚激切之至。

正德五年九月二十三日，奉聖旨：卿以名德重望，輔導累朝，忠勤勞勩，功業茂著。近者寧夏叛逆，運籌合議，致有成功。官廕賞賚，禮不爲過。不允所辭。該衙門知道。欽此。

奏爲陳情乞恩懇求休致事

臣以庸愚，久玷臺閣。昔在先皇之世，十乞退休，竟不俞允。預聞顧命，恭遇初元，累辭弗獲，黽勉供職。不意事多齟齬，政有乖違，補漏持顛，十不及一。輒欲果於自便，咎將誰歸？乃今年四月以來，再三陳乞，中多變故，書簿相仍。適值夫震撼棼結之辰，敢不竭鎮定解紓之力？銜憂抱愧，亦豈初心？今天意始回，聖心洞悟，罪人斯得，明詔再頒，公道漸開，弊端悉改，奉身乞退，實維其時。況臣體素孱弱，生多疾病，頭目昏眩，筋力衰憊，精神短少，志慮遺忘。而欲任重道遠，剸繁治劇，非惟昧知止之戒，且將有迷復之兇。臣雖至愚，寧不及此？用不避煩瀆，再行陳訴。伏望聖慈俯察，特賜俞音，宥其瘝曠之愆，假以優閒之寵，容臣致仕，以盡餘生。庶幾上有以報先皇在天之靈，下有以爲老臣瞑目之地矣。臣不勝惓惓懇切之至。

正德五年十一月二十日，奉聖旨：卿勳德隆重，名實相符。輔導累朝，恭勤清慎。朕仰承先志，圖新治理，倚毗方隆。況卿精力未衰，豈可引疾遽求休致？宜勉副朕意，不允所辭。吏部知道。欽此。

奏爲陳情乞恩再求休致等事

臣於本月十八日奏乞休致，仰塵德音，曲加慰諭，未賜俞允。臣拊心内省，實不自安。

竊惟人臣事君，固當竭死生之力，尤當謹進退之節。臣見今六十四歲，歷事列聖四十七年，參預機務一十六年，才疏力薄，當退一也。多病早衰，當退二也。久玷班行，多竊俸禄，當退三也。但顧命之重，責任方殷，大義所關，亦非得已。蓋聖質方沖，庶事未定，則不敢言退。藩臣倡亂，邊境未寧，則不敢言退。大姦未除，弊政未革，則不敢言退。用是懷憂抱愧，含垢納污。雖因事累辭，終不獲果於自遂。幸遇陛下聰明日進，政令一新，天下之人延頸望治，太平之幾正在今日。臣若貪位戀禄，玩歲愒時，及此不圖，更復何待？

頃聞南京監察御史張芹奏臣當劉瑾專權亂政之時，不能力争，及陛下任用得人，潛消禍變，却又攘以爲功，冒膺恩廕。緣寧夏事平，伏承陛下遣司禮監官傳示聖意，欲加恩典。臣極力苦辭，幾至垂涕。及手敕既下，加臣特進左柱國，廕臣男爲尚寶司丞，臣隨即具本懇辭，竟不獲命。黽勉拜受，本非素心。但寵禄之頒，過逾涯分，傳聞遠外，實駭羣情。其言禮貌之屈否，衆所見聞；攘功之有無，已蒙聖鑒。若不能早退，又不力辭，此二端者切中臣病。況臣揣己量力，見可知難，盛滿之懼，已非一日。安敢以衰老之身蒙叨冒之罪，上以玷陛下知人之明，下以貽士林求備之議哉？

伏望聖慈察臣愚悃，許臣致仕，將臣男兆蕃收回成命，令其照舊以監生聽選出身，徐圖補報。則優禮舊臣之恩，曲成萬物之德，臣舉家父子咸知感佩於無窮矣。臣無任悚息激切之至。

正德五年十一月二十四日，奉聖旨：覽卿奏，具悉至情。卿輔政有年，精思純謹，中外共知。屢次引疾求退，先帝及朕爲天下事重，曲加慰留。近來大姦既去，朝廷圖新治理，委任方隆，豈可偶因人言，固求休退？吏部便往諭朕意，大臣義當體國，宜勉起供職，不必再辭。賞功推廕，係是舊典。李兆蕃已録用了，也不準辭。該衙門知道。欽此。

奏爲陳情懇乞休致以全晚節事

臣近者再乞致仕，并辭免恩廕。復蒙聖恩俯加慰藉，不允所請。乃令吏部尚書劉機等宣諭聖意，責以體國之義，勉以供職之詞。又遣内臣頒賜羊酒，丁寧委曲，出於常格[一]。顧臣何人，而克當此？自謂身非草木，寧不知感激以圖報塞？但犬馬之私，猶有不容已者。請終爲陛下陳之。

臣聞禮義廉恥，國之四維。孔子進以禮，退以義。賈誼謂廉恥之節，必自大臣始。此士君子之大閑，古聖賢之律令也。臣備員内閣一十六年，具本辭免者二十四次。非不知簡任之隆，顧託之重，但念輔導無狀，報稱未能，與其假委質之名，不若甘守身之節。今臣年加老，臣病益深，績效不彰，過咎彌積。一身不治，安能理庶務之繁？衆論未偕，何以班百僚之首？揆諸禮義，更復何言？若麽子之恩，固是累朝舊典，亦爲勳勞而設。有如臣者，事不足以償直，德不足以懋官，而乃以幼稚之子置清切之地，匪獨身蒙其恥，尤當世受其慚。禮義所關，亦非細故。臣既不能爲陛下裨政治於平時，敢不爲陛下存名節於後日乎？以此不避煩瀆，再控血誠。伏望聖明遂臣初請，並收成命，以風厲有官。其於新政不爲無助，亦臣區區體國之一端也。臣干冒威嚴，無任悚息隕越之至。

正德五年十一月二十八日，奉聖旨：卿朝廷元臣，輔導年久，績效茂著，衆論所歸。況今年力未衰，宜念先帝顧託之重，朕懇切諭留之意，勉起視事，以匡新政，庶於禮義允當。毋再固辭。報功恩廕，已有前旨了。吏部知道。欽此。

【校勘記】

〔一〕「出」，原脱，據文義與抄本補之。

奏爲陳情懇乞休致以終晚節事

臣於去冬累乞休致，曲荷諭留。自揣衰病，已不堪事。獨念朝廷方尊上徽號，有大典禮焉；朝覲黜陟，有大政令焉；議斷逆黨，有大刑法焉。故臣於承命之餘，律之以體國之義，因仍黽勉，又復許時。

今歲月益增，筋力加憊，逾六望七，年已至而不退，一不可也。外損内傷，病已深而不退，二不可也。陳力就列，才不能而不退，三不可也。用是深思内省，展轉於衷，憂愧交并，不容自已。竊謂天下之事無窮，而時與力則有限。迷復之兇，聖人所戒；知難而退，君子許之。若久處寵榮之地而欲辭貪冒之嫌，徒託委任之名而欲免曠瘝之咎，尤不可之大者也。故敢再竭愚誠，上煩天聽。復望聖仁閔下，特賜俞音，使得終犬馬之餘年，保風霜之晚節。則君臣父子之恩，即天地生成之德也。臣不勝懇切祈望之至。

正德六年二月二十五日，奉聖旨：卿自比年以來，屢引疾求退。每一覽奏，朕心不安。朕於卿義雖君臣，恩同父子。天下事重，倚毗方切，何忍去朕左右？卿之清德正學，歷事累朝。畏避榮寵，中外所知。何嫌何疑，固欲求去？況年力尚健，神志精明。宜深體朕眷注至情，亟起視事，展布四體，共致太平，乃益見晚節之善。不必再辭。吏部知道。欽此。

奏爲老病乞恩休致事

臣於去年十一月内三次具本乞休，累辱温旨，勉留諄至。臣感恩懷愧，無以自容。猶欲上訴懇誠，適遇陛下恭上兩宫徽號，禮殷事重，竊念受恩累朝，職在述作，因循勉强，又閲歲年。續以朝覲科舉，政務頻仍，命將出兵，事體關涉，訖無寧處，豈暇言私？但衰老益深，疾病交作。五月以來，鼻衄脾瀉，痔漏下血，或委頓一時，或纏綿累日，積成虚耗，愈不能支。開註門籍，在家調治。閉户退思，捫心内省。問其官則三孤之官也，問其禄則一品之禄也，問其職則論思輔導百職之所萃也。今神思荒落，不能效謀慮之勤；精誠未孚，無以爲感格之地。無其實而虚冒其名，受其直而不稱其事，乃龍鍾於逾六望七之歲而不知止，棲遲於十有七年之久而不知退，未嘗不汗流浹背而食不下咽也。自今以往，臣若留一日則增一日之愆，當一事則多一事之咎，寧不爲貪冒之魁，以貽明聖之玷哉！用是備瀝愚衷，再申前請。伏望聖慈，憫臣衰病，燭臣肺腑，丐臣骸骨，以盡餘生。則臣於未死之年，即荷更生之賜也。臣不勝惶恐激切之至。

正德六年六月□□日，奉聖旨：卿忠誠體國，輔導累朝，功烈譽望，天下共知。比來多事之際，發謀出慮，周詳老成。況神志精明，述作議論，尤爲國華。在任一日，有一日之益，出處進退，關係天下重輕。近因屢疏辭免，朝廷已有旨再四勉留。宜體朕諄切至情，亟起視事，以慰衆望，乃見君臣同德之義。不必再辭。吏部知道。欽此。

奏爲老病陳情懇乞休致事

臣近以老病乞休，復蒙聖慈曲賜優詔，累百餘言。假之以忠誠體國之褒，賞之以謀慮述作之績，責之以出處重輕之義，恩深禮異，近代所無。顧臣何人，豈敢當此？但陛下所以優臣者愈重，則臣所以仰副聖意者愈難。自是夙夜以思，心口相語，欲固求便利，則上負恩私；欲勉效馳驅，則力不能進。竊惟膺至重之任者，必有非常之才，而又濟之亦有餘之力，二者不可以闕一。夫以章句之腐儒，循甲科之常格，臣之少也，猶不如人。久任以來，中年已過，四子俱夭，一女繼亡，哭泣傷多，眼目昏暗，尋丈之内不識人形，咫尺之間莫辨文字。其他病證，不敢再陳。

昨者，蒙遣内官，賫賜酒肉，扶病叩頭，幾至顛僕，衆所共見。衰耄之狀，至是極矣。且如今春朝覲之典，年老有疾者制當致仕；今秋廟饗之禮，年老殘疾者例不入壇。臣之一身兼是二者，方且居具瞻之地，爲百僚之首，豈可徒責小官末職而不知所以自處乎？使其體國之心有所自盡，輔導之責不曠厥官，或發謀出慮之可底行，或述作文字之果有益，猶可以淹旦夕之期，糜升斗之禄，而未能一焉，乃誤蒙慰勉之辭，廑存問之禮，是何足以爲國華？而亦安能爲天下重哉！臣雖至愚，不敢昏於恕己；臣雖至懦，不敢憚於苟安。用是不避威嚴，懇陳衷曲。仰祈大造，俯賜曲成，俾大臣無固禄之譏，國家無妨賢之病。其於新政，實爲有補。而一身止足之願、一時休暇之私，其在臣者，又不足言矣。臣不勝懇悃激切祈恩俟命之至。

正德六年七月□□日，奉聖旨：朕念輔導任重，治理關係。卿以非常之才，年未七十，精力有餘。屬當更化，實切倚毗。邇者稱疾求退，已有旨慰諭勉留，諄切至情，言不能盡。如何又復具奏，引朝覲陪祀事例，至以衰耄爲辭？似未肯深體朕意。君臣之間，情如父子，何嫌何疑，爲此退託？非朕所深望於卿者。宜亟起視事，以慰朕懷。吏部知道。欽此。

奏爲老病陳情仰祈天鑒懇乞休致事

臣自揣衰病，不能任事，累歲乞休。輒荷恩旨慰諭勉留，諄復切至，不一而足。其大者：一則曰「先帝顧命，輔導朕躬」；一則曰「義雖君臣，情猶父子」；一則曰「卿之出處，關係天下重輕」。捧誦之際，至於感泣，無所逃於天地之間。

竊伏自念：陛下所以遇臣者如此其重，所以責臣者如此其深，若但玩愒歲時，虚糜廩禄，以顧命自諉而無匡正之功，以輔導爲名而乏謀猷之益，則陛下亦將焉用之哉？臣之官，股肱耳目之官也；臣之責，股肱耳目之責也。手足痿痹，則元氣爲之不仁；視聽壅蔽，則全體爲之不具。是臣之官失職而責無由以塞也。

臣自請告以來，病勢纏綿，精力消耗，蹣跚於户庭之内，輾轉於牀褥之間，深思遠憂，無所不至。臣老而無嗣，隻影自隨，宗祀之責，惟臣是任。然此臣一身一家之私者，猶不足言也。

仰惟陛下春秋鼎盛，福履隆長，紹統有年，前星未耀，乃祖宗億萬載社稷之寄，天下臣民億兆人覆焘之情，其所關係，誠爲重大。昔在孝宗皇帝，親憑玉几，涣發綸音，早定大婚，永圖至計。臣面承顧命，夙夜於衷。比之恒常，情實倍萬。責任之重，無過於臣。臣所當言，亦無有急於此者。若復因循隱默，苟利目前，恐衰病日深，一旦溘先朝露，生平無以副陛下倚毗之望，他日無以見先帝在天之靈，誤國之罪，萬死莫贖。用是不避威嚴，敬披肝膽。

伏冀陛下上念承傳之重，俯懷翊戴之勤，高拱穆清，深居禁密，朝奏以時，飲膳以節，保聖躬於康樂，延嗣續於蕃昌。仍望憫臣衰朽之質理難久長，察臣忠懇之言止於如此，容臣休致，以盡餘生。則臣身雖退，猶臣之進，尚當伏迹山林，仰瞻魏闕，頌聖主無疆之壽，慶皇家不拔之圖。臣無任傾心瀝血俟罪祈恩之至。

正德六年七月二十一日，奉聖旨：朕覽卿奏，深用惕然，具見元臣忠愛至情。卿受遺先朝，輔導朕躬。見今天下多事，正宜同心佐理，何忍舍朕求去？朕因卿言，當上念承傳之重，及臣民翊戴之勤。卿亦宜强起視事，副朕倚毗至願，以仰答先帝顧命之意，不必再辭。吏部知道。欽此。

奏爲辭免恩命事

臣於正德六年十一月二十六日九年考滿，該吏部具題。奉聖旨：李東陽輔導累朝，勤勞備至，勳德茂著。今以一品九年考滿，寫敕獎諭，着兼支大學士俸，照舊辦事。還與誥命，賜宴禮部。欽此。

臣聞命之餘，悚惕無地。臣聞九載三考，蓋虞廷定制〔一〕，歷代因之。肆我祖宗，尤重斯典。諸司官屬則考於吏部，六卿官長則取自上裁，殿最黜陟，皆有不可易者。臣歷事累朝，除前任不開外，自太子太保少傅以至今官，三任一品而滿九載。謀猷入告無補於君心，政令外施罔裨於宸斷，自考無功，理當殿黜。即今水旱相仍，生民窮困，畿甸東南盜賊蠭起，京城内外地震有聲，咎則所關，義當策勉。況年齡衰暮，疾病纏綿。每逢加恩，輒增慚懼；屢經辭職，曲荷勉留。徒以四方多事，未敢言私，而日負初心，茫無後效。豈意封章再錫，月俸兼支，華以璽書，賜之宴會？顧臣蹇劣，豈復堪之？且當蠲租免税之日而冒給俸糧，當減膳徹樂之時而濫沾宴賜。固知優寵内閣，出自聖心，眷遇儒臣，亦有故事，第臣非其人，而今非其時也。臣縱不能佐陛下節厚賞於平時，而乃自冒殊恩於末路，臣之一身，無死所矣。伏望陛下，俯察愚衷，收回成命，止令照舊供職。庶可輸報德之私，亦少免素餐之咎矣。臣不勝感激惶恐之至。

正德六年十一月二十九日，奉聖旨：朕以卿輔導首臣，功在朝廷，望隆中外。九載考績，爲國增重。特加恩典，以示優崇。卿乃具疏辭免，情詞激切，具悉誠悃。此係累朝眷遇輔臣故事，已有成命，宜勉副朕意，不必再辭。吏部知道。欽此。

【校勘記】

〔一〕「廷」，原作「延」，顯以形近而訛，據文義與抄本正之。

奏爲陳情懇辭恩命事

臣九年考滿，該吏部題，節奉聖旨：著兼支大學士俸，還與誥命，賜宴禮部。欽此。續該臣具本辭免恩命，奉聖旨：朕以卿輔導首臣，功在朝廷，望隆中外。九載考績，爲國增重。特加恩典，以示優崇。卿乃具疏辭免，情詞激切，具悉誠悃。此係累朝眷遇輔臣故事，已有成命，宜勉副朕意，不必再辭。欽此。

臣再聞新命，悚懼彌深。情激於中，不能自已。竊惟君以禮使臣，臣以道事君，此古之訓、今之法也。若内閣輔臣，一品九年，恩禮隆重，自先朝有之。蓋當是時，朝廷久安，民物康阜，天時和順，年歲豐穰，故賡歌之盛揚於虞廷，宴賚之美見於周邦，施之者無濫予，受之者無愧色。今者天鳴地震，水旱不時，百穀未登，四郊多壘。臣燮調失職，輔導無功，已蒙陛下舍過録勞，以一品官階貤贈三代，而又推今秩重復加封；山東、直隸等處巡撫三司等官停俸戴罪，而帷幄之臣兼支俸禄：皆出於常格之外。伏見今年重陽、臘八等節百官例宴，悉皆免辦。近奉聖諭，有「朕心警惕，同加修省」之言。而臣以一人一事，乃特沾宴錫。是聖心警惕於上，而臣工宴樂於下，其爲不忠，孰甚於此？況滿堂宴笑，一人向隅，猶所不忍。今數千里之間、數百萬之衆，死者尸骸相藉，生者號哭相聞，而以肉食之人獨饗大官之味，揆之於義，亦有未安。殆將食不下咽，寢不貼席，何以自容於天壤之區？何以自立於班行之上？何以相率而盡修省之實，以仰贊陛下勵精之治哉？用是備瀝愚誠，再干天聽。伏望陛下，大開明照，俯狥微情，特寢新恩，俾仍舊任。則優崇内閣之聖心、眷遇輔臣之故事固已昭然在人耳目，而臣感恩圖報之私自當没齒而不忘矣。臣不勝惶悚激切俟命之至。

正德六年十二月初二日，奉聖旨：朕以卿壽俊元臣，一品九年，朝廷盛事，深用嘉念，乃循舊典，賜宴禮部。而卿屢以俯省爲言，具疏乞免。至誠懇切，重違雅志，特允所辭。該部知道。欽此。

奏爲老病乞休事

臣久衰多病，衆所共知。乃今年正旦，力疾趨朝，遂至顛蹶。荷蒙陛下篤念舊臣，俯加體貌，遣官存問，命醫診視。倏經一月之餘，藥餌雖良，病根已痼。蓋以内傷外感，二疾交并。雖在壯齡，亦難調治，而況年衰力憊，何以堪勝？且自累歲以來，備嘗控訴，未獲允俞。比四方多事，未敢言私，黽勉至今，將作復止。竊念國之大事，在祀與戎，臣既不能供事郊壇，又不獲與聞軍務。其餘職事，曠廢尤多。叨列崇班，濫糜厚禄，素餐充位，又復許時。進無以爲竭力之資，退無以爲補過之地，中心慚懼，誠不自安。故敢仰瀆宸聰，再申初志。伏望聖明，憫臣衰朽，容臣休致，以養殘軀。庶上不爲聖政之妨，下不貽士風之玷矣。臣不勝懇切之至。

正德七年二月十一日，奉聖旨：卿勳德隆重，中外具瞻。比年以來，累次引疾乞休，久悉情悃。今四方未靖，戎務方殷，正宜上下同心，共圖治理。況卿年未老，精力未衰，議論謀畫，俱各精審。固欲求去，於義何安？可亟起視事，以慰朕倚注至懷，再不必辭。吏部知道。欽此。

奏爲老病不職懇求休退事

臣之生六十有六歲矣，登科入仕四十有九年矣，入内閣參機務一十有八年矣。向因老病不職，屢乞退休，非徒未獲允俞，抑且動蒙奬諭。用是嫌於虚飾，勉效馳驅，展轉於中，不能自已。

今眼目昏暗，痰火上攻，腰膝疼痛，痔漏交作，精神短少而不能振，筋力消磨而不能强，老病之狀無過於臣。謀猷不善，輔導無功，政令依違，語言顧忌，三辰失行而不能燮，四郊多壘而不能靖，不職之咎亦無有過於臣者。負此二者而不知退，乃人臣之大戒、名教之所不容。若待事寧之日，功未見而罪益深；脱以病痊爲期，疾未平而年愈邁。譬之荷重擔者，力窮則踣；泛洪流者，舟敝則溺。此理之固然，亦勢之所必至，臣之一身無死所矣。是雖陛下眷臣之意無窮，臣思報陛下之義有所未盡，而討歲度日，審己量力，亦焉能仰副於萬一哉？伏望陛下，如天覆燾，如日照臨，謂臣朽木之質不可復雕，折足之鼎終無所用，查臣節次所奏，情詞出於肺腑，賜之骸骨，俾返山林。庶清朝無戀禄之羞，聖世有成物之美，君臣上下之間，各盡其道而無歉矣。臣不勝誠懇迫切之至。

正德七年五月二十六日，奉聖旨：卿顧命大臣，望隆中外。近年以來，累次具奏乞休，詞意激切。朕念先帝付託之重，懇懇慰留。況今天下多事，正賴舊德匡濟，如何輒便求去？縱欲自安，恐於君臣之義尚有未盡。所請不允。卿其亟起視事，以慰朕懷，慎勿再辭。吏部知道。欽此。

奏爲老病不職懇求休致事

臣於五月間，以老病不職具奏乞休。復蒙聖恩命醫調治，遣使存問，温詔慰留，嚴辭戒諭，申之以顧命之言，責之以君臣之義，感恩惶悚，聞命震驚。臣之身無所措於天地之間，臣之罪無所逃於雷霆之下矣。

竊伏自念：顧命之言，先帝敷遺之明訓，君臣之義，聖人立教之大端，臣子之分，死生以之。使臣才尚能爲，力猶可勉，正當多事，豈敢求安？但臣之衰病日甚於前，自今年正旦以來，外感内傷，極爲沉重，調理未復，勉强供事。延至於今，舊疾交作，痰涎眩暈，寒濕疼痛，氣血俱虚，行步無力。連旬浹月，曠職瘝官。臣若僶力疚心，靦顔汗背，怠其事而徒受其直，無其實而虚冒其名，進退之間，兩無所據。以此爲義，尤不可之大者也。故臣每當具奏之時，必非得已，方敢冒昧上陳。顧病告未幾，而遺醫已到，春夏之間，至於再矣。以臣一身之微，屢塵命使之重，而病勢相尋，將止復作，臣之身愈無所措，而臣之罪愈無所逃矣。是將有玷於風化之首，亦焉能有補於政治之大哉？兹敢再瀝愚誠，懇祈休退。伏惟陛下，察其情，憫其志，恕其未盡，矜其所不能，而賜許焉，實臣之至望也。臣干冒威嚴，不勝待罪俟命之至。

正德七年閏五月初八日，奉聖旨：先帝顧命，委重於卿，明訓猶在，其何忍忘？近年以來，纍纍引疾求退，卿之衷曲，中外共知。朕以輔導任重，見今天下多事，卿才力優爲，懇切勉留，欲補益大政，關係不輕。吏部便往諭朕意，可亟起視事，以副衆望，再不必辭。欽此。

奏爲老病不職懇求休致事

比蒙聖恩，以臣累疏乞休，復降温旨，特令吏部宣諭聖意於家。臣扶病叩頭，感恩流涕，實不知所以爲報也。凡臣職所當爲而不能爲，義當盡而不能盡者，蓋已屢陳，不敢再瀆。

竊惟人臣報國之心無窮而幹事之力有限。臣扶衰抱病，積有歲年。見今元氣消磨，體兼衆疾。其顯者則眼目昏暗，行步艱難；其隱者則痰火上攻，痔漏下濕。前後相尋，訖無寧日。年無再少，病有增多。縱令勉强驅馳，不過旬月，又當請告。豈但觀瞻不便，抑於事體非宜，而妨政誤事又其大者，不待論也。是臣委因衰老，鞭策不前，煩瀆聖德，罪當萬死。伏望天恩涵育，特準退休。臣不能裨政議於廊廟之間，猶當祝聖壽於山林之下也。臣不勝瞻天仰聖懇乞祈望之至。

正德七年閏五月十三日，奉聖旨：卿連章求退，真情至意，中外共知。朕以輔導任重，多事之際，爲天下留卿。況元臣進退，關係甚大，何可遽辭？有疾宜善加調攝，亟起視事，以副眷懷。所請不允。吏部知道。欽此。

奏爲辭免恩命懇求休致事

臣於本年五月初患病，已嘗四次具本乞休，未蒙俞允。至七月初六日，已滿三個月，例該住俸，即移咨吏部，查照施行。續該本部題，奉聖旨：李東陽不准住俸。你部裏還宣朕意，着善加調理，亟起視事。欽此。隨該本部官前到臣家宣諭訖。

次日，復蒙欽遣内臣宣示聖意，令臣早出辦事。

臣伏枕聞命，無以自容。竊自揣度，多病久衰，已非一日。今年正旦以來，感冒傷寒，調理月餘，未盡平復。彼時盜賊近郊，詔旨嚴切，强勉供職，支持到今。暑濕風寒，每觸即發。近因下血過多，脾泄不止，舊患痔漏，併作腫痛，頭目昏暈，筋骨酸疼，展轉牀褥，不能動履。累辱命醫，屢承聖諭。調理非不周慎，藥物非不精良，而病根已深，誠非旬月可愈。仰惟朝廷建官以治事，班禄以勸功。官有大小，禄有厚薄，有事不理則謂之曠官，無功而食則謂之竊禄。臣之官職已極文臣，既加至正一品俸，又兼支正五品俸。逾涯越分，本非所安。累嘗控辭，恒有愧色。今病已三月，例應住俸。既不能供職辦事，而徒爲竊禄素餐。況諸司當災異修省之日，而臣在抱病請退之時，本以辭榮，顧方冒寵；正當策免，乃辱優恩。是臣之罪上通於天，而臣之身無死之地矣。用是鳴哀訴悃，再瀆宸聰。伏望聖慈，斷之大義，許臣衰病之質，獲遂歸休。使在官署不爲曠職之人，在班行不爲竊禄之首，猶得苟存視息於覆載之間，實天地生成之德也。臣不勝惶恐激切之至。

正德七年七月十五日，奉聖旨：卿累朝元臣，朕倚任方隆，已累遣人慰諭。宜勉起視事，以副眷注至意，慎勿再辭。吏部知道。欽此。

奏爲衰病不能任事懇乞致仕以終晚節事

臣於今年再患病症，五月至今，不能任事。累次具本乞休，及移咨吏部住俸，俱奉温詔慰留優待，不賜允俞。復蒙欽遣太醫診視，内臣存問，吏部宣諭，恩禮稠疊，至深至厚。

臣雖愚昧，校之草木，猶有知覺，中心感激，晝夜思惟，加倍調理，又逾一月。一病稍減，一病又增，元氣愈虧，痊可無望。欲再行陳訴，則煩瀆聖聰；欲隱然自容，則虛糜廩禄。竊念一品之俸月計若干，五品之兼又逾分外，皆係小民膏血，國帑儲藏。今臣朝參公座名籍久虛，輔導論思職業都廢，而深居飽食，無異平時。況臣官領文班，地親卿署，不能率先勤事，而乃首爲濫叨，捫心量力，固非臣之所堪。而所謂貪位固禄者，尤不足以盡臣之罪也。故敢重冒天威，極陳愚悃。仰祈聖鑒，特許退休。則朝廷之爵禄不爲養病之資，士大夫之名節不爲患失之累。其於聖政不爲無助，而臣之微生私計又不足言矣。臣不勝誠懇激切祈恩俟命之至。

正德七年八月十一日，奉聖旨：卿耆德元臣，中外倚重。偶有微疾，聞已調理痊可。多事之際，正宜率先庶職，圖濟時難。何乃固欲求退？似非大臣體國之義。

可勉爲朕起，以慰衆望。再不必辭。吏部知道。欽此。

奏爲積衰久病不能任事懇乞致仕以終晚節事

臣惟爵禄者朝廷所以待士，名節者人臣所以律身。爵禄不濫則謂之得人，名節不存則謂之失己。顧在上者常過於厚，而在下者每失之輕。故官曹多曠廢之愆，而仕路者有貪冒之恥。臣雖愚陋，亦聞之熟矣。

竊念臣位極三孤，俸兼二秩，經時告病，累疏陳情。既不允其乞骸，又不準令住俸，欽遣内臣存問、太醫診治、吏部宣諭、鴻臚敦迫者各已至再，恩數隆特，近時所無。用是倍加感激，益思報稱。奈何臣衰病日深，精神愈耗，血虚氣弱，頭眩目昏，視物不明，行步無力，計歲度日，理難久長。而況素乏才猷，謬膺付託。壯年既不足以集事，垂老又豈能以自强？自今春多事之間，力疾而起。今北方羣盜已息，賊首就誅，分鎮還師，事體略定。雖宵旰之慮尚有萬幾，而賢俊在廷，足充任使。如臣者論思久曠，輔導罔功，黜陟不聞，進止無預，已應罷黜，猶荷優容，朝籍尚存，俸廩如故。且當率作屢省之日，而臣爲曠職之魁；當制節謹度之時，而臣爲素餐之首。是爵禄自臣而濫，名節自臣而虧。平生自誓，亦復云何？而末路之失至於如此，慚深泚汗，懼切淵冰。瀝肝膽以無餘，冒威嚴而不避。懇祈聖鑒，特許退休。雖臣一身一事之微，實慎重爵禄，扶植名節之端也。臣無任懇誠迫切陳情俟命之至。

正德七年八月二十七日，奉聖旨：卿盛名清節，海内共知。數年以來，懇乞退休，章數十上。朕具悉至情，屢命吏部及鴻臚寺官宣諭勉留，意已篤至。見今河北羣盜雖息，江西、四川尚在用兵，朕心憂念未已。卿宜亟起視事，共圖治理，乃見愛君體國之義。慎勿再辭。吏部知道。欽此。

奏爲辭免恩命事

正德七年九月二十四日，該兵部送到謄黄，欽奉手敕：直隷、山東、河南、江西等處盜賊平定，内閣官運籌定議，致有成功。李□□、楊□□、梁□、費□各賞銀五十兩〔一〕、紵絲四表裏，還廕他子侄一人，與做錦衣衛，世襲正千户。欽此。

臣等聞命之餘，不勝惶汗。竊惟論功行賞者朝廷之大典，佐令代言者儒臣之常職。比年以來，各處地方盜賊蠭起，上廑宵旰，命將出師，寒暑載更，兵食俱困。臣等職居禁近，責在匡持，既不能制亂於先幾，又不克收功於一旦，曠瘝之咎，實所難辭。幸遇陛下聖武神謨，天人協相，將臣效力，逆黨就誅。臣等厚禄高官，安居飽食，甲兵未被，筆舌何功？況武職之官，必由軍功除授，豈有徒操文墨輒可廕及子孫？揆公議以難容，撫私心而自愧。除銀兩、表裏，臣等仰體聖心，不敢辭避，望闕叩頭外，其廕子恩典斷不敢受。伏望聖明收回成命，俾臣等自容於覆載之間，庶可以少效涓埃之報。臣等無任誠懇激切之至。

正德七年十月初二日，奉聖旨：近年以來，盜賊紛紜，卿等出謀運策，以致安平。特官一子，以酬勞勩，可不必辭。兵部知道。欽此。

【校勘記】

〔一〕「李」、「楊」二姓下原各空二字，「梁」、「費」二姓下原各空一字。據史實，當時内閣大臣爲李東陽、楊廷和、梁儲、費宏四人。

奏爲懇辭恩廕事

昨該臣等辭免恩廕，未蒙俞允。臣等竊惟：賞必當功則人知勸，才必當位則職不曠，此爲政之大端，實天下之公議也。洪惟我朝立法定制，武職之授非軍功不得預。其以文臣督兵討賊、與大將同事者則有之。若兵部職掌戎機，預聞調度，如有奇功異績，間亦舉行。臣等義在論思，職兼撰述，議擬之事，類皆出自諸曹進止之機，不過仰遵宸斷。至於剿賊一事，未嘗身任其勞。彼京邊官軍親冒矢石，歲歷炎霜，每經萬死千生，方進尺資寸級。若白面書生皆得錦衣世廕，以五品官階之貴爲一時幸會之榮，將使衣冠相率以蒙羞，將士聞之而解體。若銀幣之賞，本非所安，臣等已仰體聖心，强顔登受。正以廕子恩命，決不敢承，故略虚辭，務存實讓。伏望聖明鑒察，臣等幸甚，舉家幸甚。臣等不勝激切懇迫之至。

正德七年十月初二日，奉聖旨：成命已下，再勿固辭。該衙門知道。欽此。

奏爲懇切辭免恩廕事

臣等兩次具疏辭免恩廕，未蒙俞允。命下之餘，益增悚愧。伏念朝廷推恩，賞不可僭；人臣盡職，分所當然。顧於辭受之間，必視禮義所在。臣等任非督戰，職異典兵。禁近從容，未嘗親與馳驅之苦；文墨議論，安敢冒承矢石之功？皇仁雖曲賜寵嘉，臣子宜自知分限。况乘時徼利，乃壟斷之謀；而非分取榮，亦身名之累。在己自知不可，物議其將謂何？義實未安，事非虚讓。設若堅辭而未允，則將引避以自明。豈敢一朝以居，致貽羣口之誚？連章所具，皆出悃誠。伏望皇上早賜俞音，收回成命。庶少全退遜之節，抑以長廉静之風。此一章少傅楊公作。

正德七年十月□□日，奉聖旨：卿等直司綸綍，贊化勞心，廕子酬功，不爲過當。今累疏辭還，着吏、兵二部會看了來説。欽此。

奏爲陳情懇乞辭免恩廕事

近該臣等累次辭免恩廕，奉聖旨：着吏、兵二部會看。續奉聖旨：改廕六品文職。臣等仰窺聖意，俯悉下情，謂匪軍功，難承世職，曲加裁處，俾受文階。尚有愚誠，冒干天聽。

臣等竊惟：廕敍之典，非特有文武之分，抑亦有厚薄之等。比因羣盗肆惡，遍歷諸方，出入四五年間，荼毒數千萬衆。主憂臣辱，安敢辭勞？天佑人歸，僅成克捷。即今姦兇甫定，凋瘵未蘇。雖同率土之歡，豈免向隅之泣？若燕、齊、河、洛之安靖，以爲臣等之功，則川、陜、湖、貴之縱横，復是誰歟之過？推恩廕子，誠所未安。且以六品之華階，何可一日而驟致？用是懇乞天恩，並收成命。使臣等安心於旦夕，庶猶可圖報於將來。臣等感恩佩德，有過於受廕萬萬矣。臣等不勝惶恐激切之至。

正德七年十月初十日，奉聖旨：朕以卿等勞勩，特廕武臣，堅情不受。今改文秩，又動章聞。可不必再辭。該衙門知道。欽此。

奏爲懇乞辭免恩廕事

臣等累次具本辭免恩廕，未奉俞音。數日以來，心志不寧，寢食俱廢。向因武廕，專言著令之所無；及改文階，豈謂微勞之當得？且京朝六品地位清華，若非科目之英才，必是官曹之累歷，豈可一朝而驟致？況於接迹以駢登？臣等職在股肱，義存匡弼，正宜慎惜爵賞，以示庶官。何敢幸會功名，僥於一得？已不自克，人其謂何？用是再瀝衷誠，冒干斧鉞。蓋心有不安，無以爲展布之地；事若不稱，豈能逃貪冒之譏？所有前項恩廕，臣等斷不敢受。伏望聖明矜察，臣等不勝惶恐迫切之至。

正德七年十月十七日，奉聖旨：已累有成命了，卿等宜勉順受，再毋固辭。該衙門知道。欽此。

奏爲陳情懇乞辭免恩廕事

臣等再承恩廕，累具辭章。曲荷綸音，不蒙賜允。若心無所愧，豈敢固違？但理有未安，終當懇訴。

竊惟事有常職，故任事者無侵官；恩有常格，故受恩者無愧色。臣等所居之官，論思輔導之職也。目不識兵馬之數，耳不聞金鼓之音，足不履行陣之地，身不冒矢石之險。若文書之經由、論議之關涉，與戰伐攻擊坐作進止者同功，而例論推恩以及家，是以平居本分之勞，冒格外非常之賞。況臣等或已蒙廕録，不可重沾；或方歷歲年，未經久試。捫心揣分，實不能堪。所有前項恩廕，臣等終不敢受。伏望聖明，俯從愚請，並收成命，以慰憂惶。使臣等照常格，守常職，以圖報稱於萬一，臣等不勝感激之至。

正德七年十月二十四日，奉聖旨：卿等累奏辭免，特允所請。該衙門知道。欽此。

奏爲辭免兼俸事

該吏部送到謄黄，節奉手敕：連年兵燹，卿等指顧籌畫，勞績實多，廕子一官，以伸朕念。今又懇辭，特允所請。還各加進階一職，李東陽兼支尚書俸，餘俱仍舊。欽此。

臣仰荷聖慈，許辭廕録，轉承新命，益切憂惶。竊惟官必量才，固不可以輕與；禄必稱事，亦不可以濫給。臣叨居重地，積有歲年，才劣功微，官高禄厚。向以纂修實録，陞支正一品俸。繼以九年考滿，兼支正五品俸。揆之常制，蓋已增多。邇者羣盜剿平，聖恩覃布。臣本乏謀猷之益，又乏戰伐之勞。廕子酬功，既非其分；移推恩加禄，亦豈能安？況臣自今年五月以來，至於九月，一向患病，在家調理。移兵過省，不聞進止之宜；奏捷還師，不預班行之末。例當住俸，未奉俞音；累乞歸田，不沾允命。加以慰留恩重，朝賀禮殷。兹方勉效驅馳，何意復蒙光寵？又況臣已兼二俸，而使之日益增加，是臣出徼幸會之期，自取貪饕之罪。又況兵荒之後，帑藏空虚，飢民之待哺方深，武職之折銀屢闕。雖未能損上而益下，抑亦當益寡以裒多。每欲辭免兼支，少逭尸素，但念衰病已極，亦將不久於官，勉强因循，不敢數煩天聽。今乃以一官而兼三職之俸，以百口而食千人之力，則求退而反進，辭少而就多，非徒自失其初心，亦且倍深於往咎。尤望聖明下燭，洞察懇誠，準免兼俸，令臣仍舊供職。使臣得少淹於旦夕，猶或能圖報於分毫。臣不勝誠懇迫切之至。

正德七年十月二十五日，奉聖旨：朕以卿輔導竭心，謀議裨國，累辭恩廕，特命三俸兼支。今又懇辭，可免支大學士俸，尚書俸宜勉副至意，不允所辭。吏部知道。欽此。

奏爲老病乞休事

臣犬馬之齒已近七旬，禄仕之年既盈五十。今夏及秋，疾病纏綿。累乞休致，迫於嚴命，不敢自遂其私，勉强供職，又逾數月。

比爲風寒所中，舊證復增，腰膝疼痛，行步無力，精神耗散，筋力衰微。事有稽違，慮多遺失。再行陳乞，則恐瀆宸聰；苟事因循，則愈瘝臣職。竊念腹心任重，輔導責專。與其積過以增尤，孰若量力而求退？伏望聖明照物，大德好生，察臣誠懇之請，實出於衷。憫臣衰病之軀不能自强，放臣致仕，以盡餘齡。則臣於一息尚存之時，猶當守一飯不忘之義也。臣不勝懇迫之至。

正德七年十二月十六日，奉聖旨：卿耆德重望，輔導功多朝廷。連章乞休，已屢遣官慰諭。方勉爲朕起，如何又引疾求退？宜亟起視事，以副眷懷。再不必辭。吏部知道。欽此。

奏爲老病懇乞休致事

竊念臣體質羸弱，本自天生。幼小之時，不敢自期壯長。中年以後，衰病相仍。年日益增，病日加甚，腰膝疼痛，眼目眵昏。家居入夜，則步不能行；班行遇風，則立不能定。縱使朝參公座，不過勉强支持；每當具奏乞休，實是哀鳴懇訴。未蒙鑒察，曲荷涵容。顧今年連閏之月一十有三，而在告之辰已過其半。雖卑官薄禄，猶爲曠職素餐。況臣叨登一品之階，兼給兩官之俸。非但難於報稱，亦將累積愆尤。況今歲暮袷享不能陪列，正旦朝賀不能隨班，郊壇大祀不能看牲分獻，而深居飽飯，偃仰在牀。用是寤寐不寧，食不下咽，再三籌度，展轉思惟，臣之狼狽，實不知所以自處也。

仰惟陛下天地之量，於人無所不容；日月之明，於物無所不照。伏望宥其既往，而矜其所不能，特降綸音，許臣休致。則進退之際，全晚節於始終；俯仰之間，託餘生於覆載。臣之感恩荷德，與齒髮而無窮矣。臣不勝懇迫激切之至。

正德七年十二月二十九日奉聖旨：卿累朝名德，學行才猷，中外推重。受先帝顧命，輔導朕躬，竭誠盡忠，功在社稷。比年以來，節次引疾乞休。朕未能舍卿，屢遣官敦勸，暫起視事。兹乃固申前請，情詞懇切。朕閔勞以政，勉從所請，寫敕諭意。賞銀伍十兩、紵絲四表裏，以表眷懷；着有司時常存問，月給米八石，歲撥人夫十名應用；仍廕子侄一人，做中書舍人。該部知道。欽此。

奏爲謝恩事

昨該臣具奏乞恩休致，節該奉聖旨：勉從所請，寫敕諭意。賞銀五拾兩、紵絲四表裏，以表眷懷；着有司時常存問，月給米八石，歲撥人夫十名應用；仍廕子侄一人，做中書舍人。欽此。

竊念臣自弱冠以來，至于今日，叨蒙累朝列聖作養拔擢之恩、簡任顧託之命，天高地厚，不可名言。蓋嘗委質鞠躬，少圖報稱，而才疏識淺，莫效涓埃，曠職素餐，久而益甚。況孱軀薄質，晚歲衰齡，非敢忘死而後已之心，亦嘗聞不能者止之戒。用是屢干聰聽，懇請歸休。每荷眷留，輒增愧懼。幸回天鑒，特賜允俞。而又寵以璽書，錫之金幣；人夫食米，給在有司；廕子録官，俾延世賞。恩深禮縟，實倍常倫。感戴之餘，曷勝欣忭！伏願聖躬保重，聖壽隆長，德政日新，邦家鞏固。臣幸得優遊隴畝，瞻望太平，非惟飲德於餘生，抑且銜恩於身後，永永而無窮也。臣見今腰膝疼痛，行步艱難，不能躬謝殿廷，面辭黼扆，不勝懷慚負咎、惶悚激切之至。除望闕叩頭外，謹具本謝恩。

正德七年十二月三十日，奉聖旨：覽卿所奏，足見老臣惓惓忠愛餘意，朕已具悉。該衙門知道。欽此。

奏爲謝恩事

正德八年正月十三日，該光禄寺差典簿廳録事李宗禮齎揭帖，内開司禮監太監蕭敬傳奉聖旨，頒送慶成宴卓面一張、鴛鴦飯一分、酒五瓶。臣竊念優閒私第，衰病餘生，無扈從奔走之勞，蒙眷注記存之寵，恩深禮特，夐出前聞。慚懼有加，報酬無地，與闔家而共戴，誓没齒以難忘。緣臣一向氣血虛弱，腰膝疼痛，不能趨朝行禮，除扶病望闕叩頭外，謹具本謝恩。正德八年正月十四日。

奏爲謝恩事

正德八年四月十五日，欽蒙皇上遣内臣頒賜敕諭一道、新鈔三千貫、銀五十兩、紵絲四表裏、衣服一套，到臣私第。絲綸涣汗，豈徒一字之褒？金幣輝煌，遠過百朋之錫。是蓋施恩於不報之地，惟當感德於未死之年。愧懼交并，名言莫既。緣臣自致仕以來，一向腰膝疼痛，行步艱難，不能趨朝行禮，除扶病望闕叩頭外，理合具本謝恩。正德八年四月十六日。